Impressum

Hamburg, im Frühjahr 2022

© 2022 Copyright by Rafael Robert Pilsczek

Alle Urheber-, Verwertungs- und Nutzungsrechte sowie Aufführungs- und Filmrechte beim Autor. Verwendung von Ausschnitten und Zitationen nur mit Genehmigung des Autors.

Herausgeber:
PPR Hamburg & Friends
Sinstorfer Kirchweg 18
DE-21077 Hamburg

Lektorat:
Dr. Hans Wagener

Beratung:
Claus Rosenau M. A.

Layout und Satz:
Burghard Kripke

Fotos und Bilder:
Titelbild: Rebecca R. Groschek
Rückseitenbild: Bettina Meyer, Hamburg

Herstellung und Verlag:
BoD – Books on Demand, Norderstedt

ISBN:
9783756200665

Bibliografische Information der Deutschen Nationalbibliothek:

Die Deutsche Nationalbibliothek verzeichnet diese Publikation in der Deutschen Nationalbibliografie; detaillierte bibliografische Daten sind im Internet über www.dnb.de abrufbar.

Weitere Informationen:

www.pilsczek.com

www.ppr-hamburg.com

INHALTSVERZEICHNIS

Widmung

Für Armin, Carsten und Dirk
und all den Männerfreunden,
die, sich gegenseitig vertrauend,
einander nicht anders als
ehrlich begegnen.

Zitat

„Und was tust du?",
fragt der Vater
seinen Sohn.

Ein Vater
Los Angeles, im Dezember 2021

Rafael Robert Pilsczek

An der Bar von Rufus

Eine Überfahrt
Hamburg-New York

ROMAN

I. Kapitel

Zwei Trauernde finden sich auf hoher See

Daniel Golin sah im „The Silent Palm" in aller Ruhe vor sich hin. Er schaute in sich versunken auf das große Regal vor sich. Er dachte nicht viel nach. Und wenn er dachte, dachte er an die Beerdigung, von der er kam. Es waren gut beleuchtete Reihen voller Flaschen an der Wand. Die Reihen des Regals zogen sich von dem einen Ende der rückwärtigen Barwand bis an das ganz andere. Die Flaschen stammten aus der ganzen Welt und verführten zum Probieren.

Solche waren darunter, die voller dunkler Farben waren, Brauntönen der Cognacs etwa, aber auch solche weißer Durchsichtigkeit hervorragender Spirituosen und sogar giftigen Grüns von Kunstgetränken, die in Laboren gemixt worden waren. Die Palmen, übrigens, waren in der Bar, wiewohl sie „The Silent Palm" hieß, aus Kunststoff und an allen vier Ecken bis unter die Decke aufgestellt.

Die Flaschen im „The Silent Palm" standen bereit für die, die die Ausschenken für das nahmen, was sie im Grunde überall auf der Welt waren: Orte, die den einen in ein kurzes Glück und den anderen wiederum in das tiefste Unglück warfen.

Daniel hatte es nicht mehr nötig, groß in die Welt um sich herum zu schauen. Er hatte die Palmen überhaupt nicht bemerkt, und wenn, dann wäre es ihm nicht wichtig gewesen, dass diese unecht waren. Es machte ihm nichts aus, vor allem nach innen zu schauen, dorthin, wo er Herrscher über ein schönes Reich war, da er ein reiches Leben gelebt hatte.

Nichts von außen musste zwingend mehr herein, da Daniel alles in sich trug. Das, was insgesamt ein glückliches Leben ausgemacht hatte. Rufus schenkte seinem Gast nun Wasser nach. Nachdem er zwei Virgin Marys – bestehend aus Tomatensaft, Eiswürfeln, Tabasco-Spritzern, Zitronensaft und mit Pfefferminzblättern dekoriert – durch den Strohhalm ausgetrunken hatte, erkannte Rufus, von welchem Schlag sein erster Gast während dieser Überseefahrt war. Wasser war jetzt das nächste gute Getränk, befand er. Wasser, stilles, serviert mit zwei Scheiben von ungespritzten Zitronen, die der Einkauf aus Griechenland bezogen hatte und die sich für die Überfahrt gut gekühlt im Bauch des Schiffes lagern ließen.

Rufus, der Barkeeper, mochte Gäste wie Daniel Golin. Es waren stille, sehr höfliche, sehr ausgeglichene Gäste. Solche, die eine passable Kleidung an Bord trugen, woran sie für die Kundigen auf dem Schiff gut zu erkennen waren. Sie übertrieben nie mit ihrer Kleidung, auch nicht mit ihren Worten und ihren Gesten. Von ihnen ging Frieden aus, der sich über das ganze Deck des Kreuzfahrtschiffes legte, als wäre es eine wärmende Bettdecke. Diese an Bord zu haben, war einer der Gründe, warum Rufus seit bereits langem Barkeeper auf solchen Kreuzfahrtschiffen war.

Ein Shirt ihrer Lieblingssportmannschaft hatten diese alten Männer aus Ohio, aus Arkansas oder aus Los Angeles tagsüber an und, bei gutem Wetter, kurze Hosen dazu. Daniel hatte Shirts der UCLA dabei, der Universität von Los Angeles. Der Universität, auf die er selbst gehen durfte, nachdem er als armer Junge von New York in die Stadt der ewigen Sonne kam und auf der er erst, nachdem er eine KFZ-Schlosserlehre bei seinem Onkel abgeschlossen hatte, eingeschrieben wurde.

Sein Stipendium an der UCLA, womit er den Zugang zu dieser Universität erhielt, hatte zum einen auf seinen Fähigkeiten in den Lernfächern beruht und zum anderen darauf, dass er ein sehr guter Sportler gewesen war, der gut in das Stipendiensystem hineinpasste.

Gerne trug Daniel auch ein Cap der Lakers auf seiner Glatze, der Basketball-Mannschaft von Los Angeles, die er noch mehr verehrte, seitdem er einen der Stars persönlich getroffen hatte und mit ihm in einem japanischen Restaurant essen gewesen war, wo der Koch am Tischgrill für die Gäste von ganz nah die Speisen zubereitet hatte. Der Star und Daniel hatten sich an jenem Abend gut verstanden und der Fan – Daniel – hatte ihm versprochen, an seinen folgenden Geburtstagen die Jugendmannschaft dann und wann mit einer Spende zu unterstützen, wenn es nicht allein die Krankenhäuser wären, die für krebskranke Kinder sammelten und die er bis dahin vor allem finanziell gefördert hatte.

Daniel war Kleidung nicht besonders wichtig und er war ein wenig stolz darauf, dass er ein Mann war, der sich nicht über den schönen Schein bestimmte, sondern sich sein ganzes Leben lang über das gewichtige Sein hergeleitet hatte. Er sprach jeden Menschen ähnlich gleich an, machte keine Unterschiede und rülpste auch gerne beim Abendbrot und zog die Nase hoch, wenn es ihm gefiel. Es war kein Zeichen von Protest, sondern ein, wie er sagte, urmenschliches Verhalten.

Es war ein sehr menschlicher Zug in der Person Golin enthalten, der ihn weit gebracht hatte und nah an Menschen wiederum heran, denen der Wert der Menschlichkeit kein Fremdwort in ihrem Leben war. Zur Bar-Zeit am heutigen Abend bei Rufus hatte Daniel ein weißes Hemd vor der Brust und stets solche kostengünstigen ohne Namensstickereien, wie sie manche Träger des alten europäischen Geldes bis in die Gegenwart für sich anfertigen ließen.

Nur wenige dieser Hochwohlgeborenen wiederum tauchten auf dem Schiff auf, das nun vom Heck aus mit enormer

Durchsetzungskraft in See gestochen war. Es war eine Kreuzfahrtreise, die zwar eine Menge Geld verschlang. Es war aber keine Reise, der die besondere Anziehungskraft einer großen Yacht zugesprochen werden konnte, wie sie solche Luxusschiffe boten, die im französischen Antibes auf ihre millionenschweren Besitzer warteten, wenn diese für einen kurzen Turn aus London, Moskau oder Zürich einflogen.

Auch wenn Daniel auf Accessoires des Geldes verzichtete, trug er einen sofort überall erkennbaren dicken Ring an der linken Hand auf dem Ringfinger. Einen Ehering. Aus purem Gold. In einer Reinheit, dass sich ein Raubüberfall lohnte. Wiewohl er Witwer war, trug er weiterhin dieses Symbol einer lebenslangen Liebe. Er zeigte an, dass Männer wie er eine Heimat, einen Rückzugsort an der Seite einer Frau hatten, oder, wie in seinem Fall, gehabt hatten. Männer voller Stärke waren diese.

Seine jetzige Freundin tat es ihm nach, da sie ebenfalls ihren Ehepartner verloren hatte. Ihr hatte Daniel wiederum einen Ring nach seinen Wünschen anfertigen lassen, dessen Auszeichnung ein großer Opalstein war, den er auf einer gemeinsamen Reise in Australien für sie gekauft hatte. Die Freundin war in sein Leben nach dem Tod seiner Ehefrau getreten. Seine Freundin trug zwei Ringe an ihrer linken Hand. Es war auch für sie zum einen das Zeichen der langen Ehe mit ihrem verstorbenen Ehemann und zum anderen das neue Zeichen für das jetzige Leben mit dessen würdigem Nachfolger, der ihr Daniel geworden war.

Ein Leben lang mit einer Frau verheiratet gewesen zu sein, ist keine einfache Sache, weder für den Mann noch für die Frau, und dadurch umso wertvoller, wenn beide die Ehe bis zum Scheiden im Tode gemeistert hatten. Männer wie Daniel hatten überhaupt eine Stärke an sich, die ihnen spätestens im hohen Alter zugewachsen war. Nicht allein Ruhe strahlten sie aus. Es war mehr.

Es war das Wissen darum, wie etwas unter den Menschen gelang und wie nicht, wie ein gesundes Leben ging und kein krankes und auch, wie Miseren und Furchtbarkeiten gemeistert werden. Es gelang, wenn diese Männer nur das Glück hatten, auf die richtige Frau in ihrem Leben gestoßen zu sein und vor allem an dieser unbedingten Nähe zu einer solchen Frau festgehalten zu haben.

Es war die magnetische Anziehungskraft, dass, wer mit ihnen Zeit und Raum teilen durfte, viel mehr an Reichtum erhielt als in Gold, Aktien und Immobilien aufzuwiegen wäre. Es waren Ratgeber, Unterstützer, Stärken-Stärkende. Es waren Männer, die eine Richtschnur boten, an denen entlang sich andere, jüngere Männer gut und gerne ausrichten konnten. Rufus erledigte bei diesen Gästen seinen Job auf zurückhaltende und dadurch kluge Weise.

Rufus wusste, dass diese damit sehr zufrieden waren. Der Barkeeper sah, dass Daniel das Wasser gerne zu sich nahm und bemerkte geradezu fröhlich, dass er annehmen durfte, sich mit ihm in den nächsten Tagen gut zu verstehen.

Es waren Männer wie Daniel, die alles gesehen hatten. Männer, die zugleich keine Notwendigkeit mehr in sich trugen, davon jedem erzählen zu müssen. Sehr gerne war Rufus, seit vielen Jahren bei dieser Reederei angestellt und damit einer der älteren Barkeeper dieses Unternehmens, ein Diener ihrer Gepflogenheiten und ihres Wunsches nach Bescheidenheit. Er musste nichts anderes anstellen, als das eine und andere Wort zu sagen.

Ein besonderes Getränk dann und wann empfehlen. Ein Barkeeper wie er, ein Experte auf seinem Gebiet, durfte von solchen Männern ein hohes Trinkgeld erwarten. Die, die in der Bar lärmend auftraten, waren oft die, die beim Trinkgeld zu mickrigen, geizigen Zwergen wurden.

„The Silent Palm" wirkte dabei ein wenig wie aus der Zeit gefallen. Kein Schnick und Schnack waren dort und keine Spielereien und keine Spiegel oder gar Aquarien und teure Gemälde an den Wänden, wie es in Asien und in Arabien in den letzten Jahren Mode geworden war. Dort waren es Protzbauten aus der Hand von größenwahnsinnigen Herrschern und ihren willfährigen Architekten, die vom eigentlichen Grund, eine Bar zu besuchen, nur ablenkten.

Bei Rufus lief der Tag aus, das machte eine gute Bar aus, wie es sich in allen Jahrhunderten für eine gute Ausschenke gehörte. Dort fand die Vorbereitung auf eine gute Nacht statt, was der eigentliche Schatz einer solchen Bar war, den zu heben nicht jeder Gast gut verstand. „The Silent Palm" war ganz in die Farben alten Bordeaux' getaucht, also so, wie es vor allem die alt gewordenen Amerikaner auf allen Kreuzfahrtschiffen dieser Welt liebten. Sie bildeten weiterhin ihr Kernpublikum.

Amerikaner waren es häufig, als Paare, als Ältere, auch Alleinreisende, die damit auf kommode Weise die Orte der Welt besuchten. Sie reisten, ohne sich dem Hin und Her des üblichen Reisens in stickigen Bussen, in von Turbulenzen geschüttelten Flugzeugen und den langen, öden Fußwegen in den Städten aussetzen zu müssen. Dort, auf dem Kreuzfahrtschiff, fuhren sie gemütlich dorthin, wo es die räumlichen, örtlichen Touristenattraktionen an Land zu besichtigen gab. Sie stiegen dann für ein paar Stunden aus, wenn sie es beim nächsten Andocken in einem der weltberühmten und dafür vorgesehenen Häfen nur wollten.

Und die Älteren und ganz Alten, die teilweise gehbehindert waren oder unter anderen körperlichen Mängeln litten, gingen unter Anleitung beschützt in der Gruppe den Markusplatz Venedigs entlang. Sie sahen trotz ihrer Behinderungen das Kolosseum in Rom oder sie kauften Souvenirs in den Geschäften der Hafenstädte an den Küsten des Pazifik und aller übrigen sechs Weltmeere.

Ein Mann im Stilleben war Daniel im Grunde, da er sich am Tresen kaum bewegte, während er sich im Leben oft bewegt hatte, und nun, im Alter, das Ruhen für sich entdeckt hatte. Ohne dass sein Stil von seinen großen Taten erzählte und dem Wohlstand, den er sich selbst erarbeitet hatte. Er hatte seinen Pullover, der für den Abend vorgesehen war, bereits über die Lehne gelegt, da die Heizung der Bar auf Zimmertemperatur eingestellt war. Es war ein Pullover, den er sich in seinem Wohnbezirk im Supermarkt gekauft hatte.

Nur selten hatte Daniel seine Kleidung in Beverly Hills gekauft, sondern weitgehend in den üblichen großen Geschäften im San Fernando Valley, die auch zu Schnäppchenpreisen Kleidung und anderes verkauften. Auch hatte er stets in diesen Supermärkten seine Armbanduhren gekauft. Solche einer Marke, die preiswert war, und mit der er, sie am Arm, große Geschäfte in Las Vegas ausgehandelt hatte.

Lange hatte er im Valley fernab der Villen mit seiner Familie gewohnt. Er hätte sich auch ein Haus oben auf den Hügeln von Beverly Hills leisten können. Er hatte sich, im Einklang mit seiner Ehefrau, Elenah, jedoch dagegen entschieden. Die Kinder sollten in einem guten und zugleich bescheidenen Umfeld groß werden, was das Ehepaar auch bestmöglich einlöste, da der Stadtteil Nord-Hollywood über Jahrzehnte hinweg genau diese Anforderung erfüllt hatte, bevor sich dort die Gegend wandelte. Später wurde Nord-Hollywood, der Teil, der zum Valley gehörte, zu einem schwierigen Stadtteil, der nun unter dem neuen Namen „Studio City" auf eine Wiederbelebung alter Sicherheit und Größe hoffte.

Als Witwer, nun mit einer neuen, gleichaltrigen und ebenso wohlhabenden Freundin an seiner Seite, die er auf den Trauerabenden seiner Gemeinde kennengelernt hatte und die zum Glück ihr Vermögen als Witwe selbst organisieren konnte, hatte Daniel sich von dem Ort, wo sein Leben jahrzehntelang stattgefunden hatte, entfernt. Nach einer kurzen Episode an der Küste in Malibu hatte er zugestimmt, zu seiner Freundin die Hills hoch zu ziehen.

Er verkaufte dann das alte Haus. Es lag in Ruhe in einer Sackgasse und war eines mit vielen Zimmern, einem Außenpool und einem Jacuzzi und voll an schönen alten Gegenständen. Es zählte viele Souvenirs aus aller Welt, aussagekräftige Möbel und schöne, stets liebliche Gemälde. Im Wohnzimmer gab es eine sehr große Polstersitzgruppe und einen Spieltisch aus feinem Mahagoni, an dem Elenah jahrzehntelang an vielen Mittwochabenden mit ihrer Frauengruppe Bridge gespielt hatte.

Daniel kam es nach dem Tod Elenahs wie ein Museum ihrer Liebe vor und er verließ es, da seine neue Frau das Anrecht darauf hatte, wie er dachte, mit ihr auch etwas Neues zu beginnen. Er verschenkte das eine und andere aus dem Haus an Verwandte und Freunde und bewahrte die besten Stücke für sich selbst auf. Das Prachtstück, das er in das Haus seiner Freundin mitnahm, war ein Tisch. Der Tisch hatte, umgeben von Harz, bauchige Delfine-Figuren aus starkem Glas eingearbeitet, die in ein dunkles Türkisblau getaucht waren und figürlich gekonnt sowohl auf- als auch abtauchten. Die Glasplatte über ihnen, die Daniel nach seinen Vorgaben zurecht schneiden ließ, stellte das Wasser an der Oberfläche eines Meeres in schönen Schwüngen am Rand der Tischplatte dar.

Der Tisch wäre ein wunderbares Element in jedem Wohnzimmer und, weil er so schön war, stimmte die Freundin mit ihm überein, dass er in der Mitte ihres Wohnzimmers vor dem Fernseher und vor den gemütlichen Sofas seinen neuen Platz finden durfte. Beide Töchter waren dagegen ein wenig säurig darüber, dass der Vater entschied, das Heim aufzugeben. Dass sie sich beschwerten, war zugleich nicht so ernst gemeint, da die eine eh weit weg im Ausland lebte und die andere ein schönes Haus an einem anderen, nahen Ort im Valley geschenkt bekommen hatte.

Es machte also für Daniel keinen großen Unterschied aus, wie er im „The Silent Palm" auftrat, ob mit reichem Geschmeide oder mit üblichen Dingen an sich. Er hatte auch so gute Geschäfte abgewickelt. Er war sogar während mancher Geschäftsessen eingeschlafen und es machte für die Runde an Unternehmern – seinen Kunden – keinen großen Unterschied aus, dass dieser solide Unternehmer aus Los Angeles mal wegnickte, wenn ihm danach war. Die Partner wussten aus den Jahren davor von ihm, dass er das berühmte kaufmännische Dreieck aus Preis, Service und Qualität beherrschte und dass sie in seinem Unternehmen stets und durchgehend einen guten Dienstleister hatten. Er stand dafür ein, die Ware pünktlich zu liefern, während Marktbegleiter die Lieferfristen regelmäßig rissen.

Daniel, dann und wann auf seine preiswerte Uhr angesprochen, lachte dann gerne laut auf. Er drückte dann stets auf einen kleinen, dafür vorgesehenen Knopf an seiner Uhr und, wenn sie begann, auf dem Zifferblatt zu leuchten, sagte er gerne, dass eine Uhr dieser Marke sogar nachts die Zeit anzeigte, wenn es im Schlafzimmer dunkel war, und noch lange nicht jede Uhr zur nächtlichen Zeit die Helligkeit spendete zu erkennen, welche Stunde es geschlagen hatte.

Auf jeden Fall hatte das Kreuzfahrtschiff zur Mittagszeit in Hamburg unter beachtlicher Neugierde der Menschen an den Landungsbrücken abgelegt. Es war umsichtig und begleitet von zwei Schleppern – dem einen am Bug, dem anderen am Heck – bis Cuxhaven mit halber Kraft gefahren. Dann ging das große Schiff auf seine lange Fahrt nach New York und war vom europäischen Kontinent in die Nordsee entlassen worden.

Es war der erste Abend auf dem Kreuzfahrtschiff und alle versuchten sich zurecht zu finden und manche ließen den anstrengenden ersten Tag gleich an der Bar von Rufus ausklingen. Daniel hatte sich dorthin aufgemacht, weil er ein wenig seine Gedanken schweifen lassen und – währenddessen – zur Nacht müde werden wollte. So hatte er sich auf einen ruhigen Abend eingestellt. Doch dann kam es anders als erwartet. Wie es das Leben nur schrieb, geschah an jenem Abend etwas, das die Kreuzfahrtreise doch zu etwas Besonderem werden ließ.

Es war ein weiterer Mann, der nun in das Leben von Daniel Golin trat, und er tat es kräftig. Als Tom Smith am ersten Abend so um einundzwanzig Uhr dreißig die Bar betrat, in der Daniel an der Theke saß, waren vielleicht fünfzehn Gäste im „The Silent Palm" anwesend. Die meisten hatten es sich in den tiefen Ledersesseln bequem gemacht, die, in Gruppen gesammelt, luftig im Raum verteilt standen. Es waren Sessel von der Art der Chesterfield-Möbel, in denen sie versanken, als wären die Sessel in einer besonderen Mischung aus Wasser und Sand gebaut.

Tom betrat die Bar und blieb erst einmal im Türrahmen stehen. Er musste blinzeln und sich an das Barlicht gewöhnen. Es war, als würde er eine weitere Bühne in seinem Leben, das reich an Bühnen gewesen war, betreten. Eine solche, vor der schwere Scheinwerfer auf ihn ausgerichtet wären. Tom untersuchte den Raum und erledigte dies in routinierter Schnelligkeit.

Er hatte sich dazu sehr jung die Fähigkeit angeeignet, alles von links nach rechts und von rechts nach links anzusehen, ohne dass es sein gesamtes Publikum bemerkte, dass er den Raum und das Publikum einzuschätzen versuchte. Zwei Engländerinnen, beide in seinem Alter, waren gleichwohl sofort von seiner Erscheinung angefasst. Tom aber blickte sich im Eingang um, als hätte er allein die Macht zu entscheiden, wer ihn mochte und wer nicht, was selbstredend einer der großen Trugschlüsse in seinem Leben war.

Er trug eine nagelneue, blau schimmernde Anzughose und ein hochwertiges Hemd mit Haifischkragen, das Blüten auf sehr hochwertiger Baumwolle explodieren ließ. Dazu trug er einen samtenen Carban, kurz geschnitten, der, wegen dessen Strenge, den Eindruck von Entschiedenheit und Stärke vermittelte. Seinen beobachtenden Blick aus eisblauen Augen fingen manche Gäste ein, da im Eingang das Licht auf den Eintretenden geworfen wurde. Er fiel aber vor allem dadurch auf, dass er wie eine Statue im Eingang etwas zu lang und steif auf der Stelle stehen blieb.

Auf seinem linken Auge war das klare Blau von einem schwarzen Strich durchzogen. Es war eine Pigmentstörung, die über ihn als Jugendlicher gekommen war. Vielleicht kam es von einem Schlag beim Boxen, das er damals drei Jahre lang betrieb, bevor es mit der Musik richtig zur Sache ging. Seine Nase war zudem auf der linken Höhe ein wenig eingedrückt. Das kam von einem legendären Kampf mit einem älteren Sparringspartner, der seine Sache zu ernst genommen hatte und der doch am Ende zum Erstaunen aller in der Boxhalle gegen den jüngeren Tom verlor.

So entstand auf jeden Fall der Spitzname, der Tom sein Leben lang – vor allem in den folgenden Jahren in der Rockwelt – begleitete. Er wurde zuerst Tom „The Nose" Smith genannt, was seine Verwegenheit, die er ausstrahlte, ausdrücken sollte.

Später, als er Frontmann der Band war, der „The Berlins", die durch besonders laute, einprägsame und klug erfundene Riffs und für das Stadion erfundene Rockmusik berühmt geworden war, fand sein Rufname immer stärkeren Widerhall. Er, der mit seinen Bandmitgliedern in der Musik der klaren Acht-Tonmusik des Westens aufspielte, lernte, dass die Kritiker der Musikzeitungen seinen Namen perfektionierten. Er hieß fortan Tom „The Noise" Smith.

Die Doppelbedeutung seines Spitznamens zu erklären, nervte Tom die ersten Jahre, bis er erkannte, dass dieser half, in der Öffentlichkeit dadurch erkennbar und sichtbar zu bleiben. Auch während der Interviews, so benannt, wuchs mit diesem Namen das Bild von ihm. Es wurde geradezu der Kern der Botschaft, die er als Rockmusiker in die Öffentlichkeit sendete.

Die Frauen jüngeren und auch höherem Alters unter den Gästen im „The Silent Palm" wiederum sahen selbst im Halbdunkel, dass er ein guter Fang wäre, für etwas Schnelles auf jeden Fall. Ein seltener Fisch war er, eher ein Hecht als ein Karpfen, eher räuberisch als fürsorglich. Einer, der sich nur auf dem Grund aufhielt und kaum an die Oberfläche zu bringen war. Einer, der den Frauen das Leben rettete, das in Routine und in Langeweile ertrunken war, oder ein Mann wäre, der sie auch rasch – nur kurz glücklich machend – vernichtete.

Tom besaß erdnussbraune, durchaus zugleich hell schimmernde Haare, dichte dazu, die er seit der Jugend sehr lang trug und zwar bis zum Ende seines hohen, schlanken Halses, so dass sie ihm manchmal in das Gesicht fielen und er sie, mittels einer dramatischen Geste, stets aus dem Gesicht wischen musste, wollte er mit seinen beiden Augen freie Sicht haben. Er pflegte diese Geste, und das auch jetzt, da er aus Erfahrung wusste, dass sie ihre Wirkung nicht verfehlte.

Er hatte ein wenig Gewicht auf den Rippen und war ein wenig speckig im Gesicht geworden. Es sah von der nächsten Nähe aus nicht ganz gesund aus, da ein Mann seines Alters durchaus Gewicht auf den Knochen haben durfte und vielleicht auch haben sollte, es aber gleichwohl den Ausdruck leichter Aufgedunsenheit vermittelte, der kundigen Beobachtern Rückschlüsse auf die Einnahme von Medikamenten ziehen ließ. Das ehemals strenge Kinn von Tom war in Weichheit übergegangen, was ihm nicht vorzuwerfen war, weil es einfach jeden traf, der älter wurde. Eine Schönheitsoperation, wie es ihm sein Management vorgeschlagen hatte, hatte er bis heute abgelehnt, weil er schlicht und einfach davor Angst hatte, dass diese wie bei so vielen auch bei ihm schief liefe.

Tom hatte sich in den Neunzigern einige Tattoos auf die Haut prägen lassen und bereits während der Zeit als Boxer die ersten Tattoos in der Heimatstadt an sich gehabt, die damals noch als Ausdruck von Gewalt und Verbrechen galten. Sein ihm wichtigstes Brandzeichen war der Anker gewesen, den er auf dem linken Bizeps trug und der ihm beweisen sollte, was er damals für andere sein wollte und niemals gut genug in seinem Leben erreicht hatte: ein Hafen zu sein für sich, seine Eltern, seine Freunde und für die Frau, die er finden würde.

Damals, mit fünfzehn Jahren, dachte er klar und eindeutig daran, wie von den Eltern als Geschenk für ein gutes Leben in ihrer Tradition an den Sohn überreicht, dass er eine Frau haben würde, mit der er zwei, drei Kinder großzöge, die ihrer beider Leben bereicherten. Nun, da sein Leben ein einziges Chaos gewesen war, bedauerte er auch manche seiner Tattoos. Er hatte sich ja sogar mehrere Frauennamen auf die Haut ritzen lassen und kurze, dumme Sprüche über die Liebe, die zu leben und nicht nur wahllos zu verschenken er offensichtlich nicht genügend in der Lage gewesen war.

Auf jeden Fall war Tom, wie sollte es anders sein, ein passabel anzuschauender Mann geblieben, der mit der Fähigkeit zu strahlen bewusst umging, und stets auf das Neue in Gewässer geriet, die ihn dorthin getrieben hatten, wohin er vielleicht niemals hatte hin kommen wollen. Einen Hafen, im alten Sinne, hatte er bis heute nicht angelaufen. Er war auf einem Treibfloß des Lebens geblieben.

Tom entschied sich nun, das zu machen, was er immer bei solchen Gelegenheiten tat. Es tat es in Wahrheit aus wenig eigenem Willen. Es war eine Sucht, es so zu tun. Wenn er auftrat, dann suchte er sich stets den Mittelpunkt des Raumes aus. So steuerte er mit aller gelernten und gespielten Langsamkeit durch die Mitte der Bar das halbe Rund der Theke an, zog die Blicke von der Seite zwangsläufig auf sich und platzierte sich dort für alle gut sichtbar neben einem Mann, der sich nicht nach ihm umgedreht hatte.

Daniel nahm als wohl Einziger im „The Silent Palm" nicht wahr, dass nun ein Komet der Bar die Ehre erwies. Was in seinem Rücken geschah, war ihm auch recht gleichgültig. Er ließ seine Gedanken ziehen und überlegte sich, ob er noch etwas bestellen wollte.

Tom fühlte sich nicht wohl an diesem ersten Abend auf dem Kreuzfahrtschiff. Das ihm wiederum während seines Auftritts in der Bar anzumerken, war beinahe ausgeschlossen. So sehr war er stets ein Schauspieler gewesen, dass er auch darunter gelitten hatte, dass seine Unpässlichkeiten ihm kaum abgenommen worden waren, weil er diese nicht nach außen zeigte.

Tom hatte heute versucht, früh schlafen zu gehen. Die Schlafmittel hatte er noch nicht nehmen wollen. Immerhin das hatte er geschafft. Es war dafür zu früh gewesen, wusste er. Als er im Bett lag, kaum ausgezogen, hörte er die Geräusche des Schiffes. Die Wellen, die das Schiff brach, spülten durch die dicken Fenster unheimliche Töne in seine Kabine.

Es war nicht so, wie er es sich gedacht hatte, dachte er, im Bett liegend, das ihm zu schmal war, da er an die Betten in den berühmten Hotels gewöhnt war, in denen er Stammgast war. Er war ja an vielen Stränden gewesen. Dort mochte er die Brandung, die Wellen, deren Kraft sie bis an das Land trugen. Besonders die an der Küste San Franciscos liebte er, wo er sich, umgeben von seinen Bandkollegen, als junger, aufstrebender Rock-Star wie ein Held vorgekommen war, die Sicht nach Asien werfend, diesem unverständlichen Teil der Welt, den er sich auch noch erobern wollte.

Oder angenehm waren ihm die Geräusche des Hudson River an der Küste New Jerseys, wo er als Kind mit seinem Vater oftmals angeln gegangen war und seinen Vater dafür geliebt hatte, dass er mit ihm viele Stunden dort im Schilf verbracht hatte, in denen der Vater seinem Sohn geduldig das Handwerk des Angelns erklärte und besonders die Kenntnis davon, Aale geduldig nach oben zu holen.

Oder es war die Brandung an der französischen Atlantik-Küste, die Tom lieben lernte, wohin er ja mit ihr, mit Britta Klein, gefahren war, als beide, wahrscheinlich ineinander verliebt, sehr unbeschwerte Wochen verlebten und in einem schönen Auto – einem Bully, der zum Schlafen geeignet war – eine Rundreise durch den Süd-Westen Frankreichs unternahmen. Eine Rundreise, voll an Sommersonne, weiten Stränden, matschbraunem Sand, Lavendelfeldern, gutem Essen, gutem Wein und vor allem voll an Küssen, die nach Himbeeren schmeckten.

Meeresgeräusche taten Männern wie Tom gut. Diese milderten auch die Töne seines Tinnitus, den er bereits mit fünfundzwanzig Jahren bekam als Folge seiner lärmgeprägten

Arbeit, der er in den Stadien der Welt nachging. Diese Nacht nun, die sich ankündigte, in dieser Gefängniszelle auf dem Schiff, versprach ihm nichts Gutes und er zahlte einen Preis dafür, dachte Tom, dass er geglaubt hatte, seiner Trauer über den Tod seiner geliebten Freundin auf einer Kreuzfahrtreise eher, besser entkommen zu können.

Dieses Mal, dieses weitere Mal, im Bauch des Schiffes alleine zu Bett, war er erneut in die panischen Momente gefallen. Es fühlte sich für wenige, schlimme Minuten an, als wäre er lebendig unter dem Stahl begraben. Er dachte, er fiele in Ohnmacht. Er fühlte, dass sein Herzschlag schneller ging und dass sich kalter Schweiß auf der Haut bildete. Er kannte den Verlauf seiner Panikattacken. Wiewohl er im Kopf wusste, dass diese nach zehn bis fünfzehn Minuten endeten, als wären sie von einer Maschine auf Pünktlichkeit eingestellt, waren sie derart schlimm, dass er zugleich dachte, sie würden niemals enden und er müsse sterben.

Sie waren furchtbar, diese Attacken, die Tom seit Jahrzehnten befielen, und noch war kein Arzt und noch kein Hilfsmittel gefunden worden, die geholfen hätten, dass diese Dämonen, diese Geister des Bösen aus seinem Leben verschwänden.

Sein Ausblick aus seiner Suite war zwar schön. Er hatte ein Premium-Zimmer gewählt. Eines, das einen Balkon hatte und eine Fensterfront. Doch, die Vorhänge zugezogen, übermannten ihn die üblichen Ängste und Sorgen. Er hatte nicht einmal die Kraft, die Vorhänge zu öffnen. Es war alles steif und anstrengend in ihm, wenn die dunklen Reiter kamen. Auch das, was er in Hamburg erledigt hatte, steckte ihm in den Knochen. Der Besuch des Friedhofs, das Verharren an ihrem Grabstein, all das spülte alles Schlechte, das in ihm lag und das von ihm ausging, hoch.

Er wusch schnell, nachdem sich die Attacke verzogen hatte, sein Gesicht, knöpfte sein Hemd zu, zog die Schuhe an, die weit über fünfhundert Dollar gekostet hatten, und fühlte erneut, dass alles an ihm Ausrüstung war. Und, dann, entschied er sich bei der Auswahl der vielen Bars für die, die weit oben an Deck lag und doch ohne Außenfenster war. Oberhalb des schützenden Tresors oder des stählernen Grabes, je nachdem, wie man es sehen wollte, befand sich die Bar, und das auf einer Reise, die er für sich gewählt hatte, weil es doch genau anders sein sollte auf diesem Weg zurück in die Heimat.

Ruhiger in der Seele sollte ihn diese Reise machen, da Schnelligkeit ausgehebelt wäre. In gemächlicher Langsamkeit des Reisens alter Tage fort gehend, wollte er, ohne alles wie im Flug erlebt zu haben. Besser mit sich sein, war der Plan, weil er von Meile zu Meile trauern konnte, indem er sich vom Ort der Trauer ohne Eile entfernte.

Das „The Silent Palm" war keine der Außenbars, wohin er ging. Dafür, dass es dort angenehme wäre, war es vor der Küste Englands im Ärmelkanal, den das Schiff nun passierte, abends noch zu kühl und der Hochsommer zumindest heute noch nicht stark genug auf dem Schiff angekommen. „The Silent Palm", als er davor stand, sprach ihn gleichwohl sofort an. Er hatte, als er eintrat, einen Auftritt hingelegt, der ihn mit einem lächerlichen Stolz erfüllte, von dem er wusste, dass dieser unnütz war und doch, tatsächlich, immer wieder schön. Die Bar hatte eine aus Nussbaum gezimmerte Tür mit zwei Flügeln als Eingang und ein Flügel stand offen, als Tom hinein flog.

An der Theke nahm Tom auf einem der drei freien Hocker Platz. Einem, der eine genietete Rückenlehne hatte. Die er brauchte. Da er unter starken Rückenschmerzen litt und dies ein weiterer Preis dafür war, jahrelang eine anstrengende Bühnenshow hingelegt zu haben, wenn er mit „The Berlins" aufgetreten war. Er sah die Regale hoch. Als Rufus ihm wenig später eine Serviette hinlegte, das Zeichen, dass er bestellen möge, gab er hektisch seinen Wunsch an. Einen Whiskey Sour und den, wie sollte es bei mir anders sein, dachte Tom, doppelt und ohne Eis.

Dann nahm er wahr, dass ein Mann in seiner Nähe saß und das direkt neben ihm. Tom hatte sich, wie gesteuert durch den Wunsch, menschliche Nähe zu finden, auf den rechten der drei freien Hocker gesetzt. Der alte Mann links von ihm sah groß aus, bemerkte Tom aus den Augenwinkeln, wie ein kräftiger Basketballer im Ruhestand war er, einer, der im Zentrum unter dem Korb gespielt hatte, sehr hochgewachsen war, bestimmt ein Meter fünfundneunzig, und noch immer von einer enormen Muskelmasse geprägt.

Wie ein ganzer Kerl, der in die Jahre gekommen war, und doch ein Mann war, von dem keine Bücklinge zu erwarten waren. Einer mit Glatze. Einem, den seine Glatze nicht groß störte, dachte Tom. Einer, der bestimmt einer der vielen Rentner auf dem Schiff sein musste. Einer der ganz Alten. Wo bin ich nur hingekommen, flüsterte sich Tom in dem Jugendslang der alten Tage zu, als er den ersten Schluck des Whiskey zu sich genommen hatte und sich selbst zuprostete. Zur Hölle mit mir in diesem Leben, einem Leben, das ohne Weiß war und von Schwarz gemalt, flüsterte er sich selbstironisch zu und verwendete leise eine Liedzeile aus einem Song, den er vor über dreißig Jahren geschrieben hatte.

Beide Männer – Daniel und Tom – wussten noch nicht, dass sie die nächsten elf Tage ein gesprächiges, zugewandtes Paar würden. Zwei Männer, die eine Überfahrt von Hamburg nach New York gebucht hatten. Und die einen Grund dafür hatten, der vermutlich fern von all den Gründen der anderen Mitreisenden lag, warum diese zwei die Kreuzfahrtreise unternahmen.

Tom war ein Mann geworden, der stets in jedem Jahr seiner Karriere sich selbst ruinierte, als „The Berlins" wie eine Rakete in die Liga der Berühmtheit hoch schoss. Er hatte die Geborgenheit von New Jersey verlassen und war nun in der Bar der, der die Repräsentanz des Lebens seines Bar-Nachbarn ungläubig und hart hinterfragte. Er suchte geradezu danach, dass der goldene Anschein Daniels die Risse bekäme, die zuvorderst nicht sichtbar waren. Er wiederum wäre wohl der böse Junge, der in seinem ganzen Leben wenig richtig und viel falsch gemacht hatte. Beide fühlten – ohne es bereits voneinander zu wissen – gemeinsam etwas Ähnliches, das Trauern, das ganz anders denn als ein angenehmes Gefühl zu beschreiben war. Es würde sie beide zu etwas verbinden, was ganz anders war als ein Missempfinden.

Sie wussten nicht, dass sie sich helfen würden, über etwas ein wenig mehr hinweg zu kommen, das beide nun stark beschäftigte. Über das ein wenig mehr gefasst zu werden, was geschehen war, das in Beiden nur eines bewirkte: tiefe Traurigkeit.

Tom war ein alternder Rockstar aus New Jersey und zweiundfünfzig Jahre alt. Geboren 1968 und damit in dem Jahr, als die Leichtigkeit Amerikas ihrem Ende entgegen ging. Daniel war ein jüdischer Amerikaner, der in der Bronx groß geworden war, in Los Angeles ein lebenslanger Unternehmer wurde, und der mit seinen fünfundsiebzig Jahren zu seiner eigenen Überraschung noch immer am Leben war.

Der alte Mann trug seit zwei Jahren einen Herzschrittmacher und einen Schockgeber und beides, in der Funktion gut auf das Herz abgestimmt, ermöglichte es ihm gar bis heute, seinen Übungen im örtlichen Fitness-Studio in Encino. L. A., nachzugehen. Diese Besuche wurden geradezu zur Pflicht, wollte er länger leben. Der Altersunterschied zwischen Tom und Daniel war wie der eines Vaters zum Sohn und der eines

Sohnes zu seinem Vater. Das denkwürdige Aufeinandertreffen, das nun seinen Lauf nahm, geschah im Jahr vor den neuen großen Weltkrisen. In einer Zeit, in der nicht alles gut war. Nein. Aber als alles noch anders war. Gemäßigter, wie wir heute sagen würden.

Es war damals ein heißer Sommer im Jahr 2019, als Daniel Golin kurz nach rechts schaute, Tom Smith ansah und ihn höflich und ohne innere Aufforderungen nach mehr Austausch fragte, wie es ihm ginge.

Das laufende Jahr, vor der Zeit der weltweiten Verseuchungen und erneuter Verrohungen heutiger Tage, war in der Rückschau ein ganz gutes Jahr geworden. Es brachte etwas Besonderes hervor, etwas Gehaltvolles. Zumindest berichteten dies die Winzer von den Rebstöcken in Deutschland und in Frankreich und von vielen Orten der Welt in ihren Fachzeitschriften. Besonders ihren Bordeaux priesen die Franzosen bereits als einen der besten Jahrgänge ihrer Geschichte an.

Dass es heißer in der Welt wurde, sich die Hitzegrade der Welt rasch veränderten, war ein Seitenaspekt, der bei den Winzern und Weintrinkern noch keine besonders bedrohliche Gefühlslage hervorrief. Das Glücksspielparadies Las Vegas zum Beispiel verzeichnete in jenem Sommer Höchststände an Hitze und das daneben gelegene Tal des Todes – das Death Valley – war ein Ort geworden, durch das wohl kein Cowboy mehr freiwillig hindurch ritt und an dem die Touristen lediglich in bestens klimatisierten Bussen vorbeischauten und dann auch nur kurz wie im Vorbeifahren.

Auch diese Geschichte der Angst vor der Sonne, die sich von einem stets hoffnungsvollen Himmelsgestirn zu einem unaufhaltsamen und durchdringenden Boten der Angst vor ihr gewandelt hatte, von einem Gefühl der Wärme und Geborgenheit zu einem Gefühl, von ihr bei lebendigen

Leibe verbrannt zu werden, da die Menschen auf der Erde die Erde verwursteten, als wäre sie eine kostenfreie Leckerei zum Abendessen, die jeder sich nehmen konnte, wie er es nur wollte, diese Geschichte wurde erst später und dann mit aller Wucht in allen Regionen der Welt geschrieben.

Schwer würde er am Ende sein, dieser Jahrgang des Bordeaux, war noch das unbekümmerte Loblied im Jahr vor den Weltkrisen, und dass er sich sehr reif nach all diesen Sonnenstunden in jenem Jahr entwickelte. Er würde reich an Aromen werden und dazu gut geeignet, einen tiefen Abgang in der Kehle auszulösen.

Auf jeden Fall schaute Tom, der von alledem nicht viel verstand und eh das trank, was eine Bar ihm bot, auf Daniel und antwortete auf die Frage des Nachbarn, ohne dass es eine tiefere Bedeutung für ihn gehabt hätte, mit einem verlogenen „Fein. Mir geht es gut. Dank der Nachfrage." Er dachte, dass es sich mit der Wiederholung der Frage, an seinen Nachbarn gerichtet, erledigt hätte. Was sollte er auch mit solch einem alten Mann nur anfangen?, sagte sich Tom und nippte drei Mal rasch hintereinander an seinem Getränk. „Wie geht es Ihnen heute?", antwortete Tom.

Tom schüttelte sich und dachte, dass die Reise, nach New York mittels eines Kreuzfahrtschiffes in die Heimat zu gelangen, ein doch sehr falscher Gedanke gewesen war. Doch der Eindruck, am falschen Ort zu sein, war ein falscher.

Rufus hatte das Gespräch eröffnet, dass diese Beiden leicht – falls sie es wollten – zueinander ins Gespräch kommen konnten. Er hatte wie aus dem Nichts Tom und Daniel auf Barkosten je einen Tequila hingestellt. Dann sagte er mit gewinnenden Augen den Satz, den jeder gute Barkeeper in der Welt beherrschte, wenn er aus einsamen Gästen zweisame Gesellen machen wollte. Rufus schaute beide an, legte den gesunden Arm, da er den anderen im Krieg verloren hatte, auf dem Tresen ab und sagte dann in der freundlichsten Stimme, die ein Verkäufer nur haben konnte: „Ich sage gerne noch einmal ein herzliches Willkommen im ‚The Silent Palm'. Auf eine gute Zeit an Bord. Mein Name ist Rufus und ich bin in den nächsten Tagen für ihr Wohlbefinden da."

Dann hoben alle drei, da Rufus sich ebenfalls einen Tequila bereit gestellt hatte, tonlos die kleinen Gläser hoch und tranken. Den Tequila stürzten Tom und Rufus in einem Zug hinunter, nachdem sie die dazugehörige Zitrone ausgequetscht und das Salz zu ihrem Mund geführt hatten, während Daniel von dem Getränk nur ein wenig zu sich nahm. Tom verdrehte kurz seinen Kopf.

„Cheers!", sagte Rufus zum Abschluss seiner kleinen Zeremonie. „Auf Sie beide!", fügte er an. „Sie werden es gut bei mir haben!" Dann ging Rufus, höflich, wie er war, vor allem unaufdringlich, wie er war, ohne weitere Worte wieder von diesem Ort in seiner Bar weg und ging seinen Geschäften bei den anderen Gästen im „The Silent Palm" nach. Daniel und Tom hatten Rufus nichts entgegnet und sich selbst außer dem Trinkspruch nichts zukommen lassen.

Daniel war ein wenig neugierig auf seinen Nachbarn geworden und schaute erneut in seine Richtung. Er ordnete Tom ein, so gut er es konnte, und gab dem jungen Mann zur Antwort auf dessen Frage etwas mehr mit als es die kurze, im Grunde zugleich abwehrende Antwort von Tom verlangt hatte: „Fein geht es Ihnen! Das freut mich für Sie", sagte Daniel.

„Für mich ist es heute Abend wenig fein", sagte Daniel. „Das muss ich Ihnen sagen. Ich habe einen treuen Freund verloren. Er war sogar in ihrem Alter, wissen Sie?"

Tom hatte sich dem alten Mann zugewandt. Noch schaute Tom recht ausdruckslos drein.

„Ich bin wohl tatsächlich in Trauer", sagte Daniel, „obwohl er weder ein Verwandter noch ein Amerikaner war. Verstehen Sie? Bei ihnen ist alles gut? Das freut mich tatsächlich für Sie. Oder ist es anders? Für einen Mann, der seinen Whiskey gleich am ersten Abend so schnell austrinkt, als wäre er auf der Flucht und nicht an einem der schönsten Orte der Welt, wie doch so viele ihre Urlaube auf Kreuzfahrten, die sie um die Welt bringen, beschreiben."

Tom lächelte ein wenig gequält. Er wusste noch nicht, was er mit dieser Situation anzufangen hatte.

Daniel wartete keine Antwort ab. Der alte Mann fasste sich für seinen neuen Bar-Nachbarn das Herz alter Tage, als er die Menschen überall ansprach. Es war in Ghettos geschehen, wo er mit Menschen leicht und locker sprach, und wohin er seine Auszubildenden nach Hause gefahren hatte, Oder es waren Menschen auf den Straßen an vielen Orten der Welt gewesen, wohin er gereist war. Oder es waren freundliche Verkäufer in einem jüdischen Quartier an Orten gewesen, von wo Juden vertrieben worden waren, die er bereiste. Oder es waren vor allem seine Mitarbeiter in der Produktion, die das eine und andere aufmunternde Wort von ihrem Chef gut gebrauchen konnten.

Daniel atmete tief ein. Sodann sagte er für sich erstaunlich wohlgelaunt und so wie in alten Tagen:

„Ich heiße Daniel Golin. Sehr angenehm, Sie kennenzulernen, junger Mann, Ich bin aus Los Angeles."

Daniel legte keine Pause ein. Er schaute den jungen Mann neben sich dann in aller entwaffnenden Offenheit an, für die Amerikaner gemäß ihrer Kultur berühmt und berüchtigt waren. Geradezu liebevoll schaute er ihm in die Augen und fügte sogleich etwas an, das der Beginn eines guten Gespräches an diesem Abend werden konnte.

„Wie heißen Sie?", fragte Daniel.

Tom wusste im Grunde nicht, was er darauf sagen wollte.

„Ich heiße Tom Smith", sagte er. Er riss sich zusammen, da er ansonsten sehr oft von Menschen angesprochen wurde, die ihn aus der Klatschpresse kannten, und dieser Mann offensichtlich nicht. Er fügte dann schüchtern als auch ehrlich an: „Ich bin ein Junge aus New Jersey".

„Schön, Sie kennenzulernen, Herr Golin. Nennen Sie mich einfach Tom", sagte er. „Einverstanden? Darf ich Sie Daniel nennen?"

Tom machte es sich, so gut es für ihn ging, auf dem Hocker bequem. Er streckte seinen Rücken durch. Das tat er immer, wenn die Schmerzen in den Lendenwirbeln und am Ischias zu groß wurden. So, wie er nun saß, ging es ganz gut. „Alles okay?", fragte Daniel.

„Ja, ja, alles gut", antwortete Tom. „Es ist nicht so schlimm. Ich kann, Gott sei Dank, im Liegen mit den Schmerzen gut auskommen. Wenn ich dagegen sitze, dann kommen sie manchmal."

„Ja" , sagte Daniel. „Das kenne ich. Es ist ein Segen. Die, die nachts beim Liegen unter Schmerzen leiden, haben es viel schlechter. Meine Freundin ist so ein Pechvogel. Ich beneide sie nicht. Sie schläft selten durch."

„Du hast eine Freundin?", fragte Tom. „Darf ich fragen, wie alt sie ist?"

Daniel lachte auf, da er hinter der Frage seines Nachbarn einen besonderen Hintergrund vermutete. „Nein, nein, keine Sorge. Sie ist nicht dreißig oder vierzig oder so. Sie ist Mitte Siebzig wie ich und meine Freundin geworden, nachdem meine Frau Elenah verstarb. Wir haben uns in der Gemeinde im Trauerkurs kennengelernt. Nein, nein. Es ist nicht so, Tom, dass ich ein Sugar Daddy war oder bin, von denen es nicht wenige in Los Angeles gibt. Das wäre ja unmöglich und ich gebe mein Geld auch lieber für sinnvolle Sachen aus, für Souvenirs, für Essen oder die Werkstatt, wenn mein 50er Cadillac pustet und röhrt, als würde er gleich in sich zusammenfallen."

„Im übrigen", sagte Daniel, „im übrigen sind die Verrenkungen der Jugend im Bett dann eine Tugend, wenn ein Mann selbst jung ist. In meinem Alter ist man schon froh, wenn man die Treppen auf diesen Decks gut nehmen kann. Verstehst du?"

„Ich", stammelte Tom ein wenig, „ich wollte es nicht so sagen. Nein, Herr Golin. Ich meine, Daniel. Das war unhöflich von mir. Sicherlich. Aber ja, es hätte sein können. So kräftig, wie du ausschaust und, das darf ich sagen, so gesund und in Ruhe mit sich. Da hätte es passen können. Aber schön. Eine Freundin in deinem Alter. Das klingt schön."

„Auf mich warten viele gleichaltrige Frauen", sagte Tom, „die mich sogar alle heiraten wollen. Die kennen mich aus der Videozeit, dem Radio, den Klatschzeitungen, woher auch immer. Die Jüngeren wollen mich auch gleich an sich ketten und Kinder mit mir haben, am besten drei, aber von denen kennen nicht mehr so viele meine Musik. Wenn sie erfahren, wer ich bin, drehen die durch, als hätte sie das Bild, das sie dann von mir haben, auf Droge gepackt."

„Ist so. Ist einfach so. Bis heute."

Tom fuhr fort, sich zu erklären. Er hatte dabei das Gefühl, sich zu verheddern.

„Manche denken sogar", sagte Tom, „es ist unglaublich, sie glauben, dass meine Gene so gut sind, dass nur ich es sein kann, der ihnen ihre Brut gibt. Was für ein hässlicher Gedanke, ich weiß, es ist aber so. Dass das manche von denen denken. Darüber haben Rockstars sogar Songs geschrieben, solche, die sich nur dem erschließen, der mit diesem Drama zu tun hat."

„Ich bin umgeben von Heiratsschwindlerinnen", sagte Tom zum Schluss. „Und das ist nicht allein ein Fall für Männer, weißt du?"

„Kennen dich?", sagte Daniel. „Was heißt das denn? Du bist bekannt?"

„Kennst du nicht ‚The Berlins'?"

„Nein, leider nicht."

„Müsste ich?"

„Das ist meine Band. ‚The Berlins'. Wir haben bis Ende der Neunziger riesengroße Erfolge gefeiert. Ich war ihr Frontmann und ihr Sänger. Wir waren die New Jersey-Jungs, die in die weite Welt zogen, weil meine Bandkollegen und ich alle aus New Jersey stammen."

„Musiker, ach. Nein, euch kenne ich nicht. Entschuldige das, bitte."

„Wir haben Mitte der Neunziger ganze Stadien gefüllt. In den USA, in Südamerika, auch in Europa und in Asien. Es war die Hochzeit des ehrlichen Rock, den wir bedienten, und nicht der weichgespülte Spaß-Pop, der mit uns im Ring um die Hoheit der besseren Musik kämpfte. Wir haben das alles ganz gut gemacht, finde ich noch heute."

„Nein, tut mir leid", sagte Daniel. „Ich höre nicht viel Musik. Außer in Bars. Ich mag es, wenn in Bars Musik als ein sanftes Grundrauschen den Raum füllt. Ein wenig Jazz, ein wenig Blues, ein wenig Pianomusik. Ein großer Zuhörer war ich nicht. Habe ich noch nie getan. Musik hören und das viel. Im Radio höre ich eher die Sachformate. Wenn Elenah aber auf dem Klavier bei uns im Wohnzimmer übte und spielte, dann habe ich ihr oft zugehört."

„Während ich die Papiere am Küchentisch sortierte, weisst du?", sagte Daniel. „Aber auch nie besonders lange, weil es stets Aufgaben zu erledigen gab, Dinge, denen ich nachgehen musste. Hier ein Anruf, dort ein Anruf. Viel Ruhe war nicht."

„Aber sie spielte mit so viel Freude", sagte Daniel, „dass es mich stets anrührte und mein Herz erwärmte, wenn sie den Abend am Klavier ausklingen ließ. Sie war danach stets so friedvoll, so ausgeglichen und sie konnte dann auch ihre Einschränkungen vergessen. Sie war von Kindesbeinen an herzkrank, musst du wissen. Das Klavierspiel lenkte sie von ihren Schmerzen und ihren Sorgen um sich ab."

„Später, als die Kinder groß waren", fuhr der alte Mann fort, „das war bedrückend, sehr erstaunlich im Grunde, spielte sie nur noch selten. Es hätte ihre Zeit des Klavierspielens werden können. Niemand hätte sie gestört. Die Kinder waren ja nicht mehr im Haus. Es wurde aber nichts. Es war noch später fast so, als ob sie damit, dass sie das Klavierspiel einstellte, auch fast ihr Ende ankündigte."

„Das tut mir leid", sagte Tom und fühlte zu seinem Erstaunen, dass es ehrlich gemeint war.

„Muss es nicht. Es ist schon eine Weile her. Es hat lange gedauert, bis ich ein wenig über ihren Tod hinweg kam. Mein ganzes Leben habe ich mit ihr verbracht. An ihrer Seite, mit ihren Gedanken in meinen Ohren und ihren Taten vor meinen Augen. Dem gemeinsamen Älterwerden, dem Gemeinsamen überhaupt, was wir zueinander waren, Großeltern, Ehemann und Ehefrau, Vater und Mutter, Onkel und Tante. Am Ende war es schlimm geworden."

„Ganz am Ende haben wir die Medikation eingestellt. Es war noch die Hepatitis hinzu gekommen. Es erschüttert mich manchmal nachts, dass nicht sie neben mir liegt, sondern meine Freundin, die ein guter Mensch und eine bewundernswerte Frau ist. Und zugleich nicht der Mensch, mit dem ich mein ganzes Leben im Guten wie im Schlechten gemeistert habe. Wir hatten eine recht große Firma. Und die Firma wurde von mir geleitet, ja."

„Doch Elenah war jeden Tag mit mir im Büro", erklärte Daniel. „Wenn wir abends am Tisch aßen, sprachen wir weiterhin über Kunden und über alles, was in der Firma anfiel. Es gab nicht die Trennung des Privaten und des Beruflichen und den Kindern und dem Haus und so weiter. Es gab alles in Einem. Das machte es so schön, so reich, so nah, so sicher, dass ich ihr stets alles bot. Ich versuchte, ihr das zu geben, von dem ich dachte, es würde ihr helfen, ihre Schmerzen und ihre Sorgen ein wenig zu vergessen."

„Sie sagte mir die letzten Jahre ihres Lebens, ich sei ihr Fels. Stets, wenn sie das sagte, stiegen die Tränen in mir hoch und es fiel mir schwer, die Tränen vor ihr zu verbergen. Eines Tages, als wir in Venedig den Markusplatz entlang spazierten, sie bereits schlecht unterwegs zu Fuß, sagte sie es sogar meinem deutschen Freund. Er erzählte davon auf Elenahs Beerdigung, als wir sie verabschiedeten, und jeder, der es mochte, letzte Worte an sie richtete. Selbst ihm hatte sie anvertraut, dass ich derjenige wäre, der ihr Kraft gab."

„Ihr Fels sei."

„Als er mir das erzählte, nachdem er auf der Trauerfeier gesprochen hatte, bemerkte ich erst, wie ernst sie ihre Bemerkung gemeint hatte, da sie diese sogar unserem deutschen Freund, – den ich Sohn nenne –, sagte. Es war zu der Zeit, als sie bereits sehr, sehr angeschlagen war."

„Was habe ich denn schon gemacht, Tom?", fragte Daniel trocken und sprach mehr zu sich als zu Tom. „Reisen, ja. Kreuzfahrtreisen. Weil sie kaum viel gehen konnte, manchmal zitterte, manchmal vom Schwindel befallen war, schlecht aufgestellt war. Kurzatmig war. Wie diese Reisen ihr halfen, dennoch die Welt zu sehen. Dazu Ärzte suchen, Ärzte finden. Fernsehen, gemeinsam, ja. Am meisten die Shows mit den Tänzern, diesem Wettbewerb. Die liebte sie, diese Show."

„In großen Sesseln saßen wir währenddessen. Die ich extra für uns gekauft hatte. Solche, die elektronisch hoch und runter fahren. Die waren sehr gut, sehr gemütlich, fast wie Betten. Sie standen im Wohnzimmer und nahmen fast den ganzen Raum ein. Ja, aber was noch? Was hätte es noch geben können?"

„Ich wusste nicht, was noch."

„Elenah", schloss Daniel seinen Bericht, „war die Liebe meines Lebens und sie bleibt es auch in mir bis heute und bis Jahwe mich zu sich nimmt. Zu ihr."

Tom war still geworden und hatte in Ruhe zugehört, was im Grunde nicht zu seinen Stärken zählte. Es lag etwas in den Augen von Daniel, das ihn tief berührte.

Er, dachte Tom, war also ein jüdischer Amerikaner, der eine jüdische Ehe geführt hatte. Eine biblische gar? Was war das für ein unglaublicher Gedanke, sagte Tom zu sich. Eine biblische. Er hatte das nie geschafft, dachte er. Er hatte es nie gewusst, wie das nur ginge. „Das tut mir leid", sagte er erneut zögerlich und leise und bemerkte, dass er – ein berühmter Songschreiber – nicht in der Lage war, etwas Klügeres zu sagen.

„Muss dir nicht leid tun, nein", wiederholte Daniel.

Daniel nahm einen humorvollen Ton an, der mit dem Inhalt seines nächsten Satzes nur schwer übereinstimmte: „Es reicht, wenn ich das trage. Schmale Schultern, schmales Leid. Ich habe breite Schultern."

„Breite Schultern, breites Leid, sagt unser Rabbi gerne. Und der muss es wissen. Er war in jungen Jahren ein professioneller Ringer auf den Cowboy-Schauplätzen im Mittleren Westen, bevor er sich bei uns der Mischna widmete. Ein guter Kerl, übrigens. Einer, der auch mich getragen hat." Daniel schaute nach vorne in die Ferne. Dabei war es nur das Flaschenregal, das vor ihm in Sichtweite lag.

Tom sah, er dachte, es wäre anständig, zu der abgewandten Seite und damit nicht mehr in die Augen seines Nachbarn. Bei ihm selbst war es doch derart gewesen, dachte Tom, dass die Menschen, wenn er den Rock spielte, an ihm hochgesehen hatten. Wirklich, da sie im Graben standen unter der Bühne. Und unwirklich, da sie stets ein wenig kleiner wurden, wenn sie vor ihm standen.

So, als wären sie in seiner Gegenwart, wenn sie bei ihm waren, zu Plastikpuppen geschrumpft, denen Luft entwichen war. Damit sie besser die Bewunderung ausdrücken konnten, die sie ihm entgegen brachten, waren viele dieser Menschen in ihrem Verhalten gefangen, sagte sich Tom jetzt. Er hatte darüber einen Song geschrieben. Der Song hatte mit Jesus zu tun, dem Größten aller Stars. Der über Wasser ging und Menschen heilte. Gottes Sohn hatte zeitlebens Bewunderung erfahren. Er besaß einen Ruhm, der seine Fans klein machte.

Im Song ging Tom davon aus, dass Jesus durchaus Spaß daran hatte, diese Macht der Stars an sich zu haben. Auch wenn die Propheten in der Bibel nicht wirklich davon schrieben, dass er einen Genuss daran hatte, als Gottes Sohn über die Ebenen des verheißenen Landes zu ziehen. Aber, dachte Tom, dieser Personenkult galt vor allem für die Fans eines jeden Stars. Auch denen, die „The Berlins" für sich gewonnen hatte. Weil es junge Leute waren. Eine junge Rock-Band, die ihre Gleichaltrigen anzog wie Motten das Licht. Und von Licht auf den Bühnen gab es viel, sehr viel. Sie waren wie die Motten, die dann, zu nah an das Licht heran fliegend, vor Bewunderung fast verbrannten.

Dort, wo er fremd war, im Ausland, in bestimmten Altersgruppen und in bestimmten Milieus, dort trat dieser Effekt, den Berühmte wie er auslösten, selbstredend nicht sofort ein. Britta Klein hatte sich nie vor ihm klein gemacht oder tief verbeugt, dachte Tom jetzt. Naja, lächelte er, sie war ja auch kürzer als er. Sie benötigte es gar nicht, sich kleiner zu machen. Es war ja auch die erste Begegnung, auf dem Rasen vor dem Reichstag, als sie gar nicht wusste, dass sie auf einen Star traf.

Britta Klein. Was sie war?, fragte sich Tom. Eine kleinere Frau, eine kluge, dazu eine wunderschöne Frau war sie gewesen, der nordische Typ, europäisch, blond, blaue Augen, schlank und Lippen hatte sie, die rein wirkten und genügend voll für gute Küsse waren.

Ja, dachte er. War sie gewesen.

Ihre Liebe war nicht so etwas wie ein inniges, fortwährendes Klavierspiel am Abend gewesen. Sie hatten auch nie lange zusammen gelebt, dass so etwas wie ein gleichmäßiger Rhythmus in ihr Leben gekommen wäre. Auch spielte Britta Klein kein Klavier. Sie hatte Querflöte gelernt, wohl wahr. Diese spielte sie jedoch später nicht mehr und ließ sie gut verpackt im Keller. Britta schenkte der Musik als Erwachsene keine große Beachtung mehr. Tom erlebte es so. Sie verehrte aber alles Lebendige.

Sie liebte Reptilien, auf jede Art und Weise, und war darin, sie zu bestimmen und bei sich zu Hause artgerecht zu halten, eine Expertin auf diesem Gebiet geworden. Zoos baten sogar um Auskunft und Rat bei ihr. Er hatte es nie wirklich verstanden, wieso Britta dieses Hobby so sehr liebte. Insgeheim bewunderte Tom seine deutsche Freundin aber dafür, dass sie etwas Großes kultiviert hatte.

Sie sagte ihm gerne, wenn er in ihren Armen lag, dass Reptilien ihre große Liebe wären, da sie nicht in Gemeinschaften lebten, anders als Affen oder Elefanten, die in Gruppen und in Herden lebten, und Reptilien Wesen wären, die nur zur Paarung zusammenkamen und sich vielleicht nach dem Akt nie wieder sahen. So wären die Reptilien genau das Gegenteil von dem, was sie wäre, sagte sie. Sie liebe das Gemeinsame und die Gemeinschaft. Das Einsame, das überließe sie gerne den Reptilien, schob denen die Einsamkeit zu, auch die ihre. Es waren Tiere, sagte sie, um die sie sich wenig kümmern musste, da sie als Bekümmern lediglich ein Normalmaß der Tierpflege benötigten.

„Wollen wir noch etwas bestellen?", fragte Daniel geradezu ruckartig und wie aus dem Nichts und unterbrach die Gesprächspause. „Ich nehme noch eine Virgin Mary. Darf ich dich jetzt einladen, Tom? Was magst du denn noch neben dem Whiskey? Vielleicht etwas Besonderes? Wir können ja Rufus fragen. Wenn er sich schon so freundlich vorstellt, sollten wir ihn fragen, finde ich."

Daniel winkte Rufus herbei, ohne auf eine Antwort von Toms Seite zu warten. Rufus trat zügig an beide heran. Der alte Mann sagte, er bliebe bei der Virgin. Und ob er Tom etwas Besonderes aussuchen könnte. Ohne zu zögern, wie auch, es war seine Profession, schlug Rufus einen Ramos Gin Fizz vor und betonte, dass der sehr wunderbar sei. In New Orleans erfunden, mit Eiweiß dabei, Puderzucker, Zitronensaft, etwas von einer Limette und gekrönt mittels Sahne und Kirschen.

„Die Kirschen dazu", sagte Rufus, „das dazu zu reichen, darum wissen nur die wenigsten Barkeeper. Die Kirschen dazu, aus Frankreich eingeführt, in Rum gereift, sind gleichsam das Extra, das beim Ramos, wenn man den Richtigen haben will, nicht fehlen darf." Er, erzählte Rufus, habe selbst an der Bourbon Street in New Orleans ein paar Wochen gelernt, wie der zu mixen war. Im Grunde sei der Ramos Gin Fizz ein derart umfänglicher Cocktail, bis er fertig auf dem Tresen stünde, dass er wie das Leben eines Showmasters sei: Eines, das vieles bräuchte, um eine gute Show hinlegen zu können.

Tom wollte die letzte Äußerung von Rufus als Anspielung ansehen, dass dieser ihn vielleicht erkannt hatte. Rufus gab ihm gleichwohl keine Ruhezeit, den Gedanken auszubreiten, da er beiden bedeutete, dass sein kleiner Vortrag, der notwendig wäre, wollte man den Ramos genießen, noch nicht ganz an sein Ende gekommen wäre.

Etwas war der Ramos Gin Fizz, führte Rufus weiterhin aus, das nur Kenner erkannten. Kohlensäure enthielte der wie alle Fizzes, das erfrische den Genießer. Er sei aber auch schön anzusehen, im großen, hohen Kristallglas serviert, und das Eiweiß ruhte als Schaum auf der ansonsten farblosen Flüssigkeit. Er sei sehr süß und, weil er für Kenner war und nicht für solche, die Gin nur als hochprozentigen Alkohol wahrnehmen, zum schnellen Schuss in den Kopf missbrauchend, sei er in der Folge sehr selten nachgefragt.

Zum Schluss sagte Rufus noch, dass dieser Cocktail keine Filmkarriere hinter sich habe wie der Cosmopolitan in alten Hollywood-Filmen und daher im Grunde recht unbekannt geblieben sei. Um bekannt zu werden, benötige es das Fernsehen, das Kino und die große Show. Tom nickte sodann höflich und war sich jetzt sicher, dass Rufus in ihm den Rockstar erkannte hatte. Er bestellte den Cocktail, sagte ein paar nette Worte und dankte Daniel, dass der ihn einlud.

Eine kleine Pause entstand. Daniel war nun doch auf einen stillen Gedanken gekommen, auf einen, der ihn stark in einer Erinnerung verharren ließ. Eine Erinnerung stieg in ihm hoch, als wäre diese sein Steuermann und er keiner über sie. Wie Elenah im Haus ihrer Eltern Klavier für ihn spielte, als er sie wieder und wieder treffen durfte. Er war davon sehr eingenommen gewesen.

Es war nicht so, dachte Daniel, dass er sich von dieser Kultur nur beeindrucken ließ. Nein, dazu war er viel zu pragmatisch und zu selbstbewusst. Dass Elenah aber Dinge tat, die er nicht beherrschte, beeindruckte ihn schon. Einmal bat sie Daniel, damals in der Phase, als sie ein Jahr lang darauf warteten, offiziell ein Paar werden zu dürfen, ganz nach dem Wunsch der Eltern, der Kultur und den Vorgaben der Gemeinde, einmal rückte sie auf dem Klaviersitz zur Seite und bat Daniel, neben ihr Platz zu nehmen. Es war das Jahr 1961 und damit das Jahr, in dem ihre Liebe begann.

Sodann führte Elenah die Finger seiner linken Hand über die Anschlagtasten des Klaviers und löste eine sanfte Melodie aus, die Daniel in seiner Mitte traf. Es war etwas von Bach. Es war, als hätte der feiste, kleine und lebensfrohe Amor nun seinen Pfeil auf beide abgeschossen, dieser Gott der Liebe, der mit den Menschen machte, was nur er wollte. Elenah hatte Daniel mehrfach von Amor erzählt. Daher musste Daniel an diesen merkwürdigen, unberechenbaren Gott denken, als er näher an Elenah heranrückte.

Es war für ihn weniger die Musik, wusste er, die das Hochgefühl bestimmte, es waren die ersten zärtlichen Berührungen, die sie sich schenkten. Die sie sich schenken durften, weil Elenahs Mutter, eine stark gläubige Jüdin, eher orthodox denn reformistisch, in der Küche stand, das Abendbrot zubereitete, und dadurch genügend gut die Aufpasserin spielen konnte und daher nicht im Wohnzimmer anwesend war, wo das Klavier seinen Platz hatte. Sie wollte darauf achten, dass der erste Freund ihrer Tochter einer war, der auf festem Grund und Boden stand und kein Hallodri war wie die, die, wie sie es empfand, massenhaft durch das Kalifornien der damaligen Zeit zogen.

Nun berührten sich die Finger am Klavier. Die Mutter verblieb in der Küche. Daniel, so erinnerte er sich nun im „The Silent Palm", nahm all seinen Mut zusammen und drückte die Hand Elenahs. Da sie den Druck erwiderte, wandte sich Daniel Elenah zu und schaute ihr derart in die Augen, dass beide wussten, dass jetzt der Moment der Einigkeit hergestellt war, von dem alle Kraft ausging, die sich in der Folge in ihrem Leben entfaltete.

Daniel ging den nächsten Schritt, den nächsten in dieser Steigerungsform der langsamen Annäherung der damaligen Zeit, und küsste Elenah auf den Mund, ohne dass beide ihrem Verlangen nach mehr nachgingen. Es war gleichwohl ein Kuss voller Süße und Nähe und aus dem Gefühl heraus geschehen, dass Elenah es mögen könnte, dass er, als Mann, stets die nächsten Schritte unternahm, wie es sich gehörte und wie es schön für sie war.

Elenah belohnte ihren Verehrer dadurch, dass sie ihre Lippen fest auf die seinen drückte und ihm kurz über die Haare strich. Sodann war das Ereignis bereits wieder zu Ende, Daniel saß wieder im Wohnzimmersessel der Eltern und Elenah tat so ungerührt, als sie das Klavierspiel fortsetzte, als wäre nichts gewesen. Gleichwohl glühte sie und ihre Wangen waren rot wie die Haut sonnengereifter Äpfel aus Nord-Kalifornien. Daniel sah ihren Brustkorb sich wie nach einem Einhundertmeterlauf auf dem Schulsportplatz schnell heben und senken.

Amor war aus der Mode gekommen. Von ihm zu berichten war ein wenig derart, als gäbe man mit Bildung an, die keinen Menschen bereits damals mehr interessierte. Und doch tat Elenah genau das, als sie am Abend des ersten Kusses Daniel aus ihrem Zimmer per Telefon anrief. Sie erzählte ihm die Geschichte des Gottes Amor und zeigte sich erstaunt, dass ihr Freund tatsächlich dessen Geschichte hören wollte.

Elenah beendete das Gespräch am Abend, das sie flüsternd führen musste, heimlich und doch in der Ahnung, dass die Mutter mithörte und alles verstand, mit einer Bemerkung, die ihre Beziehung ganz neu bestimmte: „Wir sind nun ein Paar, Daniel", sagte Elenah entschieden, erinnerte sich Daniel in „The Silent Pam". Sie sagte wie zum Schwur: „Und damit ist es das Schönste, das ich mir je habe vorstellen können. Das Schönste, auf einen Mann, wie du einer bist, getroffen zu sein."

Dann kam Rufus zurück an die Theke. Wortlos stellte er beide Getränke hin und verschwand dann, ein wenig in Eile, wortlos an die andere Seite der Theke. Es waren vielleicht noch acht Gäste in der Bar. Es war ruhiger geworden. Die Menge an Geräuschen der Worte hatte abgenommen. Zudem hatte Rufus das Licht gedimmt, sodass es Abend in der Bar wurde, ohne dass dies als ein unhöfliches Zeichen zum Aufbruch galt.

Rufus erzählte jedem neuen Gast, dass die Abende im „The Silent Palm" auch bis in die tiefen Nächte übergingen, wenn ein Gast das nur mochte. Das sei eine der Besonderheiten seiner Bar, dass er jeden Gast bis in die Frühe begleitete, wenn der es nur wollte, und dass er genau dafür da war, auf dem Kreuzfahrtschiff, und zu nichts anderem.

„So gehört es sich in jeder richtigen Bar, die ihren Auftrag ernst nimmt", fuhr Rufus dann jedes Mal fort. Jedes Mal, wenn die Gäste – zumeist die weiblichen – so taten, als sorgten sie sich deswegen um seine Gesundheit, sagte er: „Ich schlafe stets bis zum Mittag, das ist mein großes Privileg als Barkeeper auf diesem Schiff." Er fügte augenzwinkernd an: „Ich habe im übrigen schon schwierigere Arbeiten in meinem Leben erledigt."

Rufus hatte zwei Arme gehabt, bevor er in den Krieg nach Afghanistan gezogen war. Zurück in Amerika, besaß er einen Arm weniger und galt als Veteran, dem kaum zu helfen war. Er jedoch arbeitete sich hoch und, unterstützt von einer modernen Prothese, hatte er sich selbst, willensstark, in die Lage versetzt, weiterhin zu arbeiten. Am Ende war er ein erfolgreicher Barkeeper geworden. Er hatte einen Beruf angenommen, der ihm nicht Schaden zufügte und ihn sogar zu etwas Besonderem machte, weil in den Bars, in denen er arbeitete, es den Gästen als interessant und spannend erschien, auf einen solchen Barkeeper zu treffen.

Nachdem beide ihre Getränke von Rufus gereicht bekommen hatten, sie erste Schlucke genommen hatten, Tom den Ramos Gin Fizz sehr gelobt hatte, fuhren sie mit ihrem Zweiergespräch fort. Tom war auf Daniel neugierig geworden. Dessen Rede war sehr lang gewesen und Tom hoffte, dass sich so etwas nicht wiederholte. Gleichzeitig hatte der jüngere Tom dem alten Mann gerne zugehört. Er wusste nicht genau, woran es lag.

Es hatte wohl damit zu tun, dass Daniel ein Leben mit einer Frau geführt hatte und ihr bis zu ihrem Tode im hohen Alter ein durchgehend treuer, dienender und freundlicher Mann gewesen war. Konnte das sein?, fragte sich Tom.

Konnte es sein, dass er nun, auf diesem Schiff, in dieser Bar, auf einen Mann traf, der so einer – ein Mann des Anstandes – sein Leben lang geblieben wäre? Vielleicht wäre das nun das Schicksal, dass ausgerechnet Tom – der stets Unanständige, der Verlorene – elf Tage lang unvermeidlich am selben Ort verblieb, wohin es auch Daniel verschlagen hatte? Würde er ihn morgen wiedersehen?, fragte sich Tom und empfand Wärme bei diesem Gedanken.

War Daniel der Mann eines seltenen Schlages? Und einer, der derart selten aufzufinden war wie liebevolle, sich kümmernde Fans? Tom erinnerte sich, wie er auf Fans gestoßen war, die ihm alles entrissen hatten, alles entreißen wollten, alles von dem, was an ihm nur war, das Herz, die Haut und die Haare und vor allem sein Geld, und niemals das, was ihn wirklich berührt hätte. Das, was wohl Seele genannt wurde.

Tom hatte sich oft in seinem Leben von Menschen eingemauert gesehen, die ihm den Weg hinaus in das, was vielleicht bei Daniel vorhanden gewesen war, nicht ermöglicht hatten. Hinter den Mauern lebte er als Mensch, der sich nach Ruhe, Gleichmäßigkeit und Normalität sehnte. Vor den Mauern war er der Rockstar, dem alle möglichen Menschen unterstellten, dass er ein solcher geworden war, da er in Ruhm und in Champagner ersaufen wollte.

Tom bemerkte, dass er vom Gespräch mit Daniel abdriftete, als wäre er selbst wichtiger als das gute Gespräch und als wäre er der Scholle, die er mit ihm teilen wollte, bereits entwichen. Er bemerkte, dass das ein Teil seines Dramas war: die guten Gelegenheiten zu Gesprächen, aus denen Freundschaften erwachsen könnten, links liegen zu lassen, da sofort der nächste Reiz käme, dem es galt, nachzujagen.

Tatsächlich hatte Tom im Raum bereits nach einer Frau gesucht, mit der er die Nacht verbringen könnte und die ihm das gäbe, wonach ihn dürstete wie den armseligen Süchtigen nach dem nächsten Schuss, um alles kurzfristig zu vergessen, was davor nur an Mangel in ihm gewesen war. Er atmete tief ein und aus und wollte Daniel, da er zu ihm zurückkehren wollte, eine Frage stellen. Welche Frage würde passend sein?

„Wieso bist du noch nicht müde, Daniel?", fragte Tom in einem sanften Ton der vorsichtigen, weiteren Annäherung, da er auf seiner Armbanduhr bemerkt hatte, dass es kurz vor Mitternacht war. „Es muss doch für dich ein anstrengender Tag gewesen sein, das Ankommen und das Einrichten, oder?"

Daniel schaute zu Tom. Er sah einen nicht mehr ganz so jungen Mann. Er trug Narben in sich, dachte Daniel. Er war ein Mann, der sich vielleicht nie von seiner Jugend in New Jersey verabschiedet hatte, einer, der ein Spiel spielte, das einem jugendlichen Mann gut gestanden hätte, aber einem Mann seines Alters nicht.

Zugleich war er ein Star gewesen, sagte sich Daniel. Wenn er ein Star war, und es gab bereits genügend Hinweise darauf, dass es für Daniel stimmig war und keine Fantasie des Nachbarn, dann war er ein Mann, der wahrscheinlich Stimmungen und Taten erlebt hatte, die fern seines eigenen Lebens gelegen hatten. Vielleicht war Tom einfach nicht gut genug gebaut für die Welt der Stars gewesen und hatte sich daher darin verloren.

Wenn er tatsächlich aus New Jersey stammte, wie er sagte, hätte Tom doch ein guter Sohn werden müssen und nichts anderes. Daniel kannte New York sehr, sehr gut und damit auch New Jersey. Er war in New York groß geworden und das zu einer Zeit, als diese Stadt bereits hart war und zugleich nicht derart hart war wie in den darauf folgenden Jahrzehnten. Damals zu seiner Zeit hatten junge Leute aus der Bronx die Sehnsucht, auch in den kleinen Städten und Umgebungen von New Jersey vor den Toren New Yorks groß zu werden.

In ihren Einzelhäusern, in ihren Nachbarschaften. New Jersey roch damals nach Frieden, roch nach Ordentlichkeit, roch nach guten Eltern, roch nach einem Haus, vor dem ein kleiner Garten lag, in dem du die Äpfel im Herbst pflücken konntest und in Schulen gegangen wärest, auf denen gute Lehrer gerne gute Schüler unterrichteten.

New Jersey war in den Vierzigern und Fünfzigern die erfolgreichere Bronx, erinnerte sich Daniel jetzt. Wenige Kilometer auseinander lagen sie, eine Region mit noch guter Facharbeiterschaft, noch gutem Mittelstand, in der der amerikanische Frieden gelebt wurde. Es war nicht der Ort wie die Bronx, vor allem die Süd-Bronx, wo die Gewalt und die Angst früh eingezogen waren, noch bevor die harten Drogen auf den Straßen verticktt wurden, die weite Teile der Bronx später ganz und gar in die Region eines Endes und nicht in die eines Anfangs verwandelten.

Besonders die Süd-Bronx hatte als Paket nur eines anzubieten: ein derart schwieriges Leben, dass die, die dort heraus kommen wollten, aus diesem Loch, es schwer hatten. Sie lebten vielmehr an Straßen, in denen Elende und Vertriebene des Lebens und Abhängige und Kriminelle herumhingen, an den Eingängen und auf den Treppenstufen vor den Häuserblocks, wo Dealer und die Bosse der Welt der Gewalt und der Verbrechen die Herrschaft übernommen hatten.

Menschen wie Daniel kannten die Menschen aus ihrer Jugend in der Bronx genau, die mehr und mehr in kaputten Hochhäusern und im Schmutz in den Eingängen lebten. Wenn er, in Los Angeles lebend, im TV einen Film sah, der Straßen der Bronx zeigte, rief er Elenah stets zu, welche er dort im Film wiedererkannt hatte, da er zwischen diesen groß geworden war. Daniel schaltete dann das Fernsehprogramm rasch um, da ihn die Erinnerung an diese Straßen schmerzte.

Junge New Yorker fragten sich damals, ob das alles im Leben gewesen war, was das Leben dort zu bieten hatte. Daniels Weg nach Los Angeles in die KFZ-Schlosserlehre war sein Ticket in ein gutes Leben gewesen. Er, Daniel, hatte es sofort und ohne zu zögern eingelöst, als sein Onkel ihm dies angeboten hatte. Doch Tom, Leute wie er, die waren noch behütet in New Jersey aufgewachsen. Es war keine Vorstadt von New York. Es lag auf dem Festland, der viele Streifen an Grün und der geordnete, gepflegte Football- und Baseball-Plätze zählte. New Jersey hatte Park-Anlagen, auf denen, beides zu spielen, ein Vergnügen gewesen sein musste.

„‚The Berlins'? So hieß deine Band?", fragte Daniel und fügte an: „Nein, ich bin noch nicht müde. Ich werde mich zwar bald in die Nacht begeben. Doch noch trinke ich meine Virgin in Ruhe aus. Und du bist ja auch noch da. Und ich wäre sehr begeistert, wenn du, Tom, mir noch ein wenig von deiner Band erzähltest. Eine Band zu haben, eine, die berühmt ist, das klingt nach einem wunderbaren Leben. So sagen doch viele, oder nicht?"

„Warum hieß sie ‚The Berlins‘, wenn ihr doch New Jersey-Jungens gewesen seid?"

Tom rutschte auf dem Hocker hin und her. Wie sollte er einem alten Mann seine Musik erklären, die er im Grunde sich selbst nicht erklären konnte.

„Tja", sagte er, „‚The Berlins‘, tja, wir waren am Ende die Anti-Boygroup-Band. Weißt du, was eine Boygroup-Band ist?"

Daniel verneinte.

„Also, es gibt die Jungens, die jeder heiraten möchte. Vor allem die Mütter deiner Freundinnen hätten sie gerne als Schwiegersöhne gehabt. Immer nett. Immer höflich. Immer ohne eigenes Profil. Ohne Wut in sich. Jungens, die nie Ärger machen. Und die jedem Ärger aus den Weg gehen. Sie sehen nett aus, haben glatte Haut, sauberes Haar und kommen daher wie aus einem der Shampoo-Werbefilme."

„Sie können singen, wohl wahr. Treffen die Töne wie auf Knopfdruck. Kopfstimmen vor allem. Hohe Stimmen haben die, die wie Engelsstimmen sind. Keine rauchigen, keine aus dem Bauch. Solche sind die, die tanzen, als hätten sie jahrelang Ballett gelernt und hätten das dann nur in einfache Disco-Tänze verwandelt. Ihre Kleidung ist smart, voller heller Farben, immer schön rein gewaschen."

„Der Höhepunkt an Wildheit sind bereits die Jeans, die Fransen haben und Löcher im Stoff. Solche Jungs geben brav Antworten auf jede Frage und der Journalist, auch wenn er nachhakt, als ginge es um die Rettung der Welt, erhält nur Alltagsworte, Lob, freundliche, nichts-sagende Sätze. Keiner nimmt Drogen, das ist besonders wichtig. Nicht einmal ist es vom Management erlaubt, dass sie Zigaretten rauchen."

„Und wenn sie Zigaretten rauchen, dann stets im Tournee-Bus, der abgedunkelte, abgeklebte Fenster hat, sodass niemand sieht, dass sie auch zu den Rauchern gehören."

„Schon Hasch wäre ein Grund, dass sie aus der Band rausgeworfen werden. Steht alles in ihren Verträgen. In den Verträgen, die ihre Jugend knebeln. Warum die Jungens das alles machen? Das alles wollen? Naja, ist doch klar. Das Plattenmanagement gibt so viel Geld, dass sie den Eltern der Bandmitglieder auf einmal ein Haus bezahlen können, sodass es die Mama glücklich macht. Sie haben auf einmal das Geld, sich auf Reisen zu begeben, die ihnen vorher zu unternehmen als unmöglich erschienen waren."

„Sie verdienen das Geld mittels einer chirurgisch sauberen Arbeit, dass sie denken, später, wenn die Musik mal endet, sie das regellose Leben beginnen könnten, das ihnen vorher verwehrt geblieben war. Im Grunde sind sie in der Band und im Management Vögel im goldenen Käfig. Vögel, die nie im Dschungel klar kommen mussten, oder auf dem Acker oder in der Wüste."

„Meistens holt das Management dieser Bands die Jungens aus der Arbeiterschicht, formbare junge Männer, solche, die schwach sind, solche, die so große, schöne, unbekümmerte Augen haben und kein Rückgrat, sodass sie dem Manager folgsam sind und bleiben. Keiner von denen", erzählte Tom und verzog auf einmal sein Gesicht, „hat jemals ein Hotelzimmer zertrümmert. Und wenn, dann nur auf Befehl für ein verlogenes, scheinheiliges Musikvideo."

„Und, Daniel, wenn einer aus der Reihe springt, dann ist das gleich ein Skandal in den Klatschblättern. Es gibt Geldstrafen, wie im Sport, wenn sich einer daneben benimmt, und diese Geldstrafen tun richtig weh. Die Songs wiederum, die haben die nicht selbst geschrieben, sondern die Songwriter der Plattenfirma."

„Solche Songwriter, die in der Werbung waren, und nun so schreiben, als wären sie in der Werbeindustrie stecken geblieben. Songs? Solche mit Geschichte, mit Blut, mit Schweiß, aus Angst geboren, in Mut ertränkt, das kommt dabei nicht raus. Das sind also die Boygroups. Von denen gab es zu meiner Zeit einen großen, einen riesengroßen Haufen."

„Zwanzig aus ein Tausend, die davon träumten, Stars zu werden, wurden nationale Stars und nur fünf sind vielleicht Weltstars geworden, von denen manche dann nach fünf, sechs Jahren zu Brei eingestampft wurden. Musiker, Daniel? Ein Musiker, das war so gut wie keiner von denen."

„Es waren Leichtgewichte. Fliegengewichte. Dünne Jungens ohne Kopf, ohne Eier, ohne Plan, ohne Kunst. Singvögel. Kleine Amseln in New Yorker Clubs und auf dem Rasen vor dem Wembley, wo sie auftraten."

„Sobald das Management das Projekt schloss, weil die Jungens Erwachsene wurden und nicht mehr verkaufsfähig waren, sobald das geschah, waren sie weg, diese Sorte an Managern, und auch die Fanwelt brach zusammen, die nur so lange durchgehalten hatte, wie die ganze Maschinerie erfolgreich am Leiern war."

„‚The Berlins' war anders, Daniel."

„Anders."

„Und verdammt gut."

Daniel hatte, ein wenig belustigt, zugehört. Wie sich Tom Smith doch in Rage reden konnte, hätte er ihm gar nicht zugetraut. Tom hatte mit Kraft geätzt, dachte Daniel.

„Und", fragte Daniel, „wie wart ihr?"

Tom schaute mit einem Mal stumm an die Decke. Als ob dort nicht eine Decke voller Intarsien den Blick begrenzte, sondern der freie Himmel über dem Meer sich öffnete, schaute er jetzt ein wenig verloren drein, da sein Blick, als er sich erneut Daniel zuwandte, leer war, als hätte er seine ganze Energie, die am Abend noch übrig geblieben war, mit der vorgetragenen Beschreibung verschossen. Leer war er durchaus, einfach leer. Einfach ohne Kraft.

So musste sich Tom aufraffen, seinem Nachbarn im „The Silent Palm" eine Antwort zu geben.

„Wie wir waren? Wir waren anders. Wir waren die Band. Eine Band."

„Aber", sagte Tom matt, „mehr kann ich dazu heute nicht sagen. Heute Abend nicht. Ich bin müde geworden. Es tut mir leid, Daniel", sagte er. „Ich mag von ‚The Berlins' heute Abend nichts mehr erzählen."

„Die Band – meine Band – war in die Jahre gekommen. Und ich will mich nicht feiern. Ich bin hier neben dir. Nicht, weil ich Rockmusiker bin."

Tom stockte. Er atmete tief ein und aus. Als ob es eine Beichte wäre und Daniel ein katholischer Priester, der sie abnahm, sagte er dann: „Mein Leben war nicht gut, Daniel. Nicht gut. Und ich war in Hamburg aus einem bestimmten Grund. Einem harten Grund. Der tief sitzt. Ich war am Grabstein von

Britta. Der Liebe meines Lebens. Sagt man wohl. Sagt man das nicht? Sie hieß Britta Klein."

„Das tut nun mir leid", sagte Daniel.

„Und ich", sagte Tom und Tränen stiegen ihm in die Augen, „anders als du war ich nicht auf ihrer Beerdigung."

„Weil ich nur eines bin."

„Ich bin ein feiger Mensch."

Der alte Mann gab Tom Zeit, sich zu sammeln. Er wusste einiges über Hollywood, Schauspielerei und Stars. Ohne je an einer Film-Produktion beteiligt gewesen zu sein oder am Set eine Rolle gespielt zu haben oder auch nur mit Schauspielern über ein kurzes Gespräch hinaus zu tun gehabt zu haben, wusste Daniel so genügend Bescheid über das Show-Geschäft, ohne es dem jungen Mann bislang unter die Nase gerieben zu haben.

Zum einen lebten seine Familie und er jahrelang im Stadtteil Nord-Hollywood, wo es unmöglich gewesen wäre, nicht viel über Stars und Sternchen zu erfahren. Nachbarn waren im Filmgeschäft. Auf der High-School war das Filmgeschäft ein großes Thema.

Die Kinder hatten Freunde, deren Eltern in dieser Branche waren. Auch waren sie – Elenah und er – im Laufe der Jahre oft auf Abenden privater Art gewesen, wo sie die einen und anderen kennenlernten, die ganz nah an den Blockbustern dran waren, an den Biografien berühmter Hollywood-Stars und den Bedingungen, unter denen diese in Wahrheit lebten und arbeiteten.

Zum anderen produzierte Daniels Firma Hinweisschilder und andere Dinge, die er auch in Las Vegas an die großen Hotels verkaufte und in den Kundengesprächen das eine und das andere von denen erfuhr, die dort die Shows produzieren.

Dann kam zum zweiten hinzu, dass, wer in Hollywood lebte und in Beverly Hills und überhaupt in Los Angeles arbeitete, stets und wieder und wieder auf die eine Million Menschen traf, die es im Filmgeschäft in Hollywood nicht zu etwas brachten und besonders auf die weitere eine Million an Stadtbewohnern traf, die erfolgreich – mehr oder weniger – in dieser Branche auf vielfältige Art ihr Auskommen erzielte.

Daniel sagte nichts. Und ließ damit Tom die Welle sanft auslaufen, bis er wieder festen Grund am Strand fand.

„Ein letztes Getränk für heute, Tom?", fragte Daniel dann.

„Aber ich suche es aus", sagte Daniel in einem möglichst unbeteiligten Ton. „Ein Getränk zum Ende eines langen Tages, in das Bett hinein. Ja?"

Ohne eine Antwort abzuwarten, rief Daniel Rufus herbei. Er bestellte eine Cola. Ohne Eis, das lediglich frösteln ließe. Eine, die viel frischen Zitronensaft und drei Löffel reinen Zuckers enthalten sollte. Als Rufus mit der Cola zurück kam, trank der wiedererstarkte Tom die Hälfte der Cola in einem Zug aus.

„Schmeckt gut", sagte Tom.

„Tut auch gut", sagte Daniel. „Nicht?"

„Der Zucker senkt die Stärke des Stressenzyms im Kopf."

Daniel bat Rufus herbei. Es war Bettzeit, sagte er sich. Er wusste bereits, dass der junge Mann neben sich mit ihm weiter reden und trinken würde, wenn er nicht für sich ein Machtwort spräche. Er bezahlte Rufus' Rechnung mittels der Kreditkarte und gab ein hohes Trinkgeld hinzu. Daniel sagte Rufus noch das eine und das andere und auch, wie beeindruckend sein „The Silent Palm" und er selbst waren.

Dass die Musik im Hintergrund liefe, leise genügend, dass man sich gut unterhalten könnte, habe ihm am besten gefallen.

Und Rufus sagte sodann ein paar freundliche Worte und dass er hoffe, Daniel die Tage wiederzusehen. Das Gespräch war eines, das zwischen Rufus und Daniel stattfand. Tom sagte währenddessen nichts.

Als Rufus gegangen war, wandte sich Daniel an Tom. Beide tauschten Freundlichkeiten aus und die waren in diesem Moment, nach Mitternacht, in einem so guten Ton vorgetragen, dass Daniel dem jungen Mann anbot, einander wiederzusehen. Auf dem Deck am Tag, im Restaurant oder wieder – „Warum nicht, Tom?" – im „The Silent Palm".

Daniel wünschte Tom eine gute, erholsame Nacht. „Es war wirklich schön, die Begegnung mit dir", sagte Daniel, „und ich denke, dass es nicht heute Nacht enden muss. Ich bin sehr gespannt auf die nächsten Erzählungen aus deinem Leben."

„Und", Daniel legte seine große rechte Hand auf die Schulter seines Nachbarn, „und, Tom, ich meine es ernst. Ich möchte dich bitten, mir morgen oder übermorgen zu erzählen, was ‚The Berlins' waren. Deine Band. Eine richtige Band. Und mir ist klar geworden, dass unsere Begegnung vielleicht doch nicht rein zufällig war."

„Wir sind beide Trauernde, die sich treffen – auf hoher See –, damit sie vielleicht in der gegenseitigen Begegnung ein wenig Trost fänden. Mir hast du Trost gespendet", sagte der alte Mann. „Dafür danke ich. Ich werde jetzt ins Bett gehen und ein wenig im Talmud lesen. Was liest du noch, bevor du schlafen gehst? Überhaupt, liest du?"

Tom winkte ab. Er war zu müde, um klug darauf zu antworten.

„Möchtest du den Talmud mal lesen, Tom?"

„Als Gute-Nacht-Geschichte?"

„Ich gebe dir vielleicht morgen meine Ausgabe, wenn du es magst", sagte Daniel.

Tom ging auf den Vorschlag nicht ein und wünschte Daniel sodann ebenso eine ruhige, gute Nacht.

„Ich bleibe noch ein wenig, Daniel", sagte er.

Dann verließ Daniel die Bar. Er ging zum Ausgang. Es waren nur noch drei weitere Gäste im „The Silent Palm". Es war der erste Abend auf dem Kreuzfahrtschiff gewesen, das morgen die Nordsee verlassen und dann in die Weite des Atlantiks vorstoßen würde.

„Gute Nacht, Herr Golin", hatte Tom noch hinterher gerufen. Höflich, anerkennend.

Dann verschwand der Alte in den Bauch des Kreuzfahrtschiffes und Tom tat etwas zu seiner eigenen großen Überraschung. Er wollte früher als gewohnt eine Bar verlassen.

Er rief Rufus herbei und bat ihn, die Rechnung zu stellen.

II. Kapitel

Sternenklar

Daniel und Tom waren sich am zweiten Tag der Reise tagsüber nicht begegnet. Das Kreuzfahrtschiff war auch recht ungeeignet, sich außer durch einen Zufall auf den Decks, in den Innenräumen oder an den anderen Orten wiederzusehen. Es gab einfach zu viele Orte, an denen sich zwar Menschen kreuzten, als wären sie Figuren auf einem Schachbrett. Zugleich war dieses Schiff zu groß, als dass sie sich zwangsläufig begegnen müssten.

Die Liegestühle auf Steuerbord oder in welcher Himmelsrichtung auch immer waren so angeordnet, dass das Schiff geradezu dazu einlud, denen aus dem Weg zu gehen, die man als unangenehme Zeitgenossen empfand. Das war an Bord des großen Kreuzfahrtschiffes, das über eintausendfünfhundert Gäste fasste, die einfachste Übung.

Es ist ja so, dass bereits ein falscher Blick oder ein falsches Wort dazu führt, dass Menschen sich mögen oder eben nicht. Bei den Hunderten an Gästen auf dem Schiff war es ein Geschenk, dass, wiewohl es für Menschen gemacht war, ein Wiedersehen kaum geschah, außer man verabredete sich fest und traf sich demnach planvoll. Da Tom und Daniel keine feste Verabredung füreinander am Abend zuvor gemacht hatten, erschien es wohl beiden so, dass sie kaum erneut in ein Gespräch träten.

Es geschah dann doch anders als gedacht.

In früheren Tagen auf jeden Fall, von denen in schönen Büchern erzählt wurde, von den Schiffen am Nil oder denen vom Delta der Donau, hatten vielleicht zwölf Passagiere eine Luxusreise gebucht und waren sich dadurch, da die Schiffe klein waren und auf Kontinentalflüssen fuhren, stets und immer wieder auf engstem Raum begegnet, was nicht stets zum Frieden auf diesen Vorgängerschiffen der heutigen Großkreuzfahrtschiffe führte. Es war ja bedenkenswert, wie furchtbar es sein konnte, auf elf weitere Gäste zu treffen, die längst nicht alle nach dem eigenen Geschmack gemacht und in derselben Kultur aufgewachsen waren.

Daniel, der alte Mann, war der erste, der den gestrigen Abend mit Tom als einen Duo-Abend ansah. Er war ehrlich zu sich und war am zweiten Abend erneut in eine Bar gegangen, aus dem starken Grund heraus, weil er den jungen Mann durchaus gerne wieder an seiner Seite gehabt hätte. Er hatte sich einen schönen Platz an der Theke der Außenbar „The Horizon" genommen. Er war begeistert vom Blick hinaus auf die See, vor deren milchig-blauer Wand an diesem Abend die Sonne im Westen feuerrot unterging. Dorthin, nach Westen, war das Kreuzfahrtschiff auf gleichmäßige Weise unterwegs.

Er hatte einen guten Tag erlebt, war gut essen gewesen, hatte einen guten Mittagsschlaf gehabt und war am Nachmittag in einem der unzähligen Fitness-Räume seinen wenigen, zugleich wirksamen Übungen nachgegangen. Er pflegte stets ein wenig Kraftübungen durchzuführen, ein wenig Gymnastik und sich auf dem Fahrrad zu verausgaben, damit sein Herz, das schwächelte, weiterhin gut durchblutet wurde, wie es ihm der Kardiologe empfohlen hatte.

Irgendwie hatte er gefühlt, dass er noch auf Tom treffen würde. Als es dann eintrat, an der Theke dieser Bar, die zu einer von drei Außenbars des Schiffes zählte, war er zugleich überrascht, dass seine Eingebung eine richtige war. Während

Daniel bereits eine Virgin Mary und einen hochwertigen Cognac zu sich genommen hatte, umgeben von Jungvolk, das sich offenbar gern in dieser stark beleuchteten Bar aufhielt, die in der Disco-Manier der Achtziger daherkam, kam Tom wie eine Silvesterrakete heran geschossen.

Das Kreuzfahrtschiff gab wenig Anlass zur Hoffnung, dass sich auf ihm die jungen Paarungsbereiten trafen. Sie waren dort eher in einer beschränkten Anzahl unterwegs. Zwar war das Jungvolk darin engagiert, sich später in den Armen zu liegen. Es erschien aber in der Summe ein wenig hoffnungslos. Die jungen Menschen – die Jugendlichen und jungen Erwachsenen – waren auf diesem Schiff ganz klar in der Unterzahl und darüber hinaus fast durchgehend die Anhängsel ihrer Eltern oder Großeltern, die die hochpreisige Reise finanzierten.

Tom hatte seine Sommerjacke an, da die Temperaturen heute mild geworden waren. Darin war er so gekleidet, dass alles an ihm funkelte und blitzte. Die Lichtkegel im „The Horizon" gaben auf den Pailletten der Jacke alles an Funken und Blitzen wieder, was an einem Lichtfeuer nur möglich war. Fast war es so, als wäre Tom, nun in der Mitte der Tanzfläche angekommen, selbst zu der Disco-Kugel geworden.

„Guten Abend, Daniel", sagte Tom sehr laut und sehr deutlich, als er an der Bar auf Daniel traf. Die Musik zwang Tom dazu, eine Lautstärke einzunehmen, die weit über der lag, die er am vorherigen Abend im „The Silent Palm" hatte verwenden müssen. Er nahm den Platz neben Daniel nicht wirklich ein, als er dort zum Stehen kam. Als er grüßte, wandte sich sein Körper sogleich auf dem drehbaren Stuhl um, damit er auf die kleine Tanzfläche schauen konnte, wo sich die Jüngeren und die, die dazu gehören wollten, vergnügten.

„Bisschen laut hier", sagte Tom zu Daniel, ohne ihm seine ganze Aufmerksamkeit zu schenken. „Aber schon schön, dich wiederzusehen."

„Ich habe hier nur ein wenig auf dich gewartet", sagte Daniel und fand es unangenehm, laut reden zu müssen, „darauf, dass ein Rockstar, wie du ja einer bist, hier aufkreuzt." Ironisch und zugleich freundlich fuhr Daniel fort: „Das Licht, es musste dich doch anziehen, mein Freund, nicht?"

„Es ist auf dem Schiff der Ort", sagte Daniel, „an dem die meisten Lichter zentralisiert sind und uns in ein Gefühl versetzen, als wären wir alle Stars, nicht? Da dachte ich mir, vielleicht finde ich dich hier."

Tom hatte Daniel nur zur Hälfte verstanden. Dass sie alle Stars dort im „The Horizon" wären, hatte er aber mitbekommen und Daniel mittels mehrfachem Nicken zugestimmt.

Während die Musik schlagend und trommelnd klang, damit die Tänzer ihrer Lieblingsbeschäftigung nachgehen konnten, saß Daniel recht entspannt auf seinem Hocker. Er sah dem Treiben amüsiert zu, da er sich daran erfreute, dass es ein paar junge Leute auf dem Schiff gab und nicht die Alten nur, die ihm heute als Gleichaltrige an so vielen Orten auf dem Schiff einen fast zu brüderlichen und fast zu schwesterlichen Eindruck übermittelt hatten.

In der Außenbar, die aus guten Gründen den schlichten und wegweisenden Namen „The Horizon" trug, einer Bar, die offen zur Reling gebaut war und den erholsamen Blick in die Weite und den Horizont bot, lud das ruhige Meer zum Insichgehen ein. Daniel sah es so. Und er dachte, er selbst sei an diesem Ort wohl der Einzige, dort am hinteren Deck, dem sich diese Sichtweite eröffnete, da die anderen Schiffsgäste im „The Horizon" ganz anderes im Sinn hatten, als das Meer und die sternenklare Nacht zu betrachten, die Daniel beide als gute Freunde ansah.

Es war später am Abend gewesen, dass Daniel Platz genommen hatte. Tom erschien dann und – ohne zu zögern, was ihn dann doch selbst verwunderte – hatte den rechten freien Platz neben Daniel angesteuert. Tom schien bester Laune, dachte Daniel, als er den Nachbarn des gestrigen Abends betrachtete. Wieder waren die Haare lang und fielen dem jüngeren Mann in das Gesicht. Wieder hatte er eine Aufmerksamkeit erheischende Kleidung gewählt. Daniel fragte sich, ob der Rockstar für elf Abende während der Überfahrt jeweils ein neues Kostüm für einen der wiederkehrenden abendlichen Auftritte eingepackt hatte.

Wieder war sein junger Nachbar fahrig, wenn nicht sogar zappelig, und das weitaus stärker als am gestrigen Abend. Daniel gestand sich ein, dass er Tom auch als einen Vertreter des Milieus der vielleicht oberflächlichen Musikszene ansah. Er wollte ihn aus Neugierde ein wenig studieren, also ohne sogleich den Menschen in ihm heute Abend zu sehen, der ihm doch gestern noch weinerlich gesagt hatte, dass er in Trauer sei.

Wie und was war das nur gestern mit Tom gewesen?, fragte sich Daniel jetzt. Gestern hatte Tom davon erzählt, dass er ein Grab in Hamburg aufgesucht hatte und dass er an der Beerdigung des Menschen, der dort lag, aus Feigheit nicht teilgenommen hatte. Wie passte das zusammen, dachte Daniel, als der Rockstar auf die Tanzfläche ging? Wenn Tom sich nun derart verhielt, als wäre er im „The Horizon" ein Junggeselle, der das Abenteuer seines Lebens suchte und die – scheinbar – passende junge Frau dazu? Daniel war zu alt – und zu erfahren –, als dass ihn dieser Gedanke quälte. So waren manche Männer halt, dachte er, Männer ohne Glauben und ohne innere Richtschnur. Nein, zugleich war Tom ein empfindsamer Mensch, dass Daniel spürte, dass er ein Mann voll großem Schmerzes war.

Viele Menschen können sich auf viele Weisen betäuben, auch ein Mensch, wie es Tom einer war, dachte der alte Mann. Jener hatte wohl die Art, in das Licht gehen zu müssen. Dadurch milderte er offensichtlich den Schmerz und vergaß ihn eine lange Weile. Er war im Grunde ein Mensch, der damit überfordert war, zu wissen, wie das nur ginge, was die Kultur der langen Trauerzeit genannt wurde. Wie es ginge, nachdem ein Liebster verstorben war, damit gesund umzugehen. Immerhin, so hatte es Tom gesagt, dachte Daniel, hatte dieser die Schiffsreise gebucht, um an elf Tagen ein wenig Abstand zu gewinnen, und war doch am zweiten Abend bereits im „The Horizon" gelandet.

„Wie geht es dir heute Abend, Daniel?", fragte Tom, als er an die Theke zurückgekehrt war. Vor sich hatte er einen Long Island Ice Tea stehen und saugte mit Hilfe des pinkfarbenen Strohhalms mehrere gleiche Züge nacheinander ein. Ein Long Island Ice Tea galt in jeder Bar als das Killer-Getränk, von dem Jeder, der zwei davon in kürzerer Zeit zu sich nahm, sicherlich und unumstößlich betrunken wurde. Tom schaute Daniel an, als wäre er an dessen Seite und zugleich wirkte es so, dass er genau das nicht war.

Daniel spürte, dass er sich bemühen wollte, dass Tom an seiner Seite ein wenig zur Ruhe käme. So ging er auf die Frage genauer ein, als es „The Horizon" empfahl: „Ich habe ein wenig Sport betrieben und mittags gut und gerne zwei Stunden geschlafen. Ich schlafe nachts ganz gut, muss ich sagen, aufstehen muss ich gleichwohl so zwei Mal sowieso, die Prostata bringt das so mit sich, es ist aber nicht schlimm. Übliche Alterserscheinungen sind das. Mittags hole ich den fehlenden Schlaf aus der Nacht nach."

„Ach! Und dann bin ich am Nachmittag ein paar Runden im Pool geschwommen, mit dem Himmel über mir und der See zu den Seiten, das war schön und gut, Tom. Auch ein paar Übungen habe ich erledigt und ein wenig mit meiner Freundin telefoniert."

„So, das war, was ich gemacht habe. Und du, was hast du getrieben?"

Daniel hatte Tom in recht großer Geschwindigkeit geantwortet und ohne Punkt und Komma geredet und in einer höheren Lautstärke. Es war ihm nicht wirklich wichtig, was er gesagt hatte. Daniel wollte etwas anderes erreichen. Dass Tom sich ihm zuwandte.

„Geht es dir nicht gut, Tom?", fügte Daniel dann in Ruhe hinzu, um seinen jungen Nachbarn ein wenig vor den Schutzschirm zu ziehen, den er sich dort im „The Horizon" gebaut hatte. Es war noch nicht so, dass Daniel Tom sehr mochte und sich besonders von ihm angezogen fühlte. Ein wenig gleichwohl, ein wenig Nähe empfand er dennoch zu dem Mann aus New Jersey, auch wenn ihm bewusst war, dass ihre Beziehung dort in der Partyecke nicht recht vorankommen wollte.

„Tom", sagte Daniel daher und neigte sich dem Ohr seines Nachbarn zu. „Tom, komm, ich lade dich in das ,The Silent Palm' ein, dort ist es ein guter Ort zum Reden. Was meinst du?"

Tom trank seinen Long Island Ice Tea bis zum letzten Drittel aus. Er fühlte sich geehrt durch die Einladung von Daniel, war sich zugleich nicht sicher, ob er die sich anbahnende größere Nähe wirklich zulassen sollte. Dann kam er auf eine Lösung des sich anbahnenden Problems.

„Daniel", sagte Tom und wischte sich eine Strähne aus dem Gesicht, „was meinst du, geh doch schon einmal voran, ich komme noch nach, erst einmal ein wenig tanzen, dann folge ich dir. Versprochen, ja? Wäre das in deinem Sinne?"

Daniel bejahte augenblicklich. Er legte eine Hand auf Toms Schulter und wünschte ihm noch viel Spaß im „The Horizon". Sodann sagte Daniel ernsthaft, dass er jederzeit auf ein Getränk und einen Plausch nachkommen könnte. Dann zahlte der alte Mann und bemerkte beim Verlassen der Außenbar aus den Augenwinkeln, wie Tom bereits zwei Frauen um sich versammelt hatte, die sich wie an einem Lagerfeuer um ihn herum bewegten, als hätten beide bereits entschieden, dass er ein gutes Opfer für eine schlechte Nacht sei.

Daniel nahm den Weg an der Reling vorbei, atmete die frische Luft ein, als wäre es die Luft am Strand von Hawaii, wo er eine Ferienwohnung hatte, und fühlte sich gut. Angekommen im „The Silent Palm" begrüßte ihn an der Theke der zweite Mann, dessen Namen er sich am ersten Tag an Bord gemerkt hatte und dem er gerne sein Wohlwollen entgegen brachte.

Rufus grüßte Daniel und, noch bevor Daniel auf dem Hocker Platz genommen hatte, stand dort ein hohes Glas, in dem frisches Wasser und Eiswürfel als Erfrischungsgetränk auf seinen Gast warteten. Ein guter Barkeeper, dachte Daniel, und nahm zwei große Schlucke.

„Wo ist Tom?", fragte Rufus, nachdem er andere Gäste bedient hatte, und nun zu Daniel heran trat. Rufus' Frage klang nach einem Mann, der bereits wusste, warum Tom bislang nicht erschienen war.

„Es ist wohl noch zu früh für ihn, nicht wahr?", sagte Rufus leicht belustigt.

Daniel grinste und gab seinem Barkeeper Recht, ohne ihm sogleich zu erzählen, dass der Rockstar die Tanzfläche oben auf dem Außendeck bespielte.

„Er ist im ‚The Horizon'", fügte Daniel an.

„Ach, dann wette ich", sagte Rufus, „dass es keine halbe Stunde mehr dauert, bis unser neuer Freund zu uns stößt. Die Außenbars schließen früher als die Innenbars."

„Warum das?", fragte Daniel.

„Wir sind angewiesen worden", antwortete Rufus in sachlichem Ton, „dass auf den Kreuzfahrtschiffen unserer Reederei eine Vorsichtsmaßnahme umgesetzt wird. Wir sollen verhindern, dass Betrunkene zu nah an die Reling gelangen. Die Außenbars sind daher geschlossen, wenn es später wird, damit wir alle allein die Wahrscheinlichkeit ausschließen, dass ein Schiffsgast aus Versehen in das Meer stürzt."

„Auch gibt es junge Leute, die Mutproben auf den Relings durchführen", ergänzte Rufus, „und das kann in niemandes Sinne sein, dem leichtfertig eine Bühne zu geben."

„Das finde ich sehr verantwortungsvoll", sagte Daniel.

Rufus nickte und entschuldigte sich plötzlich, nachdem er die Erklärung wie ein Sachbearbeiter einer Versicherungsfirma abgegeben hatte, da er sah, wie drei neue Gäste an die Theke heran getreten waren. Er wollte ihre Bestellungen entgegen nehmen. Rufus war auch sehr gewissenhaft, stellte Daniel fest.

Daniel nahm einen weiteren Schluck Wasser und fragte sich, ob es wahr war, dass Menschen auf Kreuzfahrtschiffen aus Übermut über Bord gingen. Es gab da immer wieder Gerüchte in Zeitungen von anderen Begründungen, von denen er selbst gehört hatte, die Daniel nun einfielen, während sein Blick auf dem Regal ruhte.

Menschen, von denen er gehört hatte, die sich umbrachten, indem sie nachts in das Meer sprangen. Verzweifelte, die die Schiffsfahrt gebucht hatten, da es ihr bewusster Vorsatz war, dort Selbstmord zu begehen. Sie wollten den Angehörigen aus ihrer Sicht wohl keine besonderen Bürden aufladen. Aber gerade darin, den Freitod derart gewählt zu haben, dachte Daniel, hinterließen sie keine Stelle zum Trauern, keinen Grabstein, wo ihr Tod sichtbar und verabschiedenswert wäre. Genau damit bürdeten sie aber die Last des einfach Verschwundenen den Verwandten auf und gaben ihrem Tod kein Gesicht. So bewirkten sie durch den Freitod auf See genau das Gegenteil von dem, was sie als Selbstmörder im Sinne hatten.

Daniel hatte auch von Menschen – alten Menschen – gehört, eher Alleinreisenden, eher wohlhabenden Witwen, die Opfer von Überfällen wurden. Solchen, die von den Räubern und Mördern über Bord geworfen wurden, ohne dass diese besondere Gefahr liefen, dafür bestraft zu werden. Den Todesursachen gingen in der Folge keine Polizisten und keine Staatsanwälte ernsthaft und wirksam nach, da die Taten in internationalen und dadurch in ziemlich rechtlosen Gewässern geschahen.

Es war auf jeden Fall das große Tabu der Kreuzfahrtbranche, wusste Daniel aus manchen Gesprächen mit Angestellten und Freunden dieser Fahrten, das kaum in die Öffentlichkeit drang und das, wenn es in die Öffentlichkeit käme, der Branche stark zusetzte. Damit bekäme die heile Welt, frei und schön und glücklich auf hoher See zu sein, doch sehr starke Kratzer. In der Folge begänne die Diskussion, wie dies nur verhindert werden könnte, und das wäre aus Sicht der Reedereien nur eines: geschäftsschädigend.

Daniel sah Gewalt als Teil seines Lebens an. Er war ein Einwohner von Los Angeles, und damit war ihm klar, wie Menschen Menschen bedrängten, bedrohten und gewaltsam zu Opfern von Gewalt machten, und dass es einem in allen Gegenden von Los Angeles passieren konnte, Opfer von Gewalt zu werden. Er selbst hatte mehrfach erleben müssen, wie seine beiden Töchter ausgeraubt worden waren. Es war glücklich, dass dies ohne Anwendung von körperlicher Gewalt geschehen war.

Dass seine Töchter aber erlebt hatten, sogar in guten Gegenden von Los Angeles, dass es in der weltgroßen Stadt an jeder Ecke geschehen konnte, das war in die DNA eines jeden Menschen eingeprägt, der sich entschieden hatte, in Los Angeles zu arbeiten, zu wohnen und zu leben. Und selbstredend gab es Gewalt auch auf den Kreuzfahrtschiffen, warum dort auch nicht, dachte Daniel nüchtern, bei derart vielen Menschen auf engem Raum. Da konnte das Personal noch so viele Blicke und Augen auf diesen Umstand richten.

Es waren Gedanken, die Daniel überkamen und die ihn nicht besonders bedrängten. Er beobachtete sich ein wenig dabei, wie die Gedanken kamen und gingen. Sei es, dass diese für andere bedrohlich waren oder er Gedanken hatte, die andere als unangenehm beschrieben, so wusste er, dass jeder Gedanke kam und ging. Solche Bilder und Wörter waren ihm so, als wären es Herbstblätter, die ebenso dorthin und dahin getrieben wurden, ohne dass es eine besondere Bedeutung gab, von woher sie kamen und wohin sie gingen. Ein langjähriger Freund, ein Psychotherapeut, von denen es viele in Los Angeles gab, mit dem Daniel darüber sprach, nannte es das „Zen-Prinzip", den alte Menschen wie Daniel als gute Fähigkeit besaßen, dass nicht ein jeder Gedanke zur Bedrohung oder gar zu einer Tat führte, sondern diese Gedanken gleichmütig aufgenommen wurden, ohne sie anders als in einer freundlichen Flussbewegung wahrzunehmen.

In Daniel selbst hatten sich die dunklen Gedanken abgekühlt und er war im Winter seines Lebens beschenkt, wenige Ängste zu kennen und nicht in Panik zu geraten, wenn erneut etwas geschähe, was andere in große Unruhe versetzte. In seinem Alter, nach einem solchen Leben, das er geführt hatte, hatte sich die große Gelassenheit an die Seite der Angst gesellt. Das alles half ihm, im hohen Alter Gedanken zu haben, erinnerte oder aus der Gegenwart gespeiste, die ihn in der Tiefe kaum noch erreichten, aufregten oder in schwere innere Seelenzustände versetzten.

Er schweifte hierhin und dorthin und dachte nun im „The Silent Palm" vor allem an den Umstand, der sich stets wieder und wieder in ihm in große Bedeutung verwandelte. Es ging dabei um seinen jungen deutschen Freund und wie dieser in den letzten Monaten gelitten hatte, bevor er verstarb. Der Deutsche war stets ein starker Raucher gewesen, und das seit mindestens 1990, seitdem er in das Leben von Daniel und Elenah Golin getreten war.

Nun sah Daniel erneut den Deutschen vor sich als Standbild, als ein Foto, das unverändert blieb, und sich Daniel unverändert eingeprägt hatte, wann immer er an ihn dachte. Dieser Deutsche war sehr nordeuropäisch auf jeden Fall gewesen, von mittlerer Größe, ein wenig verhuscht in seinen Bewegungen und zugleich hübsch anzusehen. Der Deutsche war vor fast dreißig Jahren ein schlanker, von blond zu brünett gewechselter junger Mann gewesen, zwar akne-gezeichnet im Gesicht und blitzeblank leuchtender Augen.

Daniel sah ihn jetzt vor sich, wie der junge Reisende in Kurzhosen und in einem T-Shirt neben dem Pool auf dem Gartenstuhl saß, wie er stets ein Buch in der Hand hielt und seine Zigaretten rauchte, bevor er sie auf der Untertasse auf dem Gartentisch ausdrückte. Als Aschenbecher nutzte er diese vom Kaffeeservice der Gasteltern, da die Familie Golin schon längst keine Raucher mehr zählte und daher auch keinen Aschenbecher mehr im Besitz hatte.

Daniel hatte in den darauf folgenden Jahren dem Deutschen nie gesagt, dass er mit dem Rauchen aufhören möge. Der alte Mann fragte sich jetzt ein wenig vorwurfsvoll, warum er das nie getan hatte, und fand sofort, im „The Silent Palm" auf das Regal vor sich schauend, die Antwort. Er war außerordentlich angetan von diesem jungen Mann, der über einen Verwandten ähnlichen Alters in sein Haus gekommen war, um dort drei Tage auf deren Weg nach San Francisco zu übernachten. Aus den drei Tagen waren gleichwohl viele Tage geworden, da der Deutsche angefangen hatte, über Juden in Los Angeles und in den gesamten USA während des Jahres der Wiedervereinigung in Deutschland nachzuforschen und währenddessen auch im Haus der Golins Obdach erhalten hatte.

Alles, und das war der Grund, wusste Daniel, warum er nie streng zu ihm war, alles an diesem Deutschen war Lebendigkeit und Kraft. Ihn zeichnete der unbedingte Wille aus, etwas aus sich zu machen. Er hatte, aus einfachen Verhältnissen stammend, aus eigenen Stücken den weiten Weg aus Deutschland in die Vereinigten Staaten und bis nach Hollywood geschafft. Vor fast dreißig Jahren war er, ohne es geplant zu haben, bis in das Haus der Golins gereist, wo er im Hinterhof so gerne in der Mittagssonne saß, hohe Literatur blätterte und dann und wann im Pool schwamm.

Wie ihn stören, wie ihn bremsen, wie ihm raten, dachte Daniel damals und dachte er jetzt. Wie ihn verändern wollen, wenn er doch alles an Hoffnung war für Daniel und erst recht für seine verstorbene Ehefrau Elenah. Er gab ein ganz anderes Bild von sich, als es alle anderen Deutschen bis dahin für die Golins abgegeben hatten. Ja, erinnerte sich Daniel, stets schmerzvoll, ihre Familie hatte Verwandte und Freunde in der Shoah verloren. Ja, niemals wären seine Frau und er nach

Deutschland gereist. Ja, nicht einmal ein deutsches Auto hätten sie sich daher jemals gekauft. Ja, sie lehnten dieses Land ab, wiewohl sie es dem jungen Deutschen niemals offen gesagt hatten.

Nur einmal, wusste Daniel, hatte seine Ehefrau dem Deutschen gesagt, dass sie niemals nach Deutschland reisen würden, und wenn doch, nur aus dem einzigen Grund, dass sie von ihm eingeladen würden. Ansonsten gäbe es für sie beide kein Argument, in sein Heimatland aufzubrechen. Ihn dort aufzusuchen, ja, das wäre möglich geworden, weil sie ihn, hatte Elenah gesagt, zu lieben gelernt hatten.

Und, das vor allem, war dieser junge Deutsche wie auf eine natürliche Weise ein lebendiges Versprechen darauf gewesen, dass dieses Mordland anders geworden wäre, ein Teil der guten Welt geworden wäre, ein Teil des Westens vielleicht, wie Daniel ihn mochte, seine Offenheit und sein Demokratisches und vor allem dessen Schutz gebende Haltung für Juden. Beide, er und Elenah, wollten daran glauben, dass dieser Deutsche auch für ihre Werte einträte, wenn er zurück in Deutschland wäre und Dinge geschähen, die von solchen jungen Deutschen weder ausgingen noch dann ohne Widerstand beantwortet blieben. Dass der Freund nun mit Anfang Fünfzig an Lungenkrebs verstorben war, das erfüllte Daniel – an der Theke im „The Silent Palm" sitzend – mit Trauer, da es für jeden sinnlos war, derart früh die Segel zu streichen.

Wieso er ihm nicht ein paar seiner Lebensjahre hätte schenken können?, fragte sich Daniel. Er fühlte jetzt, dass es seiner Atmung zusetzte und er seufzte tief. Der junge Freund – sein Sohn, zu dem er im Laufe der Jahre geworden war – hatte doch alles an Lebenswillen gehabt, und das bis zum bitteren Ende, als er erstickte. Er war doch über diesen Dreck, den das Rauchen in seinen Lungen abgelagert hatte, wie zufällig gestolpert, da alles andere am ihm doch derart vital gewesen war. Und Daniel wusste, dass der Tod durch Ersticken von den Ärzten, die ihn erlebten, als eine der grausamsten Todesarten beschrieben wurde. Die Botenstoffe im Gehirn bewirkten oft – bei mangelndem Zufluss von Sauerstoff – das fürchterliche Gefühl, sterben zu müssen. Lange und oft, bevor dann der eigentliche Tod eintrat.

Es war der ewige Krieg mit der eigenen Gesundheit und darin dem Rauchen, was ihn umgebracht hatte. Vielleicht, so dachte Daniel, war das Rauchen der Preis dafür, überhaupt in der Lage gewesen zu sein, trotz aller Mängel, denen er Zeit seines Lebens ausgesetzt war, ein Überleben erreicht zu haben, und wenn, auch nur bis zum fünfzigsten Lebensjahr. Wie der junge Mann gelebt hatte, auch das war wahr, reichte es für ein Alter von über achtzig Jahren aus, wie er gelebt hatte. Andere, die das höchste Alter erreicht hatten, hatten nie derart gelebt wie er, dass er mit fünfzig Jahren seine achtzig Lebensjahre erreicht hatte.

Peter, dachte Daniel weiter, der Name seines ihm zugeflogenen Sohnes, war ein schöner Name. Er leitete sich, wie er wusste, von Petrus ab und der war im Christentum der Mann aus der Apostelgeschichte, der die See befuhr – den See von Genezareth – und Menschen wie ein guter Fischer für sich und seinen Plan vom Leben fing. Viele zu guten Taten verlockte, viele im Herzen eroberte, viele auf neue, auf bessere Wege mitnahm.

Er selbst und seine Frau hatten Peter an der Brighton Road in Hollywood, wo die Golins gewohnt hatten, gleich gut abgeholt und gleich am ersten Tag für sich eingenommen, begeistert, wie er war, begeisterungsfähig, wie er war, und vieles mehr. Alle Drei waren von ihrer sich gegenseitig geschenkten Zugeneigtheit fortan nie wieder abgewichen.

Daniel, damals in dem Alter, das Peter nun gehabt hatte, hatte sich vor langer Zeit entschieden, nie anders als freundlich mit ihm umzugehen. Peter, das war auch der mit einem unaussprechlichen Nachnamen, dachte Daniel jetzt und ein wohliges Schmunzeln trat in sein Gesicht. So etwas wie Kalywicz hatte er als Nachnamen getragen, „Käliwischt" ausgesprochen. Der alte Mann hatte es sich nie aufgeschrieben, wie genau Peter hieß, wo er wohnte oder wie gerade seine aktuelle Situation gewesen war.

Er hatte sich nie als erster bei Peter gemeldet und auch nicht melden müssen, da es stets der Job des jungen Mannes war, sich zu melden, nicht sein Job, dass Daniel sich bei ihm melden musste. Peter erfüllte die Anforderung an diese Regel gut. Immer dann, wenn er in Aussicht stellte, an die Brighton Road zu reisen, dann waren Daniel und Elenah Golin damit sofort und sehr einverstanden.

Da der Deutsche wenig bis nichts über seine eigene Familie wusste, ihr eher fremd als kundig gegenüber stand, hatte er in den Golins eine neue gefunden, hatte Peter dem Ehepaar gesagt. Das war das Schönste, was ihm in seinem Leben geschehen sei, sagte er Daniel und Elenah Golin immer wieder gerne. Es war wie eine Offenbarung, dass er, Daniel, ihm, Peter, ein Vater geworden war, und darin ein Unterstützender war und fern den Vätern, die straften und junge Windhunde, wie es Peter einer gewesen war, in die Wüste zum Verdursten schickten.

So hatte es der junge Deutsche Daniel vor ein paar Jahren in einer ruhigen Minute in der Küche erklärt, während sie eine Pizza aßen, und dementsprechend hatten sich Elenah und Daniel tatsächlich verhalten. Sie wohnten zwar achttausend Kilometer von Deutschland und damit weit von Peter und dessen Familie entfernt und es war insgesamt recht wenig an gemeinsam erlebter Lebenszeit, die sie sich gegenseitig hatten schenken können. Dafür waren aber alle Begegnungen in Los Angeles, eine in Amsterdam und eine in Venedig dazu, sehr besonders gewesen, weil an diesen Tagen alle Drei sehr bewusst miteinander umgingen. Daniel schüttelte sich und rief Rufus herbei.

„Heute Abend möchte ich etwas Starkes", sagte Daniel klar und deutlich, „Rufus, gib mir vom besten Cognac, den du hast. Ich habe einen Freund verloren und möchte nun auf ihn anstoßen."

Keine halbe Stunde später, nachdem Daniel seinen Cognac, einen Hochklassigen aus dem Burgund, bereits ausgetrunken hatte und sich das Publikum im „The Silent Palm" vermehrt hatte, dass kaum noch ein Platz frei war, bis auf einen Hocker neben Daniel, den dieser gut verteidigte, da er sagte, es käme noch ein Freund, als also die Menschen im „The Silent Palm" in angeregte Gespräche miteinander gingen und der alte Mann alleine mit sich war und damit durchaus in Frieden, als es also Nacht geworden war und um zweiundzwanzig Uhr Mitternacht noch ein wenig auf sich warten ließ, nachdem also der Rahmen einer guten Bar angerichtet war, wie es sich gehörte, da tänzelte Tom in die Bar herein.

Dieses Mal gab der junge Mann keine Show von sich, als er in das „The Silent Palm" trat. Er erkannte Daniel sofort und war sich klar, dass er neben ihm den Platz einnehmen wollte. Er sah dann, und es ermunterte ihn, seine gute Laune zu behalten, die er sich in „The Horizon" erarbeitet hatte, dass neben Daniel ein Hocker auf ihn wartete. Sofort nahm er Platz und begrüßte den alten Mann.

Seine Sommerjacke hatte er ausgezogen, weil sie ihm beim Tanzen zu eng anliegend vorgekommen war. Er hatte an sich – zu seinem Bedauern – bemerkt, dass die Maße seiner Sommerjacke nicht mehr gut zu seinem Bauch passten.

Der Bauch war zwar klein, dafür spitz und nahm ihm die Bewegungsfreiheit, in ihr alle möglichen Figuren auf der Tanzfläche zu vollführen. So legte Tom seine Jacke über die Rückenlehne und gab sich selbst das Versprechen, in Ruhe dort zu sitzen.

„Schön, dass du gekommen bist, Tom", eröffnete Daniel das Gespräch. „Willst du bei Rufus etwas bestellen?"

Tom legte beide Hände gefaltet vor sich auf die Theke. Ihm fiel jetzt auf, dass es reinstes Glas war, das die Theke ausmachte. Glas, das dick wie der Boden von Cola-Flaschen war und von unten nach oben in einem angenehmen Grünton – einem grasartigen – schimmerte, da unter dem Glas eine farbige Leuchtröhre in dieser Farbe entlang lief.

„Ja", sagte Tom, noch ein wenig außer Puste. „Aber etwas Einfaches."

„Cola mit Zucker?"

„Ja", sagte Tom, „warum nicht."

„Es wäre gut, nüchtern zu werden", sagte der Rockstar, der im „The Horizon" daran gedacht hatte, er würde die Nacht an der Seite einer Frau zum Tag machen. Eine unter ihnen hatte ihm eindeutige Zeichen gesendet und Tom hatte, darin erfahren, diese zu erkennen, zu seiner eigenen Überraschung dankend abgelehnt. Auch wenn sie sehr anziehend war, schlank, um die Dreißig, ging Tom auf sie nicht ein.

Daniel und Tom begutachteten sich nun, und das auf eine durchaus freundliche Art. Es war ein Moment, der beide stärkte. Auch Tom hatte es an diesem Tag nicht zugelassen, andere Menschen auf dem Schiff kennen zu lernen. Er hatte – wie auch Daniel, von dem Tom selbstredend nicht wusste, dass er auch Angebote erhielt – alle kleineren und größeren Kontaktanbahnungsversuche abgewehrt. Er hatte sehr lange ausgeschlafen und war mit sich im Reinen, dass das auch notwendig gewesen war.

Stolz war er auf sich, dass er es in eine Sauna geschafft hatte, in den Bereich, in dem Saunagäste lange auf den Liegen ruhten, bevor sie sich zum nächsten Saunagang aufmachten. Tom hatte eine Massage gebucht und sich eine ganze lange Stunde durchwalken lassen. Zu seinem persönlichen Höhepunkt war er über anderthalb Stunden lang danach auf der Liege im Saunabereich eingeschlafen und hatte dafür drei Decken genommen, die sich – zusammen genommen – wie Bleidecken anfühlten, die zur Unbeweglichkeit zwangen. Es hatte ihm stets ein gutes Gefühl vermittelt, als wäre er dadurch auch zu einem Stillstand der Gedanken gezwungen. Tom hatte das gemacht, was er in den Neunzigern oft gemacht hatte.

Er war viele Stunden im Wohlfühlbereich gewesen, bevor der Auftrittstag kam, und der nächste, und der nächste. Bis ganz zum Ende war es ein Ritual geworden, während sie auf Tournee gingen, dass sie sich alle Vier viele Tage in den abgeschotteten Bereichen von Hotels aufhielten. Nur so kam es, dass sie abends und überhaupt die Anstrengungen der Auftritte und alles, was damit zusammenhing, meisterten. Damals war es auch bereits so, dass Tom und seine Kollegen Tabletten und andere Chemikalien zu sich nahmen. Das geschah nicht sofort von Anfang an. Besonders schlimm wurde es gleichwohl zum Ende hin, als der Bruch nicht mehr zu kitten war, und alle spürten, dass sie mit „The Berlins" nur eines waren: am Ende.

Toms Ohren mussten sich erst an den niedrigen Geräuschpegel im „The Silent Palm" gewöhnen. Er wusste nun, warum das Wort „Silent" im Bar-Namen aufgenommen worden war. So rauschte das „Wasser", wie er seine Geräusche – seinen Tinnitus – nannte, die in seinen Ohren ihr Unwesen trieben, noch im „The Silent Palm" wie ein reißender Fluss durch seine Selbstwahrnehmung. Im „The Horizon" hatte der Musiklärm seinen Tinnitus noch gedämpft. Im „The Silent Palm" trat er nun in den Vordergrund.

Lärm war eines seiner großen Themen im Leben gewesen. Es gab viele alte Rockstars und andere Musiker, die eine geminderte Hörfähigkeit entwickelten und auch einige, die bereits im mittleren Alter – in seinem Alter – fast gehörlos wurden. Dann, als sich die Geräusche in seinem Kopf zum Normalmaß zurückentwickelt hatten, und nachdem Daniel in Geduld darauf gewartet hatte, bis Tom soweit war, mit ihm in ein Gespräch einzutreten, erst dann fing Tom an, von sich zu erzählen.

Er wollte an diesem zweiten Abend nicht befragt werden von dem alten Mann. Er wollte einfach los plappern können zu dem, was ihn bewegte und was er ihm sagen wollte. Tom war zwar ein wenig betrunken, hatte aber im „The Horizon" auf den zweiten Long Island Ice Tea verzichtet, weil er es als einen feinen Zug von Daniel angesehen hatte, ihn zwanglos und ohne einen wie auch immer gearteten Druck einzuladen und ihm später in das „The Silent Palm" zu folgen. So willigte er darin ein, eine Cola zu trinken, und Rufus, der sich als stets rasch parat stehender Barkeeper gezeigt hatte, hatte die Cola schneller auf die Theke gestellt, als dass Tom dort bereits innerlich angekommen war.

„Warte noch ein wenig, Daniel", sagte Tom zu Daniel, „ich werde bald für ein Gespräch bereit sein und heute will ich dir erzählen, was es mit ‚The Berlins' auf sich hatte. Die Antwort auf deine gestrige Frage bin ich dir noch schuldig. Es wird mir ein wenig schwer fallen, vom Höhepunkt in meinem Leben zu berichten, einem Höhepunkt, in dem das In-die-Tiefe-Fallen bereits im Anfang angelegt war."

Daniel sah, dass es seinem Nachbarn ein Anliegen war, von etwas zu erzählen, das ihn in seinem Leben sehr bewegt hatte. Zugleich freute sich der alte Mann darüber, dass der Jüngere seine Frage nach der Band und deren Bedeutung nicht vergessen hatte. Neugierig darauf, was Tom zu sagen hatte, schlug Daniel sanft auf dessen Schulter und schlug vor, dass beide noch ein Getränk bei Rufus bestellten.

Was war nur mit ihm los?, fragte sich Tom und konnte es sich nicht anders erklären, als dass er weiterhin wie unter Schock stand, seitdem er am Grab seiner Liebe gestanden hatte. Er sah jetzt vor sich, wie ihr Name in den Stein eingeschlagen und damit dort festgehalten worden war, wie früh sie aus dem Leben geschieden war. Britta Klein, diese Frau, die ihn fast seit Anbeginn seiner Karriere als Star begleitet hatte, eher unglücklich als glücklich mit ihm, war tot. Das war so. Das war unumstößlich.

Ihr Grabstein, so erinnerte sich Tom jetzt, bevor er sich an Daniel wandte, war ein glatter, grauer, ein sauber geschlagener Stein. Über ihrem Namen und den Daten ihrer Geburt und ihres Todes war als Symbol ein kleiner Palmzweig gefräst worden. Tom, am Grabstein stehend, hatte nicht verstehen können, warum ein solch christliches Zeichen ihren Tod begleiten sollte und warum ihre Familie den Palmzweig ausgewählt hatte.

Er dachte, dass Britta Klein niemals an Gott geglaubt hatte. Er dachte, und das machte es nur schlimmer, dass ihre Hamburger Familie das entschieden hatte, sie in den christlichen Rahmen selbst in ihrem Tode zu stecken, wiewohl sie doch ein so lebendiger Geist, eine so lebenslustige, eine so verrückte Frau an seiner Seite gewesen war, die abseits der normalen Regeln – abseits jeglicher kirchlicher Regeln – dachte, fühlte und ihm niemals das Gefühl gegeben hatte, in den besten Jahren, dass sie eine Frau der üblichen Regeln gewesen wäre.

So haben sie sie also beerdigt, hatte Tom am Grab gedacht. Noch im Tode hatten sie sie klein machen wollen. Auch wenn er oft nicht richtig für sie gewesen war, dachte Tom im „The Silent Palm", hatte sie das – das! – nicht verdient. Er streckte sich in die Höhe, atmete tief ein und wollte nun eine Arbeit erledigen. Die Arbeit, dem alten Mann aus Los Angeles nun zu erzählen, was seine Band gewesen war, und das im Bewusstsein, dass, eine Band in Worte zu fassen, die schwierigste Aufgabe war für einen Sänger.

Er würde es anders als mit Worten machen. „Also", sagte Tom, der nun, da jeder eine Virgin Mary erhalten hatte, bereit war zu antworten, „also, wie soll ich dir ‚The Berlins' erklären?"

„Schau doch mal auf meine Finger, Daniel".

Daniel drehte seinen Körper in Toms Richtung und schenkte dem jungen Mann alle Aufmerksamkeit.

„Das waren ‚The Berlins'".

Tom ballte die linke Hand zur Faust. Dann schlug er drei Mal hintereinander auf die Theke, eins, zwei drei. Sodann hob er die Faust in die Höhe und ließ sie, eins, zwei, drei Sekunden in der Luft hängen. Dann schlug er erneut auf die Theke, acht Mal. Wieder bewegte sich die Faust in der Luft, eins, zwei, drei Sekunden lang. Dann marschierte die Faust acht Mal auf der Theke, vier Mal nach links, vier Mal nach rechts.

Sodann war sie wieder in der Luft.

Dann öffnete Tom die Hand und ließ die offene Handfläche über der Theke schunkeln, drei Mal drei. Wie zum Höhepunkt der Vorführung trommelten die Finger seiner Hand dann sechs Mal nacheinander auf der Theke und dann noch einmal und dann endete seine Aufführung, indem die Faust, von der Theke aus gesehen, in kleinen Schritten nach oben wanderte, schwankend und dann plötzlich von Tom in einer schwungvollen Bewegung bis über seine linke Schulter weggerissen wurde.

Und die Faust in einem in der Luft fixierten Endpunkt zum Stehen kam.

Tom atmete aus.

„Das war's, Daniel", sagte Tom, „so oder so ähnlich waren wir. Und damit haben wir haufenweise Songs verkauft. Platin in vielen Ländern gewonnen. Solche Schallplatten, die im Regal eines jeden bürgerlichen Star-Musikers stehen. Es war unsere Erkennungsmelodie. Unser Geräusch, unser Ton, unsere Haltung, Nie schmusig. Nie knubbelig. Nie niedlich. Nie kindisch. Nie, nie billig. Nie langweilig. Immer ran. Wir hatten immer Feuer auf der Bühne, richtige Feuerwerfer."

„Richtig gefährlich. Und immer ran. Ran an den Speck. Ran an die Gitarren, das Schlagzeug und den Synthesizer."

Tom war ganz bei sich und erwartete keinen Kommentar von Daniel. Er sah ihn kaum an. Nun, da er in das Erzählen gekommen war.

„Ran, ran, ran. Immer nach vorne. Weit nach vorne. Damit noch der Fan in der letzten Reihe spüren konnte, was Rock, was unser Rock war. Klassik kannste nicht so schlagen, wie ich es gemacht habe. Und Pop auch nicht, übrigens."

Daniel lachte auf. „Und damit habt ihr euer Geld verdient?", fragte er. „Dann habt ihr meine volle Anerkennung. Mit so etwas reich werden! Meine ganze Anerkennung, Tom!"

Tom nahm Daniels Erwiderung ungekränkt auf. Er fand sie im Gegenteil passend. Und die Anerkennung, von der der alte Mann sprach, die nahm er auch gut auf. Warum auch nicht, dachte er. Daniel war ein fremder Mann und auf jeden Fall ein Mann, der von Musik nichts verstand.

„Ja, Daniel", sagte Tom, „damit haben wir eine Menge Geld verdient. Und", er zögerte seine Bemerkung hinaus, „und ein Leben gelebt, das nicht anders als einmalig zu nennen ist. Von New Jersey bis nach L. A. und Las Vegas. Von New Jersey bis nach London und Paris. Von New Jersey bis nach Moskau und Tokio."

„Und auch bis nach Berlin. Dort waren wir sehr früh. Klar. Wir lernten Berlin kennen, nachdem wir den Namen hatten. Komisch, nicht? Doch es war gut so. Wir fühlten bis nach New Jersey, was dort los war. Es mussten nicht Berliner sein, die diese Band gründeten. Nein, es musste das Gefühl in denen sein. Klingt ein wenig geschäftlich, ich weiß, ist aber so nicht gemeint. Wir waren Musiker, keine Geschäftsleute."

„Es war in uns. Ein toller Name war es. Auch einer, der für uns Amerikaner bekannt und rätselhaft war."

„Und dort habe ich auch die Frau kennengelernt, um die es geht. Britta, an deren Grab ich war. Vor drei Tagen, vor vier? Ich weiß es leider nicht mehr."

Daniel überging den letzten Satz. „Und warum genau ‚The Berlins'?", fragte Daniel tatsächlich interessiert. „Ich will dir keine Fallen stellen, Tom. Meine Frage ist ernsthaft gestellt."

Tom zögerte nicht. Er sagte, als wäre er in einer Hochstimmung, begeistert von sich selbst: „Weil das die Stadt war. Als wir uns gründeten. 1989. Das war die Stadt. Die, die auf einmal das Zentrum der Welt wurde. So war es. Wir alle waren auf einmal Berliner geworden. Als diese Scheißmauer fiel, die Bilder kamen, all das. Der Atomkrieg weg war. Der absolute Krieg. Vor dem wir Angst gehabt hatten. Das war der Punkt, Berlin, der Ort der neuen Schwerkraft. Die neue Sonne. Der Ort, an dem alles explodierte. An Frieden, der über alles kam. Und von dem alle Hoffnung ausging."

„Das spürten wir. Bis nach New Jersey. Die Wellen. Mike, Shahram und Bobby, die drei. Meine Jungs. Alle Jersey-Jungens. Daher."

„Es machte einfach Bumm, Daniel. Es war die Lücke im Zaun. Rock von vier Jungs, die gut aussahen, sehr süß und doch nicht das Schmusezeug machten, sondern Rock. Es war gigantisch. Nach der ersten LP hatten wir ein Management, eine erste große Tour, Werbung. Und dann, wieder Bumm, waren wir in den Hitparaden. Zack."

„Ich war Sänger, Frontmann, Gitarrist. Die Stimme war tief, das war neu. Ein wenig dunkler Rock, ein sehr dunkler. Hübsche Jungs und eine dunkle Stimme. Das war neu. Wir hatten Glück. Es war vor dem großen Rap, dem Hip Hop, neben dem Pop."

„Wir, Daniel, passten einfach."

Tom nahm eine Pause. Daniel nutzte diese.

„Wie lange habt ihr durchgehalten?", fragte Daniel.

„Ja, wir waren. Uns gibt es nicht mehr. Nein, ich verachtete mein Leben als Star nicht, nein, Daniel. Auch meine Fans verachtete ich nicht. Doch es war einfach vorbei. Mit uns."

„2001 haben wir uns aufgelöst, im Dezember, kurz nach 9/11."

„Warum?"

Tom dachte kurz nach. Er hatte für Daniel die offizielle Version bereit.

„Wir waren müde geworden. Wir waren auch nicht mehr erfolgreich. Eine gute Band muss im rechten Moment aufhören können, dachten wir. Wenn sie gut ist. Die Leute wollten andere Musik hören, dann. Die Lücke im Zaun hatte sich einfach geschlossen"

„Also hörten wir auf und jeder ging seine eigenen Wege."

„Und du, was hast du gemacht, Tom?"

„Ich, ich", Tom geriet ins Stottern, „ich ruhte mich aus, so gut ich es konnte, und startete eine Solo-Laufbahn. Die war ganz okay. Schon gut. Aber nichts im Vergleich zu ,The Berlins'".

Eine längere Pause zwischen beiden entstand. Beide hingen ihren Gedanken nach. Rufus kam herbei und sah, dass beide in Ruhe saßen. Er hatte beobachtet, wie der alte und der junge Mann in einem angeregten Austausch miteinander standen. So ging er wieder und erledigte seine Arbeit woanders im „The Silent Palm".

Tom dachte, angestoßen von der Erinnerung, an den ersten großen Auftritt, den er und seine drei Bandkollegen in einem Sportstadion in Atlanta hatten. Er war drei Tage vorher so nervös geworden, dass er einen Arzt aufsuchte. Es war nicht sein Hausarzt in New Jersey gewesen, nein. Der hätte ihm alles, was er sich nun an Medikamenten wünschte, nur ausgeredet. Er war zu einem Arzt im East-Village von New York gegangen, von dem er wusste, dass er Pillen verschrieb.

Solche, die glücklich machten.

So bekam er die Tabletten von einem Arzt, der seinen guten Ruf längst verloren hatte, die ihn vor dem Auftritt schlafen ließen und ihn auf den Punkt zum Auftritt – scheinbar gut – fit machten.

Es war so, dachte Tom, dass ab diesem Moment seine Karriere als Tablettensüchtiger begann. Es begann mit Schmerzmitteln, die er einwarf, wiewohl der Arzt gewusst hatte, dass Tom keine Knieverletzung, keinen Rippenbruch oder was auch immer gehabt hatte. Es waren Mittel, die beruhigten, indem sie den Körper in eine Ruhe brachten, die zwar künstlich hergestellt, aber wohltuend war. Fortan schmiss Tom vor jedem großen Konzert, und davon hatten sie in der Folge viele, die Pillen ein.

Und erreichte damit kurzfristig eine Leistungsfähigkeit, die ihn zum starken Frontmann von „The Berlins" machte. Nachts und am folgenden Tag dagegen, als die Wirkung nachließ, erlitt er, über die Jahre stärker und stärker, stets die Phase der Entwöhnung, der – wie im Hamsterrad – die erneute Einnahme der Tabletten folgte, der wiederum die kurzfristige Entzugsphase folgte, die dann mittels der Pillen wieder zur Hochphase wurde.

„Tom", sagte Daniel dann auf einmal, „hast du die sternenklare Nacht heute gesehen? Alle Sterne sind dort über dem Schiff. Der Polarstern. Der, der auch Nordstern genannt wird. Wie schön, zwei Namen für einen Stern, Tom. Der, der am Hellsten scheint. Uns als Fixstern dient. Im Wald, auf dem Wasser, in den Bergen. Dann andere. Das Rad. Der kleine Wagen, der große Wagen. Die Tierkreise. Alle Formationen sind zu sehen."

„Es hat alles eine Ordnung, Tom", sagte Daniel und Tom dachte kurz, Daniel hätte seine wahren Gedanken erraten. „Und", fuhr Daniel fort, „die Ordnung ist noch nie, seitdem es die Menschheit gibt, gestört worden. Ich schaue möglichst jeden Tag in den Nachthimmel, weißt du? Auf den Bergen geht das gut, auf einem Schiff, hier, im Atlantik, dort geht es wie nirgends, finde ich."

„Ich fühle mich nicht klein dann, nein", sagte Daniel. „Das denken nur Kleingeister. Ich fühle mich in Demut groß dann. Es ist ein schönes Gefühl. Zu wissen, dass wir groß in unserer Beschränktheit sind. Weißt du, was ich meine?" Tom gab keine Antwort. Er verstand, dass er zuhören sollte, und genau das fiel ihm jetzt schwer.

„Und", fügte Daniel lachend an und klopfte auf Toms Schulter, „und es sind alle Stars und Sternchen dort. Große, kleine, weite, ferne, nahe, ganz nahe. Du warst ein Star. Das ist doch so viel. Du warst dort groß am Himmel, Tom. Bist dort gewandert und hast dich dort schön umgeschaut. Ich finde, du kannst sehr stolz auf dich sein."

„Irgendwie warst du geküsst von denen dort oben, den Musen, den Göttern der griechischen Zeit, von mir aus auch der römischen, oder der indischen oder von wem auch immer. Sie kamen herunter, die Götter, und haben dich dazu gemacht, was du bist. Und die Menschen, die dich hörten, waren auch geküsst von dir. Von dir, einem Stern unter Sternen."

„Was denkst du? Ist das nicht in aller Stärke in dir? Was du erreicht hast und wie du die Menschen erreicht hast? ‚The Berlins', eine Band. Was für ein Name für eine Band! Wer hatte das schon? Wer hat das geschaffen? Du kannst da mithalten mit denen da oben. Was ihr hattet. Ich finde, du kannst stolz auf dich sein!"

„Am Ende fügt sich alles in eins im Kosmos", erzählte Daniel. „Du bist ein Teil davon. Vielleicht nicht der Stärkste, ein starker aber auf jeden Fall. Bevor du heute in deine Kabine gehst, schau es dir an. Fühle das Wanken des Schiffes im Meer.

Den Geruch des Salzes in der Luft, der reinen, klaren Luft. Die Gischt hinten und zu den Seiten, die klare Sicht oben. Dieses große Schiff auf einem Weg. Stetig. Stetig weiter. Unter Maschinen, die das Meer bezwingen. Durch Menschen, die einen Willen haben, das zu schaffen."

Daniel hörte nicht auf, auf Tom einzureden. Der Alte fühlte sich wohl. Und Tom vermittelte den – falschen – Eindruck, dass er es mochte, ihm zuzuhören.

„Ich mag das Fahren, Tom. Sehr. Als ich jünger war, war es abenteuerlich. Unterwegs zu sein machte mich glücklich. Nun nehme ich gerne Kreuzfahrtschiffe. Der Wille des Menschen spiegelt sich auf dem Schiff wider, finde ich. Es ist etwas, was nur Menschen umzusetzen gelernt haben. Es ist doch ansonsten verrückt! Aus Freude den Atlantik – dieses Ungeheuer, das er sein kann, das er für viele war – reiten, bis wir an unser Ziel kommen, in unsere Heimat gelangen."

„Viele Auswanderer verreckten auf den Schiffen. Ich habe es im Museum in Hamburg gesehen. Ich habe es vor drei Tagen besucht, weil Freunde von mir dort Verwandte in den Listen hatten. Den Auswandererlisten. Es war elendig."

„Waren an Bord todkrank geworden, Typhus, und anderes und hatten sich in das Meer gestürzt, waren von den Schiffsleuten geschlagen worden."

Daniel kam zum Ende seiner Rede. Er war ein wenig kurzatmig geworden und fühlte sich zugleich lebendig und auf eine schöne Weise wach. Es war Daniels Aufgabe gewesen, Tom etwas zu erzählen, dachte der alte Mann. Etwas, das Tom glücklich machen sollte, indem er seine Anerkennung erhielt.

„Doch wir, wir haben das Glück, Jahre später, zum Vergnügen, die Seedrachen heute zum Vergnügen zu Untertanen zu machen, die Walrösser, die Stürme, die Monsterwellen, alles, was denen das Glück nahm auf ihrem Weg in das Glück, in dem wir nun leben: in Amerika. Amerika! Wie war der Ruf groß! Für die Iren, für die Engländer, für die Franzosen, für die Polen, für die Deutschen."

Tom schaute Daniel in die Augen und sah in die leicht feuchten Augen eines alten Mannes, der voller Kraft war, und er konnte sich vorstellen, jetzt, mit welch großer Kraft Daniel durch sein Leben gezogen war. Ein Mann aus der Bronx. Ein Mann aus einem Milieu, der dort, weil er es überlebt hatte, gehärtet worden war für viele Fährnisse des Lebens. Es war fast so, als wäre Daniel der Überlebende eines Krieges, der ihn gut auf den Frieden vorbereitet hatte.

„Schau einfach hinaus an jedem Tag. Hinauf zum Himmel!", beendete Daniel seine Einlassungen. „Das tut gut und ist besser als jedes verdammte Getränk auf Erden, Tom."

„Was trinken wir jetzt, Daniel?", fragte Tom hart, nachdem er Daniels Wort in sich nachklingen gelassen hatte.

„Wollen wir Rufus fragen?", antwortete Daniel. „Mal sehen, was der sagt."

Daniel winkte Rufus heran. „Ich sehe", sagte der Barkeeper, „dass ihr beide gut miteinander gesprochen habt. Das freut mich, denn meine Bar ist nicht für Lärm da. Wir sind Menschen hier, keine Tänzer."

„Was schlägst du vor?", fragte Tom.

Rufus beeilte sich mit der Antwort. Es waren recht viele Gäste im „The Silent Palm."

„Ich würde euch einen trockenen Martini vorschlagen. Das ist weiterhin Alkohol und zugleich nicht so stark. Und er schmeckt so, wie es sein soll, wenn man seine Zeit in einer Bar verlängern möchte, zum Reden kommt, da man von ihm nicht so schnell betrunken wird."

Beide Gäste nahmen das Angebot an. Dann sagte Daniel: „Ist euch beiden aufgefallen, warum für Säufer ein Schiff der beste Ort zum Trinken ist? Wenn man sich betrunken fühlt oder betrunken ist, dann schwankt das Schiff und nicht der, der betrunken geht. Das Gefühl, dass ich nicht allein auf festem Boden schwanke, sondern dies vom Seegang des Schiffes herrührt, ist für einen Trinker recht entlastend."

Rufus und Tom grinsten und Rufus, bevor er zum Mixen verschwand, versuchte es mit einer klugen Einsicht.

„Jeder Betrunkene denkt", sagte Rufus, „dass er als solcher erkannt wird, dabei ist es nicht so. Auf meinem Schiff könnt ihr trinken, wie ihr es wollt, da hier alle schwanken. So seid ihr mit eurem Schicksal nicht allein und das ist doch gut zu wissen, dass alle das Glück und das Elend mit euch teilen. Brüder und Schwestern im Geiste seid ihr, also nicht allein ein Mensch, der sich durch das Trinken zu einem einsamen Geist entwickelt. Ich liebe Geister, übrigens, und freue mich über jeden, der ein guter Geist ist."

Ohne auf Bemerkungen von seinen beiden Gästen zu warten, verschwand Rufus, um die beiden Martinis herzustellen.

„Ich habe eine Frage, Tom", sagte Daniel und wandte sich erneut mit seinem Körper seinem Nachbarn zu. „Ihr habt euch kurz nach 9/11 aufgelöst. Warum? Hatten die Anschläge damit zu tun, dass die Geschichte von ‚The Berlins' endete?"

„Ja," antwortete Tom, „ja, es hatte damit zu tun, Daniel. Ich bin mir nicht sicher, wie genau oder warum genau. Aber unsere Band war in Hoffnung gestartet und wie eine Rakete durch die guten Neunziger geflogen. Berlin breitete sich ja aus. Hoffnung. Die Demokratie. Der Spaß. Die Freiheit."

„Das Fehlen von Angst."

Tom pausierte.

„Das Fehlen von Krieg."

„Großen Kriegen."

Tom sah Daniel direkt an.

„Das Fehlen von großer Gewalt."

Daniel nickte, ohne dass es als reine Zustimmung verstanden sein sollte.

„Ja", fuhr Tom fort, „es war das große Spass-Jahrzehnt. Überall war es zu sehen. Wir, die Jugend, brachen massenhaft in die Welt auf, ergingen uns in schönen Reisen, die zuvor unmöglich gewesen waren. Die Literatur, das Kino, das Theater, alle diese hatten ihr Angst-Thema verloren. Es ging nur noch um Marken, um Macken, um Klatsch und Tratsch. Die Werte waren darüber vergessen worden. Was wir sind. Was wir sein wollen. Es war so einfach, in den Neunzigern zu leben. Dem knallbunten Jahrzehnt. Dem Konfetti-Jahrzehnt."

„Und, das weiß ich heute, wir waren betrunken von einem Gefühl der Überlegenheit gegenüber der ganzen Welt. Wir hatten gesiegt. So einfach machten wir es uns, ohne es zu bemerken. Ohne zu bemerken, dass weite Teile der Welt nicht in unseren Chor einstimmten."

„Und dann war für uns, für uns in der Band, zu sehen, dass nach diesen zehn Jahren die alte Welt wieder über uns hereinbrach. Es kündigte sich an. Der erste Anschlag auf das World Trade Center war weit vor 2001. Die Actionfilme hatten die Araber als Feinde entdeckt, die von Amerikanern in den Filmen getötet wurden, wie es ihnen beliebte. Es war so viel ungelöst an Problemen der Welt und wir jungen Leute waren blind vor Wohlstand und schönen Stunden auf Bali geworden."

„9/11 war dann der Schocker, der alles in einem Nukleus zusammen brachte. Alles in sich zum Sprengen brachte. Und, nein, wir waren nach zehn Jahren auf der Weltbühne müde geworden, einfach müde. Es hatte bereits vorher Risse gegeben, wohl wahr, doch nun waren die zu unüberwindbaren Klüften geworden."

„Der Spaß hatte geendet. Das Konfetti war verstreut. Es gab davon nichts mehr. Und damit kam ,The Berlins' an das Ende seiner Geschichte, sein Geist verflog, seine Idee, seine Atmosphäre."

„Ich glaube zu verstehen", sagte Daniel.

Rufus kehrte zurück. Die Martinis standen sodann – in ihren artgerechten, hauchdünnen Gläsern, solchen mit einem schlanken Hals und einer weit ausladenden Schale – auf der Theke. Jedes Glas hatte ein kleines Holzstäbchen über der Schale liegen, das eine Olive aufgespießt hatte. Die durchsichtige Farbe der Flüssigkeit war ein wenig vom Grün der Thekenfarbe verfremdet. Daniel dachte, dass ein Martini ein wertvolles Getränk war.

Daniel dachte zugleich, dass sich viele Obdachlose in seiner Heimatstadt mit Flaschen von Martini eindeckten, wenn sie im Supermarkt auf der Suche nach einem schnell wirkenden und zugleich preiswerten Alkoholikum waren. Martini galt etwas in den Casinos in der Welt, nicht wahr, und auch in einer Bar, wie es das „The Silent Palm" war. Zugleich war es ein Getränk der Gleichmacherei unter den Menschen, da es sie darin verband, dass Arme ihn genauso tranken wie auch Reiche. Dass eine Kinoserie den Martini – gerührt, nicht geschüttelt oder war es anders herum? – in die Welt als etwas Besonderes getragen hatte, stimmte insofern nur bedingt.

Tom holte Daniel zurück in das Gespräch, als er bereits die Hälfte des Martini, wie zur stummen Antwort zu Daniels Gedanken, getrunken hatte. Es überkam ihn ein Gefühl von Selbstmitleid, das nun begann ihn ganz einzunehmen. Fast ohne Rücksicht auf seinen Nachbarn sagte er, ohne seinen Blick vom Glas zu nehmen: „Ich hatte alle Chancen, Daniel. Alle. Wir hatten ein glückliches Kleinstadtleben. Ich durfte viel Musik hören, bekam eine Gitarre geschenkt, durfte im Boxen ausgebildet werden, die Mittelschule ging ganz okay, wir hatten friedliche Nachbarn, ich hatte gute, geregelte Freunde, ein gutes Umfeld. Manchmal fuhren wir wie Touristen nach Manhattan, aßen einen Hotdog und waren als Kinder gar auf kostenlosen Konzerten am Hafen."

„Mein Vater war sehr freiheitsliebend, sehr liberal, er war Demokrat und hatte sich hochgearbeitet. Er war ausgehend von einem einfachen Sachbearbeiter ein leitender Buchhalter geworden. In der Logistik. Meine Mutter musste nicht arbeiten. Sie war immer für mich da. Wenn das Knie aufgeschlagen war, pflegte sie die Wunde, küsste den Verband, unterband meine Lebendigkeit nicht, nein, sie sagte sogar, gehe hinaus, in die Felder, erlebe was, gehe zu deinen Freunden, spiele schön und erzähle mir davon, wenn du zum Abendessen kommst."

„Sie war so lieb, so freundlich, so nach vorne gewandt."

Daniel unterbrach Tom harsch: „Und woher kam die Musik? Die Veranlagung dazu?"

„Ich war im Kirchenchor", erzählte Tom, „ohne dass es mir schwer fiel. Ein Nachbar war zudem ein Pianist, der spielte mir vor, der zeigte mir, da war ich acht oder neun Jahre alt, wie Partituren aufgebaut sind, wie die Noten tanzen, er gewann mich für Musik, spielte altes Zeug, Schubert, Mozart, Bernstein, aber auch Jazz-Formationen. Da war noch ein Priester, der mit uns sang, ja, es stimmt, erfuhren wir Jahre später, er verging sich an zwei Jungens, die ich kannte, ich war aber unberührt davon geblieben, Gott sei Dank, Und unser Haus hatte einen Garten, dort hatte ich einen kleinen Teich, einen Sandplatz, dort lag ich im Sommer auf einer Decke im Gras. Und ich war auch zwei Jahre bei den Pfadfindern. Es war, alles in allem, ein schönes Leben in New Jersey."

„Alles, alles, was ich unternahm, erschien mir gut, es war kein Schmerz da."

„Kein Trauma, wie die Psycho-Doktoren sagten, es war alles geordnet und voller Möglichkeiten, vielleicht eine Laufbahn in einer Firma, vielleicht ein Studium in New York. Doch, dann änderte sich alles. Alles, als ich die Band gründete, vier meiner Schulfreunde machten mit, einen warfen wir raus, weil er auf Drogen war, sofort, einfach so, er war dann weg, und wir begannen. Wir waren erst nur ein wenig unterwegs, im Musikraum der Schule, dann ging es los, nach meiner Zeit beim Boxen."

„Dann übten wir an jedem freien, verdammten Tag, viele Abende und auch nachts."

„Ich schrieb die Songs und die Noten, wir übten es ein, stundenlang, bis nach Mitternacht, und dann, Bumm, hatten wir die ersten Auftritte. Erst in Chesterfield, dann in den Bars von New Jersey, dann überall, aber das, das weißt du schon. Ich brach mein Lehramtsstudium ab und schoss hinein in eine ganz neue Welt. Dann begann es, dann begann, ja, das wilde Leben. Ich war vorbereitet, sagten meine Eltern, gut erzogen, gut geliebt und doch verspielte ich alles."

„Alles, was ich in den Neunzigern aufgebaut hatte, war im selben Moment eingebrochen. Das war so. Dort, wo die Höhe war, waren mir in der Tiefe meine Dämonen erschienen. Und Britta, du erinnerst dich, sie war nicht da, auf Dauer, dafür andere, andere Frauen, die mich nahmen, als ob sie riefen: Hängt ihn höher. So war es doch. Ich war erhängt worden von denen."

„Und ich ließ Britta im Stich. Im Stich."

„Im Stich."

„Sei nicht so hart zu dir", sagte Daniel.

Tom bäumte sich im Hocker auf.

„Doch", sagte er, „genau das tue ich mir an. Ich muss es mir antun."

Eine Gesprächspause entstand. Es wurde langsam spät in der Bar. Viele der ganz alten Gäste waren in ihre Kabinen gegangen oder nahmen noch einen Schluck Seegang an der Reling an diesem milden Abend im Atlantik. Von vielen Stürmen während der Überfahrt nach New York war Tom berichtet worden, als er sich in Hamburg um die Fahrkarten gekümmert hatte. Dieser Abend war fern davon. Es wehte ein leichter Gegenwind, der sich vom Bug zum Heck wie die Flossen eines friedlichen Delfins um das Schiff legte.

„9/11, das war der Beginn eines erneuten Untergangs der Welt", sagte Daniel mit einem Mal, „es war nicht vorherzusehen, was danach folgte. Doch alle Konflikte, alle Kriege, aller Hass war zurück in der Welt. In unserer amerikanischen Welt. Wir mussten vielleicht zurück schlagen, Tom. Wir konnten das nicht stehen lassen, oder?"

Tom sagte Daniel, dass er sich ein Getränk bestellen möchte. Er bat Rufus herbei und bestellte einen doppelten Whiskey Sour. Daniel winkte ab und bat nur um frisches Wasser, dieses Mal ohne Eiswürfel.

„Ich war am 9. September 2001 nicht in New York und auch nicht bei meinen Eltern. Ich habe es nicht erlebt", sagte Tom tonlos, „aber ich habe Freunde, Bekannte, ich habe Menschen verloren. Mein Apartment im East-Village war vom Staub verseucht, vom Gift, das sich über Manhattan und bis nach New Jersey ausbreitete als Leichentuch, wie ich es empfand. So viele Tote und dann der Staub in der Stadt."

„Asche zu Asche heißt es, wir haben es gefühlt, damals dort."

„Mir", sagte Tom, „mir will einfach nicht das Bild aus dem Kopf gehen, wie sich unsere Leute im Angesicht des Todes in den Türmen aus den Fenstern gestürzt haben. Ich weiß, wie hoch die Tower waren. Ich war oft oben gewesen, habe auch Leute hochgeführt, auf die Aussichtsplattform. Dass das passierte, auf unserem Boden, in unserer Heimat, das konnte nicht ohne Antwort bleiben, nein."

„Doch dann", Toms Stimme wurde hart und fest, „dann wurde es nicht besser, nirgendwo, für die anderen nicht, für die unseren nicht. Wir wurden ungläubig für die Welt, Daniel. Das dachte ich immer. Ungläubig. Seitdem ist Amerika nicht mehr die Hoffnung für die Welt, wir sind jetzt die Täter in der Welt."

„Komm'", sagte Daniel, „lass uns über etwas anderes reden. Wie wäre es, wenn Rufus ein, zwei deiner Songs spielt?"

Ohne zu zögern, sagte Tom: „Auf keinen Fall, Daniel. Wage es nicht!"

„Oder etwas anderes", fragte Daniel weiterhin in ruhigem Ton, als säße Tom nicht auf dem Hocker im „The Silent Palm" neben ihm, sondern auf einer Couch, einem Sofa oder wäre irgendjemand, der jetzt nicht gut zu reizen wäre.

„Ja, von mir aus."

„Wen magst du denn?"

Tom dachte nach. „Wir können", sagte er dann, „von Robbie Williams zwei Bar-Songs von Rufus spielen lassen."

Tom bat Rufus herbei, der bald kam, und die Getränke servierte. Tom erzählte Rufus von seinem Wunsch und bat um „One For My Baby" und „Mr. Bojangles". Rufus überlegte nicht lange. Er sagte, er kenne beide Songs, sie gehörten zu seinem Repertoire, das über ein Tausend Lieder umfasste. Der Williams sei zwar nicht der Wichtigste unter denen. Seine Swing-Songs wären aber schon ganz okay und gut in einer Bar aufzuspielen. Ob Williams die Songs selbst geschrieben hätte, merkte Rufus noch an, wüßte er nicht, zumindest „Mr. Bojangles" gehörte wohl jemand anderem. Es käme jetzt aber nicht auf den an, der es geschrieben hatte.

„Eine gute Wahl zum Ende eines langen Tages", sagte der Barkeeper bestimmt.

Keine fünf Minuten später gab es den ersten Song des britischen Superstars.

„Morgen werde ich Rufus um etwas bitten, vielleicht", sagte Daniel zu Tom, als der Song endete und der zweite begann, „vielleicht etwas von Frank Sinatra oder etwas von Satchmo. Oder", Daniel lächelte, „vielleicht etwas von Cole Porter."

Beide schwiegen, hörten der Musik zu und schauten in sich hinein, während sie tranken.

Es war spät geworden für Daniel. Er bat Rufus herbei und wollte die Rechnung für beide begleichen. Das aber verbat sich Tom an diesem zweiten Abend und kramte seine Kreditkarte hervor.

„Rufus, eine Frage noch", sagte währenddessen Daniel, „darf ich eine Frage zu deinem Namen stellen?"

„Jederzeit."

„Ich habe gehört, dass der Name Rufus etwas mit dem Bösen, dem Dunklen, etwas mit Luzifer zu tun hat. Stimmt das?"

Rufus schien nicht überrascht. Er lachte auf und das in einem so höflichen Ton, dass ihm kaum anzumerken war, dass er belustigt war.

„Ja, manche denken das", sagte der Barkeeper, „es hat etwas mit einer Fernsehserie zu tun oder so. In Wahrheit ist es ganz einfach. Der Name stammt aus der Antike. Dort wurde der Name Rufus für die verwendet, die rote Haare und rote Haut haben."

Er pausierte gekonnt. „Also, für Hexer, für Auserwählte, für Verdammte."

„Da ich braune Haare trage und eine sonnengegerbte Lederhaut im Gesicht, wisst ihr beiden nun, dass es nicht stimmen kann, dass ich ein Rufus aus der Antike bin."

„Und Luzifer bist du auch nicht", sagte Daniel und lachte auf.

„Nein", lachte Rufus laut mit, „auch wenn ich ein Barkeeper bin, bin ich eher ein gutmütiger Sozialarbeiter als ein Teufel."

Tom übergab Rufus dann die Kreditkarte. Sie hatte eine platingraue Farbe, fiel Daniel auf. Es war eine, die nicht jeder bekam.

Nachdem Tom gezahlt hatte, machten es beide an diesem Abend kurz. Daniel bedankte sich für den nächsten schönen Abend bei Rufus und mit Tom.

„Sehen wir uns morgen?", fragte Tom zu Daniels Überraschung.

„Ich mache hier eigentlich keine Termine", sagte Daniel und es sollte ironisch klingen, „aber für dich mache ich sehr gerne eine Ausnahme. Morgen Abend im ‚The Silent Palm', ja, gerne."

„Komm einfach, wenn du soweit bist, Tom. So um neun Uhr."

„Gute Nacht dann", sagte Daniel.

„Bis morgen im ‚The Silent Palm'."

„Bis morgen genau hier."

Daniel war aufgestanden, tastete in seinen Taschen nach, ob er alles dabei hatte und ging erneut grüßend zum Ausgang. Dann war auch dieser alte Mann auf dem Weg in die Kabine. Doch vorher wollte er sich noch den Himmel und die Sterne anschauen, vielleicht wäre der Polarstern ja auf der richtigen Seite des Schiffes zu sehen, Steuerbord oder Backbord. Er rechnete auf sein Glück.

Tom blieb alleine an der Theke zurück. Er wusste nicht, wie es nun weiter gehen sollte. Williams hatte den richtigen Song zur richtigen Lage geschrieben, dachte er. „So Make It One For My Baby", hieß die fast letzte Zeile des Songs, als sich im Bar-Lied von Williams der Gast sehr spät an seinen Barkeeper wandte und sein Alleinsein beklagte, da auf ihn zu Hause zwar seine Freundin wartete, doch das Glück beide verlassen hatte. Dann hieß es: „And One More For The Road."

Den letzten Drink nehmen, auf dem Weg nach Hause, auf dem langen, gewundenen Weg dorthin zurück, wo das Glück einst gewohnt hatte.

So nahm Tom, als er darüber nachdachte, dass er oft der letzte Gast in den Bars gewesen war, und kein Glück zu Hause auf ihn wartete, den nächsten Schluck und wischte sich die Tränen, die ihm erneut kamen, da er an Britta Klein dachte, mit der Serviette, die vor ihm lag, aus den Augen.

Diesmal blieb Tom noch länger im „The Silent Palm". Rufus war es recht. Er hatte ganz andere Männer spät in der Nacht an der Theke weinen sehen.

III. Kapitel

Verabredet, um zu reden

Es war ein wunderschöner Tag auf dem Meer geworden. Die Brise war leicht, kein Sturm war in Sicht. Das Meer schlug lediglich leichte, wie von Mutterhand gestreichelte, sanfte Wellen. Das Kreuzfahrtschiff nahm diese souverän auf, um allen Gästen ein Gefühl von wohlfühlender Festigkeit zu schenken. Viele unter ihnen hielten sich ab dem späten Vormittag, als die Sonne bereits wärmte, auf den Außendecks auf. Es war Sommer geworden. Das Meer selbst sah, für den, der es wagte, von der Reling hinunter zu schauen, wie in einem einzigen Muster gewebter Teppich aus, den Hunderte von Menschen geknüpft hatten.

Alles an ihm wirkte wie aus einer Haut gegerbt, wie aus einer Farbe geschaffen, wie die Gleichmäßigkeit eines großen geschöpften Papiers, das, wiewohl ein wenig uneben, ein einheitliches Bild abgab. Die Gischt am Schiff nahm ein wenig die Ruhe. Wer über das aufreizende Weiß der Gischt hinaus schaute, sah einen Atlantik, wie er sich nicht von einer besseren Seite hätte zeigen können.

Der Teppich – das Meer – war von einem Blau, dass jeder, der dafür empfänglich war, wie betrunken von einem Glücksgefühl befallen wurde, sobald er mehrere Minuten nichts anderes unternahm, als weit hinaus zu blicken. Das Blau war nicht aufdringlich wie Türkis und kaum sichtbar, als wäre es eine matte Wasserfarbe. Es war weitgehend schwach und an wenigen Stellen stark. Auf jeden Fall war sie sehr beruhigend, die Farbe des Wasser, als wäre es eine friedliche Theaterlandschaft für die Menschen allein gemalt, denen ein Regisseur befahl, es sich davor auf einem Landsitz gut gehen zu lassen.

Am Ende des Meeres gab es den Horizont, wie ihn keine Landschaft auf Erden bot. Während es in den Bergen nicht möglich war, am Horizont einen Strich, wie von einem Lineal gezogen, zu genießen, war genau dies das Angebot des Meeres. Alle Gäste, so erzählten sie es sich, genossen den Ausblick und meinten damit den Eindruck der Unendlichkeit, da der Horizont sich derart scharf geschnitten in der Breite und in der Tiefe des Raumes zeigte, dass die Gedanken klar, einfach und gut wurden.

Der Himmel über dem Meer war voller weißer Wolken. Dort, wo diese langsam wankten und sich in größere und kleinere entwickelten, stach heute das Blau am Himmel hervor, das einem Aquarell-Maler der alten Tage als ein Wunder der Natur vorgekommen wäre. Das Blau des Meeres war dunkel im Verhältnis zu seinem Verwandten am Himmel. Das Blau des Himmels war heute weder milchig noch aufdringlich dunkel. Es war derart sanft und schwach, als hätte Poseidon heute selbst dem Himmel eine Ruhepause verordnet. Das Blau wirkte wie ein guter Begleiter und wie ein bester Freund, der seinen Lieben gegenüber niemals etwas Böses im Schilde führte.

So hatte sich am dritten Tag der Reise eine gute Stimmung auf dem Schiff ausgebreitet. Fast anzüglich verhielten sich viele Gäste. Sie schienen allesamt zu lächeln. Es war das – das gesuchte, das gewünschte, das stets bewährte – Wohlgefühl auf einem Kreuzfahrtschiff ausgebrochen. Das Wohlgefühl, warum sie eine Kreuzfahrtreise gebucht hatten. Es war also ein guter Tag. Jeder Gast kam auf seine Kosten. Wer in einem Liegestuhl lag, trug dort an Deck Badekleidung. Manche Frauen verschiedenen Alters verzückten sich und die

Männer, indem sie Bikinis angezogen hatten und auch sehr knapp geschnittene darunter.

Diese Frauen hatten um die Hüfte, den Bauch und die Brüste bunte Tücher gewickelt. So gaben sie auf den Wegen des Schiffes die große Ahnung davon, wenn sie dort auf- und abgingen, was die Erotik einer Fahrt über das Meer für die war, die für Erotik auch nur im Geringsten noch offen waren.

Es wurde dann Abendzeit eines glücklichen Tages im Atlantik. Die Gäste strömten in die Restaurants, wo sie am Buffet alles in der Auslage vorfanden, was sich ein Mensch nur wünschte. Vor bereits vielen Jahren war es kaufmännisch möglich geworden, die Buffets auf den Kreuzfahrtschiffen zu perfektionieren. Einer der Gründe, warum Menschen zu Kreuzfahrtliebhabern wurden, war das Essen gewesen, das sie, satt in ihre Heimat zurückgekehrt, als sehr, sehr besonders beschrieben. Von den Vorspeisen aller Arten über die Hauptgerichte bis zu den Desserts stand alles auf schön zurecht gemachten Tischen bereit, gegessen zu werden.

Übliche Fische – darunter Kabeljau aus dem Nordatlantik und Steinbeißer aus der Welt der Seewölfe – waren ebenso dabei, als auch solche, deren Namen Gäste nicht kannten und deren Namen sich kein Mensch merken konnte. Manche unter ihnen – Menschen, die sich als modern, als tierliebend empfanden – wichen angewidert den Präsentiertellern aus, auf denen die Meeresfrüchte lagen, große Garnelen darunter und gar Hummer, als wären diese keine besondere Alltagsbegegnung und kein Luxusprodukt, Viele Sorten an Tintenfischen lagen aus, deren lange Fangarme die einen verlockten und die anderen abstießen. Muscheln waren dabei, selbstredend, und eine stets wieder und wieder aufgefüllte, frische Portion an Austern aus der Nordsee.

Dazu waren vor allem kleine und große Stücke an Fleisch vom Rind, vom Schwein, vom Huhn und vom Lamm und auch der aus Amerika stammenden Pute im Sortiment. Auch Zebra und Krokodil waren im Angebot, was jedoch eher Ausläufer im Sortiment waren, da die Widerstände, diese zu essen, von Jahr zu Jahr größer geworden waren. Auf verschiedene Arten waren diese Grundstoffe des Lebens verarbeitet und zubereitet worden. All diese waren begleitet von weiteren Grundnahrungsmitteln wie Reis, Kartoffeln und Nudeln. Selbst die belgisch zubereiteten Pommes Frites schmeckten auf hoher See besonders gut und das geschmackvolle Meeressalz, das diese mit sich führten, machte durstig auf die Getränke, die in größter Vielfalt und Menge all inklusive ausgeschenkt wurden.

Nun war es nicht so, dass nur Fleischesser auf ihre Kosten kamen. Besondere Saucen und Tofu-Gerichte, von Köchen heiß und einzeln vor den Augen der Gäste hergestellt, machten auch diese glücklich. Durch die breite Auswahl an Gemüse aus aller Welt – auch solchen, die im Wok gedünstet wurden – waren die Vegetarier und Veganer unter den Gästen besänftigt, dass sie gerne mit den anderen gemeinsam in den großen Räumen das für sie passende Dinner zu sich nahmen, ohne sich als Radikale verhalten zu müssen.

Es gab für vieles, was serviert wurde, eigene Namen. Es wäre eine Wortauswahl von mindestens einhundert, die die Spezialitäten beschrieben, die auf den Tellern landeten. Es gab in der Spezialitätenecke sogar hochwertigen, französischen Käse, darunter der Blauschimmelkäse aus roher Schafsmilch, der in der Region rund um Roquefort hergestellt worden war, und worauf die dortigen Melker und Käsemacher bis heute besondere Markenrechte besaßen. Sogar das im Gänsehals gestopfte Foie Gras wurde angeboten, das Tierhalterfreunde seit langem im Perigord, woher es stammte, auf die Palmen brachte. Im Angebot waren, fast als Petitesse, auch italienische

Trauben, spanischer Schinken und Melonenstücke aus Süd-Europa.

Alles in allem war es das Paradies auf Erden, das die Köche der Kreuzfahrtschiffe jedem Gast auftischten. Die Bibelerzählung des Alten Testaments, dass der Anbeginn der Traurigkeit der Menschheit der Moment gewesen war, als Eva vom Apfelbaum nahm und den ihr von Gott verbotenen Apfel genoss und die Menschheit damit dazu verdonnerte, niemals wieder im Paradies zu leben, war eine Geschichte, die den Sinn des Buffets auf dem Schiff ad absurdum führte.

Das Essen auf dem Kreuzfahrtschiff wies den Widersinn des Bildes von Eva – und Adam – nach, da es dort alles zum Schlemmen gab, was ein naturgegebenes Paradies nur herzugeben hatte. Keiner hatte auf dem Schiff traurig zu sein, das biblische Paradies verlassen zu haben. Niemand, aß er dort, wollte zurück in den Zustand der sünden-freien Zeit. Eva und Adam hatten doch das einzig Richtige getan und zwar den Genuss zur neuen Religion erklärt. Auf jeden Fall bewirkte das Buffet auf dem Schiff ein großes Wohlgefühl im Magen und angenehme Mattheit im Kopf.

Daniel war es an den Türen zur Zeit der abendlichen Buffets viel zu voll. Er wusste, wie eng es dann am Buffet wurde. So ging er – allein aus Tradition – niemals früher als zwanzig Uhr in die Restaurants, also zwei Stunden später, nachdem die Eingänge in die Restaurants geöffnet waren waren. Auch bevorzugte er es, mittags einen leichten Lunch zu sich zu nehmen. Er wusste, dass, wenn er abends groß aß, seine Nacht eine eher unfreundliche wurde. Manches Mal aber ging er, wie heute Abend, in die Restaurants zum Dinner. Er empfand es dann als eine schöne Ausnahme und nicht als stets wiederkehrendes Ritual, das es für viele andere auf dem Schiff war und für manche unter ihnen tatsächlich der Hauptgrund, eine Kreuzfahrtreise angetreten zu haben.

Daniel machte jahrzehntelang aus Essen keine große Sache. Er hatte in seinem Hinterhof, bis die Kinder aus dem Haus waren, einen schrank-weiten, großen Gasgrill stehen. Dort legte er jahrelang große Rindersteaks auf, die rasch und perfekt zum rasch zusammengeschusterten Dinner an der Brighton Road aufgetischt wurden. Er hatte dafür einen Metzger aus der Nachbarschaft, bei dem er einkaufen ging. Beide, der Metzger und er, bauten über die Jahre eine enge Beziehung auf. Der Metzger gab Daniel die besten Stücke. Solche, die lang abgehangen waren und sich daher besonders gut für den Grill eigneten.

Es sagte etwas über Daniel aus, dass er nicht nur guten Kunden treu blieb, das war klar, sondern auch allen möglichen anderen – guten – Leuten gegenüber, die Dienstleistungen für ihn – private oder berufliche – ausführten.

Elenah und Daniel war damals Essen nur dann wichtig gewesen, wenn es ihnen sofort und augenblicklich schmeckte. Ihr Geschmack war die oberflächliche amerikanische Küche. Sie mochten die Pizzen, das Sushi, die Burger, die abends in ihr Haus kamen, und morgens die Spiegeleier, die sie in Eile brieten. Meistens kochten sie wochentags nicht selbst. Sie bestellten gerne von den Lieferdiensten, weil ihnen das leichter zu organisieren war, als abends frisch und ausführlich zu kochen. Zudem gingen beide gerne und oft in die Restaurants des San Fernando Valley. Gesundes Essen aber, das, was ihren Eltern noch Pflicht für sich und ihre Familie war, das gab es im Haus in Nord-Hollywood nur wenig. Daniel und Elenah waren damit nicht allein. Über die Jahrzehnte hatte sich die Küche in diese Richtung in vielen amerikanischen Familien verändert.

So bereiteten beide große Portionen an gesundem, klassischem Essen nur selten zu. An Feiertagen war es dann anders. Die jüdischen und israelischen Gerichte kamen dann auf den

Tisch, wenn etwa im Dezember das Lichterfest sie zu ihren Freunden rief. Doch dass beide abends über Jahre hinweg große Portionen an Speiseeis im Schlafzimmer aßen – an fast jedem späten Abend –, in ihrem großen Bett vor dem Fernseher liegend, hatte auch dazu geführt, dass beide ihren Körpern große Belastungen zumuteten. Es hatte Spaß gemacht, was sie aßen, keine Frage. Dass ein ungesundes Übergewicht die Folge war, vor allem im höheren Alter, störte sie lange nicht, da sie nicht eitel waren.

Als sich bei Daniel jedoch Rückenprobleme einstellten, war er sich im höheren Alter bewusst geworden, dass er ein besseres, gesünderes Leben hätte führen müssen. Er sagte es gerne seiner Freundin, nachdem Elenah verstorben war, dass er allein die Verantwortung dafür trüge und war sehr amerikanisch darin, die Verantwortung für diesen Umstand allein auf sich zu nehmen und diese nicht Elenah, dem Staat oder der Werbung zuzuschreiben. So musste er sich, als zudem der Herzschrittmacher in sein Leben trat, bald auf gesundes Essen und ein gesundes Verhalten sich selbst gegenüber umstellen.

Es war zwar spät, aber notwenig, dies zu tun. Und es half, dass seine Freundin ihm in der Ernährungsfrage zur Seite stand. In wenigen Monaten verlor er das unnötige Gewicht, das das Rückgrat belastete, und er nahm den Unterricht ernst, der ihn lehrte, welche körperlichen Übungen nun für ihn wichtig – offensichtlich überlebenswichtig – seien.

Auch wenn er in einen Pool ging, streckte er dort nicht allein die Arme über die Brüstung weit aus und ließ die Beine baumeln. Er schwamm die Runden, die es brauchte, seine täglichen Gesundheitsziele zu erreichen. Er sagte es auch jedem ungefragt, wenn es ihm gefiel, dass er nun, wenn überhaupt, nur eine Kugel Speiseeis täglich aß und nicht sechs, wie es war, bevor er auf seine Freundin stieß, die ihm die Zubereitung guten Essens vorlebte und dieses mit ihm teilte.

Für Tom war es ein sehr langer Tag geworden. Er wusste nicht viel mit sich anzufangen. So blieb er vor allem im Bett. Da er mit seinen Gedanken nicht alleine bleiben wollte, nahm er die Gedichtbände in die Hand, die er für seine Reise nach Deutschland im Gepäck hatte. Es war weitgehend altes Zeug darunter und nur weniges, das zeitgenössisch zu nennen war. Er hatte die Iren in der Hand, die Deutschen, die Franzosen und auch die Bücher der Beatnik-Generation. Er mochte es, wenn Gedichte im Amerikanischen geschrieben worden waren, da er sich dort zu Hause fühlte.

Tom mochte es aber auch sehr, wenn Ausländer in das Amerikanische übersetzt waren, die Wörter aufwiesen, die leicht zu verstehen fast ein Ding der Unmöglichkeit war. Der deutsche Dichter Hölderlin war für Tom einer, der so schrieb, dass viele Verse in seiner – der amerikanischen – Landessprache wie moderne Rock-Verse in den Ohren Toms klangen.

Es kam in der Rock-Musik, dachte Tom, niemals nur darauf an, dass jedes Wort verstanden wurde. Im Gegenteil hatten viele Bands Welterfolge, ohne dass ihre Wörter zum einen für das Ohr verständlich waren und dass diese zum anderen sogar noch lange keinen Sinn ergeben mussten. Volksmusik, althergebrachte und gegenwärtige, lebte im Gegensatz dazu häufig davon, dass die Zuhörer ihre Weisheiten oder ihre Bedeutungen möglichst gleich aufnahmen, sie also sofort verständlich waren, weil Wörter und Sätze gewählt worden waren, die einen Sinnzusammenhang bildeten.

Besonders nahm sich Tom in diesen Tagen die Gedichte von Rainer Maria Rilke vor. Einem deutschen Dichter, den Tom dafür schätzte, dass er weitgehend – anders als Hölderlin – recht gut verständlich war. Vor der Reise nach Hamburg hatte er für sich entschieden, dass vor allem Rilke ihm ein Begleiter sein sollte. Waren dessen Liebesgedichte romantisch und von höheren Gefühlen getragen und Tom in tieferen

Stimmungen gefangen, so ermöglichte Rilke ihm zugleich, das zu empfinden, was er tief unten in seinem Wesen für Britta Klein gefühlt hatte und wohl immer noch für sie empfand.

Rilke sprach ihn an und seine Gedichte fügten die Atmosphäre des Möglichen, was zwischen ihm und Britta hätte sein können, in seine Fantasiewelt ein. Nicht allein Herzschmerz entstand, wenn Tom Rilke las. Es war eine Parallelwelt, die ihm gut tat, in der Britta und er ein lebenslanges Paar waren und derart nah und derart glücklich, dass es heute ein anderes Leben wäre, als in der richtigen Welt, die dann doch anders geworden war und die er sich ebenso klar und eindeutig vorstellte. Tom war auf keinen Fall ein dummer Mensch. Und keiner, der sich vor den Wahrheiten drückte. Das wusste Tom, das war er nicht.

Tom las die Gedichte nicht in einem besonderen Muster nacheinander. Die, die er von Buch zu Buch scheinbar wahllos nahm, flogen ihm zu. So, wie es bei ihm oft gewesen war, als er die Songs für „The Berlins" und später für sich als Solo-Künstler geschrieben hatte. Die Eingebung, was ein Song würde, was er hatte und was nicht, war allen naturwissenschaftlichen Gepflogenheiten und Entwicklungen zum Trotz nicht vorher und währenddessen zu bestimmen.

Das machte die Kraft der Musik aus. Dass seine Songs zu ihren besten Zeiten derart viele Menschen erreichten, das war weder planbar noch steuerbar gewesen. Die Tatsache aber, und Tom erinnerte sich am Nachmittag im Bett sitzend daran, dass seine Songs fast zehn Jahre lang ein großes Publikum erreicht hatten, dieser Erfolg war etwas, das ihn stolz machen sollte. So, wie es Daniel gestern Abend gesagt hatte.

Dass er zugleich diesen Stolz, von dem viele Menschen in seinem Leben gesprochen hatten, dass er diesen haben sollte, ihn nicht erreichte, heute noch weniger als früher, das war ein

Drama, das Tom klar für sich erkannte. Er hegte die Hoffnung, dass, hätte er den Stolz in sich, das Gefühl, etwas Großartiges geleistet zu haben, es ihm dann in der Folge grundlegend besser ginge. So verglich er die Zeilen der Dichter mit den seinen, und das in der Hoffnung, dass er sich besser fühlte, da er selbst ein guter, ein vielleicht großer Dichter war. Als heute das Gegenteil eintrat, er sich schlechter fühlte, da die Dichter nach seiner Einschätzung eben viel besser als er selbst waren, kleidete er sich an, schnürte die Turnschuhe und zog erst einmal ziellos über die Decks des Kreuzfahrtschiffes.

Eine ganze Weile steuerte er nichts und niemanden an. Er untersuchte, wie das Schiff wohl aufgebaut war. Er lotete die Maße aus und schaute hier und dort in die Innenräume hinein. Er fand auch den großen Theatersaal und empfand Freude darüber, dort nicht als ein abgehalfterter Musical-Sänger oder als aussortierter Schlagerstar auftreten zu müssen. Auch gab es Rock-Sänger in den Provinzen in aller Welt, die, nie erfolgreich geworden, in den kleinen Musikschulen Gesangsunterricht geben mussten, um finanziell zu überleben, da sie nichts Ordentliches gelernt hatten.

Nicht selten trafen diese Gescheiterten auf ältere Männer ohne Talent, die nun herausfinden wollten, wie das Singen geht, und, man konnte es sich denken, dass diese Schüler nicht das waren, was sich die Rocker im Alter als Publikum gewünscht hatten. Tom war anders. Er hatte genügend Geld verdient, dass er sich um sein Auskommen keine großen Sorgen machen musste. Dann, als er auf dem Kreuzfahrtschiff seine Entdeckungstour erledigt hatte, wusste er, dass er noch ein paar Stunden hinter sich bringen musste, bevor er vielleicht um einundzwanzig Uhr im „The Silent Palm" auf Daniel stieße. Tom entschied sich dafür, die Zeit in einem der Pools zu verbringen.

Er bemerkte in den Nachmittagsstunden an sich, dass dieser alte Mann bereits eine fixe Idee, eine fixe Person für ihn geworden war. Wiewohl sich ein seltsames Gemisch an Gefühlen einstellte, überwog etwas, was ihm Freude bereitete. Mit ihm zu reden, hatte bislang nicht bedeutet, ihm gegenüber eine Verpflichtung eingegangen zu sein. Verpflichtungen hatte es viele in seinem Leben gegeben. Die massenhaft aufwachsenden Aufgaben, denen er sich als Bandleader gegenüber gestellt sah, waren vielleicht die Ursache für ihr häufiges Scheitern, da er den Verpflichtungen in ihrer Häufigkeit nicht hatte nachkommen können.

Ohne dass er im Pool Blickkontakt zu anderen suchte, suchte er zugleich das Panorama der Frauen danach ab, welche besonders schön war. Schön meinte in seinem Sinne weiterhin das Bild, das sich weiße Männer des Westens von Frauen machten. Eine Frau mit schlanker Figur, also eher jünger, hochgewachsen, mit einem Modell-Gesicht des Nordens, eher blond als brünett, und dementsprechend also sexy in der Vorstellung von Männern, wie es Tom einer war. Sein Beuteschema, das wusste er, war in den Achtzigern in den USA geprägt worden, als solche Frauentypen, die ihn anzogen, auf allen Kanälen und Zeitschriften als Models und moderne Göttinnen präsentiert wurden.

Zugleich fiel Tom im Pool anders als in den Räumen und auf den Wegen – angezogen und geschniegelt – nicht groß auf. Dort gab es keine Accessoires an ihm, die an ihm besonders entzückten. Sein Körper war in die Jahre gekommen, die Tattoos waren blass geworden und seine Haut war gerötet, da er oft in der Sonne gelegen hatte und in Sonnenstudios gewesen war. Seine Arme waren weder muskulös noch sein Bauch straff. Er schwamm ein paar Runden, ruhte auf dem Liegestuhl und hatte bald genug vom Pool. Später am frühen Abend, in seine Kabine zurückgekehrt, geduscht, geputzt und geschniegelt, zog er seine Ausrüstung an, aß etwas in einem der Restaurants und war bereits um zwanzig Uhr dreißig im „The Silent Palm".

Daniel war dort noch nicht platziert. So nahm Tom heute Abend als erster der beiden den Platz an der Theke ein und sorgte – Wünsche abwehrend – dafür, dass links von ihm mindestens zwei Plätze frei blieben. Einer für einen guten Geist, den Rufus gerne heraufbeschworen hätte, und einen für Daniel, frotzelte Tom in sich hinein, alles für den alten Mann, der alles besser kann.

„Tom", fragte Rufus, nachdem er Tom begrüßt hatte, „soll ich heute Abend bereits zwei Servietten auf den Platz legen? Kommt Daniel noch?"

„Ja", sagte Tom. „Ich hoffe."

„Ich stehe zu Diensten", sagte Rufus mehr ironisch als ernsthaft. „Etwas zu trinken?"

„Ich fange mit der Cola an, die mit viel Zucker. Daniel macht mich noch süchtig danach."

„Wie du es wünschst, sehr gerne", sagte Rufus und verschwand kurz. Als er mit der Cola zurückgekommen war und Tom einen ersten langen Schluck zu sich genommen hatte, sagte Rufus: „Darf ich dir eine Frage stellen, Tom?"

„Ja, sicher", antwortete Tom zögerlich.

„Darf ich fragen ob du der Frontmann von ‚The Berlins' warst?"

Tom wusste, dass es Rufus gewusst hatte. Während er sich geradezu lächerlich blöde darüber freute, dass er das an Rufus' Augen erkannt hatte, stieß es ihm ein wenig sauer auf, auf diesem Kreuzfahrtschiff ausgerechnet vom Barkeeper erkannt worden zu sein, der doch eine Person der Diskretion, der Zurückhaltung sein müsste.

Tom wartete mit einer Antwort derart lange, dass Rufus das Wort ergriff. Und zwar nun in dem Ton, den sich Tom jetzt von ihm wünschte.

„Es tut mir leid, Tom", sagte Rufus und meinte es – auch das war Rufus – ehrlich. „Ich wollte dir nicht zu nahe treten. Vielleicht verzeihst du mir das."

„Aber", sagte Rufus, bevor er sich von diesem Platz an der Theke wortlos entfernte, ohne auf eine Antwort von Tom zu warten, „aber ich mochte ‚The Berlins' sehr. Wirklich. Und in den Neunzigern hatte ich zwei Platten von euch. Ich fand, und ich finde es immer noch, dass ihr es allen gezeigt habt. Das, was Rock 'n' Roll war." Nach einer kurzen Pause fügte er noch an: „Ich werde dich nicht mehr darauf ansprechen."

Tom fand Rufus' Verhalten zum einen unhöflich. Ihm war zum anderen durchaus bewusst, dass er sich falsch verhalten hatte. Was war denn schon dabei, wenn ein Fan der ähnlichen Altersklasse eine solche freundliche Frage stellte? Zugleich wollte er nicht länger mit jedem über seine Band reden. Dazu war zu viel geschehen. Zu viel, seitdem sich die Band aufgelöst hatte. Zu viel, seitdem seine Solo-Karriere eher eine hilflose als eine erfolgreiche gewesen war. Zu viel jetzt, als er vom Tode Brittas erfahren hatte. Zu viel, seitdem er sich auf die Reise nach Hamburg aufgemacht hatte.

Und zu viel, seitdem er am Grab gestanden hatte. Alleine und mit einem Rosenstrauß in der Hand. Und Tom nichts – nichts – gesagt hatte am Grab, weil es ihm verlogen vorgekommen wäre, zu einer Toten zu reden.

Daniel riss Tom aus den Gedanken. Wohlgelaunt trat er von der Seite an Tom heran und nahm den Platz ein, den Tom freigehalten hatte. Es hätte kein ungünstigerer Moment sein können, sich zu Tom zu gesellen.

Daniel bestellte sich eine Bloody Mary, die alkoholische Variante der Virgin Mary, eine mit Tequila, und wollte Tom mit großen Worten begrüßen. Als der alte Mann bemerkte, wie Tom geradezu eingesackt an der Theke hing, entschied er für sich, damit zu warten. Was auch immer es war, erschien es Daniel so, dass sein junger Freund gerade etwas einzustecken gehabt hatte, als hätte ihm ein stärkerer Boxer einen kräftigen Uppercut versetzt.

Doch Tom raffte sich auf. Er wollte dem alten Mann das Vertrauen schenken und die Zuneigung, die er wiederum von ihm die letzten beiden Abende geschenkt bekommen hatte . „Mir geht es gerade nicht gut, Daniel", sagte Tom, „aber" – Tom streckte seinen Rücken durch – „ich freue mich sehr, dass du gekommen bist. Gib mir ein paar Minuten. Dann" – Tom lächelte gequält – „bin ich wieder, wie sagt man, an Deck."

Nach vielleicht zehn Minuten, die dazu da waren, sich zu sammeln, bei Tom, und die dazu da waren, sich Gedanken über Tom zu machen, bei Daniel, begann das Gespräch zwischen dem alten Mann und seinem Bar-Nachbarn wieder in Gang zu kommen. Zuerst plauderten beide über den Tag und erzählten sich, wie sie ihn verbracht hatten. Auch sprach Tom über die Dichter, die er gelesen hatte. Er blieb dabei recht oberflächlich, da Daniel zugab, keinen von diesen zu kennen, weder ihre Werke noch ihre Namen. Daniel wiederum sprach davon, dass er mit seiner Freundin lange telefoniert und festgestellt hatte, welche hohen Gebühren die Verwaltung dafür nahm. Er lachte dabei auf, als er erwähnte, dass er seiner Freundin mitteilen musste, dass er ja ein armer Kerl wäre, der sich das nicht leisten könne.

Auch erzählte Daniel ein wenig davon, was er sich vom Buffet genommen hatte. Besonders bemitleidenswert hätte er ausgeschaut, als er den Salatteller vor sich stehen gehabt hatte, während alle anderen um ihn herum zum Fleisch gegriffen hatten. Am Ende, da lachte Daniel erneut auf, habe auch er ein Filetstück Rind vom Buffet genommen und meinte, bemerkt zu haben, wie die Menschen um ihn herum nun darüber tuschelten, dass er doch etwas Vernünftiges auf dem Teller hatte und von Salat allein nicht leben wollte.

Tom wollte heute Abend nicht allein eine Plauderei. Er wollte Daniel etwas aus seinem Leben berichten und dieses besser erklären. „Daniel, wenn du etwas für uns bestellt hast, erzähle ich dir von meinem Leben als Star. Wenn du es möchtest.“

Daniel bejahte und war überrascht über die Offenheit seines Nachbarn ihm gegenüber. Daniel rief Rufus herbei.

„Rufus, wir sind wieder da“, sagte Daniel.

„Ja“, antwortete der Barkeeper freundlich, „das sehe ich. Und ich freue mich, dass ihr euch in Gespräche vertieft. Vielen gelingt das nur unter ihren Verwandten und Freunden. Nur wenige erreichen es, eine neue, gute Beziehung in einer Bar zu schließen.“

„Was kann ich für euch tun?“

„Rufus“, sagte Daniel, „sag doch mal, was ist der Cocktail, der dir die meiste Arbeit macht?“

Rufus dachte nach. Dann sagte er: „Das ist der Gimlet. Ein Cocktail, den nur ein Fachmann mixen kann. Er gilt unter uns als das Meisterstück. Viele, die die Prüfungen ablegen, und dann das Pech haben, darin geprüft zu werden, stöhnen schon recht auf. In den fünfziger Jahren wurde er unter

Intellektuellen sehr berühmt, da der Gimlet in den Romanen von Raymond Chandler auftauchte. Eine gute Wahl, finde ich, die er für die Figuren in seinen Krimis getroffen hatte."

„Und", fragte Tom jetzt, „wieso ist er ein Vertreter der Extraklasse?"

„Naja", antwortete Rufus und legte seinen Arm – den mit der Prothese – auf die Theke, als wollte er seinen Stumpf ausruhen. „Die allermeisten Barkeeper verwenden Saft von der Limette oder, was noch schlimmer ist, von der Zitrone. Auch Zucker geben diese Dilettanten bei. Auch finden sich überall Rezepte, die den Gimlet als einfach herzustellenden Cocktail beschreiben. Keine Seite im Internet kommt zum Schluss, dass es ein Kunstwerk ist."

„Also?", sagte Tom.

Rufus fühlte sich herausgefordert: „Der einzig wahre Gimlet besteht aus hochwertigem Gin – und ich meine hochwertig – und dem Sirup – dem Sirup, Achtung! – der Limette. Er wird auf Eis gerührt und eben nicht im Shaker geschüttelt. Auch, wie man ihn rührt, ist ein Geheimnis, der von den besten Barkeepern nur an die besten Nachwuchstalente weitergegeben wird. Es gibt einen Gimlet auch mit Wodka, mit Rum und sogar mit Tequila. Meiner heute Abend ist der aus Gin. Das ist der Klassiker. Wer dann sagt oder schreibt, der sei einfach, der hat noch nie in der britischen Armee gedient. Ich habe mit den britischen Offizieren in Kabul zu tun gehabt. Die wussten noch, was ein richtiger Gimlet ist."

„Du warst in Kabul"?, frage Daniel nüchtern.

„Das ist, entschuldige, eine andere Geschichte", wehrte Rufus ab und verließ dieses Themenfeld so rasch, wie er nur konnte.

Der Barkeeper fuhr dann fort: „Der Gimlet ist im Grunde der Höhepunkt aller Gelage gewesen, wenn die Leutnants und alle Offiziere der britischen Armee in alter Zeit in den Tavernen einkehrten. Die Tradition, abends Gimlets zu trinken, gilt bis heute etwas in den Offizierskasinos der Royal Navy. Die Briten sind auch so stolz auf ihren Cocktail. So sehr, dass sie im Grunde sauer sind, dass ein amerikanischer Schriftsteller ihren Gimlet der Weltöffentlichkeit vorgestellt hat und nicht ein Schriftsteller wie Somerset Maugham aus dem Vereinigten Königreich."

„Im übrigen und damit schließe ich meine Ausführungen", sagte Rufus, „sollten unsere Handwerker den Gimlet mögen. Handbohrer und Vorbohrer sind ja ihre Werkzeuge, nach denen der Cocktail benannt ist. Warum der Cocktail so heißt, hat sich mir nie wirklich erschlossen. Vielleicht, weil es stimmt, dass, einen Gimlet herzustellen, tatsächlich Fachwissen benötigt und nicht so etwas ist, wie als Laie eine Schraube schief und krumm in die Wand zu bohren."

Tom war begeistert von Rufus' Erklärungen. Er begann, ihm zu applaudieren. Und Daniel fiel lachend in den Applaus ein.

„Gekauft", sagte Daniel, „dann bestellen wir beide – bitte, Maestro – zwei Gimlets."

„Es wird aber dauern", sagte Rufus.

Tom lachte mit: „Wir warten gerne auf die Spezialität. Gut Ding will Weile haben. Nicht?"

Rufus freute sich über die beiden Gäste und sagte, bevor er verschwand: „So machen wir es heute. Heute gibt es höchste Bar-Kultur."

Als Rufus gegangen war, setzte Tom nun, ein wenig erhitzt und belebt, seinen Plan um. Die Zeit war dafür gekommen, dachte er. Nein, er wollte nicht von den tatsächlich schlimmsten Geschichten erzählen. Daniel gleichwohl etwas aus seinem Leben zu erzählen, als dieses von vielen als Höhepunkt angesehen wurde, und von ihm nicht. Dazu war er jetzt bereit.

Er wandte sich nach links zu Daniel. „Du, es war bei uns nicht anders als anderswo. Wir wurden bald von Groupies belagert. Es gab die ersten großen Erfolge. Das Fernsehen machte uns groß. Es kamen die Musikkanäle auf. Die, die Videos zeigten. Die, die Stars geradezu fertigten, wenn man in ihrer Trommel war, dort, wo die Wiederholungen der dann beliebtesten Songs gespielt wurden."

„Wir erhielten Preise und stolperten auf die Bühnen, um diese abzuholen. Die Zeitschriften brachten erste Geschichten. Sie fotografierten uns. In den Hotelbetten. In den großen Autos. Auf den Partys. Wir waren auch Mode-geprägt. Viel Schwarz hatten wir. Dazu Gold."

„Wir zeigten überall dort, wo sie es nur wollten, unsere Gesichter. Unsere Ausrüstungen."

Tom legte eine Kunstpause ein.

Währenddessen fiel Daniel auf, dass Tom heute Abend ein einfaches Karo-Hemd trug, dunkle Jeans, einen unauffälligen Gürtel. Tom hatte kein Theater-Jackett dabei. Er sah heute Abend derart normal aus, dachte Daniel, dass es dem alten Mann geradezu unwirklich wurde. Auch war sein Verhalten vorzüglich. Er war durch und durch freundlich und zugewandt. Auf einmal kam Daniel in den Sinn, dass Tom so, wie er nun aussah, vielleicht ausschaute, wie es sich für einen fünfzigjährigen Mann gehörte. Einem aus New Jersey. Einer, der als Angestellter ein brauchbares Einkommen erzielte, vielleicht sogar in einer Bank arbeitete. Einer, der eine Ehefrau und Kinder an der Seite hatte. Das, was Tom erzählte, stand gleichwohl im krassen Widerspruch zu dem, was Daniel – kurz – in ihm sah.

„Einer aus meiner Band", fuhr Tom fort, „ließ sich mit einer bekannten Hollywood-Schauspielerin verkuppeln. Ein Jahr lang zerlegten sie ihre Beziehung. Vom Kennenlernen über die Hochzeit bis zur Scheidung. Eine Schlammschlacht. Es erschienen Fotos, die keiner sehen sollte, auch Porno-Videos waren dabei, und es war alles, was im Verborgenen hätte bleiben sollen und dennoch gebracht wurde. Ich wurde beim Pinkeln im Central Parc erwischt, es entstand ein riesengroßer Skandal."

„Doch was war das alles? Skandale? Skalps wurden in Wahrheit gejagt und wir ließen es zu. Wir folgten unserem Management. Es war gut für das Geld, sagte es stets. Jedes Foto auf Papier, jedes Schnitzelchen im TV, all das förderte den Verkauf unserer LPs. Wir mussten dann Leibwächter anheuern und ich traute denen keinen Fußbreit. Was für eine Ironie. Die, die für mich da sein sollten, machten mir Angst, derentwegen ich doch keine Angst mehr haben sollte."

Tom legte eine längere Pause ein. Er schaute an die Decke und schüttelte den Kopf hin und her, als ob er nun die Bilder seiner Biografie wie Stichpunkte nacheinander abrief und einen wie den anderen abhakte.

„Sie warfen Slips auf die Bühne, Frauen jeglichen Alters. Sie logen an den Hotel-Rezeptionen, dass sie unsere Zimmernummern erfuhren. Und, was soll ich sagen, Daniel. Wir machten mit. Wir waren der Grund, dass das alles geschah. Wir schotteten uns nicht ab. Wir hatten nicht unsere Jugendfreundinnen geheiratet. Wir waren nicht treu."

„Wir ließen uns gehen. Entgegen all dem, wie wir in New Jersey groß geworden waren, verhielten wir uns. Warum? Weil – ja, das war es auch bei uns! – ja, weil wir süchtig wurden nach Ruhm, Alkohol, Sex. Im Mindestens die Drei. Süchtig nach Ruhm, Alkohol, Sex. So ist es gewesen, Daniel. So und nicht anders."

Daniel klopfte Tom auf die Schulter. Der alte Mann nahm an, dass es eine gute, eine gelernte Geste für solche Momente war. Daniel war zwar eine Führungskraft gewesen und wusste, auf Menschen klug einzugehen. Zugleich dachte er, dass Tom in dem, was er erzählte, von ihm selbst weit weg war und wie ein Klischee der Unterhaltungsbranche wirkte. Dann dachte Daniel aber, dass das nun die Wirklichkeit war. Solche, die andere in Büchern lasen und dem Autor kein Wort glaubten. Eine wirkliche Geschichte, die stets neu und stets neu erzählt werden musste. Dahinter, hinter den Worten Toms, steckte nichts als Wahrhaftigkeit, an Tatsächlichem. Warum also seine Biografie und seine Gefühle weniger ernst nehmen, nur weil man glaubte, diese bereits oft gesehen und gehört zu haben?

„Und Britta, von der ich dir erzählte, die in Hamburg beerdigt ist, Britta wäre der Freifahrtschein gegen all dies gewesen. Und ich hatte Bockmist gemacht. Ihr gegenüber nichts anderes als Bockmist gemacht."

Daniel hatte über Toms Ausführungen den Gimlet, den Rufus schweigsam hingestellt hatte, längst ausgetrunken. Er war wie ein Martini serviert worden. Im demselben Glas-Typus. Doch von anderem Geschmack. So musste Daniel böse mit sich sein. Während Tom eine Beichte an ihn verschenkte, genoss er den Gimlet, den Tom bislang nicht angerührt hatte, und freute sich über den Abgang, der aufgrund des Limetten-Sirups auf beste Art in seinem Mund nachwirkte.

Tom fragte dann wie aus dem Nichts: „Und du, Daniel, wieso bist du auf dem Schiff? Es ging um deinen deutschen Freund, Peter mit Namen. Richtig? Der verstarb, richtig? Wie hast du dich verabschieden können?"

„Wenn du es möchtest, erzählte ich dir von seiner Beerdigung, Tom."

„Ja, bitte", sagte Tom, als ob er sich eine Verschnaufpause versprach von dem Mist, der gerade in seinem Kopf tobte.

„Naja", hob Daniel an, „im Gegensatz zu dir hatte ich Glück. Ich konnte mich verabschieden und wusste von Peters Erkrankung. Er hatte sie mir noch selbst mitgeteilt. Dann aber, als es schlimm wurde, brach das direkte Gespräch mit ihm ab. Seine Tochter – Lisa – übernahm dann die Aufgabe, mich über meinen, von uns genannten Sohn zu unterrichten. Er hat zwei Kinder und beide waren auch drei, vier Mal bei uns in Los Angeles gewesen, während Peter in all den Jahren regelmäßig Gast bei uns war. Elenah mochte Lisa und Sara. Lisa war mehr die Abenteuerliche. Sara schien mir nach innen gekehrt."

„Mochtest du auch sie beide?", fragte Tom.

„Ja, na klar. Sie waren Peters Kinder! Es war nur so, dass Sara nie ohne Peter zu uns kam, während Lisa uns auf ihren Reisen auch allein besuchte. Wir kannten auch die Ehefrau von Peter, hatten sie aber nur zwei Mal gesehen, weil sie Langflüge nicht mochte. So kam es dazu, dass mich die Familie von Peter zur Beerdigung einlud. Meine Freundin ermunterte mich, nach Deutschland zu reisen. Es kam mir komisch vor, nun als Witwer in das Land zu fahren, aus dem zwar Peter stammte, der gute Freund, das aber derart Schlimmes getan hatte, dass ich niemals hinfahren wollte. Es war dann so, dass ich drei Tage in Hannover in der Familie verbrachte."

Tom hörte in Ruhe zu. Tatsächlich In Ruhe. Er hatte sich auf den alten Mann eingestimmt, bemerkte er an sich. Und begann, dies zu mögen.

„Kennst du Hannover?"

Tom verneinte.

„Wie auch! Es ist eine kleine Stadt. Sie ist ungefähr eine Stunde von Hamburg entfernt und liegt etwas mehr in der Mitte Deutschlands. Ein Freund empfahl mir, wenn ich schon dort wäre, auf den Spuren der Märchenerzähler Grimm zu wandern. So reiste ich eine Woche vorher an und besuchte ein paar Stätten, an denen die Geschichten der Gebrüder Grimm eine Bedeutung haben. Komisch, nicht? Meine Großmutter hatte mir als Kind diese Märchen vorgelesen. Ich gruselte mich fürchterlich. Später, als Erwachsener, verstand ich, warum sie das getan hatte."

„Sie, die die Shoah überlebt hatte, arbeitete im Vorlesen ihre Schrecknisse ab. An mir! Als ob Angst mit Angst besiegt wird. Und ich? Ich bin zu einer Beerdigung gereist und habe dabei ein touristisches Verhalten gezeigt und ausgerechnet zu etwas, das in der Geschichte des Landes verwurzelt ist, das die Shoah zu verantworten hat."

„Grimm?", fragte Tom. „Die Märchen, die wir alle kennen? Hänsel und Gretel, Rumpelstilzchen und so. Richtig?"

„Ja, diese. Die Märchen sind ja voller Brutalität und Terror und erzählen nicht von Liebe, Freundschaft und Treue. Im Grunde war es eine Gegenreise. Dort, wo ich Grimmsche Orte aufsuchte, war das Deutschland, das in der Familie von Peter ganz gegensätzlich anzutreffen war. Ich wurde herzlich aufgenommen und nahm mir ein Hotel in der Nähe des Wohnorts von Peter. Drei Mal sah ich die Familie und einmal auf dem Friedhof. Peter war weder Baptist noch Katholik gewesen. Also war die Zeremonie eine weltliche."

„Er hatte sich, da er wusste, dass er sterben würde, mehrere Lieder gewünscht. Und einen Redner aus seinem großen Freundes- und Bekanntenkreis. Der erzählte ganz weltlich aus Peters Leben und die Kirche war eher als Raum genutzt denn als Ort, an dem einem Verstorbenen das ewige Leben nach seinem Tod gewünscht wurde. Soweit ich es verstand, Lisa half mir zwar mit den Übersetzungen in das Amerikanische, doch reicht so etwas nie ganz aus. Was soll ich sagen?"

Tom wusste, dass die Frage eine unbedeutende war. Er nickte mit dem Kopf, um anzuzeigen, dass er gut zuhörte.

„Es wurde viel geweint, viel getrauert und viele, so meinte ich, gesehen zu haben, trugen aufrechtes Beileid in sich. Der Redner erwähnte auch mich und Elenah. Das hätte nicht sein dürfen, fand ich. Wir waren über die Jahrzehnte zwar eng verbunden. Aber es gab doch nicht viele Jahre der Nachbarschaft oder Ähnliches zwischen Peter und seiner Familie und uns. Am Grab selbst habe ich dann Sand auf den Sarg geworfen. Meine Hand zitterte dabei. Ich wusste nicht, ob es die Müdigkeit war oder die Trauer. Alles in allem hatten wir alle Peter sehr gerne, denke ich. Sara musste von ihrer Mutter gestützt werden. Die Arme! Sie war ganz außer sich. Sie ist die jüngere Tochter von Peter und hörte mit dem Weinen nicht auf."

„Das tut mir leid", sagte Tom. Er war in der Erzählung gefangen. Dieser alte Mann hatte viel zu bieten, dachte Tom und erschrak dabei. Nein, so nach Nutzen bestimmt, so meinte er es sich selbst gegenüber nicht, rief er sich zur Ordnung.

„Auch auf dem Treffen nach der Beerdigung schien sie mir ein einziges Elend zu sein. Sie stand ihrem Vater sehr nah und hat eine unheilbare Krankheit von Kindesbeinen an. Peter tat das, was er konnte für sie, und sie wiederum wandte sich wieder und wieder an ihren Vater, egal, wo er war, weil er ihr Kraft gab und, so denke ich, tatsächlich eine große Stütze war. Claudia, Peters Ehefrau, ertrug während der Beerdigung alles in größtmöglicher Gefasstheit und schien mir darin ein Vorbild für alle anderen. Ich mag sie. Ja, so war das."

„Ich war zwar in Los Angeles auf vielen Beerdigungen in den letzten Jahren, Tom. Doch eine solche weite Reise anzutreten aus einem solchen Grund, das war für mich doch ein ungewöhnliches Ereignis. Ich sah es nicht allein als Pflicht an, auch wegen Elenah. Es war mir selbst wichtig, mich von ihm zu verabschieden. Auch wenn Peter derart weit entfernt lebte, war er mir nah geworden. Ich habe keinen Sohn. Vielleicht ist es das. Das Klassische. Dass er, da er zum Sohn wurde, in mir eine Leerstelle ausfüllte."

„Nun, da wir ihn verabschiedet haben, sitze ich hier mit dir. Und, auch wenn es keinerlei Ähnlichkeit gibt, bist du, Tom, doch ein Mann Anfang Fünfzig und ich suche vielleicht nach Gemeinsamkeiten zwischen dir und ihm. Wie auch immer."

„Jetzt bestellen wir keinen Gimlet", sagte Daniel, „oder was auch immer. Ich möchte einen doppelten Cognac. Du nimmst jetzt, bitte, was du möchtest."

Daniel winkte Rufus herbei.

„Und ich verspreche dir", Daniel grinste jetzt, „ich werde nicht altklug und altväterlich dreinschauen zu dem, was du bei Rufus bestellst."

Tom nahm die Bemerkung seines Nachbarn ernsthaft auf. Er rief ebenfalls Rufus herbei, dankte ihm für den Gimlet und bestellte sich, weil er was zu sagen hatte, einen Whisky Sour. Erneut ohne Eis und doppelt. Daniel gab an, den doppelten

Cognac haben zu wollen. Er sollte es auch an diesem Abend nicht übertreiben und entschied sich dennoch für den Weinbrand.

„So", sagte Tom, „nun bin ich wohl wieder an der Reihe. Ich kann dir erzählen, wie ich Britta kennengelernt habe, Daniel."

„Immer so, wie es für dich passt", antwortete der alte Mann.

„Also, wo soll ich anfangen? Wir waren zum zweiten Mal in Berlin. Wir spielten im Friedrichstadtpalast. Das war der Ort in Ost-Berlin, an dem die großen Shows stattfanden. Musik-Shows mit vielen Tänzerinnen. Wir hatten 1991 eine Ausnahmegenehmigung erhalten, da wir nicht allein eine Musik-Band waren, sondern auch Show-Elemente in unseren Auftritt eingebaut hatten. Flammenwerfer waren dabei, das weißt du schon, viele Kostümwechsel und so. Im Grunde passten wir dort nicht hin, schon klar. Aber wir wollten in Ost-Berlin spielen. Das erschien uns sexy, neu und fremd. Unser Management war davon begeistert."

„Es war bestimmt alles neu und aufregend in Ost-Berlin damals", sagte Daniel. „In jenen Jahren."

„Oha.", sagte Tom. „Das kannst du wohl sagen."

„Also, wir waren dann im Sommer 1991 bereits zum zweiten Mal dort. Beim ersten Mal hatten wir in West-Berlin gespielt, auf der Freilichtbühne. Ja, es blieb dann in Ost-Berlin alles neu und sehr, sehr cool. Wir hatten uns in das Palasthotel einquartiert und bereiteten uns auf unseren Auftritt vor. Vor allem ich musste dann einmal raus. Raus in die Sonne. Raus irgendwohin, wo es keine Musik gab. Wo ich unbekannt war. Und da kam Britta ins Spiel. Ich ging zum Reichstag und schaute mich dort um. Dort, wo die Leute an der Mauer ihr Leben gelassen hatten, nur dafür, in den Westen zu entkommen."

„Wusstest du, dass über einhundertvierzig Menschen an der Mauer starben? Solche, die durch den Fluss schwammen, und solche, die an der Mauer erschossen wurden? Solche, die sich umbrachten?"

Daniel sagte: „Ich kannte die Anzahl nicht. Dass dort viele umkamen, das konnte ich mir gut vorstellen. Ich habe die Fernsehbilder von der Mauer durchaus in meinem Gedächtnis."

„Auf jeden Fall ging ich dann auf die Wiese vor dem Reichstag und war überrascht. Es gab dort keine Zäune oder etwas. Es gab keine Polizei, die dort aufmarschiert wäre. Es war einfach eine riesengroße Wiese. Dort spielten Leute Fußball. In Sichtweite des Reichstages. Und viele andere hatten es sich dort bequem gemacht. Es war ja ein Samstag und irgendwie war es komisch für mich, dass das Land es zuließ, dass in der Mitte der Stadt alles so wirkte, als wäre es eine Kleinstadt, das Berlin der damaligen Tage. Ich ging dann in den Park hinein und schlenderte dort auf der Wiese entlang. Auf einmal hatte ich die Orientierung verloren und mir war klar, dass ich bald zurück im Palasthotel sein musste."

„Also ging ich auf eine Gruppe von vier, fünf Leuten zu, die auf dem Boden des Rasens saßen – wohl alle in meinem Alter – und dort einen Grill angezündet hatten. Ich trat an sie heran, als sich eine Frau aus der Gruppe herausschälte. Ich stellte meine Frage auf Englisch und sie wies mir den Weg. Dann erkannte sie mich. Wir waren wirklich heiß unterwegs gewesen, 1990 und 1991. Sie lud mich zu einer Wurst ein. Ich sagte, na klar. Das wäre schön. Also setzte ich mich dazu. Alle erkannten in mir ‚The Berlins' und ich erzählte dies und das, was ich dort in Berlin machte, und dass wir abends den

Auftritt hatten und so weiter. Eine Frau stimmte nicht in den Chor der anderen ein."

„Das war Britta, wette ich", sagte Daniel.

„Ja, genau. Es war Britta Klein und sie hatte noch nie von uns und von mir gehört. Als ich weiter musste, schlug ich vor, dass die Vier gerne zum Konzert kommen könnten. Die eine Frau, die neben Britta saß, stimmte sofort zu und war restlos begeistert. So schrieb ich mir ihre Namen auf und versprach, diese auf die Gästeliste zu setzen. Die Frau fragte auch, ob sie alle hinter die Bühne und mich dort wiedersehen dürften. Sie kannte ein paar neue Klubs in Ost-Berlin, die sie mir zeigen wollte. Ich stimmte zu. So schrieb ich alle Namen bis auf einen auf. Die zurückhaltende Frau, Britta, fragte, ob ich ein guter Musiker wäre oder nur die Mädchen abschleppen wollte. Ich war schockiert, als sie das – ganz frei, ganz klar – fragte. Ich musste ihr versichern – ich! –,dass es bei uns ganz anders war. Sie fragte noch, welche Richtung wir spielten."

Tom nahm einen Schluck vom Whiskey Sour.

„Ich musste ihr antworten, fand ich, und fühlte mich unter Druck gesetzt. Aber irgendwie fand ich es, ja, mutig, dass sie nicht nach meinem Angebot bettelte, sondern den Preis dafür hochtrieb. Wie auch immer, am Ende war sie einverstanden und ich nahm sie mit auf die Liste. Britta Klein. So war ihr Name. Ein Name, den auszusprechen mit schwer fiel. So, als ich ging, sagte ich noch etwas. ‚Auch du bist willkommen, Britt.' So klang es besser für mich. Sie sagte, Tommy, und damit war irgendwie ein kleines Band gewebt. Die Annäherung zeigte sich dann nach dem Auftritt. Wir liefen nach dem Auftritt die ganze Nacht durch die Klubs. Britt an meiner Seite."

„Aber mir gegenüber sagst du ‚Britta'. Hast du den Namen auszusprechen gelernt?"

„Ja, ich hatte ihn mir so oft vorgesagt, bis ich es konnte."

„Am Ende saßen sie und ich ganz allein am Brandenburger Platz und redeten miteinander. Bis so zehn Uhr am nächsten Tag, einem Sonntag, quatschten wir über alles. Über alles Mögliche. Was wir uns sagten, ist eine andere Geschichte, denke ich. Dass wir uns so kennenlernten und dann nicht voneinander lassen konnten, das begann dort, im Park vor dem Reichstag. Seitdem hatte ich Britta in mein Leben aufgenommen."

Toms Bericht war von Absatz zu Absatz mit schwächer gewordener Stimme vorgetragen worden. Er spürte die lähmende Kraft des Alkohols. Zugleich war er froh, dies alles dem alten Mann erzählt zu haben. Es hatte in seinem Leben kaum gute Gelegenheiten gegeben, von Britta zu erzählen. Es war hier auf dem Kreuzfahrtschiff ein wenig so wie in den alten Fernzügen der Bahn, dachte Tom. Dort, im Abteil, bevor diese zu Gunsten der Zweiersitze im Großraumwagen aufgelöst worden waren, war es möglich, zu sechs und zu viert und zu zweit aufeinander zu treffen.

Da jeder der Bahngäste wusste, dass der gegenüber Sitzende bald ausstieg und es keinerlei Versuche geben musste, sich wiederzusehen, war manchmal etwas sehr Besonderes entstanden. Beide sprachen über Dinge, die sie ihren Partnern noch lange nicht erzählt hätten. Tom war früher Fernbahn gefahren und er hatte es gemocht, wenn die Mitreisenden im Abteil das erzählten, was sie niemals woanders vorher berichtet hatten.

Es waren Geschichten, die in der Intimität des Abteils offenbarten, was wirklich mit einem los war. Was einen beschäftigte. Was einem Leid verursachte. Was einem mit furchtbaren Menschen geschehen war, mit schrecklichen Verwandten, furchtbaren Freunden und komischen Bekannten.

So, dachte Tom und nahm den letzten Schluck seines Getränkes, das war auch ein wenig so auf diesem Kreuzfahrtschiff. Auch wenn es elf Tage waren, bis die Reise endete, war es eine gute Gelegenheit, einiges loszuwerden an jemanden, den man auf keinen Fall – notwendigerweise – wiedersehen musste, nachdem das Schiff in New York angekommen wäre.

Daniel bedankte sich für den Bericht. „Du hast ein großes Paket zu tragen", sagte er. „Das sehe ich jetzt besser."

Eine Pause entstand.

Rufus trat heran. „Sagt mal, ihr beiden, wisst ihr, dass wir morgen unseren Casino-Abend haben?"

„Morgen?", fragte Daniel.

„Ja, im Theatersaal wird alles vorbereitet. Und dann kann jeder Gast um Einsätze spielen, um echtes Geld. Hat er dann beim Black Jack oder beim Roulette Pech, hat er Pech. Gewinnt er, hat er gewonnen. Ich sage das nur, damit ihr es wisst."

Daniel wandte sich an Tom. „Wäre das etwas für dich? Ich überlege es mir morgen, glaube ich, ob ich mitmache."

Tom nickte.

In „The Silent Palm" war es derweil leer geworden. Fünf weitere Gäste lümmelten sich in den Sesseln. Erneut war das Licht auf friedlich gedimmt worden. Es war kurz vor Mitternacht.

„Du, wir sind beide müde geworden", sagte Daniel. „Wärest du damit einverstanden, ohne dass es unhöflich wirkt, wenn ich für heute Schluss mache, Tom?"

„Und, ich denke, dass wir uns ja wiedersehen. Sicher, oder?"

Tom nickte – ein wenig ermattet – erneut.

„Heute zahle ich, Tom, und kein Widerspruch dazu!"

Beide tauschten noch Freundlichkeiten aus und es waren ehrlich gemeinte. Daniel zahlte die Rechnung, die Rufus gereicht hatte, gab zwanzig Prozent Trinkgeld oben drauf. Zehn hätten bei weitem ausgereicht. Dann klopfte er auf Toms Schulter.

„Es war schön und gut mit dir, Tom."

„Ich denke, du bist ein feiner Kerl."

Tom lächelte gequält. „Warte es ab", sagte er.

„Bis morgen, Daniel!", sagte Tom. „Ich hoffe, wir sehen uns im ‚The Silent Palm' und nicht im Casino. Ich habe beim Glücksspiel immer nur Geld verloren."

„Dann mache es wie ich", sagte der alte Mann. „Nimm nur hundert Dollars mit und, wenn diese verloren sind, höre auf."

Tom lachte. „Wenn das nur so einfach wäre."

Daniel grüßte Rufus, dann Tom. Er überprüfte, ob er alles bei sich hatte.

„Wie lange bleibst du noch?", fragte Daniel.

„Nicht mehr all zulange", sagte Tom.

„Dann sage ich gut und gerne: Hab eine gute, baldige Nacht, mein Freund!"

„Dir auch, Daniel."

„Dir auch!", wiederholte Tom.

So ging der dritte Abend der Überseefahrt für beide zu Ende. Die Uhr an der Wand des „The Silent Palm" schlug zehn Minuten nach Mitternacht. Bevor Daniel in seine Kabine eintrat, hatte er an der Reling die Meeresluft geschnuppert. Auch die Sterne waren zu sehen. Seine Sterne, dachte er. Ein wenig Diesigkeit hatte sich zugleich über den Himmel gelegt. Sieht nach baldigem Wetterumschlag aus, dachte er.

IV. Kapitel

Spieler oder Männer

„Wieviel hast du denn verloren?", fragte Daniel, als Tom Platz genommen hatte. Es war, bevor er eintrat, recht leer im „The Silent Palm" gewesen. Rufus hatte gesagt, dass die meisten Gäste der Bar sich noch im Casino aufhielten. Es sei ja eine schöne Abwechslung vom Alltag auf dem Kreuzfahrtschiff. Auch sei es besonders, dass im Theatersaal um echtes Geld gespielt würde. Da sie sich in internationalen Gewässern befänden, sei es von Rechtswegen einfach, das Glücksspiel auf das Schiff zu bringen. Zudem, grinste Rufus, sei es eine willkommene Nebeneinnahme für die Reederei.

Tom war Daniel, obwohl er spielen gewesen war, recht früh in das „The Silent Palm" gefolgt. Er hatte gehofft, dass er ihn in der Bar antraf. Er trug eine weitere Theater-Jacke, wie Daniel sah. Eine, die ein Leoparden-Fell nachmachte. Dazu hatte er ein alabaster-weißes Hemd an, das an den Ärmeln in goldenen Manschettenknöpfen endete. Seine Hose war eine sehr dunkle Anzughose, eine Frackhose gar, da sie an den Seiten wie befohlen für einen diplomatischen Empfang Streifen aufgenäht hatte, die Toms Aussehen etwas Edles, etwas Hochtrabendes gaben. Heute hatte Tom zudem viel Haarwachs verschmiert und die Haare derart straff und glatt nach hinten gezogen, als wäre er einem Mafia-Film der alten Hollywood-Tage entsprungen.

Als Tom hereintrat, bestellte Daniel, ohne auf Toms Einwilligung zu warten, sowohl eine Cola als auch einen Whiskey Sour. Einen ohne Eis, dafür nur einfach eingeschenkt.

Daniel wunderte sich ein wenig, dass Tom bereits das Casino-Feld verlassen hatte. So war seine jetzige Frage vielleicht die entscheidende.

„Ach", antwortete Tom, als er auf dem Hocker an der Theke Platz genommen hatten. „Lass uns über schönere Dinge sprechen."

„Dich habe ich dort gar nicht gesehen", ergänzte Tom.

Daniel grinste breit. „Ich hatte sofort Pech, mein Freund."

„Als ich beim Roulette alles auf Schwarz gesetzt hatte, meine einhundertzehn Dollars, waren sie diesmal sofort an die Bank gegangen, da die Kugel nicht auf Schwarz fiel. So war mein Spaß sofort wieder vorbei. Ich hätte bleiben können, richtig. Alle Leute mir dort anschauen können. Im Theater. Doch danach war mir gar nicht mehr. Also spazierte ich auf den Decks entlang und landete früh bei Rufus. Wir – er und ich – haben uns gut unterhalten. Das Wetter, übrigens, ist umgeschlagen, es ist ein Wetterumschlag für morgen angesagt."

„Worüber habt ihr gesprochen?", fragte Tom, der auf das Thema Wetter nicht weiter einging.

„Über dies und das", antwortete Daniel. „Über Glücksspiel und andere Themen, die damit zu tun haben. Über das, was wir nicht beeinflussen können. Am Ende waren wir zum Thema schlechthin vorgestoßen. Die Liebe."

„Du bist schon sehr solide, Daniel", sagte Tom. „Nur einhundertzehn Dollars verloren. Pech im Spiel gehabt, dafür ein lebenslanges Glück in der Liebe erlebt. Wenn es danach ginge, wäre ich ein Kaiser der Liebe. Also passt diese Aussage nicht mit meinen eigenen Erfahrungen überein."

Rufus servierte Tom die Getränke. Er begrüßte ihn freundlich. Beide tauschten ein paar Höflichkeiten aus. „Weißt du, dass dieser Herr heute nur einhundertzehn Dollars verloren hat?", sagte Tom.

Rufus bejahte.

„Warum ist das so bei ihm und nicht bei mir, Rufus?"

Rufus erkannte die Falle, die Tom wissentlich oder unwissentlich aufgebaut hatte. Er wich aus. „Das musst du Daniel fragen", sagte er lachend und umschiffte damit geschickt die Notwendigkeit, selbst eine Antwort geben zu müssen. „Er kann es dir vielleicht erklären."

„Nein", lachte auch Daniel auf. „Das kann ich nicht. Oder, Tom? Ich will dir nicht zu nahe treten und das ist der gute Weg, den wir beide bislang gemeinsam genommen haben."

„Nicht?"

„Jep", sagte Tom.

„Also", fragte Daniel, „wieviel hast du verloren?"

Tom schaute an die Decke, als zähle er seine Scheine. „Einen Grand", sagte er, „nur einen Tausender."

Dann sah er Daniel an. „Aber keine Sorge. Es war schon mal schlimmer."

„Und wie war dein Tag?", setzte Daniel nach.

„Oh, ganz gut. Es war fast so, als wäre ich ein wenig zur Ruhe gekommen. Lange geschlafen. Gut gegessen. Sauna. Und … „

„Ja? Und …"

„Ich habe eine Frau kennengelernt. Am Nachmittag."

„Eine, die dir gut tut?"

„Das weiß ich noch nicht. Sie heißt Michelle und das ist ein gefährlicher Name, denke ich", sagte Tom. „Aber der Anfang ist vielversprechend. Sie ist älter als ich. Nicht viel, aber mehr. Und gut. Eine Französin. Aus einem guten Arrondissement, wie sie ja die Stadtbezirke nennen. In Paris. Eine lustige Witwe, sagt man wohl. Wir treffen uns vielleicht später."

Rufus trat an die Theke und ermöglichte es Daniel damit nicht, mehr auf Toms Eroberung einzugehen. „Wisst ihr eigentlich, was ihr beiden hier geworden seid? Es kommt ganz selten vor, dass sich zwei vorher unbekannte Männer regelmäßig im ‚The Silent Palm' wiedersehen, und das, bis jetzt zumindest, an jedem Abend ihrer Reise. Ich glaube, wenn ich das sagen darf, dass ihr zwei auf dem Weg seid, Freunde zu werden."

Daniel sah Rufus an. „Naja, Freunde sein, das ist ein gewichtiges Wort. Gerade in meinem Alter."

Tom pflichtete Daniel bei.

„Ja", verteidigte sich Rufus, „diese Ernsthaftigkeit wollte ich aber dort gar nicht hineinlegen, nein. Verzeiht mir das. Aber ‚Pals', Kameraden auf dem Schiff, seid ihr schon geworden."

Damit waren Daniel und Rufus einverstanden.

„Na, Tom?", sagte Daniel, „womit wollen wir anfangen, heute, damit wir unserem Ruf gerecht werden?"

Tom überlegte. „Mit dir", sagte er dann fröhlich. „Erzähle mir aus deinem Leben. Du scheinst ja alles richtig gemacht zu haben."

„Mein Leben ist nicht derart erzählenswert wie deines, Tom", sagte Daniel. Es war keine Abwehr in ihm zu spüren, dass er dem Wunsch, von sich zu erzählen, nicht nachkommen wollte. „Aber heute Abend bedrängt mich kaum etwas", sagte Daniel. „Ich habe mich heute über einen guten Schlaf in der Nacht gefreut. Ein paar freundliche Grüße von den Angestellten, wo ich auf diese traf. Sie erkennen einen wieder und machen das dann sehr geschickt. Sie grüßen dann und man denkt, sie mögen einen. Auch ein Souvenir habe ich für meine Freundin erstanden. Eine Kristallschale, die mir gefiel. Weißt du, Tom, ich fahre nun die paar Tage nach New York, entspannt, gut, mit dir an der Seite, in Gedanken an Peter."

„Dann – ja, wie sollte es anders sein – bin ich zurück in meinem Leben in den Hills. Ich fliege vom JFK nach Burbank. Das ist der kleinere Flughafen im Valley. Der ist nicht so anstrengend wie der LAX. Meine Freundin wird mich abholen. Sie ist sehr fit und geht jeden Morgen die Hügel hoch und runter mit ihren Freundinnen. Sie erzählen sich währenddessen das eine und andere und kommen ein wenig aus der Puste. Dann werden wir im Haus schlafen, essen, ein wenig Sport treiben im Club, ein wenig die Verwandten sehen, ein wenig mit unseren Freunden Karten spielen, ein wenig TV sehen, ein wenig das Haus pflegen. Mehr gibt es nicht. Ich bin sehr zufrieden mit meinem Leben. Ach, doch, na klar. Die Gesundheit könnte besser sein."

Tom schaute frech auf Daniels Bauch. „Schlank bist du genug."

Daniel überging Toms Bemerkung. Er sagte: „Doch mit fünfundsiebzig? Wer kann sich dann nicht beklagen? Vielleicht besuche ich meine Tochter im Ausland. Vielleicht fahren meine Freundin und ich nach Hawaii in unser Apartment. Vielleicht buchen wir eine Kreuzfahrtreise, die wir gemeinsam unternehmen. Vielleicht nach Südafrika oder nach Südamerika. Dort waren wir noch nicht. Dann habe ich meine Arbeit. Die Firma ist ja längst verkauft. Aber zwei, drei Kunden habe ich noch. Es sind große Wohnungsbaugesellschaften, die mir und meinen Dienstleistern vertrauen. Es ist genug da für alle. Für meine Kollegen, die die Schilder herstellen. Für mich. Und meine Kunden sind tatsächlich froh, dass sie mich noch dabei haben."

Daniel nahm einen Schluck von der Virgin Mary. Tom hörte gerne zu. Er trank die Cola und parallel den Whiskey Sour. Zugleich wuchs in ihm etwas.

„Manches Mal sehe ich mein Enkelkind. Das ist auch schön und gut. Sie wächst so schnell und ist so klug! Also, was soll ich dir sagen? Meine Zeit der Abenteuer ist zu Ende gegangen. Es war verrückt, dass ich auf einem Bullen ritt und wir das passende Foto dazu schossen, weil ein Kunde eine Kampagne mit einem solchen Foto fahren wollte. Das war ein Abenteuer! Elenah war, als ich nach Hause kam, stinksauer, dass ich den Bullen ritt. Ich war so Mitte Vierzig und kam mit blauen und schwarzen Flecken nach Hause. Aber! Ich hatte den Bullen zweimal geritten. Beim zweiten Mal hatte der Züchter gar Elektroschocks mittels eines Stocks in die Eier des Bullen gegeben. Damit das Vieh alles dafür tat, mich abzuwerfen. Und sonst? Früher war ich gut unterwegs. Heute nicht mehr."

Daniel erzählte aus seinem Leben, als wäre es eine Plauderstunde unter alten Freunden. Solche, die sich seit Jahrzehnten kannten und füreinander stets eingestanden waren.

„Wenn ein Kunde unzufrieden war, dann sagte ich, ich komme sofort zu Ihnen. Wenn der Kunde in New York war, erarbeiteten wir sofort eine Lösung und ich war keine zwölf Stunden später in seinem Büro in New York und wir besprachen die Lösung. Ja, verdammt, ich war fleißig. Meine Arbeit ging von acht bis achtzehn Uhr. Auch zu Hause ging es oft so weiter. Doch eine Auswahl traf ich. Die Mädchenmannschaft war mir das Wichtigste. Jeden Mittwochabend zum Training und jeden Sonntagvormittag zu den Wettbewerbsspielen stand ich auf dem Platz und betreute die zwanzig Mädchen. Softball. Kennst du ja. Meine Tochter spielte mit und so war es ein guter Rhythmus über die Jahre."

„Arbeit, Familie, Sport. Das war es. Nicht mehr?", fragte Tom. Er begann, etwas an den Sätzen Daniels nicht zu mögen. Das Glatte, das Glättende darin vielleicht.

„Mehr gibt es nicht zu sagen, denke ich."

Rufus trat an beide heran. „Wollt ihr erneut einen Cocktail ausprobieren?", fragte er.

Tom war ein wenig unzufrieden mit Daniels Einlassungen. Während er ein wenig abwehrend wirkte, ergriff Daniel das Wort und bat Rufus, etwas Neues zu mixen. Einen Cocktail, den sie vorher nicht absprechen wollten. Einen, der Rufus allein gefiel. „Und du", fügte Daniel an, „du weißt ja inzwischen ganz gut, was wir mögen."

Der Barkeeper zögerte nicht mit einer Antwort. „Dann gibt es heute einen ‚The Heater'", sagte er. „Er wird von viel Tequila getragen, hat Mangostücke bei sich, Jalapeño als Gewürz, dazu Limettensaft, Sprudelwasser und Tajin Rim für den Glasrand." Rufus schaute auf den inzwischen geknickt dreinschauenden Tom und fügte noch an: „Er wird euch ein wenig Kraft geben:

Nicht umsonst haben sich die Sprudelwasser, die Alkohol bei sich haben, in Amerika zu einem Milliardenmarkt entwickelt."

Daniel hatte dann ebenfalls bemerkt, dass Tom etwas störte. Noch war er nicht darauf gekommen, dass es ausgerechnet seine Worte waren, die Tom ein wenig unglücklich machten. Er hatte keine Vorstellung davon, dass er, Daniel, immer dann, wenn er von seinem Lebensglück erzählte, und das im Ton eines zufriedenen Menschen, dass das Tom auch unglücklich machte.

„Was ist los, Tom?", fragte Daniel und wandte sich dem jüngeren Mann zu.

Der junge Mann zögerte mit der Antwort. Seine Augen waren glasig geworden, stellte Daniel fest.

„Es klingt", sagte Tom dann und raffte sich auf, seine Kraft zu sammeln, damit er die Verbindung zu Daniel nicht gefährdete, „es klingt alles so souverän bei dir, Daniel, so überherrschend, möchte ich sagen. Ja, überherrschend. Als ob du stets und stets das Richtige gesucht und gefunden hast, während ich dagegen in einem Leben der Katastrophen stehe, in dem alles mich beherrscht und ich das andere, das mein Ich ist, dass ich das dagegen kaum kontrolliere."

„Du", Tom legte eine Pause ein, „du scheinst ein glücklicher Mann zu sein, Daniel. Als ob es die Götter nur gut mir dir gemeint hätten."

Daniel antwortete nicht sogleich darauf. Er fragte sich, ob er Tom denn all das Schreckliche erzählen sollte, das auch in ihm lag. Nein, beschloss er. Tom hatte kein Anrecht, davon zu hören. Die Stimmen der Vergangenheit, die in ihm ächzten, waren so leise geworden, dass er sich kaum an diese noch erinnerte, und vielleicht auch nicht – auch nicht durch Tom ausgelöst – daran erinnert werden wollte.

Rufus servierte zwei Gläser. Die beiden „The Heater" standen auf der Theke. „Dieses Rezept habe ich mir aus der Bar des Treasure's Island in Las Vegas geklaut", erklärte Rufus. „Dort gab es eine Reihe von Angeboten hochklassiger Cocktails. Die meisten Spieler griffen gleichwohl nicht zu den besonderen Getränken. Sie nahmen dort am Strip den schnellen Stoff. Aber morgens, Daniel, soffen alle Virgin Marys, damit sie fit blieben. Dieser Cocktail – ‚The Heater' – dagegen wurde mir der Liebste. Einer für Genießer. Mal sehen, wie er euch schmeckt."

Als sich Rufus wieder anderen Gästen widmete und Tom, wie Daniel hörte, eine starke, gehetzte Atmung hatte, fragte Daniel:

„Was ist dein Schmerz, Tom?"

Ohne etwas zu sagen, kramte Tom eine Pillendose aus der Hosentasche. Daniel sah, wie Tom drei Pillen – zwei weiße, eine rote – herausnahm, sie einwarf und hinunterschluckte.

„Das ist mit mir, Daniel."

„Ich bin tabletten-süchtig."

„Meine Stimme ist kaputt. Und ich bin ein Drogi."

„So ist das mit mir."

„Seit Jahrzehnten."

Tom starrte die Wand vor sich an. Er sah wie durch sie hindurch. Dahinter schienen seine Augen nichts als Leere vorzufinden. Seine Pupillen fixierten etwas, das es dort nicht gab. Die Wand schien er zu durchbrechen. Als ob es keinen Grund mehr für ihn gab. Keinen Boden. Nichts Festes. Nichts davon, was ihn standhaft machen könnte, war dort. So wirkte Tom auf Daniel.

„Jetzt wirst du mich nicht mehr mögen", sagte Tom.

Nach einer Pause, die Daniel wehtat, weil er Tom durchaus mochte, legte er seine Hand auf Toms Schulter. Der große Mann beugte sich Tom zu wie noch nicht, seitdem sie sich in der Bar getroffen hatten, und bezeugte damit, dass es ihm ernst mit dem war, was er nun sagte.

„Du bist mir keine Rechenschaft schuldig", sagte Daniel in einer angenehmen Tonlage. „Du bist mir ein guter Nachbar auf dem Schiff. Und, ja, mach dir keine Sorgen, ich bin auch nicht dein Richter. Ich bin ein Pal im ‚The Silent Palm'. So, wie es Rufus gesagt hat. Für die Dauer der Fahrt bin ich ein Kamerad. Das wollte ich von Anfang an sein und bin es jetzt."

„Aber warum?", fragte Tom und seine Augen wichen nicht von der Wand. „Was hast du von einem verkrüppelten Mann, einem, der alle seine Chancen verspielt hat?"

Daniel überlegte nicht lange.

„Ich habe einen guten Gesprächspartner."

„Nicht mehr, aber auch nicht weniger."

„Komm, lass uns, wenn wir den ‚The Heater' ausgetrunken haben, ein paar Meter an die Reling gehen", sagte Daniel. Tom willigte ein.

„Ja", sagte er, „das ist wohl eine gute Idee." Tom trank den Cocktail aus. Daniel bis zur Hälfte.

Tom griff seine Jacke und folgte Daniel wortlos hinaus aus der Bar. Daniel gab Rufus ein Zeichen, dass sie nur kurz „The Silent Palm" verlassen täten, und Rufus vermittelte dem alten Mann, dass er es verstünde.

Beide Männer gingen auf das Mitteldeck. Es war tatsächlich ein Ort der Mitte. Unter ihnen lagen die Decks, die die meisten Zimmer zählten. Auf ihrer Höhe waren die Decks, die die größeren Zimmer, die Suiten, aufwiesen. Solche, die auf jeden Fall – größere – Balkone hatten. Daniel steuerte den Bug an. Die Nacht war über den Atlantik gekommen. Heute waren nur vereinzelt Sterne zu sehen. Vor ihrer Strahlkraft, die nun kaum durchdrang, hatte sich eine Wolkendecke platziert, die die Sicht auf sie unmöglich machte. Nur die stärksten der Sterne waren dann und wann am Himmel zu sehen. Auch, wenn sie nur hin und wieder durch die Wolkendecke brachen, erschien die Nacht – der Abend – als ein Vorbote schlechten Wetters.

Daniel hatte durchaus eher unangenehme Erfahrungen auf Kreuzfahrtreisen gesammelt. Er wusste auch, dass Stürme während der Fahrten auftraten. Auch wenn die Hochglanzbroschüren davon erzählten, dass es Sonnenschein auf Sonnenschein wäre, was sie auf ihnen erlebten, waren die Wetterlagen je nach Route und Jahreszeiten sehr unterschiedlich. Er hatte sich vor dieser Überfahrt bei der Reederei informiert. Sie hatte mitgeteilt, dass Stürme auf dem Atlantik im Hochsommer sehr selten seien, und Daniel hatte der Dame, die die Auskunft gab, nicht abgenommen, dass dieses auf dieser Reise nicht geschehen konnte. Etwas lag in ihrer Stimme, das ihm vorgespielt erschien.

So hatte Daniel heute mit drei, vier Mitgliedern der Schiffsmannschaft gesprochen. Alle hatten, ehrlich und anständig, wie sie waren, bestätigt, dass sich das Wetter über die Nacht verschlechtern konnte. Bis in den nächsten Tag hinein konnte das Wasser seine Friedfertigkeit verlieren, sodass es Sturm am nächsten oder übernächsten Tag geben konnte. Einen Sturm auf einem Kreuzfahrtschiff zu erleben, war kein Spaß. Daniel hatte, damals in Begleitung seiner Ehefrau Elenah, in der Karibik erlebt, was das bedeutete. Da es ihm nun aber gleichwohl um Tom ging, und er wollte Tom keine weiteren Sorgen aufladen, nahm er sich vor, Tom davon nichts zu berichten.

Sie kamen dann am Bug zum Stehen. Daniel ruhte groß und stark neben Tom, wie der junge Mann es empfand. Ein wenig fremdgesteuert empfand er die Lage, die Daniel geschaffen hatte. Es war seine Wahl gewesen, dass sie beide nun einen Spaziergang machten und dort am Bug hinaus auf das Meer schauten. Beide sprachen nicht sofort miteinander. Nur – als Tom dann in sich gegangen war und auch bemerkte, dass er durchaus betrunken war – schlug er den Kragen seiner Leoparden-Jacke hoch und begann etwas zu erzählen, das er Daniel anvertrauen wollte, ohne genau zu wissen, warum er es ihm jetzt sagte.

„Weißt du, Daniel", sagte Tom, „das Schlimmste war ich."

„Britta und ich waren dann ein Paar geworden. Nicht sehr lange. Doch lange genug, dass ich ihr einen Heiratsantrag machte. Es schien alles gut. Ich hatte auch ihre Eltern kennengelernt. Sie begegneten mir zwar nicht ohne Zweifel. Sie schenkten ihrer Tochter, Britta, aber das Vertrauen, das Richtige zu tun. Das Richtige war, dass ich ein guter Mann für sie sein würde, der sie glücklich machte. Es war alles bereit."

„Zuerst wollten wir in einem kleinen Ort bei Hamburg heiraten. Wir hatten uns die passende Kirche dazu ausgesucht. Eine besondere Orgel zeichnete die Kirche aus. Den Namen des Orgelbauers habe ich vergessen. Wedel hieß der Ort und die Kirche war klein und voller Romantik. Danach hätten wir in New Jersey bei mir geheiratet. Also an beiden Orten, in ihrer und meiner Heimat, sodass ihre Leute und meine Leute je eine Hochzeit erlebten. Es ging dann alles sehr schnell. Die Planungen für Wedel und New Jersey benötigten Wochen, keine Monate."

„Die Eltern waren zwar Anfang der Neunziger nach Berlin gegangen, so wie Britta auch. Bei der Hochzeit ihrer Tochter fanden sie es aber passend, dort in Hamburg zu feiern, wo Britta groß geworden war und die Familie ihre Wurzeln hatte. Berlin war ihnen allen ein Graus geblieben. Zu groß, zu laut, zu dreckig. Bis auf Britta, für die, wie ich es von ihr wusste, Berlin eine neue Heimat wurde. Sie fühlte sich dort freier, offener, ungezwungener, irgendwie fröhlicher."

„So folgten wir dem Wunsch der Eltern und organisierten alles in Hamburg. Am Tag vor der Hochzeit waren wir aufgeregt. Schön aufgeregt. Ich mehr als alle anderen. Ich wusste nicht, warum. Ich hatte Geschichten hinter mir. Die zu erzählen spielt jetzt aber keine Rolle, finde ich. Britta war so fröhlich. Sie ging mit einem Grinsen durch die Tage, was mir ihre Vorfreude zeigte, und mir, mir machte ihre Freude Angst, richtig Angst. Ich geriet in, – ja – , in Panik. Sie hatte ihr Brautkleid gewählt, ihre Trauzeugin, das Auto, das uns zur Kirche bringen sollte, das Hotel und alles. Mir erklärte sie stets viel, wenn ich etwas nicht verstand, und war dabei sehr pflichtbewusst und genau. Aber, aber dann kam alles anders."

„Am Tag vor der Hochzeit ging es mit mir durch. Wie ein Tier, das in die Ecke gedrängt wurde. Wie ein Tier, das seinen Verstand verlor. Ich hatte einige Entzüge hinter mir. Drei

Jahre lang war ich nicht auf Stoff, Tabletten und so. Seitdem Britt sehr eng bei mir war. Eine Portion hatte ich gleichwohl stetig bei mir, ohne dass sie davon wusste. Als Britt dann eingeschlafen war, dieser Engel, in dieser Nacht, zitterte ich am ganzen Körper und schlich mich in das Wohnzimmer. Um eine lange Geschichte kurz zu erzählen: Ich warf meine Pillen ein."

„Viel mehr, als es gut war."

„Alle auf einmal."

„Du kannst dir vorstellen, was das dann bedeutete. Was ich ihr angetan hatte. Ich wachte dann im Krankenhaus auf. Die Hochzeit war geplatzt, kaputt, ruiniert. Ich hatte alles zerstört, was wir uns in drei Jahren aufgebaut hatten."

„Danach sah ich Britta jahrelang nicht wieder. Am Ende wusste ich nicht mehr, was mit uns gewesen war. Ich hatte sogar vergessen, wie sie aussah. Ich hatte die Fotos weggeworfen. Sie anzusehen machte mich schwindelig und übel. Ich war voll gefressen von Scham- und Schuldgefühlen. Es war, als hätte mein Gehirn alles total gelöscht im Verhältnis dazu, wie total sie davor in mir gewesen war. Wie ihre Haare rochen. Was ihre Worte waren. Und so weiter. Alles weg."

„Ich kehrte nach New York zurück und war ohne Liebe und hatte den einzigen Menschen verraten, der an mich, so wie ich vielleicht einmal war, besser, reiner, geglaubt hatte."

„Sie heiratete dann keine zwei Jahre später einen Hamburger. Einen, der seit der Schulzeit hinter ihr her war. Einen Richter. Einen Soliden wie dich. So einen, wie du vielleicht einer bist."

„So, Daniel, das hast du nun davon."

„Dass du mich so gut behandelst. Das ist meine Geschichte. Eine Geschichte der Schande."

„Eines Stars, der alles war und ist, nur kein Stern am Himmel. Sag nie wieder, dass ich ein Star bin! Nie wieder!"

„Keiner, der Richtung weist und Hoffnung geben darf."

„Und erst recht kein Stern, der andere Menschen wärmt."

Manche der Gäste waren am Bug an den beiden Männern vorbei gegangen. Keiner von ihnen hatte in ihrer nächsten Nähe angehalten. Es schien so, als hätten sie bemerkt, dass beide in ein wichtiges Gespräch vertieft waren, das keine Störung vertrug. Auch war es dort vorn auf diesem Deck des Kreuzfahrtschiffes groß genug, in seiner Breite, dass andere Gäste anhielten und auf das vor ihnen liegende Meer schauten, ohne Daniel und Tom zu nahe treten zu müssen.

Langsam ebbte die Aufregung, die in Tom arbeitete, ab. Daniel war weder sorgenvoll noch amüsiert. Er hatte sehr erwachsen das aufgenommen, was Tom erzählt hatte. Als die Erzählung eines Mannes, der einen Fehler gemacht hatte. Und davon, Fehler im Leben gemacht zu haben, davon konnte jeder Mann berichten. Ihm war wichtig, dass Tom zum einen ein guter Gesprächspartner blieb und zum anderen auch ihm nicht zu nahe rückte. Sie waren jetzt vier Tage auf hoher See. New York war noch nicht in Sicht.

Die kommenden sieben Tage würden aber, so seine Erfahrung, wie im Flug vergehen. Das hatte er für sich erreicht, dachte Daniel. Er war froh, dass er selbst doch Raum und Zeit fand, über sich und Peter gut nachzudenken, und seinen eigenen Gefühlen nachzugehen. Tom hatte dabei geholfen, wusste Daniel. Dadurch, dass der jüngere Mann traurig war, hatte er ihm, Daniel, auch gezeigt, dass er, Daniel, sehr froh über sein

Leben sein dürfte. Es war ja ganz einfach, dachte er und meinte es für sich sehr nüchtern. Die Gegenwart eines Menschen, dem es schlechter als einem selbst ging, ermöglichte es, den eigenen Kummer besser in den Griff zu bekommen.

So alt war das Prinzip, dass es nicht erst in den Selbsthilfegruppen der Psychologen und Psychiater zur Anwendung kam. Er selbst, als er in der Trauergruppe nach Elenahs Tod anwesend war, hatte es erlebt und auch für sich genutzt. Er war kein böser Mensch, nein. Daniel war fern davon, das von sich zu halten. Aber, als er diese Frau in der Gruppe sah, stolz in der Trauer, schön und anmutig und warmherzig dazu, da wollte er schon dafür sorgen, dass er ihr näher treten durfte. Als an einem Abend ein Gruppenteilnehmer etwas Dummes und Vorwurfsvolles und Hässliches in die Gruppe warf und damit ein Bild abgab, das die anderen in der Runde sich besser fühlen ließ, weil sie sich leicht davon distanzieren konnten, da blickte Daniel zum ersten Mal direkt in die Augen dieser Frau.

Er wollte – bewusst und klar berechnend – in diesem Moment ein Band zwischen ihr und sich zu weben beginnen. Zu seiner Überraschung erwiderte sie den Blick. In beiden Augenpaaren lag der Blick von Menschen, die sich nun verbündeten, damit sie sich besser fühlten. In der Folge war es durch diesen Moment leicht geworden, mit ihr in das Gespräch zu kommen und die nächsten Schritte – mutig nun – zu gehen, damit aus ihnen Bekannte, dann Freunde und dann ein Paar werden konnte. Nein, sagte Daniel und schaute hinaus auf die Weite des Meeres, er war kein böser Mensch gewesen. Ein wenig böse, das war er schon. Doch, mein Gott, ich bin auch nur ein Mensch, sagte er sich jetzt.

Daniel klopfte Tom auf die Schulter. „Es ist ein wenig frisch geworden", sagte er. „Wollen wir noch einmal in das ‚The Silent Palm' einkehren? Was meinst du?" Tom, der sich gesammelt hatte und dem die Tabletten eine falsche und doch hilfreiche Stabilität verliehen hatten, schaute zu Tom und willigte erneut ein. So verließen sie den Bug und gingen den Weg zurück, der sie dorthin geführt hatte. In der Bar waren ihre Plätze – als wären diese reserviert – frei. Rufus wartete ein wenig. Dann trat er an die beiden Männer heran.

„Etwas Ruhiges jetzt vielleicht?", sagte Rufus.

„Mach einfach", sagte Tom müde.

Tom sah im Gesicht aus, als wäre ein Prügelstock über ihn gekommen. Rot war sein Gesicht und von Flecken übersät. Seine Leidenschaft in dem, was er Daniel am Bug erzählt hatte, hatte sich in Erschöpfung verwandelt. „Wir machen heute nicht mehr lange", bat Tom.

„Nein", sagte Daniel, der sich in der Bar umsah. Er fragte sich, wieviele Gäste in einer Bar – und auch im „The Silent Palm" – über Ernsthaftes redeten. Waren es Belanglosigkeiten wie das Essen, das sie zu sich genommen hatten? Oder das Wetter, das an jedem Tag ein Gesprächsthema wert war? Oder waren es die üblichen Gerüchte und Bösartigkeiten, wenn sie über die Familien sprachen? Vielleicht war es auch Schönes, Liebevolles, etwas Menschliches.

Etwa, dass ein Kind geboren war und der Erzähler zum Großvater oder zur Großmutter geworden war? Vielleicht waren es Berichte aus der Berufswelt, was für ein Held man war oder warum die Karriere gescheitert war? Vielleicht auch Erzählungen, wen man mochte und wen nicht, warum der eine anziehend war oder der andere abstoßend wirkte.

Es war vor allem eines, das jeden Gast in einer Bar mit dem anderen verband: In Bars, so dachte Daniel jetzt, sprachen Menschen miteinander. Und dort, wo sie miteinander sprachen, richteten sie keine Waffen aufeinander, sondern ließen solange, wie sie miteinander im Gespräch blieben, die Waffen ruhen. Überall dort, wo das Gespräch eingestellt wurde, begann erst das Furchtbare, dachte Daniel. Davor, vor dieser Wand, dort gab es guten Frieden, oder einen Frieden, der den Krieg noch verhinderte.

Rufus servierte Tom eine Cola mit viel Zucker und Daniel frisches Wasser mit zwei Zitronenscheiben, die im Glas tauchten, als hätten sie Gewichte an sich. Beide Männer zeigten sich mit Rufus' Wahl einverstanden. Tom beschwerte sich auch nicht, dass er auf Entzug gestellt wurde.

„Ich will dir heute Abend noch etwas von mir erzählen, Tom."

„Wenn du magst."

Tom nickte.

„Eine meiner Töchter hatte sich spät in einen Mann verliebt. Er stammte aus Costa Rica, einem Land, aus dem viele gute Leute zu uns kommen, nicht? Die Schweiz in Mittelamerika, nicht? Eine gute Demokratie, nicht? Kein kaputtes Land auf jeden Fall. Meine Tochter war sich sicher, dass er der Richtige für sie wäre. Ein gut aussehender, sehr höflicher Mann war er. Als wir ihn kennenlernten."

„Langweile ich dich, Tom?"

„Nein", sagte Tom. „Ich bin nur müde. Was du erzählst, verstehe ich aber noch sehr gut. Und will es hören."

„Wir waren alle froh, dass unsere Tochter einen Freund fand. Er war sehr zuvorkommend, als er dann in Los Angeles lebte. Kennengelernt hatten sich beide während eines Urlaubes meiner Tochter. Sie waren ein Jahr lang ein Paar und er durfte auch in den USA sein, weil er sich ein vorläufiges

Visum besorgt hatte. Also, meine Tochter wollte ihn heiraten. Und wir? Wir hatten nichts dagegen. Wir wollten ihn offen begrüßen. Wir richteten dann eine große Hochzeit in Santa Barbara aus. Es war eine schöne Hochzeit."

„Das klingt doch sehr romantisch", sagte Tom. Er wusste, dass es eine Floskel war. Eine aber, die den Gesprächsverlauf unterstützte.

„Elenah und ich waren froh zu sehen, wie glücklich unsere Tochter war. Beide bezogen dann ein kleines Haus, das wir finanzierten. Der Mann unserer Tochter sagte, er würde jetzt Arbeit suchen und finden. Nach ein paar Monaten – unsere Tochter war bereits schwanger – gestand er ein, dass er leider keine Arbeit fände, da die Arbeitgeber, die er ansprach, ihn wegen seiner Herkunft ablehnten. So bot ich ihm an, in meiner Firma zu arbeiten. Nach drei Monaten erschien er nicht mehr bei uns und war auch ansonsten nicht mehr aufzutreiben."

Daniel atmete ein und aus. Sein großer Brustkorb hob und senkte sich, als wäre Daniel ein Maurer, der es nun mit einem besonders schweren Stein zu tun bekam.

„Inzwischen hatte meine Tochter eine Tochter geboren. Der Ehemann kam und ging in ihr Haus, wie er wollte. Dann gar nicht mehr. Was soll ich sagen? Wir verstanden es nicht. Er hatte doch alle Chancen gehabt, nach Kalifornien zu kommen und dort sein Glück zu schmieden. Am Ende war es so, dass meine Tochter ein Kontaktverbot erwirkte. Erwirken musste, da er, wie soll ich es höflich sagen, nicht gut für sie und das Kind war. Wir lebten alle in Angst um beide. Er machte auch lange nicht wirklich Schluss mit unserer Tochter und sie wollte doch so sehr ein Familienglück mit ihm."

„Das tut mir leid, Daniel", sagteTom. „Wie ging es weiter?"

„Wir hatten dann mehrfach die Polizei gerufen, wenn er auf das Grundstück kam und meine Tochter am Ende Angst – berechtigte – vor seinen Ausbrüchen hatte. Schließlich tauchte er gar nicht mehr auf. Und meine Tochter, nun allein mit ihrem Kind, war ohne Ehemann und den Vater ihres Kindes. Es war eine schwere Zeit für sie und auch für uns. Meine Frau und ich fragten uns, was wir falsch gemacht hatten. Auch unsere Tochter wurde von solchen Fragen und von Schuldgefühlen bedrängt."

„Das verstehe ich", warf Tom ein. Nur um zu zeigen, dass er seine Kraft aufbot, genau hinzuhören. Jetzt wäre es auch an der Zeit, so dachte Tom, dass Daniel seine Beichte ablegte. Aber irgendwie war es nicht etwas Schlimmes, was der alte Mann angestellt hatte. Seine Tochter hatte den falschen Mann erwählt, nicht der Vater.

„Am Ende, Tom, daher erzähle ich dir diese Geschichte aus meinem Leben, am Ende war es Pech für alle. Es hätte auch ganz anders kommen können. Ich hatte selbst in meiner Firma Mitarbeiter, die aus schwierigen Ländern kommen, und sich bei uns in Kalifornien ein gutes Leben aufbauten. Warum es nun unsere Tochter traf? Während es mit vielen meiner Mitarbeiter klappte? Das frage ich dich jetzt. Und ich wette mit dir, dass du auch keine vernünftige Antwort darauf hast."

„Oder?"

„Das ist eine traurige Geschichte", sagte Tom, der zusammengesunken auf seinem Hocker saß. „Sehr traurig sogar."

„Ja", antwortete Daniel, und es klang nicht so souverän, wie er es hatte sagen wollen. „Ja", wiederholte er, als ob er all die Szenen erneut vor sich sähe, die sich in diesem Drama um seine Tochter abgespielt hatten.

„Nun", sagte Daniel, „weißt du etwas Wichtiges aus meinem – aus meinem – Leben, das betrüblich war und ist. Seit der Ehe mit dem Mann hat unsere Tochter nie wieder richtig Fuß im Leben gefasst."

Tom streckte sich hoch und seinen Rücken durch. „Ich kann heute nicht mehr."

„Beim besten Willen."

„Vielleicht wartet die Französin noch auf dich", sagte Daniel zu seiner eigenen Überraschung, „Vielleicht wartet sie ja auf dich. Und vielleicht kann sie zärtlich sein. Französinnen sollen doch so romantisch sein und vielleicht sind sie auch mitfühlend."

„Ich gehe heute als erster", sagte Tom. „Bitte zahle du heute. Ich bin im Casino blank gezogen worden. Die Kreditlinie meiner Kreditkarte startet erst morgen wieder neu."

Daniel lachte laut auf. „Aha! Ja, klar. Mache ich gerne."

„Ich hatte ihr meinen zweiten Kabinenschlüssel gegeben. Vielleicht wartet sie dort auf mich", sagte Tom tonlos.

„Zieh davon."

Tom nahm die Jacke. Dann tat er etwas, was Daniel nicht sofort verstand. Er verbeugte sich ausufernd vor Daniel und zog – nur in der Vorstellung – einen Hut vor ihm. „Großer Daniel", sagte Tom. „Mein Lieber, wir sehen uns. Morgen. Später."

„Oder gar nicht."

Daniel half Tom, in den rechten Ärmel hineinzurutschen. „Wir sehen uns", sagte Daniel zum Abschied. „Und keine Sorge, ich übernehme die Kosten heute."

Tom wankte aus dem „The Silent Palm" hinaus. Daniel dachte, dass der Star in Tom, den er auch in ihm gesehen hatte, heute Abend nicht mehr in ihm war. Er wünschte seinem Bar-Nachbarn eine gute Nacht und wandte sich dann an Rufus.

„Nein", sagte Daniel, „du willst es nicht hören. Was wir besprochen haben. Nein."

„Alles gut", sagte Rufus.

„Mach mir die Rechnung, bitte", sagte Daniel.

„Nein", sagte Rufus, „heute seid ihr beide eingeladen."

„Beide? Warum?"

Rufus zögerte nicht mit der Antwort. „Weil ihr beide meine besten Gäste auf dieser Fahrt seid."

„Und deswegen, weil die Bar morgen vielleicht geschlossen sein wird. Ich spüre es an meiner Prothese."

Rufus juckte die Stelle, an der sein Armstumpf sein musste.

„Es könnte Sturm geben."

V. Kapitel

Party und Wahrheiten

„Gut, dass die Sessel in den Boden gerammt sind, nicht?"
Rufus schaute die beiden Männer an. Er hatte je eine Cola mit
Zucker und ein Glas mit Tomatensaft auf den Tisch gestellt.
Beide Männer griffen sie sofort, damit sie nichts verschütteten.
„Schön, dass ihr gekommen seid", sagte der Barkeeper. Der
ganze Raum des „The Silent Palm" war tagsüber und auch
bis jetzt leer geblieben. Die Bar hatte geschlossen. Die Wand
mit den Flaschen war mit einem feingliedrigen, starken
Netz überworfen, das verhinderte, dass die Flaschen aus den
Regalen fielen.

Auch gab es keine Gläser mehr dort im Freien. Sie waren in
die Schränke gepackt. Kein Gast hatte sich gezeigt und wenn
dann doch der eine oder andere zum Eingang gefunden hatte,
sah er an der Eingangstüre einen großen Aufkleber mit der
Aufschrift: „Es tut uns leid. Wegen Sturm geschlossen".

Dass Daniel und Tom im „The Silent Palm" einkehrten,
hatte einen ungewöhnlichen Grund. So empfanden das beide.
Beide hatten um die Mittagszeit, als das Wetter bereits lange
umgeschlagen und es stürmisch geworden war, eine Nachricht
in ihre Kabinen übergeben bekommen. Eine der üblichen
Meldungen, dachten beide Männer, etwa, wenn die Verwaltung
des Kreuzfahrtschiffes etwas mitzuteilen hatte. Oder die
Nachricht übergeben werden musste, dass ein Verwandter
angerufen hatte und sich in Not befand. Oder auch, dass sie
zum Captain's Dinner eingeladen wurden. Dieses Mal war es
eine Nachricht von Rufus.

Er ließ ausrichten, dass beide – trotz der Schließung des „The Silent Palm" – gerne vorbeischauen könnten, wenn sie es nur wollten. Rufus bat sie in diesem Fall, um achtzehn Uhr am Eingang zu sein.

Ohne es miteinander abgestimmt zu haben, fanden sich Daniel und Tom zur vorgeschlagenen Zeit nacheinander in der Bar ein. Es war bis dahin ein schlimmer Tag auf dem Kreuzfahrtschiff gewesen. Bereits in der Nacht war es in den Kabinen ungemütlich geworden. Das Schiff schwanke in einer Stärke, dass die Gäste am Vormittag ihre losen Dinge des Alltages in die Schubladen und den Kleiderschrank geben mussten, wollten sie diese Teile nicht durch die Kabine fliegen sehen. Die Verwaltung hatte um fünf Uhr früh von scheinbar unsichtbaren Kräften unter der Kabinentür Handzettel durchschieben lassen, die die Verhaltensweisen während eines Sturms beschrieben.

Besonders erschien es den unkundigen Gästen, dass sie heute nicht in die Restaurants durften. Das Mittagessen und das Dinner fielen aus. Dafür bekäme jeder Gast mittags und am frühen Abend ein Hilfspaket vor die Kabine gelegt, das das Notwendige an Nahrung enthielt und auch zwei, drei Leckereien der Reederei, mit denen sich diese für die unangenehmen Umstände entschuldigte. Nur Daniel und Tom erhielten die Erlaubnis, Rufus zu besuchen. Nun saßen alle drei in einer Ecke auf den Sesseln und Daniel bekam das Wanken gar nicht gut.

Mehrfach stand er kurz davor, sich aufgrund der Übelkeit zu übergeben. Am Ende hatte er sich doch immer wieder unter Kontrolle. Die Frische und der Geschmack des Tomatensaftes halfen ihm dabei, das unpässliche Gefühl zu unterdrücken.

Rufus war guter Laune. „Ich kenne das ja schon, Sturm auf hoher See", sagte er, nachdem alle drei Höflichkeiten ausgetauscht hatten. „Viele werden an einem solchen Tag seekrank und das ist sehr bemitleidenswert." Rufus beugte sich nach vorn und und hielt das Glas fest in der Hand, in das er für sich Gin und Tonic Water eingeschenkt hatte. Einen Klassiker trank er und das ohne Eis. „Ja, ich weiß", sagte er dann, „es wird nicht so viel davon erzählt."

„Aber was soll man erwarten? Wenn unsere Riesendinger auf den Weltmeeren unterwegs sind, warum sollte es ihnen anders ergehen als Tausenden von Schiffen, die in vielen Jahrhunderten davor unterwegs waren und ebenso vom Wetter und seinen Lagen drangsaliert wurden? Es ist ja eindeutig: Wer sich in die Nähe einer Gefahr begibt – und auf hoher See zu sein, ist immer auch eine Gefahr – der muss auch damit rechnen, dass die Gefahr eintritt."

Tom nippte an der Cola. „Sehr schön, Rufus", sagte der junge Mann. "Aber es gibt auch Frischlinge wie mich, die noch nie davon gehört haben, dass es passiert. Von Hamburg nach New York in elf Tagen und das auf einem der größten Kreuzfahrtschiffe der Welt, das klang in Hamburg ganz anders für mich." Wiewohl es Tom gut erging und er keine Auswirkungen der Seekrankheit spürte, meckerte er laut. Er schaute Rufus fast vorwurfsvoll an. „Ich", sagte er, „ich wurde nicht gewarnt. Und in meiner Kabine sieht es heute so aus, als hätte eine Bombe eingeschlagen, wie meine Mutter sagen würde."

Rufus stimmte Tom zu. „Das ist ja gerade das Geheimnis der Werbung, wie wir alle wissen. Das Schlechtere verschönern, das Metall vergolden." Rufus schaute an die Decke „Und wir fallen immer wieder und wieder auf die Werber herein", sagte er. „Vielleicht am Ende nur deswegen, weil wir nur vom Schönen und vom Vergoldeten hören wollen. Oder?"

Daniel schaltete sich ein. „Werbung ist das eine", sagte der alte Mann, „aber vergesst nicht, dass jede gute Werbung einen starken, inneren, tatsächlichen Kern benötigt. Erst wenn dieser Kern fehlte, wäre Werbung eine Lüge."

Tom schaute Daniel an. „Dann ist das hier ja eine Lüge."

Daniel widersprach. „Schau", sagte er, „wir sind jetzt am fünften Tag der Reise angekommen. Und bis gestern Abend war es, wenn wir uns die Rahmenbedingungen anschauen, eine gute, eine fröhliche Reise und eine, die alles an nur denkbarem Komfort aufbot."

„Jaja", sagte Tom, „das Glas ist halbvoll, nicht halbleer. Ich weiß."

„Wie lange hält der Sturm an, Rufus?", fragte Daniel.

„Ich spüre, dass er heute Nacht zu Ende gegangen sein wird", antwortete der Barkeeper. „Ich spüre es an meinem Arm."

„An deinem Arm?", fragte Tom. „Wie soll das gehen?"

Daniel unterbrach die mögliche Antwort Rufus'. „Und überhaupt, warum hast du nur einen Arm? Bester? Wie kam es dazu?"

Rufus überlegte eine Weile. Dann sagte der Barkeeper. „Ich erzähle es gerne. Wenn ihr es wollt."

Beide Männer nickten.

„Also", hob Rufus an, „ihr wisst ja schon, dass ich in Kabul war. Ab 2003 war ich dort und alles war cool. Ich kam gut klar. Ich war zuerst dem Schutz unseres Lagers zugeteilt. Da passierte nicht viel. Dann, bei meinem vierten Einsatz in

Afghanistan, musste ich in die Infanterie. Das waren die Leute, die von Haus zu Haus gingen und auf unvorhergesehene Lagen stießen. Wir waren Kampferprobte. Solche, die auf Nahkampf spezialisiert waren. Mir ging es noch ganz gut. Es passierte nichts. Wir sicherten das eine und das andere Haus. Wir nahmen auch Leute fest, die wir suchten, und von denen wir annahmen, dass sie zu den Dschihadisten gehörten. Nur einmal ging es schief. Und dann – leider – richtig."

„Was geschah da?", fragte Daniel.

„Naja", sagte Rufus, „dann war da auf einmal dieser Junge. Auf der Straße. Keine zwölf, vierzehn Jahre alt. Wir sahen ihn auf einmal vor uns stehen. Die Straße war ansonsten leer. Das alarmierte uns. Alle Fenster waren zugezogen. Der Junge hatte auf jeden Fall einen, ja, wie soll ich sagen, einen so irren Blick. Der uns sofort auffiel. Etwas anderes kam hinzu, das viel beunruhigender war. Er trug normale Klamotten und hätte eines von den vielen Kindern sein können, auf die wir vor den Toren Kabuls stießen. Solche, die lustig waren. Solche, die Englisch lernen wollten. Solche, die mit uns Handel betrieben. Oder solche, die etwas Süßes von uns bekamen. Doch dieses Kind war anders."

„Ich sah sofort das Problem. In das wir hineingeraten waren. Sein Gesicht war schlank. Seine Arme. Seine Beine dünn. Doch der Bauch war groß. Viel zu groß. Was war das nun? Er kam immer näher. In Trippelschritten. Dann rief mir der Truppenführer, der etwa zwanzig Meter hinter mir war, etwas zu. Laut und eindeutig."

„Der Junge trägt eine Selbstmordweste an sich. Das sagte er. Schrie er."

Rufus holte tief Luft. Er erschien aber während des Erzählens unaufgeregt. Was Tom sofort misstrauisch machte. Wie konnte Rufus davon derart gelassen erzählen?, fragte sich Tom.

„Ich erschrak. Ich war so dreißig Meter von dem Jungen entfernt. Was tun? Ich gestikulierte, dass er die Hände hoch nehmen solle. Er tat es nicht. Ich schrie ihn an. Lege dich auf den Boden. Er tat es nicht. Und ich wusste nicht einmal, ob er mich verstand. Dann, als er sich nicht rührte und seine Hand nahm, um die – vermutete, die vermeintliche Bombe zu zünden – ...“

„... da erschoss ich ihn im selben Moment.“ Rufus atmete tief und ein.

„Doch dann war es zu spät. Die Bombe ging hoch.“

„Ich wachte dann später im Lazarett auf. Sie hatten mir einen Arm abnehmen müssen. Ich hätte noch Glück gehabt, sagten sie.“

„So wurde ich ein Veteran. Und viel später der beste, einarmige Barkeeper der westlichen Welt. Der, der mit Hilfe einer Prothese die besten Cocktails mixt.“

Damit endete der Bericht Rufus'. Er hatte zum Ende des Berichts weder Dramatik noch Komik in der Stimme. Es war ein Bericht gewesen, sachlich vorgetragen und durchaus in einem versöhnlichen Ton. Tom fragte sich, wie das nur sein könne. Daniel dagegen bewegte Rufus' Schrecknis nicht derart, als dass er jetzt etwas sagen musste. So entstand eine lange Gesprächspause. Alle drei Männer nutzten diese, um ein wenig in sich zu gehen. Die Schläge der Sturmwellen gegen die Außenwand des Kreuzfahrtschiffs hörten sich an, als ob der Gott des Wetters Truppen sammeln wollte.

Tom dachte über das nach, was Rufus erzählt hatte. Zugleich war ihm die Nacht gegenwärtig. Er war nicht allein gewesen. Der junge Mann hatte trotz Sturm einen schönen Tag gehabt. Und vor allem eine gute Nacht. Er hatte tagsüber länger überlegt, ob er in die Bar kommen wollte. Aber er fühlte sich wiedererstarkt. Seine Nacht war die bis dahin beste auf dem Schiff gewesen. Nach seinem – wenn auch in seinem Sinne kleinen – Nervenzusammenbruch vor Daniels Augen hatte er sich ein wenig später am Abend in den Armen Michelles wiedergefunden.

Sie hatte tatsächlich in seiner Kabine auf ihn gewartet. Sie, hochgewachsen, brünett und sehr schlank, bemerkte augenblicklich, dass ihr neuer Freund vom Tag und Abend erledigt war, als Tom in die Kabine eingetreten war. Es ging ihm nicht gut, dachte sie. Er sah aus, als hätte er drei Nächte nicht geschlafen. Sie überlegte nicht lange, was zu tun war. Sie, ohne dass sie große Worte machte, küsste ihn sanft dreifach, und zwar auf Stirn, Augen und Mund.

Tom strich mit seinen Händen sanft an ihrem Negligee entlang und fragte sie, ob sie bleiben wolle. Ohne darauf zu antworten, zog sie ihn aus und führte ihn in das schmale Bett. Sie legte sich an seine Seite und streichelte sein Haar. Tom war überrascht. Zum einen, was geschah. Zum anderen, wie. Er ließ es nicht nur kommentarlos geschehen. Er flüsterte ein Dankeschön und wieder eines und wieder eines. Tom geriet in eine große Ruhe und schlief mit ihr an seiner Seite in der Nacht immer wieder ruhig ein.

Als der Morgen kam, rappelte es bereits in der Kabine. Tom bemerkte, dass Michelle sich ankleidete, und für jetzt gehen müsse, wie sie sagte. Sie lächelte dabei geheimnisvoll und gab ihm einen Kuss auf die Stirn.

Als sie gegangen war und Tom später wirklich wach wurde, sah er einen Zettel auf dem Bord. Daneben lag der zweite seiner beiden Kabinenschlüssel. Auf dem Zettel stand in einer sehr schönen, geschwungenen Handschrift ein Gruß, ein Dank und der Hinweis, dass er sich jederzeit bei ihr melden könne. Sie nannte sowohl ihre Kabinenzimmernummer als auch die Rufnummer ihres Mobiltelefons. Sie hatte noch eine – kleine, aber erkennbare – Rose auf den Notizzettel gemalt. Tom war davon überrascht, wie sie gekommen und wie sie gegangen war. Oft hatte er das nicht erlebt, dass die Frauen als erste das gemeinsame Schlafzimmer verließen. Ihm war es eher passiert, dass sie für seinen Geschmack zu lang bei ihm bleiben wollten, obwohl er dazu häufig – auch nach einer gemeinsamen Nacht – weder bereit noch willens war.

Ihr Parfümduft lag noch über dem Bett, eine erregende Mischung aus würzigen und süßen Aromen. Tom rieb sich die Augen. Ein Engel war ihm erschienen, dachte er und konnte es kaum glauben, dass Michelle es ihm so einfach gemacht und keinerlei Ansprüche gestellt hatte. Als dann die Nachricht von Rufus übermittelt worden war, überlegte Tom eine ganze Weile, ob er zu ihm oder zu Michelle gehen sollte. Da der Sturm ausgebrochen war, erschien ihm die Einladung des Barkeepers aus einem Grund wichtig, den er selbst nicht genau verstand. Vielleicht war er auch davon getrieben, dachte er, dass seine Begegnung mit Daniel einer Fortsetzung bedurfte und diese nicht in der Luft hängen bleiben durfte. Er wollte mit dem alten Mann gerne wieder auf dem Boden landen.

So zog er sich am späten Nachmittag an – mit der alltäglichsten Kleidung, die sein Koffer nur hergab – und machte sich auf dem Schiff, das von den Turbulenzen zu allen Seiten hin- und her schwang, auf den Weg in das „The Silent Palm". Den Gästen war der Aufenthalt außerhalb ihrer Kabinen im übrigen nicht untersagt. Der Kapitän hatte aber auf dem Sicherheitspapier betont, dass dies auf eigenes Risiko geschähe und dass davon so lange abgeraten würde, bis er die Freigabe zum Ende des Sturms erteilte.

Tom, nun entschieden, Rufus aufzusuchen, hatte zugleich nicht vergessen, Michelle eine Nachricht zukommen zu lassen. In dieser hatte er gefragt, ob er später am Abend nun sie in ihrer Kabine aufsuchen dürfte. Es wäre schön, hatte er hinzugefügt, und einen Gruß auf Französisch verwendet.

Daniel wiederum suchte die Abwechslung vom Sturm und den Dingen, die damit zusammenhingen. Er hatte zwar gewusst, was ein Sturm auf einem Kreuzfahrtschiff bedeutet. Doch, sagte er sich, es war in solchen Fällen wie immer: Das, was ganz schlimm war und man auf keinen Fall wieder machen wollte, war dann irgendwann vergessen, und man machte es erneut, weil einem der größere Rahmen dahinter wichtiger erschien als die Schmerzen, die in kleinerem Rahmen aufgetreten waren. Er war erneut auf einem Schiff, das sich schüttelte und das ihm Übelkeit verschaffte.

Der alte Mann dachte, als er sich auf den Weg machte, an Frauen, die Mütter geworden waren. Nicht wenige Mütter beklagten kurz nach der Geburt ihres Kindes, dass sie die Schmerzen, die damit zusammenhingen niemals erneut eingehen wollten. Monat für Monat aber vergaßen sie die Umstände mehr und mehr und waren dann, je nach Charakter, früher oder später wieder bereit, eine Schwangerschaft und eine Geburt und ihre Umstände einzugehen. So sah er sich selbst erneut in eine eigene Falle getappt, ein Kreuzfahrtschiff betreten zu haben und vergessen zu haben, was Stürme sind. Die Verlockung aber, erneut das Leben auf einem solchen Schiff zu genießen, hatte die Erinnerung an Stürme fast ausgelöscht. Um über die jetzige Übelkeit hinweg zu kommen, war ein Gespräch und das mit dem angenehmen Rufus sicherlich hilfreich. Daniel hatte sich zudem am Morgen, als sich der Sturm zu entwickeln begann, beim Schiffsarzt Mittel gegen seine Unpässlichkeit geben lassen in der Hoffnung, dass sie ihm helfen würden, durch diese unerfreuliche Zeit besser hindurch zu kommen.

Er hatte auch ausgiebig mit seiner Freundin telefoniert und sich gewundert, dass das Netz hielt. Sie sei voller Mitleid, sagte sie ihm mit einem Lächeln im Gesicht, wie Daniel gleich wusste, und fügte dann an, dass Daniel ein Kerl sei, der jetzt halt eine Kleinigkeit durchstehen müsste. „Es gibt so viele Bücher und Filme, in denen Schiffe und auch Kreuzfahrtschiffe kentern, untergehen, von Monstern angegriffen werden", sagte sie leicht belustigt und auch, weil sie ihm Kraft geben wollte, „dass du, Daniel, dir keinen Kopf machen musst. Es wird nicht so schlecht werden, wie du dich gerade fühlst."

Daniel war dankbar über das Gespräch mit ihr. Sie war weit entfernt in Los Angeles und er fragte nach dem Wetter dort. „Was fragst du, mein Lieber?", antwortete sie. „Es ist wie immer in den Hills: trocken und heiß." Sie schlug Daniel vor, dass er in einen Fitnessraum gehen könnte. Als sie von ihrem Freund erfuhr, dass diese auch geschlossen waren, sagte sie: „Na, dann komm halt bald nach Hause. Der Pool und der Jacuzzi warten hier auf dich." Sie plauderten noch eine Weile weiter und Daniel vergaß nicht, ihr ein wenig von Tom zu berichten.

Dann hängten sie beide auf und Daniel streckte sich nach allen Seiten. Nach dem Telefonat ging es dem alten Mann bereits besser. Sie war eine Schatzbörse, sagte Daniel zu sich, ein Glück sie zu haben und unbezahlbar. Niemals wollte er sie verlieren.

Da er nun – abgesehen von der Übelkeit – wieder ruhig geworden war, entschloss er sich, Rufus' Einladung anzunehmen. Der Weg dorthin war zwar eine Herausforderung. Aber die Gänge und die Treppen hatten gute Griffe und gute Geländer, sodass er zu seiner Überraschung sicher zum Eingang des „The Silent Palm" vorstieß.

Ein wenig später waren die drei Männer im „The Silent Palm" vereint. Tom tat sehr beeindruckt von Rufus. Der Barkeeper hatte von seinem Erlebnis in Kabul erzählt, als wäre es eine Führerscheinprüfung gewesen. Auch wirkte er, vom Erlebnis und seinen Nachwirkungen auf kaum eine Weise gequält zu werden. Es war fast so, dachte Tom, als wäre Rufus ein Charakter, dem Schlimmes widerfahren war vor Jahren, der dann aber den Tatsachen, die damit zusammenhingen, souverän in die Augen geschaut hatte, und sich dann so verhielt, wie es der Situation im besten Falle angemessen war.

„Rufus", fragte Tom, als es Zeit war, wieder zu reden, „ich bin baff. Du hast derart Schlimmes erlebt, dass mir meine Probleme vor deinem Hintergrund jetzt klein erscheinen. Wie hast du das geschafft? Du erzählst es uns beiden als Geschichte aus deinem Leben. Das erlebt zu haben, das durchgestanden zu haben. Wie kann das sein?" Tom schüttelte den Kopf. „Ich kann das nicht verstehen", gestand er.

Rufus nahm einen Schluck von seinem Gin Tonic. Er wartete. Vielleicht wollte er sich sammeln, bevor er etwas sagte.

Daniel preschte in die Pause hinein. „Nicht jeder", sagte er, „ist von etwas sogleich lebensbedrohlich erschüttert. Ich bin noch im Krieg geboren und meine Eltern hatten Neffen, die in Europa kämpften, und auch solche darunter, die dort ihr Leben im Kampf für die Freiheit gaben. Nicht jeder, so denke ich, hat den Charakter, von Problemen umgeworfen zu werden. Nicht wahr, Rufus? Es hat auch etwas mit der Herkunft und mit den Genen zu tun, wie stark der eine getroffen und umgeworfen ist und der andere Schicksalsschläge ohne weitere große Nachwirkungen meistert."

Rufus wartete weiterhin ab, eine Antwort zu geben. Nun fiel Tom auf, dass Rufus ein schlanker Kerl war. Fast schon mager. Im Dunkeln an der Theke hatte er nicht die vielen Falten bemerkt, die sich um seine Augen und zur Seite der Nase gebildet hatten. Auch schien es Tom nun, als wären Rufus' Augen tiefer liegend als bei gesunden Menschen. Als ob die Augen – und damit er selbst – sich vor der Wirklichkeit ein wenig zurückgezogen hätten.

„Ich denke", sagte Daniel und lehnt sich nach vorne, „dass es schlimm ist für die, die krank werden und zum Arzt müssen. Es gibt aber auch Menschen, die bei denselben tatsächlichen Umständen weiterleben können wie zuvor und nicht zum Arzt müssen."

„Wie hast du das gemacht, Rufus?", hakte Tom nach. Ihm wurde ein wenig unwohl, da der Barkeeper noch nicht geantwortet hatte. Dann aber sprach Rufus.

„Habt ihr meine Halskette denn nicht gesehen?", fragte Rufus, ohne dass es unfreundlich geklungen hatte. Es war kein Ton von Ärger in seiner Stimme. Er holte aus dem Hemd eine Kette, an der ein Anhänger sichtbar wurde. Beides war wohl aus Gold. Am unteren Ende hing ein großes Kreuz. Ein solches, das groß und damit jetzt sehr gegenwärtig war. Es zu tragen und vor allem zu zeigen, war offensichtlich der tiefe Wunsch desjenigen, der es trug. „Ihr beiden Lieben", sagte Rufus und es klang fast wie eine Offenbarung, die alles, was ihn anging, auf einmal erklären sollte. „Ich bin Christ", sagte Rufus.

Daniel und Tom zeigten sich erstaunt. „Das hätte ich nicht gedacht", sagte Daniel als erster. „Aber vorstellen, dass es hilft, das kann ich mir schon."

„So ist es", sagte Rufus.

„Warst du immer schon Christ oder bist du es während des Einsatzes geworden?", fragte Tom.

Rufus überlegte nicht lange. Er nahm sich aber ein wenig Zeit für die Antwort, da er den Anspruch hatte, darüber in einer guten Form zu reden. „Mein Elternhaus ist katholisch. Wir haben an der Ostküste gewohnt. In Boston. Mein Vater war Unternehmer und stellte Schrauben in zweiter Generation her. Seine Firma war nicht klein, nicht groß. Seine Schrauben hatten aber einen Markt, der groß genug war, dass sie ihm und uns genügend Wohlstand bescherten. Er war auch zwischenzeitlich in der Politik und auch acht Jahre lang Gouverneur. Meine Mutter war zu Hause und sorgte für uns vier Kinder. Ich bin das dritte. So war es als Kind und als Jugendlicher ein schöner Weg, groß zu werden, tatsächlich, und in den Glauben hineinzuwachsen."

„Gab es keine Zweifel, keine Risse?", fragte Tom, der, da er sie selbst in sich trug, viele Menschen gleich in diese Richtung zwängte.

„Doch, die gab es. Aber, ich finde, das ist ein anderes Thema. Auf jeden Fall blieb ich gläubig. Auch als ich ein Erwachsener war, vertraute ich der Lehre Jesu und dem Alten und Neuen Testament. Als ich dann verletzt wurde, ja, verkrüppelt wurde, wuchs mein Glaube sogar. Er half mir zu verstehen, dass eine Welt, so schwierig und unbarmherzig sie sein kann, die Lehre der Liebe und der Barmherzigkeit mehr denn je benötigt. Dass ich ein Kind erschossen hatte in dem Moment, als es mich umbringen wollte, machte es schwer, ja, das stimmt."

Tom und Daniel hörten gebannt zu.

„Zugleich war es mein geistiger Weg, diesen Jungen von einer Schuld mir gegenüber frei zu sprechen. Und im Umkehrschluss ihn um Vergebung zu bitten, da es mein dienstlicher Befehl war. Pazifisten verstehen das nicht, auch andere Glaubensrichtungen haben dazu vielleicht keine Nähe. Unser Katholizismus hingegen ist auch ein Glaube, der es erlaubt und notwendig macht, dort, wo das Schlimme und Unbarmherzige geschieht, einzuschreiten. Sei es mit dem Wort und sei es mit der Waffe. Und der Krieg in Afghanistan, zumindest die ersten Jahre, war erlaubt und notwendig."

Daniel schaltete sich ein. „Ich hatte einen Mitarbeiter", erzählte der alte Mann, „der krank wurde, seelisch richtig krank wurde. Es war ihm dann alles schwer und er konnte zwei Jahre lang nicht zu uns in die Produktion zurückkehren. Er sagte mir dann, als er wieder an Bord war, dass er während der Zeit nach dem Aufenthalt im Krankenhaus gläubig wurde und zu Jesus fand. Nun, zu beten und in der Bibel zu lesen, hätte es ihm erst ermöglicht, wieder zu gesunden. So meinst du es, Rufus, nicht?"

„Es hat damit zu tun, auf jeden Fall. Glauben hilft Berge zu versetzen, das stimmt. Auch die eigenen Klüfte in sich zu heilen", antwortete Rufus, „und viele machen dann, wenn es ihnen schlecht geht, Erweckungserfahrungen, wirkliche oder eingebildete. In meinen Fall ist es insofern anders, als mein Glaube seit der Kindheit bis heute die Kraft war und bis heute ist, die niemals verschwand, oder mich ohne die Geborgenheit Jesu leben ließ."

Rufus atmete tief ein. Dann fuhr er fort.

„Dazu kann auch gehören, sich von Gott wie Jesus am Kreuz verlassen zu fühlen – und solche Momente kenne ich –, also wie Hiob das eigene Leid zu beklagen. Die Liebe Gottes, Jesu und des Heiligen Geistes sind aber größer als das. Mein Glaube half immer, nicht in Bitterkeit zurückzuschauen, wie es vielen Menschen im Älterwerden geschieht. Es gab mir stets die Kraft, das Nächste, das Neue, das Veränderte anzunehmen und mich dorthin, also nach vorne zu bewegen."

Tom konnte es kaum ertragen, was Rufus erzählte. „Da hast du es aber gut", sagte er, und dieses Mal klang es vorwurfsvoll. „So einfach geht das nicht. Ich gehöre nicht zu eurem Elite-Club der Gläubigen, die, in der Scheiße stehend, noch daran glauben, dass das ewige Leben für sie – nur für sie – bereitstünde wie ein Apfel, in den jeder einfach nur hineinbeißen muss, um dabei zu sein."

Rufus blickte gelassen drein. Er hatte es fast vermutet, dass Tom so antworten könnte.

Daniel half aus. „Rufus", fragte er, „ist noch eine Runde drin? Etwas Härteres für mich und für Tom, wenn er mag?"

„Magst du, Tom?", fragte Rufus. Tom nickte. Es war ihm anzusehen, dass er ein wenig aufgewühlt war.

„Ich muss mich entschuldigen", sagte er dann zur Überraschung von Daniel und Rufus. „Das sind anstrengende Tage für mich. Ich war am Grab meiner Lebensliebe, musst du wissen, Rufus. Vielleicht bin ich daher so."

„Aber", ergänzte Tom, „es ist auch so, dass ich schon seit sehr langem nicht mehr in solch tiefe Gespräche verwickelt war. Und das mit Kameraden, denen ich eine Weile lang vertrauen kann."

„Wodka?"

Daniel und Tom bejahten die Frage. In großer Behändigkeit ging Rufus hinter die Theke, öffnete eine Schublade, nahm eine Flasche, drei Gläser und kam zum Tisch zurück gerutscht. „Das geht jetzt auf mich", sagte er und schenkte drei Mal ein. „Das ist meine private Flasche im ‚The Silent Palm'. Der Wodka stammt von einem russischen Freund. Er hat sie mir vor der Abreise geschenkt. Sie kommt aus einer Moskowiter Produktion und ist sündhaft teuer. Wir werden von der auch nicht blind." Rufus grinste. „Er ist so klar wie arktisches Wasser und so heiß wie das Leben auf dem Äquator."

„Lasst uns doch jetzt über die schönen Dinge des Lebens reden, schlage ich vor", sagte der Barkeeper.

„Musik?", fragte Daniel. „Ach nein, das soll ja außen vor bleiben."

„Ja", sagte Tom entschieden, „bitte sehr."

„Und auch nicht die Liebe", forderte Tom.

„Was bleibt dann noch?", fragte Daniel.

„Das Reisen", sagte Rufus, „das Reisen!"

Also entspann sich eine Gesprächsrunde, die die heiklen Themen im Leben Toms aus Rücksicht um ihn nicht berührten. Jeder hatte etwas beizutragen. Daniel erzählte von Amerikas Großstädten, von Las Vegas und ein paar Reisen nach Europa, besonders die nach Italien, die seine verstorbene Frau so sehr gemocht hatte. Er gestand in diesem Zusammenhang ein, dass er den Fehler gemacht hatte, keine Fotokamera bei sich gehabt zu haben. Auch die Töchter fotografierten nicht, wenn sie unterwegs waren. So habe er im Alter keine Fotoalben bereit, die ihm von alten Zeiten berichteten. Rufus hingegen erwies sich als ausgewiesener Kenner und Praktiker in dieser Angelegenheit.

Der Barkeeper hatte mit den jeweilig zeitgemäßen Kameras auf jeder Reise nicht nur sich und seine ihn begleitenden Frauen fotografiert – und er zeigte sich als unverheiratet und ohne Kinder -, sondern er hatte Landschaften, Gebäude, Plätze und die dortigen Menschen aufgenommen. Manche Fotos hatte er in Reisemagazinen unterbringen können und sich inklusive der damit einhergehenden Texte ein kleines Nebenbrot geschaffen. Sein Modell, Barkeeper zu sein, und außerhalb der Saisons auf Reisen, hätte ihm ein genügend gutes Auskommen gegeben, das zudem von einer recht ordentlichen Erbschaft begleitet war.

So waren seine Reisen auch die, die wohl eher Abenteuer zu nennen waren. Rufus ging in die Tiefen der Dschungel Südamerikas genauso wie in die Steppen Mittelasiens und an Orte in Afrika, wo es bis vor kurzem noch Bürgerkriege gegeben hatte. In Afrika spürte er dem berühmten Schriftsteller Joseph Conrad nach und entdeckte, dass dieser Mann ein Schwätzer war, der alles an Afrika überhöhte, dass seine Berichte nur schwer als wahrhaftig zu nennen waren, wie Rufus anklagend sagte. Er – Rufus – wäre Anhänger der Schule Paul Theroux' gewesen.

Einem Reiseschriftsteller der alten und zugleich modernen Schule, der keiner Herausforderung ausgewichen war und die Menschen beschrieb, wie sie waren und nicht derart, wie ein weißer, alter Mann der westlichen Welt sie als Trugbild wahrnahm und wahrnehmen wollte. Osteuropa, so erzählte er, habe er stets gemieden. Aufgrund seiner Vergangenheit als Soldat war er sich nie sicher, ob er in den Ländern des Ostblocks und sogar weit nach der Zeit nach dem Fall des Eisernen Vorhangs willkommen war.

Als das Zeitalter des Internets begann, schwächten sich die Aufträge von Arbeiten in den gedruckten Magazinen ab, da die Preise für Freiberufler wie ihn verfielen und es keinen Spaß mehr machte, so Rufus, für einen Apfel und ein Ei zu arbeiten. Zwei Bücher habe er veröffentlicht, eines über Westafrika und eines über China und beide Bücher hätten ein paar Interviews nach sich gezogen. Den Feuilletonisten gefiel die Biografie Rufus' und sie verengten seine Arbeiten gerne auf die Begriffe „einarmiger Abenteurer und Barkeeper". Es ärgerte Rufus ein wenig, so verkürzt worden zu sein. Er verstand zugleich genügend von den Wirkmechanismen der Medien, dass er es möglichst gleichmütig hinnahm.

Dann streute Tom seine Reisen ein. Die allermeisten waren solche, die am Rande der Tourneen stattfanden. Tom würdigte, ebenso wie Daniel, Amerika, und seine Städte. Dass er ein Kenner der West- und der Ost-Küste war, belegte er damit, dass er viel Fachwissen über die Orte und sogar über die Pflanzenwelt mitteilte. Sein Vater habe ihm eine Menge beigebracht. Durch das gemeinsame Angeln habe er die Küsten lieben gelernt und auch von denen mehr gewusst als lediglich die Namen der Orte, an denen es sich am besten baden und surfen ließ. Auch überraschte er Daniel und Rufus, als er die Geschichte des Hummers wie auswendig herunter rasselte.

Die beiden anderen Männer hatten nicht gewusst, dass der Hummer viel früher als Arme-Leute-Mahlzeit galt und dass er nur solange in den Gefängnissen verzehrt wurde, bis ein Richter entschied, dass ein Hummer derart wertlos und Abschaum war, dass er nicht einmal Gefangenen zum Essen gegeben werden dürfte. Während Rufus die Länder Osteuropas mied, war Tom, wie er nun berichtete, vor allem von den Städten in jenen Ländern geradezu begeistert. Während die Konzerte, die sie gaben, große Erfolge waren, hatte er sich für die Mischung der alten Bauten aus der Industriezeit und des Bürgertums interessiert, die bis heute oft unsaniert waren und zugleich ein Gefühl von alter Größe vermittelten.

Die Art der Osteuropäer, klar zu reden, und recht grob, ohne es böse zu meinen, mochte Tom, da diese Weise im Gegenteil zu dem stand, wie er redete. Er traf auf Säbel allerorten, während er auf Englisch das Florett benutzte. Dass die, die hart auftraten, dies zugleich als eigenes liebevolles Verhalten meinten, das habe ihn stets angesprochen. Auch von ein paar Nächten in Moskau, in Prag und in Budapest berichtete Tom und wie dort die Menschen alles tranken, was es gab, und doch zugleich dabei derart viel aßen, dass sie niemals von einem wirklichen Kater am nächsten Tag verfolgt wurden.

Tom schilderte auch, wie die Frauen, auf die er in Osteuropa traf, vom Aberglauben befallen waren. Eine Frau, die tatsächlich Natascha hieß, sagte ihm, dass sie zum einen niemals einen Ehemann fände, auf keinen Fall Kinder bekäme und mit genau dreiundvierzig Jahren stürbe. Als Tom die Frau, mit der er eine Nacht verbrachte – eine Frau von damals siebenundzwanzig Jahren – befragte, woher sie das wisse, habe er nur die Antwort erhalten, dass sie es einfach wisse. Auch nach gründlichem Nachhaken durch Tom schaltete sie quasi auf Durchzug, weil sie nichts anderes gelten ließ, als dass ihr Glauben daran nichts anderes als eine tatsächliche Erkenntnis wäre.

Schließlich kamen alle Drei zu New York. Dem Ziel ihrer Reise. Während bei Tom klar war, dass er die Stadt der Städte sehr, sehr gut kannte und seine Heimat nannte (was in Daniels Ohren ein wenig übertrieben klang, da Tom in New Jersey groß geworden war), wusste Rufus nicht allzu viel über die Weltstadt zu erzählen. „Ich habe zwar viele Großstädte bereist, das stimmt", sagte er.

„New York gleichwohl", sagte Rufus, „erschien mir nie derart reizvoll. Es ist eine dreckige, gewalttätige und gemeine Stadt, finde ich. Wenn ich an die Siebziger und Achtziger Jahre denke, dann kann mir dort keiner wirklich widersprechen. Dass sie nun aus Manhattan über das Mittel der besonders hohen Kosten für Miete und Alltagsleben eine Embedded City, eine eingehegte Stadt gemacht haben, für die Superreichen, sauber, clean und ohne Gewalt, ein Disneyland für die globale

Oberschicht, macht es für mich nicht besser", sagte Rufus. „Außerdem ist New York Trump-Land. Was soll ich dort nur?"

Tom wusste darauf nichts Kluges zu sagen. Er hatte Gutes und er hatte Schlechtes in Manhattan erlebt. Er wollte sein Gewicht jetzt nicht in die Waagschale legen. „Daniel", sagte Tom und fand, dass das ein feiner Zug von ihm war, „du bist doch in der Bronx groß geworden. Was ist New York für dich?"

„Eine Durchreisestation", sagte Daniel schmallippig.

Tom war überrascht. „Mehr nicht?", fragte er.

„Nein", sagte Daniel.

„So schlimm?", hakte Rufus nach. Sein Ton war aber mitfühlender als der, den Tom angeschlagen hatte.

„Wisst ihr", sagte Daniel, „manche Dinge muss man nicht neu anrühren, finde ich. Es ist auch das Geschenk des Älterwerdens, dass man sich nicht an alles und an jeden erinnert."

„Und an wen erinnerst du dich besonders?", fragte Rufus und versuchte damit, eine Brücke zu einem neuen Thema zu bauen.

„An die T-Trex-Organisation."

„An die?" Tom war überrascht. „Warum die?"

„Weil die meine Familie und meine Firma fast zerstört hätten."

Rufus und Tom zeigten sich neugierig. Daniel fiel es leicht darüber zu reden. Das aber, was er erzählte, stand in besonderem Gegensatz zur abgeklärten Stimmlage, die er währenddessen einnahm.

„Es war vor vielen Jahren so, dass der Partner in meiner Firma Teil von denen wurde. Zuerst dachte ich, es wäre eine private Angelegenheit. Etwas, das er selbstredend nicht in die Firma tragen würde. Doch, nach ein paar Monaten, änderte er sich. Er mischte sich nun überall ein. Er unterschlug Unterlagen. Er stellte die Kommunikation mit mir ein. Zum Schluss tauchten zwei, drei von dieser angeblichen Kirche im Betrieb auf. Sie kamen mit ihm und blieben bis nach Feierabend, wenn ich bereits gegangen war. Erst dann bemerkte ich, dass etwas richtig schief lief. Doch es war zu spät. Anwaltsbriefe kamen und alles mögliche andere. Dann, eines Tages, waren die Schlüssel ausgetauscht. Ich konnte in meine eigene Firma nicht mehr hinein."

Rufus schenkte Daniel nach. Doch der wehrte ab.

„Ich wollte Hilfe holen. Doch der Schlüsseldienst verlangte Papiere, die man benötigte, die Schlösser zu öffnen, die ich aber nicht hatte, da mein Partner sie alle weggenommen hatte. Ich stand stundenlang dort. Ich telefonierte mit meinen Mitarbeitern. Ich beriet mich mit meinem Anwalt. Ich hatte dann keinen Zugriff mehr auf unser Konto. Es war schlimm. Und es wurde schlimmer."

Daniel sprach in einem Fluss, ohne dass er durch seine Erzählung hetzte. „Später erfuhr ich", sagte der alte Mann, „dass es ihre klassische Strategie war, eine Firma zu übernehmen. Ich sprach mit Sicherheitsbeamten der Bundesbehörde. Sie sagten zwar, dass die Kirche ein Fall für sie sei. Doch, nachdem wir stundenlang alles durchgegangen war, sagten sie mir, dass ich keine Chance hätte, die Firma zurückzubekommen. Sie könnten mir nicht helfen. Es meldete sich einer aus dem Hafen. Er war von der Gewerkschaft. Wir trafen uns. Er sagte mir, dass ich seine Leute immer gut behandelt hätte. Dass er mir daher helfen wollte."

„Doch das ging nicht. Klar, nicht? Ich wäre ihm etwas schuldig geblieben. Dann, und das war das Schlimmste, tauchten zwei Schläger vor meiner Garage auf, als ich einparkte. Sie schlugen mich zusammen. Einer hatte einen Schlagring, der mir die rechte Gesichtshälfte fast ruiniert hätte. Ich rief die Polizei. Sie kam und suchte die Schläger. Ich schilderte den ganzen Fall. Sie sagten, ich solle mit meiner Familie untertauchen."

„Ich sollte nur einem Beamten – einem, den die Polizei bestimmte – sagen, wo ich wäre. Auf der Fahrt dorthin, zu Freunden, echten Freunden, begleitete mich eine Kolonne von sechs Streifenwagen. Sie hatten mir gesagt, wie ich fahren sollte, damit ich eventuelle Verfolger abschütteln konnte. Wir kamen bei meinen Leuten unter und hielten Wache an der Tür. Wir hatten Waffen in der Hand. Meine Familie und ich waren verstört und verängstigt. Klar. Vor allem machte ich mir Sorgen um meine Kinder, die das eine und andere bemerkten und davon sehr verwirrt waren."

„Am Ende kam es zum Prozess gegen die Schläger. Der Richter musste sie aus Mangel an Beweisen frei sprechen. Unter vier Augen sagte er mir, er sei sich sicher, dass sie es gewesen waren. Er könne aber nicht mehr für uns tun."

„Meine Firma ging dann rasch den Bach runter. Von der Übernahme, einer gewaltvollen, hatten sie wohl Ahnung, aber nicht davon, eine Firma wie meine zu führen. Schließlich stand die Firma zur Auktion bereit. Ich lieh mir Geld und war während der Auktion der einzig Anwesende. Ich kaufte mir meine Firma zurück. Die Kirchentypen tauchten nicht mehr auf. Ich rief alte Mitarbeiter an, ob sie wieder mitmachen wollten. Sie sagten ja. Kein halbes Jahr später lief die Firma wieder rund. Die Kunden waren uns treu geblieben, auch die Dienstleister und vor allem die Mitarbeiter, die eine Menge durchgemacht hatten."

„Am Ende der ganzen Geschichte trug ich ein halbes Jahr lang eine zugelassene Waffe. Ich hatte Schießtraining genommen. Es passierte nichts. Doch allein der Möglichkeit gegenüber zu stehen, dass sich ein Mann mir von hinten in einer Tiefgarage nähern könnte und ich dächte, er wäre hinter mir her, trieb mir die Schweißperlen auf die Stirn."

Daniel kam zum Ende. „So, das ist mein Geschichte", sagte er. „Ich hatte alles verloren und mir alles zurückgeholt. Es ist keine Heldengeschichte. Es ist eine, die zeigt, wie sehr unser Staat Menschen beschützt, die es nicht verdient haben, und die zu wenig beschützt, die es notwendig haben."

Der Sturm, der sich um das Schiff gelegt hatte, hatte sich ein wenig beruhigt. In „The Silent Palm" war es nun gut auszuhalten. Alle drei Männer hatten den Wodka ausgetrunken. Es war ein solcher, der sich im Mund in Luft aufzulösen schien. Einer, der mehr aus Aromen zu bestehen schien denn aus Flüssigkeit. Es entstand nun eine lange Pause, die keinem von den Dreien schmerzvoll vorkam.

Es war ein Moment für die Ewigkeit, in den sie versunken waren. So etwas, wussten sie, entstand nur dann, wenn Freunde in einer Bar zusammensaßen. Wenn sie sich herzlich begegnet waren und keine Belanglosigkeiten ausgetauscht hatten. Der Moment der Ewigkeit in einer Bar war für Männer die Trophäe dafür, es probiert zu haben, dem Bar-Nachbarn etwas Wahrhaftiges erzählt zu haben. Es mussten keine Geheimnisse sein. Nein, wer das dachte, griff viel zu hoch.

Es hatte zugleich etwas Besonderes bis heute, wenn Männer an solchen Orten auf andere Männer trafen, die auch eine Jammerei gut aufnahmen, eine Träne gut wegsteckten und Frieden darin fanden, aufeinander eingegangen zu sein. Das war eine Bar, wie sie sein sollte. Vor allem Rufus sah seinen Arbeitsort als Ort der Begegnung an und im besten Fall geschahen Momente, wie dieser jetzige mit Daniel und Tom. Daher war die Gesprächspause keine, die durch neue Worte unterdrückt werden musste. Daniel, Tom und Rufus genossen diesen Moment, nichts mehr sagen zu müssen, weil sie das gesagt hatten, was sie sagen wollten.

„Ich muss langsam aufbrechen, ihr beiden Guten", sagte dann Daniel. Als Ältester hatte er sowieso das gute Recht, als Erster die Runde aufzulösen. Tom atmete tief ein und aus. „Einverstanden", sagte er. „Vielleicht treffe ich Michelle noch. Das wäre schön."

Rufus stand auf und räumte die Flaschen und Gläser in den Schrank unter der Theke. Tom nahm einen großen Dollar-Schein und legte ihn auf den Tisch. „Nimm den, bitte, Rufus", sagte Tom und Rufus wusste, dass er den Geldschein nicht ablehnen dürfte. „Danke", sagte Tom und schüttelte die gesunde Hand. „Danke", sagte er zu Daniel und nun war er es, der Daniel auf die Schulter klopfte.

„Ich komme mit hinaus", sagte Daniel. „Dann hast du Feierabend, Rufus."

„Gern geschehen", sagte der Barkeeper.

Es fielen dann keine weiteren Worte. Daniel und Tom zogen davon und Rufus räumte den Rest auf. Dann trat auch er an die Eingangstür, ging hindurch und schloss sie von außen ab. Er dachte, was für eine schöne Begegnung das gewesen war. Schon gut, dass sie seine Einladung angenommen hatten, sagte er sich. Er hatte damit einen Tag voller vermutlicher Langeweile auf dem Schiff verkürzt. Auch er machte sich auf den Weg in die Kabine. Sie hatte keinen Balkon. Seine Kabine war auch klein, eine mit nur einer Koje.

Dafür war er ein höher gestellter Mitarbeiter der Schiffsmannschaft, dass er ein Einzelzimmer hatte. Die Mitarbeiter in der Küche, in der niederen Verwaltung und im Maschinenraum schliefen zu dritt und auch zu viert. Durch sein Bullauge sah er, dass es draußen längst dunkel geworden war. Er schätzte das Wetter derart ein, dass morgen, am sechsten Tag der Reise, die Sonne wieder scheinen würde. Sein Stumpf fühlte sich wohl an.

Atlantik-Überfahrten im Sommer waren gute Routen, murmelte Rufus sich selbst zu. Weil im Altantik dann, so sagte es sich der Barkeeper, bevor er sich zur Nacht bettete, die Stürme rasch kamen und auch rasch wieder verschwanden. Wie die Gäste seiner Bar, dachte er noch, bevor er friedlich einschlief. Gäste, die schnell kamen und gingen, und von denen manche unter ihnen sogar ganz kurz zu seinen Freunden wurden.

Was wollte er mehr?, fragte Rufus sich und döste weg.

VI. Kapitel

Männer, die sich vertrauen

Daniel traf einen sehr gut gelaunten Tom an. Als er in das „The Silent Palm" eintrat, sah er ihn in einer der Sesselgruppen sitzen. Neben ihm saß eine Frau in einem kohlrabenschwarzen Hosenanzug. Sofort fiel Daniel auf, dass Tom derart befreit lachte, dass es erfreute, auf diese Art auf Tom zu stoßen. Überhaupt war ein Geschnatter in der Bar, wie es Daniel seit der Abfahrt in Hamburg nicht erlebt hatte. Der alte Mann hatte die Erklärung augenblicklich parat. Der Sturm war verzogen, alles war wieder gut. Es war so, wie es Rufus vorher gesagt hatte.

Der Kapitän des Kreuzfahrtschiffs hatte um sieben Uhr morgens eine Durchsage gemacht. In der bedankte er sich, dass sich alle Gäste während des Sturms vorbildlich verhalten hätten und den Anweisungen des Personals gefolgt wären. Dass vier Gäste in ihre Kabinen unter einem gewissen hohen Druck verbracht worden waren, weil sie an der Reling Alkohol gesoffen hatten, während das Schiff gefährlich schaukelte, erwähnte der Kapitän selbstredend nicht. Auf jeden Fall wünschte er einen schönen und sonnigen Tag und sagte auch, dass er denke, dass den Gästen für den Rest der Reise keine Unannehmlichkeiten mehr drohten.

Die Decks hatten tagsüber unter blauem Himmel und kräftigem Sonnenschein dazu eingeladen, erneut auf den Liegestühlen Platz zu nehmen oder in einer der Außenbars zu verweilen. Die Lage des Schiffes – nun in ruhiger See – und das bei mäßigem Wind und dazu die sommerlichen Temperaturen hatte viele Gäste ins Freie gelockt. Es war zwar keine Party-Stimmung wie nach der Bewältigung einer tatsächlich großen Gefahr ausgebrochen.

Ein wenig war es aber so, dass alle wieder durchatmen konnten, ihre Seekrankheit hinter sich ließen und nun das taten, weswegen sie die Kreuzfahrtreise gebucht hatten: sicher und geborgen den Atlantik überqueren und dabei in einem Luxus zu leben, dass es ein reines Vergnügen war, auf dem Schiff zu sein.

Tom winkte Daniel herbei und stellte ihm Michelle vor. Die Frau begrüßte Daniel in einem sehr guten Englisch und blitzte aus rehbraunen Augen unter dem Glanz ihrer schulterlangen, rot-braunen Haare um die Wette. Beide waren zur Begrüßung aufgestanden. Tom schob den freien Sessel nah heran und bemerkte, dass er schon auf seinen alten Freund gewartet hatte. Da es schwierig sei, an der Bar zu dritt gut zu reden und sich dabei zu verstehen, habe er für heute Abend die Sitzgruppe gewählt.

Als alle Drei saßen, rief Tom Rufus heran, der Daniel herzlich ein paar nette Worte sagte und ihm vorschlug, mit einer Virgin Mary den Abend beginnen zu lassen. Daniel erwiderte die freundlichen Worte und bestellte zu Rufus' Überraschung ein Bier. Daniel bedankte sich für das gestrige Zusammensein, das alle drei Männer in seiner Bar erleben durften. Tom bestellte eine Virgin Mary und sagte, er wolle es heute Abend ruhig angehen.

Schon begannen Tom, Michelle und Daniel ein Gespräch, das auf der Grundlage guten Verstehens der beiden Männer stand. Tom war es weder peinlich noch komisch, dass Michelle dabei war. Auch Daniel sagte, dass er es schön fände, dass Tom sie – und dazu eine Französin aus Paris gar – für den Abend gewonnen habe.

„Tom hat mir viel von Ihnen erzählt", sagte Michelle. Daniel fiel jetzt erst auf – im schummrigen Licht der Bar, weiter entfernt von den Leuchten der Theke –, dass sie ein schmales, ebenso schwarzes Kropfband trug. Daniel war sogleich ein wenig elektrisiert, sandte dieses Accessoire an einer Frau Signale aus, die fast jeden Mann wankend machten. „Darf ich Sie Daniel nennen?"

Daniel bejahte. Er war neugierig zu erfahren, wie alt die Frau an der Seite von Tom war. Während es ihm unmöglich erschien, dies zu fragen – natürlich nicht –, schätzte er sie auf fünfundsechzig. Da sie aussah wie Mitte Fünfzig und eine sehr gepflegte Erscheinung war, war er immer gut beraten gewesen, einen Zehner oben drauf zu legen, damit er das tatsächlich richtige Alter herausfand. So war sie ein Mensch, der, gemessen an ihrem Alter, zwischen Tom und Daniel stand. Der alte Mann fand es lustig, dass sich Tom während dieser Reise ausgerechnet mit einer erfahrenen Frau umgab.

Naja, dachte Daniel, vielleicht war das auch viel besser so, wenn er bedachte, wie schlecht es dem jungen Mann in diesen Tagen ergangen war, und das ohne die Möglichkeit, das Schiff mal so eben zu verlassen, wie es am Land in einer Stadt ohne Aufwand zu erledigen wäre.

„Du trägst ein besonderes Parfüm, Michelle", sagte Daniel. „Ich erkenne es nicht."

„Das ist auch nicht leicht", antwortete Michelle. „Es war vor allem in Frankreich sehr beliebt, bevor es seinen weltweiten Siegeszug antrat. Der Klassiker von Chanel – die No. 5 – ist in den letzen Jahren an vielen Orten der Welt viel weniger verkauft worden. Willst du wissen, wie es heißt? Es würde aber ein Klischee bedienen."

„Tom." Michelle wandte sich an ihren Geliebten. „Du könntest dich noch mehr in mich verlieben. Darf ich es sagen?"

Tom lächelte.

„Ja, klar", sagte er.

„Es heißt ,Angel'".

Michelle kostete den erstaunten Moment aus, den der Name tatsächlich bei den beiden Männern auslöste. Sie war seit dem ersten Tag, als sie auf „Angel" stieß, überrascht, dass, ein Engel zu sein, zum Namen ihres Parfüms passte.

„Es verzückt jeden. Keine Sorgen, ihr beiden. Thierry Mugler hat es Anfang der Neunziger in Paris erfunden. Ein Mann, der uns Frauen versteht. Es hat – wie ihr merkt – eine eher sanfte Ausstrahlung. So, wie ich auch bin", sagte Michelle sofort im Anschluss und streichelte wie nebenbei das Haar von Tom. „So sehe ich mich. Als sanftes Wesen. Nicht als überschlaue Pantherin oder als schnell zu jagende Gazelle oder gar als lediglich bemutternde Löwin."

„Eine Löwin, wie furchtbar wäre das!" Michelle lachte laut auf. „ Das Tier, das mich beschreiben soll, ist auf jeden Fall ein Schwan. Klug, einsam, zweisam, weich, hübsch und stets bereit, den Weg zu seinem Liebsten zu gehen und seinen eigenen Hals um den des Liebsten zu legen, damit er sich geborgen und sicher an ihrer Seite fühlt. Und ein Schwan kann sich wehren, übrigens. Leider ist ,Angel' inzwischen weltweit derart erfolgreich, dass ich nicht mehr sagen kann, es gehöre uns Französinnen alleine."

„Ein Schwan?", sagte Daniel und rückte näher an Tom und Michelle heran und fragte geschickt: „Verstehst du viel von der Liebe?"

Michelle lachte erneut auf und warf ihren Kopf in den Nacken. „Das sollte ich. In meinem Alter und mit meiner Erfahrung."

„Könntest du mich lieben?", fragte Tom.

„Dich?", antwortete Michelle, ohne lange zu zögern. „Nein, das ist nicht mein Plan für uns."

„Sondern, welcher?", fragte Tom ein wenig verunsichert.

„Naja", sagte die Frau, „dir ein Engel auf der Überfahrt sein. Der dann wieder aus deinem Leben verschwindet, weil er sein gutes Werk getan hat. Dorthin weiterzieht, wo er neu gebraucht wird. Das ist mein Plan."

„Ein schöner, finde ich", sagte Michelle. „Einer, der ausreicht."

Eine Pause entstand. Rufus servierte die Getränke. Als Tom von der Virgin Mary trank, war ihm anzusehen, dass ihm dieser schmeckte. Michelle ließ sich einen zweiten Prosecco auf den kleinen runden Tisch vor den Sesseln hinstellen. Sie nippte daran und es wirkte so, als ob sie Sekt – oder Champagner – als ihr natürliches, sie seit langem begleitendes Getränk empfand. Daniel nahm einen großen Schluck vom Pils. Er hatte heute Durst. Vielleicht weil das Essen zu salzig war, dachte er. Er hatte neben dem Salat Schweinemedaillons gegessen und nachgesalzen.

Alle Drei erhielten zudem unaufgefordert frisches Wasser in schönen Kristallgläsern und von Zitronenscheiben begleitet. Heute waren erneut Eiswürfel hinzugefügt, da Rufus wohl davon ausging, dass sie auf Deck Sonne getankt hatten. Im Falle Daniels stimmte es. Er hatte es sich auf einem Liegestuhl am Heck gemütlich gemacht, trug seine Shorts und das T-Shirt, das mit dem Namen seiner Lieblingssportmannschaft bedruckt war. Der alte Mann war für mehrere Stunden im

Talmud versunken gewesen. Im Fall des neuen Paares war es anders. Tom und Michelle hatten sich tagsüber im Bett in der großen Kabine von Michelle gelümmelt. Sie hatten sich dorthin Sekt bestellt und zu Mittag auch ein Lunch-Essen.

Tom entdeckte in jenen Stunden eine Frau, die alles hatte, was sich viele Frauen nur wünschen konnten. Der Kleiderschrank strotzte vor auserlesenen Kleidungsstücken. Im Bad gab es eine Armada an Gegenständen, die eine Frau zur Toilette benutzte, die viel Geld für ihre Körperpflege ausgab. Auch ihr Schmuck, der offen auf dem Nachttisch lag, zeugte davon, dass sie vielleicht alles von Tom wollte, nur nicht das, was viele sonst von ihm wollten. Michelle war wohlhabend und Tom hatte die Erklärung dazu erhalten, während sie sich einander verschlungen hatten.

Ja, sagte sie, sie habe einen Unternehmer zum Ehemann gehabt, der in den Minen Afrikas sein Vermögen erwirtschaftet habe. Nun, nach seinem Tod vor sechs Jahren, bereits geschieden, sei sie in der Lage und willens, dessen Geld Schritt für Schritt auszugeben, ohne an Hinterbliebene zu denken, da es diese schlicht und einfach für sie nicht gab oder vor Gericht deren Ansprüche abschmettern ließ.

„Was ist Liebe?", fragte Daniel erneut.

„Liebe?", fragte Michelle zurück. „Liebe ist alles und nichts. Der Sex begleitet die Liebe. Ohne Sex kann es keine Liebe geben. Dabei kann es Sex ohne Liebe geben. Die menschlichste aller Liebe ist die, denke ich, die sich für den geliebten Menschen aufopfert. Das Prinzip der Menschlichkeit und des Mitfühlens. Doch davon halte ich nicht viel. In meinen Kreisen, in denen ich geboren wurde und in denen ich – zum Teil – bis heute lebe, ist Liebe eine Rechnungsweise. Das Berechnen von Kosten und Nutzen. So habe ich meinen verstorbenen Mann geliebt und das über Jahrzehnte. Das heißt nicht, dass ich mein Leben ihm ganz und gar untergeordnet hätte. Er tat es im übrigen auch nicht."

„Das heißt", sagte Tom, „dass du ihm nicht treu warst?"

Michelle lachte auf. „Natürlich nicht! Was für eine Frage!"

„Es gibt in Paris ein Bündnis der modernen Tage, seitdem Gustave Flaubert ‚Madame Bovary' geschrieben hat. Die Männer gehen ihren Affären nach und die Ehefrauen haben einen lebenslangen Nebenfreund an ihrer Seite, am besten einen Mann von der Küste. Kennt ihr das Buch?"

„Das Buch war ein Skandal. Das macht aber nichts aus, da wir Franzosen Bücher lieben, die Skandale auslösen. Was ich erzählen möchte, ist, dass die Bovary wohl die erste Frau war in unserer Buch-Geschichte, die außereheliche Affären hatte. Dass diese unglücklich waren, ist das eine. Da gibt es nichts zu beschönigen. Dass sie sich als Frau gleichwohl das Recht herausnahm, mit anderen Männern – neben ihrem Ehemann – Beziehungen und auch Sex zu haben, das machte sie einzigartig."

Michelle nippte an ihrem Prosecco. Daniel dachte, wie sehr sie ihren Auftritt genoss. Und dass er, Daniel, es ihr sehr gönnte.

„So wäre es schön, wenn sie damit glücklich geworden wäre. Wohl wahr. Aber man kann nicht alles haben, oder? Auf jeden Fall half das Buch, dass sich Frauen der Moderne auch die Freiheit nahmen, neben den ungeschriebenen Rechten der Männer, sich in andere Männer zu verlieben, ohne gleich das Spielfeld der Ehe verlassen zu müssen oder zu wollen. Bovary war in diesem Sinne die Vorkämpferin der Selbstverwirklichung von Frauen, die – wie Männer – nicht mehr daran glauben mussten, dass die aufregende Liebe, die wilde Romantik und der Sex mit dem Eintritt in die Ehe bis zu ihrem Tode schnell beendet sein musste."

Michelle beugte sich zu Tom und küsste ihn an seinem Ohr. Tom zuckte kurz und lächelte dann über diese Anzüglichkeit.

„Ich habe die Erfahrung gemacht, dass Frauen nach sieben Ehejahren oder mit der Geburt der Kinder viel verlieren. Viel an Gier und Lust verlieren. Doch das wollen wir anders halten, nicht? Das ist nicht das Ende der weiblichen Lust, nicht, wenn es nach innen in die Familie geht. Es geht auch nach außen, auch in andere Hände und Arme, nicht?"

„Tom" – Michelle schaute ihm in die Augen und Tom erwiderte den Blick – „du bist ja alleine wie ich und selbständig wie ich. Warum sollten wir es dann nicht noch viel einfacher haben, was wir für uns und jeder für sich auf dieser wunderbaren Überfahrt tut."

„Komm her, ich gebe dir einen Kuss."

Michelle wandte sich an Daniel, der amüsiert und fröhlich dreinschaute.

„Und, Daniel, nicht eifersüchtig werden. Ich wollte dir nur etwas von meiner Auffassung von Liebe erzählen. Dort, wo ich sie mir nehme, dort gehört sie auch hin. Bovary nahm Arsen und tötete sich qualvoll. Doch, das ist lange her. Keiner muss sich heute umbringen, wenn er oder sie den schönen Gelüsten nachgeht, nicht? Das wäre schrecklich, deswegen sein Leben geben zu müssen, nicht?"

„Das ist sehr feministisch", sagte Daniel, „aber nachvollziehbar."

„Hattest du viele Lieben?", fragte Tom.

„Mein Lieber", sagte Michelle, „das zählt man nicht und erzählt man auch nicht. Von dir will ich es ja auch nicht wissen. Einverstanden?"

„Ja", sagte Tom trocken.

„Wir genießen", sagte Michelle und es klang bestimmt. „Und schweigen über das andere."

Rufus trat an die Drei heran. „Ich freue mich, ein neues Gesicht zu sehen, Madame."

„Danke, Rufus. Tom hat mir nur Gutes erzählt."

„Bleiben Sie bei uns heute länger?"

„Gut, dass Sie mich das fragen, Rufus", antwortete Michelle. „Das Gegenteil ist der Fall." Sie wandte sich an Daniel und Tom. „Ich will euch Jungs mit euch alleine lassen. Eine kluge Frau weiß, wann sie geht. Und – nein, nein – bitte versucht nicht, es mir auszureden. In meiner Kabine warten wichtige Bücher auf mich. Und" – sie schaute Tom verschmitzt an – „die letzte Nacht war ein wenig unruhig und ich erwarte dies auch von der nächsten."

„Darf ich Sie einladen?", fragte Daniel.

„Ein netter Zug, Daniel", sagte Michelle. „Aber das hier muss ich übernehmen. Rufus, machen Sie die Rechnung für alles."

Tom grinste. „Du meinst es ernst mit der Unabhängigkeit."

„Auf jeden Fall, mein Lieber."

Als Michelle gezahlt hatte, küsste sie Tom auf den Mund. Tom schien fast derart eingenommen von der Frau zu sein, dass seine Antwort, als sie ihn dazu noch umarmte, ein wenig hilflos wirkte. Er küsste sie zurück. Dann wechselte sie noch ein paar freundliche Worte mit Daniel und ging, stolz wie eine Weltstädterin nur sein kann und dabei so sanft, wie eine solche es auch nur sein kann, zum Ausgang des „The Silent Palm."

„Was für eine Frau", sagte Tom und atmete tief ein.

„Oha, Tom", sagte Daniel. „Was für eine Frau. Ich freue mich für dich. Sie scheint dir gut zu tun."

Rufus winkte seine beiden Freunde herbei. Er hatte die üblichen drei Hocker an der Theke frei. „Wollen wir?", fragte Daniel. „Ja", sagte Tom, „dann kann ich besser verstehen, was du sagst."

So wechselten Daniel und Tom von den Sesseln an die Theke. „Es ist euer Stammplatz", sagte Rufus wohlmeinend, als er die Servietten hinlegte, „den muss man sich bei mir erarbeiten." Er grinste. „Und das habt ihr!"

„Was wollt ihr noch trinken?", fragte Rufus. Daniel antwortete und zeigte sich das erste Mal als Kenner: „Ich möchte einen schweren roten Wein, aus dem Bordeaux oder aus Nord-Kalifornien. Dort, nördlich von San Francisco, im Napa Valley oder in Sonoma werden einige der besten Weine der Welt hergestellt. Hast du das gewusst, Tom? Die Sonne ist stark, die Luft auch feucht genug, es gibt Jahreszeiten. Mit Elenah war ich mehrfach im Urlaub dort. Eine wunderbare Gegend in Kalifornien. Und nah an der Küste. Dort surften unsere Töchter gerne. Es sind Regionen, in denen die Reben die besten Umstände und auch den besten, nahrhaften Boden haben, den man sich nur vorstellen kann."

Daniel war in Gesprächslaune. Michelle hatte so viel Raum gehabt, dass er sich nach vorne schieben wollte.

„Wir hatten dort gute Zeiten. Nach der Angst, die die T-Trex-Organisation in meine Familie brachte, war es gut, dort unweit von Los Angeles unsere Sommerurlaube zu verbringen. Es ist nur eine Tagesfahrt mit dem Auto. Die Küstenstraße nach San Francisco hochfahren. An Wäldern vorbei. An besonderen Häusern, die sich besondere Menschen dort gebaut haben. Und an den Buchten halten, wo Robben ihr Zuhause haben. Es war eine gute Zeit. Die Lieder, die davon handeln, nach San Francisco zu wollen, wer Amerikaner ist, haben vom Richtigen, vom Guten erzählt. Was trinkst du?"

Tom wartete mit der Antwort. Er hatte noch am Auftritt von Michelle zu kauen. Sie schien ihm so stark, dass er ein wenig Angst vor ihr bekam. Zugleich war die Nacht durch diese, ihre Art eine wohltuende gewesen. Ach, sagte er sich dann, ich denke mal wieder zu viel. Und, dachte Tom, sie war alles, nur war sie nicht hinter seinem Geld her. Das war doch schon von Vorteil.

Rufus konterte den Wunsch Daniels auf klare Weise. Ja, sagte der Barkeeper, er habe Rotwein aus Nord-Kalifornien und sei auf solche Fragen, von Amerikanern gestellt, vorbereitet. Tom empfahl er einen Whiskey. Einen Green Spot Irish Whiskey. Der würde in der Dubliner Midleton Brennerei hergestellt und habe eine Maische aus gemälzter und ungemälzter Gerste, sei dreifach destilliert und sehr weich und vielfältig. Vielleicht eine gute Begleitung zu seiner Freundin, fügte Rufus verschmitzt an. Der junge Mann nahm an und so bereitete Rufus die Getränke zu.

Als die beiden Männer in ihrer gewohnten Formation zusammen saßen, begann Tom das Gespräch. Ihn drängte es geradezu, das Thema anzusprechen. „Warum hast du Elenah dein Leben lang geliebt? Wie konnte sie wissen, dass du der Richtige bist, Daniel? Verrate mir dein Geheimnis einer glücklichen Ehe. Dann verrate ich dir das Geheimnis von zwei unglücklichen Ehen. Wie nur, wie nur hast du das geschafft?"

Daniel ließ sich Zeit mit der Antwort. Er schaute sich im „The Silent Palm" um. Es war voll heute. Viele Gäste hatten den Weg in die Bar von Rufus gefunden. Er musste sehr rasch und sehr wirksam arbeiten, um alle Wünsche zu erfüllen, dachte Daniel. Der alte Mann sah zu den Sesselgruppen. Es waren sechs Vierergruppen zu sehen, auch ein paar Dreiergruppen, auch solche, die zu zweit dort waren. Vielleicht bestanden die Vierergruppen aus zwei Paaren, die gemeinsam auf die Überfahrt als Freunde gingen, oder als neue Freunde, die sich erst auf dem Kreuzfahrtschiff kennengelernt hatten. Es war nicht zu erkennen, wie nah sie sich standen.

Es gab mehrere Paare, ältere vor allem, in ihren Sechzigern, schätzte Daniel. Auch Siebziger und zwei Achtziger waren in der Bar anwesend, tippte Daniel. Ganz junge Leute waren nicht unter den Gästen. Es war noch nicht spät. Die Außenbars waren noch geöffnet, hatte Daniel gelernt, und im „The Horizon" war es bestimmt aufregender, als in dieser Gesprächsbar, die kein Ort zum Tanzen, keine Disco war. Einzelne Gäste sah Daniel nicht. Er fragte sich, ob er nach dem ersten Abend überhaupt alleine wiedergekommen wäre, wäre er nicht auf Tom gestoßen.

Toms Frage zielte in eine Richtung, die Daniel sein Leben lang beschäftigt hatte. Wie finden sich Paare? Wie bleiben sie zusammen? Warum geht keiner davon, wenn es schwierig, vielleicht wenn es richtig schwierig wurde? Wie wird man gemeinsam alt, zu zweit, durch alle einzelnen Phasen, die jeder für sich durchlebte, und durch die gemeinsamen Phasen, wenn jeder als der andere Teil des Paars gefordert war. Daniel atmete tief ein und aus. Er entschied sich, Tom ehrlich zu antworten.

„Ich weiß es nicht, Tom", sagte Daniel. „Ich weiß es nicht. Vor allem deswegen, weil es nicht pari pari war zwischen Elenah und mir, musst du wissen. Als ich in Los Angeles ankam, war ich ein armer Schlucker. Elenah dagegen war wohlhabend, nein, sie war sogar reich. Es hätte alles schief gehen können. Ja! Und ob! Die Eltern hätten mich von Anfang an verstoßen können, die reichen Onkel und Tanten. Elenahs Freundinnen hätte in einer hitzigen und andauernden Stimmlage lästern können, dass es Elenah vielleicht leid geworden wäre, mich bei ihnen zu verteidigen. Die Gemeindemitglieder hätten böse tuscheln können, dass ich lediglich ein Goldnuggetdigger wäre. Und so weiter und so weiter."

Daniel erzählte ruhig und wählte seine Worte genau.

„Und vor allem meine Liebe hätte woanders zugreifen können, wo das Geld war und der Mann, der ihrem Status entsprochen hätte. Wie es gelang? Ich weiß es nicht. Ich liebte Elenah. War meine Liebe echt? Ja, war sie. War meine Liebe wirklich, wirklich echt und nicht von ihrem Geld und ihrer Kultur geleitet? Nein, war es nicht. Oder doch? Ja, Tom, ich hatte viele Jahre Selbstzweifel, ob ich sie verdiente. Ja, ich hatte jahrelang das Gefühl, alles besonders gut machen zu müssen, damit sie wusste – wusste! Nicht nur spürte! –, dass ich der Richtige war."

Daniel wandte sich nach links, schaute Tom in die Augen, als käme er zu einem Höhepunkt seines Berichts.

„Wie es gelang? Ich denke, es gelang, weil Elenah mich liebte."

„Das ist, das war das Geheimnis. Sie entschied sich für mich und es war kein Tag, an dem sie mir ihre Liebe nicht zeigte. Das ist, das war das Geheimnis. Der Mensch, der mich im Grunde nicht brauchte, der machte mich zu einem guten Menschen und einem guten Mann. So war es. Mehr kann ich dir dazu nicht sagen. Da sie mir diente, diente ich ihr. Dadurch war sie sich sicher, dadurch wurde ich mir sicher."

Daniel legte eine Pause ein. Tom hörte in großer Ruhe zu.

„Nun bin ich Großvater von vier Enkelkindern. Die ich stets wieder und wieder sehe. Und habe eine Freundin an meiner Seite, die mir gut tut, und mit der ich viel lachen kann, was das neueste Geheimnis einer Beziehung für mich geworden ist."

Tom hatte aufmerksam, nüchtern, wie er noch war, in einem seltsam großen Frieden mit sich zugehört, als Daniel sein Innerstes nach außen kehrte. Zum einen war der junge Mann sehr von den Beschreibungen und Erklärungen eingenommen und glaubte seinem Freund jedes Wort. Tom wusste für sich, dass es Daniel ernst gemeint hatte mit dem, was er sagte.

Zum anderen verstand er nicht, oder ahnte es nur, wie sehr Daniel unter – ja – Druck gestanden hatte, hatte stehen müssen, damit er Elenah und ihrem Biotop bewies, dass er, der arme junge Mann aus der Bronx, wertvoll genug war, diesen Aufstieg an der Seite seiner Ehefrau zu nehmen. Vielleicht war dort auch die Begründung zu finden, warum Daniel sein Leben lang offenbar die Kraft aufbot, eine Firma aufzubauen, zu führen, auszubauen und gegen Widrigkeiten zum Erfolg zu führen.

Dass Daniel – ebenso wie Tom selbst, lediglich anders – kein nur freier Mann gewesen war, das sah Tom jetzt. Ein freier Mann aus einer Herkunft, die schön gewesen wäre, hätte sich vielleicht auch müheloser durch das Leben gebracht und nicht der Familie von Elenah und all den anderen stetig, also tagtäglich zeigen müssen, dass er für seine Ehefrau alles tat, damit es ihr gut ginge.

Einen Unterschied erkannte Tom jetzt ganz und gar. Als er Rockstar wurde, ein Star, hatte er stets das merkwürdige Gefühl in sich getragen, dass das, was den Erfolg ausmachte, doch lediglich von ihm vorgespielt worden war. Immer, wenn die Zeitschriften Jubelgeschichten herausbrachten; immer dann, wenn die Tausende von Fans zu den Songs in den Stadien mitsangen, als wären es ihre eigenen; immer dann, wenn vor dem Tourneebus die Frauen warteten, als wäre er ein Messias; immer dann, wenn sie Interviews im TV gaben und dummes Zeug erzählen wollten, weil sie es durften; immer dann, wenn letztendlich die nächsten hunderttausend Dollars auf sein Konto flossen; immer dann also, wenn andere ihm zeigten, wie besonders talentiert, gesegnet und außergewöhnlich er wäre, immer dann hatte er Momente, als wäre er nur ein …

… Hochstapler.

Erst in den zahlreichen Therapie-Sitzungen mit Ben, seinem Psychoanalytiker in New York, erklärte sich das Gefühl, das er stets als Bedrohung und als qualvolles Gefühl erlebt hatte. Er hatte es in sich. Er trug in sich das Gefühl, nichts von dem, was er geschaffen hatte, auch verdient zu haben. Ben hatte es ihm dann beigebracht, dass er damit nicht alleine stünde. Viele berühmte Menschen, in der Politik, in der Wirtschaft und in der Kultur wären von diesem Phänomen befallen, geradezu verseucht. Nur wenige hätten diese Macke, diese Krankheit, dieses schiefe Gerüst nicht.

Die anderen, die, die mit dem Hochstapler-Phänomen leben mussten, mussten jahrelang in sich lesen, bis sich dieses Buch für sie schloss, und längst nicht allen gelang es, diese dunklen Seiten ihres Lebenslaufes zu schließen. Vielleicht war es ähnlich. Daniel, der für seine Frau stets da war, war auch deswegen für sie da, dachte Tom jetzt, weil er kein Hochstapler sein wollte, ohne je einer gewesen zu sein, während er, Tom, mit großen Erfolgen ausgestattet, fälschlicherweise fühlte, dass er seine Erfolge nicht verdiente.

Dann kam jedoch ein anderer Gedanke in Toms Sinn. Und dann wurde es schlimmer um ihn.

Was sagte er da?, fragte er sich. Daniel diente einer Frau. Tom diente dem Erfolg. Wie diente Tom den Frauen? Tom atmete tief ein. Jetzt war es an der Zeit, Daniel etwas zu erzählen, das wirklich in seinem Leben geschehen war und derart schlimm, dass es jetzt nur in allergrößter Ruhe vorgetragen werden durfte. Es drängte Tom nun, den letzten Bericht einer Schmach aus seinem Leben zu berichten. Tom ging nun auf alles, weil Daniel angefangen hatte, heute Abend, auf alles zu gehen. Auf alles, was sich nur Männer erzählten, die sich vertrauten.

Daniel fuhr zuvor nach der Gesprächspause fort mit seinem Bericht. „Weißt du, Tom, so langsam lichtet sich der Nebel, der sich über mich seit der Beerdigung von Peter gelegt hat. Ich hoffe, so geht es dir auch um Britta. Das Wegfahren hilft tatsächlich, habe ich heute Morgen beim Duschen gedacht und gefühlt. Es tut noch weh, aber der Schmerz kommt in längeren Wellen. So ist das mit der Trauer. Sie verflüchtigt sich, je mehr Zeit in das Land zieht. Ich dachte heute Morgen sogar an den Umstand, dass Peter damals ein wenig in meine Nichte verliebt war."

„Chrissy war nur zwei Jahre älter als Paul oder so ähnlich. Ein hübsches Ding war sie. Blondes Kräuselhaar. Sehr intelligent. Sie arbeitete in meiner Firma und schloss ein wenig Freundschaft mit Peter in den Tagen, als der Junge bei uns wohnte, während er zu Juden in Amerika auf Recherche war. Chrissy, so war mein Eindruck immerhin, mochte Peter sehr. Beide gingen ein paar Mal aus und Peter schlief auch bei ihr, wenn es zu spät wurde, an die Brighton Road zu fahren. Ich fragte mich heute Morgen, was geschehen wäre, wenn beide nicht nur einen Flirt gehabt hätten."

„Was wäre gewesen, hätten beide geheiratet und Kinder bekommen? Ja, ich weiß, es sprach alles dagegen. Doch es gab eine von vielen möglichen Linien in seinem Leben, dass er mein Schwiegersohn geworden wäre. Es ist im Grunde ein schöner, ein tröstlicher Gedanken, der über mich kam. Peter war halt stets irgendwie in der Nähe. Kein Wunder, dass ich an diesem Jungen so hing! Selbst meine Nichte mochte ihn! Nun, ich werde darüber hinwegkommen, Tom. Bis zu meinem Alter verliert man viele liebe Menschen um sich herum. Es wird brutaler Alltag zu hören, wer nicht mehr ist, und wo er begraben liegt. Das Älterwerden, sagt man ja, ist halt nichts für Feiglinge."

Tom hatte in Ruhe zugehört. So lange hatte der alte Mann am Stück geredet. Zu Hilfe kam ihm wohl, dass die Musik an diesem Abend – gefühlt – noch leiser spielte als sonst. Es war Jazz-Musik, die die Bar weich flutete, und Tom meinte, dass sogar Schuberts „Moments Musicaux" von Rufus eingespielt wurden. Auf jeden Fall war die Stimmung im „The Silent Palm" eine sehr freundliche, eine fast partnerschaftliche. In dem Sinne, dass jeder Gast dort gerne Gast war und ohne Störung des anderen auftrat, hatte die Bar die vielleicht beste Atmosphäre, die Tom während der Überfahrt bis jetzt wahrgenommen hatte.

Dann merkte Tom, dass es ihn zu etwas bringen wollte. Die Bar wollte geradezu, dass er vom Schlimmsten erzählte, ohne es als das Schlimmste zu empfinden.

„Daniel", hob Tom an, „ich habe dir so gerne zugehört. Und dass Peter beinahe ein Schwiegersohn geworden wäre, ist doch ein Gedanke des Trosts. Was für ein wunderschöner Gedanke! Ein Deutscher, der zu euch in euer Heim findet und dort einfach bleibt. Das beschwingt dich, bitte. Denke doch an die schönen Seiten deines Sohnes. Er war offenbar kein schlechter Kerl, nicht? Vielleicht, er war ja in meinem Alter, sagst du, wäre er ein Freund von mir geworden. Ich mag ihn aus deinen Erzählungen."

„Jetzt aber", sagte Tom, „Daniel, muss ich dir das vielleicht vorläufig letzte Kapitel meines Lebens erzählen. Ich erzähle dir nun vom Schlimmsten. Und ich glaube, ich kann es ruhig vortragen, ohne von meinen Gefühlen weggeschwemmt zu werden. Das passiert mir häufig, wie du längst weißt, Bester. Doch jetzt ist es anders. Vielleicht liegt es auch an der liebevollen Ruhe, die nicht nur das Schiff heute ausstrahlt, sondern auch an Michelle."

„Also, ich war in den frühen Neunzigern zwei Ehen eingegangen. Gleich zwei Mal. Die erste Frau war ein Fan. Aus New York. Eine, die mich unter Strom setzte, die mir alles bot und mir alles nahm, was ich als Star war. Die Scheidung kam bereits nach einem Jahr. Dann, keine zwei Jahre später, wurde ich in einem Kleiderschrank in einer Villa in London verführt."

„Und diese zweite Ehefrau – ich musste sie dann heiraten – bekam ein Kind von mir. Die erste Ehe war kinderlos geblieben, Gott sei Dank. Doch Ash, wie wir ihn nannten, lebte dann als Baby und als Kind in Beverly Hills. Ich bezahlte alles. Die erste Frau. Die zweite. Das Kind. Ich hatte keine anderen Bande zu den Frauen als die eines Stars zu – Entschuldigung, es war so – Schlampen, wie ich es sagen muss, also keine. Ich wusste, dass ich schlecht war. Aber die beiden auch. Und dann kam es furchtbar."

Tom strengte sich an, sachlich zu bleiben.

„Meine zweite Ex, Billie ist ihr Name, war auf Drogen. Sie bekam von mir ein hübsches Haus. Einstöckig und groß. Gute Möbel, gute Küche. Von der Terrasse sah sie auf die Lichter des San Fernando Valley. Wo du ja herkommst. Wo du lebst. Leider hatte das Haus einen Pool. Und was? Mein Junge, keine vier Jahre alt, sprang in den Pool an einem Morgen, einem frühen Morgen. Ich war nicht da. Nicht. Billie schlief wohl ihren Kater aus. Dann erhielt ich den Anruf von der Polizei."

„Nicht von ihr. Nicht mal das. Die Polizei fragte, wo ich bin. Ich sagte, ich bin in Madrid, auf Tournee. Sie sagten, ich solle lieber nach Hause kommen. Nach Hause? Welches Zuhause? Es gab dort keines. Dann sagten sie, dass sie einen toten Jungen im Pool aufgefunden hatten. Dass eine Frau – ihre Ex-Frau – das Kind am Morgen unbeaufsichtigt gelassen hatte. An diesem Freitagmorgen."

„Dass der Junge dort ertrank. Und ich müsste rasch nach Los Angeles fliegen, sagten sie. Es liefe ein Ermittlungsverfahren gegen die Frau. Ich war unter Schock. Ich rief Billie von Madrid aus an. Oft. Keine Antwort."

„Ich brach zwei folgende Auftritte in Spanien ab. Flog nach Los Angeles. Im Wissen darum, dass mein Sohn tot war. Weil ich nicht dort gewesen war. Weil Billie den größtmöglichen Mist gemacht hatte, den man sich nur denken kann. Ein Star, ich, und eine Mutter, sie, die das kleine Kind ohne Überwachung in den Pool gehen ließ. So war das. Den Rest kannst du dir denken. Obduktion, Papiere und so weiter."

„Ich musste ihn sehen und bestätigen, dass er mein Sohn war. Billie kam damit überhaupt nicht klar und wurde in eine Klinik eingewiesen. Ich besuchte sie nicht einmal. Ich organisierte eine Beerdigung. Nur fünf Leute waren dabei. Meine Ex wurde verurteilt. Musste, nach dem Entzug, in das

Gefängnis. Ich habe sie nie mehr wieder gesehen. Und mein Sohn war tot."

Tom schluckte nicht einmal, als er seine Schuld und seine Scham beschrieb.

„Ich hatte ihn im Stich gelassen. Mein einziges Kind. Ich hatte ihn falsch untergebracht. Was das mit mir machte, kannst du dir gut vorstellen, Daniel. So, das war die letzte Beichte, die ich zu bieten habe. Mehr gibt es nicht. Daniel, ich bin nun auserzählt. Ach, doch, da gibt es noch was."

„Britta blieb kinderlos. Musst du wissen. Sie konnte keine Kinder kriegen. Und gestorben ist sie an Krebs. Sie war in den letzten Jahren in der Ehe und ihrem Leben unglücklich. Das weiß ich. Dann kam das Wuchern. Der Krebs. Mit so jungen Jahren!"

„Wir hatten in den Neunzigern so schöne Reisen gemacht. Besonders schön war die Fahrt im Bully durch Süd-Frankreich. An der Atlantik-Küste entlang. Nach Toulouse. Nach Marseille. In die Provence. Oder auch durch Kalifornien sind wir gereist. Vieles war oft unbeschwert und einfach. Wir neckten uns häufig. Ich schickte ihr Blumen nach Berlin. Oder sie kam zu meinen Konzerten irgendwo auf der Welt. Dann, als ich die Hochzeit versaute, brach alles ab. Zu Recht."

„Doch vor so fünf, sechs Jahren hatten wir wieder Kontakt. Sie sagte mir, sie hätte mich oft in der Klatschpresse gefunden. Sie sagte, ihr Leben wäre nicht gut zu ihr. Eintönig. Ein Mann, der ihr keine Freude machte. Reisen, die ohne innere Sonne stattfanden, wie sie es nannte. Ihr Mann wollte nicht, dass wir neu miteinander redeten. Sie überging es. Es war auch selten. Es gab zwei Treffen. Eines in Berlin und eines in Amsterdam. Ich entschuldigte mich erneut. Ich konnte nicht auf Vergebung hoffen. Ich erzählte ihr davon, dass ich nicht von den Tabletten und meinem schwierigen Leben los kam."

„Sie nahm die Entschuldung an, sagte sie. Ich konnte es aber nicht. Mir verzeihen. Auch erzählte ich von Ben, meinem Therapeuten. Er sagte, mir fehle die Fähigkeit zur Selbstkontrolle. Dass wir daran arbeiteten, sagte ich Britta. Ich erzählte von den Entzügen und davon, dass ich lernen sollte, wie mein Herz in Wahrheit schlägt. Und dass ich nicht jedem Kick nachgeben dürfe. Das Herz ist gut, bei fast jedem Menschen, sagte Ben, auch bei mir. Das half immer wieder. Meine ewige Lust nach Sex war Thema und meine Sehnsucht, geliebt zu werden und das Vertrauen nicht zu finden, dies in einem Menschen wie Britta gefunden zu haben."

„Wir gingen spazieren. Am Wasser. Es waren gute Stunden. Ehrliche. Sie hatte mit der Vorstellung abgeschlossen, dass ich ein Mann für sie wäre. Dass ich ein Mann war, der zu ihrem Leben dazu gehörte, das sagte sie zugleich. Wir tranken Kaffee und Tee und ich schaffte es an beiden Tagen, einmal in Holland und einmal in Berlin, keinen Alkohol zu trinken und für sie nüchtern zu bleiben. Mehr wurde nicht. Nichts Neues. Nichts Andauerndes. Wir sandten uns digitale Grüße, dann und wann. Das war es. Und nun, nun hat sie der Herr Krebs geholt."

„Viel zu früh. Aber so etwas passiert eben. Dass Kranke überleben, dass Gesunde sterben."

„Das war es, Daniel. Mehr gibt es nicht von mir."

Daniel wunderte sich nicht darüber, dass Tom so etwas Schreckliches erzählt hatte. Tatsächlich kam so etwas vor. Und er, Vater von zwei Kindern und Besitzer eines großen Pools im Hinterhof, wusste um die Sorgen von Eltern, dass die Kinder, wenn sie noch nicht schwimmen konnten, im Wasser untergehen könnten. Auch wenn Eltern stark aufpassten, konnte es passieren. Die Anzahl der Unfälle in den Pools von Los Angeles war hoch und es war ein unterdrücktes Thema, das die Besitzer der Pools unerwähnt ließen. Dass Tom es in dieser Art erlebt hatte, steigerte die Dramatik in seinem Leben um ein Vielfaches, dachte Daniel.

„Das ist tatsächlich schrecklich", sagte Daniel zu Tom. „Und es tut mir leid, dass dir das widerfahren ist. Sein einziges Kind zu verlieren, sogar auf welche Art auch immer, ist das Furchtbarste, das ein gesunder Mensch erleben kann. Es gibt so verschiedene Arten, wie das geschieht, und ich möchte diese nicht aufzählen. Tom, ich bin aber beeindruckt, wie gelassen du mir das berichtet hast."

„Ja", sagte Tom, „ich bin selbst überrascht, dass ich nicht in das Heulen kam. Es muss an Michelle liegen. Ma Belle. Sie passt gerade zu mir."

„Wollen wir spazieren gehen?", fragte Daniel und dachte daran, wie Tom noch vor kurzem vor ihm zusammengebrochen war.

„Nein, Daniel, vielen Dank", antwortete Tom, „es ist alles gut. Lass uns noch ein wenig plaudern. Ich werde dann zu Michelle gehen. Du verstehst das sicherlich."

„Ich wäre der Letzte, wenn nicht", sagte Daniel.

Daniel schaute Tom lange an. Er sah ihn an, als wäre er ein Sohn. Was sein Vater wohl gedacht hatte? All die Jahre, die ins Land gezogen waren mit seinem Sohn als Star und als Stern, der fast verglüht war. Daniel wischte den Gedanken beiseite. Er war nicht Toms Vater. Und er war kein Onkel. Er war nicht einmal ein Freund.

„Es wird schön mit Michelle werden, bin ich mir sicher", sagte Daniel ein wenig hilflos.

„Ja", sagte Tom, „sicher."

„Ach, ich habe etwas Neues. Morgen bin ich zum Captain's Dinner eingeladen. Ich weiß nicht, wie ich zu dieser Ehre komme. Hat wohl etwas mit meinem Alter zu tun."

„Wie schön für dich!", sagte Tom. „Michelle und ich wollten dich schon fast zum Essen einladen. Aber Dinner beim Chef in einer Runde von klugen Leuten." Tom lachte. „Für mich wäre das zu anstrengend. Steif am Tisch sitzen und Worte der Diplomatie von sich geben."

Daniel lachte. „Das stimmt", sagte er. „Aber das Essen muss besonders gut sein. Unter drei Gängen dürfte dieses Essen nicht zu Ende gehen."

„Sag dem Captain, dass sein Schiff in sehr gutem Zustand ist. Und dass ein Gast, wie ich einer bin, gesehen hat, wie besonders das ‚The Silent Palm' ist. Du kannst doch Rufus ausgiebig loben. Was meinst du?"

„Eine gute Idee", antwortete Daniel.

Eine Pause entstand. Beide Männer hingen ihren Gedanken nach.

„Wollen wir uns für heute verabschieden, Tom?", fragte Daniel. „Ich habe eine Passage im Talmud gelesen, über die ich nachdenken will. Eine über die Pflicht, die Größe und die Schönheit der Liebe. Eine schöne Passage. Müsste dir gefallen. Die Rabbiner diskutieren, was was ist und wieso. Der Talmud ist ein Werk, musst du wissen, das nicht allein Anweisungen oder gar Befehle mitteilt. Es diskutiert Fragen des Menschlichen hin und her, her und hin. Es ist schön zu sehen, wie die Rabbiner das eine annehmen, das andere verwerfen und wieder etwas Neues finden."

„Ja", sagte Tom, „ich weiß. Vier Juden, sieben Meinungen."

„Elf." Daniel lachte.

„Komm, hau ab."

„Morgen?"

„Ja, Tom, morgen sehen wir uns, ich kommen später, komme aber."

„Ich zahle", sagte Daniel. „Und grüße die Dame von mir. Sag ihr, bitte, es war ein feiner Zug, die Rechnung zu übernehmen."

„Mache ich."

„Und sag ihr, dass ich den Beatles-Song mag. Du weisst, welchen."

Beide standen auf. Während Tom zum Ausgang ging – stark, aufrecht, entspannt, wie es Daniel empfand –, ging Daniel an die Theke. Da Rufus noch viel zu tun hatte, hielten beide Männer es kurz. „Tom geht es besser, nicht?", fragte Rufus noch. Daniel bejahte.

„Das freut mich sehr", sagte Rufus und Daniel nickte.

Dann war auch der alte Mann aus dem „The Silent Palm" verschwunden und freute sich auf eine gute, letzte Lesestunde im Bett. Es war klug, vor dem Schlafen zu lesen, dachte Daniel. In der Wirtschaft nannte man das, nach einem harten Tag im

Bett zu lesen, zu „dekompensieren". Den Druck entweichen lassen. Es half stets, friedlicher einzuschlafen.

Und es half Daniel, daran zu glauben, dass der nächste Morgen einen guten neuen Tag mit sich brächte.

VII. Kapitel

Milde, bitte

Rufus wollte Tom, der allein in das „The Silent Palm" herein gerauscht war, also ohne Daniel und auch ohne Michelle, etwas Gutes antun. Auf die Frage, was der Barkeeper denn für ihn heute im Angebot habe, schlug Rufus einen besonderen Whiskey vor. Er hieße „Angel's Envy" und wäre aus der Reihe der Kentucky Straight Ryes. Tom war sofort einverstanden, da er Whiskeys bekanntermaßen sehr mochte. Rufus erzählte dem Gast, da er seine Professionalität darstellen wollte, dass dieser Whiskey in karibischen Rumfässern nachreife. Also allein daher ungewöhnlich sei, wie er betonte.

Kaum zu glauben sei, dass die Hersteller zur Auswahl über hundert Rumsorten verkosteten, um den Geschmack herauszufinden, der sich am Harmonischsten mit dem „Angel's Envy" verbinden könne. Über fünf Jahre Reifezeit benötige es, damit dieser Whiskey zum Verkauf gebracht werden könne. Sage und schreibe fünf Prozent verdunsteten dann und erbrachten den kleinen Teil, der „Angel's Share" genannt wurde, der noch weitaus berühmter sei.

Die Flasche des üblichen „Angel's Envy", führte Rufus aus, koste bereits sehr viel und ginge an die zweihundert Dollar für eine Flasche heran. Nun wolle er, Rufus, den Neid der Engel servieren, und Tom möge sich daran erfreuen, dass er von etwas noch Besserem als von Engeln umgeben wäre.

Tom, nachdem Rufus serviert hatte, war sehr entspannt heute. Der Tag hatte viel Gutes gebracht. Er hatte ihn zum großen Teil mit Michelle verbracht. Beide hatten gemeinsam das gemacht, was man auf einem Kreuzfahrtschiff so machte, wollte man es zum eigenen Wohlgefallen nutzen. Schlafen, auf den Liegestühlen dösen, sich sonnen, essen und vor allem: sich küssen. Michelle war Tom oft durch das Haar gefahren und hatte ihn auch auf andere Weisen verwöhnt. Tom hatte es sich gerne gefallen lassen und zeigte sich dankbar.

Wieder und wieder küsste er Michelle zurück und auch an Deck. So zeigte er zu ihrem Wohlgefallen eindeutig, dass er zu ihr und sie zu ihm gehörte, was der Pariserin sehr gefiel, weil es ihre – offen ausgesprochene – Eitelkeit kitzelte. Viele der Gäste verschenkten Blicke auf Michelle und auf Tom und beide ergaben sich dem Spiel, dass er oder sie nur wegen des anderen in die Wahrnehmung auf dem Kreuzfahrtschiff geraten war. So war Tom im Glück. Manche schauten gar verdrießlich drein und das waren besonders die Männer in seinem Alter und Ältere, dass sie eine solche Beute, wie es Michelle für sie wäre, nicht hatten erobern können.

Währenddessen war die Frau, die nie einen Hehl daraus machte, dass diese keine Chance bei ihr hatten, eine derart charmante und umgängliche Frau an seiner Seite, dass es Tom fast erschien, als ob er sich zu neuer Kraft, zu neuem Mut aufschwingen könne. Er hatte auch die Pillen beiseite gelassen, seitdem er an der Reling gestanden hatte.

Ein paar Entzugserscheinungen hatten ihm zugesetzt – Schwindel, Schweiß, Übelkeit, Zittern und Unruhe –, er war gleichwohl darüber gut und geübt hinweg gekommen. Wie so oft, nahm er die Tabletten nicht durchgehend. Er schluckte sie, wenn es schlimm um ihn stand, also häufig. Durchgehend zu ihnen zu greifen, so ein Patient war er allerdings auch nicht. Da Michelle sich einen Abend in der Sauna gönnen wollte, passte es auch für sie, dass ihr Geliebter heute ohne sie in das „The Silent Palm" ging und darauf hoffen durfte, auf den zuvorkommenden Rufus und seinen neuen Freund Daniel zu treffen. Michelle war die seltene Art von Frau, die so etwas ihrem Freund gönnen konnte.

Während viele Songs von Frank Sinatra im Hintergrund gespielt wurden, fiel Tom in ein tiefes Nachdenken. An der Theke allein sitzend, da es noch früh war, wollte er sich auf einen wichtigen Mann in seinem Leben fokussieren. Tom war im Grunde stets froh gewesen, dass das Nachdenken eine der Fähigkeiten war, die ihn weit gebracht hatten. Zu viel Nachdenken wiederum war eine Qual.

Doch heute Abend, am siebten Tag der Überfahrt nach New York, gelang ihm das kleine Wunder, dass er die Gedanken beherrschte und diese nicht ihn. Michelle sei es gedankt, lächelte Tom, als er verstand, dass Daniel recht damit hatte, dass diese Frau aus Paris ihm gut tat.

Ihm kam sein Therapeut aus New York in den Sinn oder, vielmehr, lenkte er seine Erinnerung auf ihn. Ben Brandswood behandelte Tom bereits seit sehr langem. Obwohl Jahr auf Jahr verging, verbesserten sich die Umstände, unter denen Tom litt, nicht wesentlich. Ben erklärte seinem Patienten, dass er gegen sich selbst als oberster, strengster Richter seines Lebens Gewalt richte, da seine in ihm wohnenden Geschworenen jede noch so kleine Untat von ihm auf das Schärfste auseinandernahmen. War es ein kleiner Fehler, wurde dieser groß. War es ein großer Fehler, folgte fast die Todesstrafe auf dem Fuße, die er sich selbst gegenüber ohne Gnade und ständig aussprach.

Diese Autoaggression genannte Art und Weise führe wieder und wieder dazu, dass er viel dafür tat, dass es ihm nicht gut genug ging, sondern im Gegenteil schlecht. „Du lehnst im Grunde", hatte Ben zu ihm gesagt, „alles ab, was du tust." Er habe sich daher, weil er stets gegen sich kämpfe, eine verzerrte Wahrnehmung von der Welt um sich herum geschaffen, in der er der einzig Böse sei und alle anderen um ihn herum die Guten.

Einen Ausweg versuchte Ben dadurch aufzuzeigen, dass er – Tom – weniger Auftritte einlegen sollte. Damit kam Tom aber nicht zu Rande. Er erklärte Ben, dass es eine große Maschinerie gäbe, die er in Verantwortung zu ihr bedienen müsste. Nicht allein gegenüber den Bandmitgliedern trüge er Verantwortung, die Leistung über das Maß hinaus, das Ben empfahl, abzurufen. Auch die Angestellten der Plattenfirma, die Roadies, die Techniker und nicht zuletzt die Verwandten der Musiker hätten ein Anrecht darauf, dass sie ihre Arbeitsplätze behielten und dass genügend Einnahmen in die Kassen gespült wurden.

Tom dachte jetzt aus großem Abstand zu den Neunzigern, als „The Berlins" ihre heiße Zeit hatten, dass Ben – selbst der, der ihn doch verstehen sollte – ihn und seinen besonderen Beruf damals zur Hochzeit seiner Band nicht genügend verstanden hätte. Bens Erfahrungen im Showbusiness waren, so dachte Tom damals, zudem sehr gering, obwohl Ben doch der empfohlene Arzt war, der sich vorgeblich um Showgrößen kümmerte wie kaum ein anderer Therapeut sonst in New York.

Nach sechs Jahren Therapie, und das war für Tom eine weitere, enttäuschende Niederlage, sagte Ben gar, dass er seinen Patienten für nicht therapierbar hielt und er, der Therapeut, erst einmal die Segel streichen und die Arbeit mit ihm beenden möchte. Ben hatte mit vielem Recht, wusste Tom, als er seinen „Angel's Envy" in kleinen Schlucken genoss. Ben hatte das überraschende Ende des Arzt-Patienten-Verhältnisses auch damit begründet, dass er, Tom, nicht sexsüchtig und ruhmsüchtig wäre, wie er von sich selbst annahm, sondern schlicht und einfach ein Alkoholiker sei.

Denn dass Toms Eltern, wiewohl sie liebende Eltern waren, zum Alkohol neigten und der Sohn dies – dann verstärkt durch den Karrieredruck – weiterentwickelte in die Sucht, das sei einer der wichtigen Gründe, weswegen er nicht von seinen großen Problemen los käme. Tom wollte diese Diagnose damals nicht annehmen und Ben sagte, dass er erst dann, wenn Tom dies könne, wiederkommen dürfe. Dass er aber von sich aus Tom fallen ließ, das war nichts anderes als eine bodenlose Frechheit gewesen, wütete es noch Wochen später in Tom.

Tom wollte noch ein paar weitere Jahre diese Diagnose nicht anerkennen. Er bestritt für sich lange, dass er schlicht und einfach ein Alkoholiker war, kein Bipolarer, kein Schizophrener und auch kein Depressiver, die oft in der Kunst vorkamen, und eben nicht allein das Opfer eines besonderen Rahmens, den er als Rockstar um sich herum aufgebaut hatte, der ihn schlicht und einfach überforderte. Es dauerte vier Jahre, bis Tom erneut Kontakt mit Ben aufnahm und fragte, ob sie es noch einmal versuchen wollten.

Tom suchte Ben dann zum zweiten Mal auch auf, da ihm drei andere Therapeuten, die er nach der Zeit mit Ben besucht hatte, wesentlich ungebildeter und weniger kundig erschienen. Gleichzeitig hatte dann – nach der Zeit mit Ben – die Zeit der Entzüge in den Kliniken begonnen und er lernte, dass er ein Drehtürpatient wurde. Einer, der nach erfolgreich absolviertem Entzug ein paar gute Monate hatte, und dann wieder einkehrte, da die Dämonen wiederkamen, wie es ihnen gefiel. Gerade in der Zeit, als er mit seiner ersten Frau Ruanda Rodriguez auf Kriegsfuss gestanden hatte, weit vor dem Bruch mit Ben, erinnerte er sich jetzt, war Ben eine große Hilfe gewesen.

So wurde Tom zum Ende der Neunziger erneut Patient des New Yorker Arztes und blieb es tatsächlich bis zu dessen

Pensionierung und darüber hinaus. Auch wenn Toms Leben nicht so glücklich war, wie er es für sich selbst gewünscht hatte, war das Vertrauensverhältnis nach dem Neubeginn mit Ben anders, es wurde besser und gereifter. Tom hatte dann auch für sich anerkannt, dass sein Grundübel der Alkoholismus war, von dem aus sich andere Erscheinungen des Schlechten erst ableiteten, als wäre der Alkoholismus der Körper einer Krake und alles andere – auch die Tabletten-Sucht – nur deren Tentakel.

Nach dem Tod seines Sohnes Ash war Ben an seiner Seite gewesen. Er half ihm durch diese schwere Zeit und gab auch praktische Hinweise während der Ermittlungen, die für Tom zu einem guten und für seine Ex zu einem schlechten Ende führten. Er musste dem Mann dankbar sein. Damals wie auch heute. Tom schüttelte jetzt für sich im „The Silent Palm" den Kopf, lächelte in sanfter Stimmung vor sich hin und konnte sein damaliges Gefühl gegenüber Ben als böse Spielerei sofort wiederherstellen und wie von außen betrachten.

Dass ein Therapeut schlicht sagen konnte, sorry, ich kann dir nicht helfen, ich kündige das Arbeitsverhältnis auf, das versetzte Tom noch jetzt, in Ruhe auf dem Hocker sitzend, Jahre später also, einen Stich in sein Herz, das eh von Schuld und Scham voll war. Der Schmerz dazu war aber gering geworden. Nun – vor der Abreise in Hamburg – hatte Tom einen neuen Termin bei Ben ausgemacht und freute sich auf das Wiedersehen in New York.

Der Therapeut war in hohem Alter und in all den Jahren zu mehr als einem ärztlichen Wegbegleiter geworden. Der Rockmusiker durfte ihn auch jetzt noch aufsuchen. In dessen Wohnung atmete vieles den alten, europäischen Geist. Ben war mit seiner Familie als Kind über viele Umwege aus Nazi-Deutschland nach Amerika geflohen und in New York groß geworden. Das hatte Tom stets beeindruckt.

Tom hatte niemals wieder eine andere Wohnung besucht, in deren Zimmern sich derart viele Bücher stapelten, wie es bei Ben am Union Square war. Ben war auch ein Mann, dem die Namen und Werke Hölderlins und Rilkes nicht fremd, sondern nah waren. Vor der Abreise aus New York, auf dem Weg zum Grab Brittas, war es Ben gewesen, der Rilke zur Lektüre empfohlen hatte. Tom mochte den alten Therapeuten sehr.

Sobald er New York erreicht hätte, würde er ihn erneut treffen, dachte Tom. Er wollte mit ihm über Britta reden, über seinen Besuch in Hamburg und seine Zeit der Trauer. Mit dieser, hoffte Tom jetzt, sei er auf einem guten Weg. Ben war im Lauf der Jahre altersmilde geworden, fiel Tom nun auf. Das hatte es einfacher für ihn als Patienten mit Ben gemacht und war nicht mehr derart durchschüttelnd geblieben, wie es die Jahre davor gewesen war, wenn er in den Gesprächen mit ihm gestanden hatte. Erst vor zwei Monaten hatte er Ben getroffen.

Es waren gute, partnerschaftliche drei Stunden, die sie gemeinsam bei Tee und Keksen miteinander verbracht hatten. Auch tat ihm Daniel gut, stellte Tom jetzt fest, weil er in ihm einen ebenso klugen, alten Mann kennengelernt hatte, der gut mit ihm auskam und nicht gleich ausbüxte, wenn er hinter die Fassade des Stars geschaut hatte, wie es im Leben von Tom nicht selten vorgekommen war.

Ben wusste derart viel über Tom, dass es dem Patienten in den frühen Jahren peinlich war. Tom war sogar sehr besorgt, wenn er durch Alkohol und Tabletten in sehr dunkle Momenten geriet, dass sein Therapeut Geschichten aus Toms Leben an die Öffentlichkeit bringen könnte. Denn das war klar: In den Neunzigern waren „The Berlins" eine Skandalband, über die Reporter gerne das brachten, was ihnen zum einen von Paparazzi zugetragen wurde und zum anderen von Personen, die auf die eine und andere Art um die Bandmitglieder herumschwirrten wie Bienen, die sich aus ihnen den Nektar ihres Lebens zogen.

Es gab 1993 einen – breit veröffentlichten – Auto-Crash in Las Vegas, den der Schlagzeuger Bobby verursacht hatte. Bobby musste mehrere Tage in das Gefängnis und war zu seinem Glück als nüchtern getestet worden. Oder es passierte Tom selbst, als er die Nase voll hatte von einem Fotografen, der ihm auf der Fifth Avenue in New York folgte, dass er seine Lederhose ausgerechnet vor dem Geschäft einer weltbekannten Parfüm-Marke runterließ und in der Folge erleben musste, wie das Foto um die Welt ging. Ben auf jeden Fall wurde ein Berater par excellence für Tom und der Rockstar anerkannte auch Jahr auf Jahr mehr, dass Ben eben doch ein Experte für Fälle aus dem Showbusiness war, ohne dass er es in den ersten, jungen Jahren tatsächlich bemerkt hatte.

Im hohen Alter gestand sein Therapeut erneut ein, dass er, Tom, ein hoffnungsloser Fall für die Ärzteschaft geblieben war. Ben sagte, dass sie, die Ärzte, nicht verantwortlich für sein Leben seien, „wenn du, Tom, dein Leben nicht verändern kannst und willst". Als Tom das kapiert hatte, dass Ben gut zu ihm war, wie er es nur konnte, und er, Tom, verantwortlich für den Mist allein sei, den er machte, von dort an öffnete sich auch Tom dahin, Ben am Ende ganz und gar zu vertrauen.

„Wo ist Michelle heute?", fragte Daniel und stolperte geradezu an die Seite von Tom. Daniel hatte sich den ganzen Tag auf die beiden – Tom und Michelle – gefreut und war sogar früher, als es höflich war, vom Tisch des Captain's Dinner aufgebrochen. Der Abend war angenehm gewesen, auf jeden Fall. Die Menschen am Tisch zeigten sich freundlich und der Kapitän des Kreuzfahrtschiffs war beeindruckend, da er die größte Ruhe ausstrahlte, die man sich nur vorstellen konnte.

Aber nach eineinhalb Stunden mit den Sieben an einem Tisch reichte es dem alten Mann. Er entschuldigte sich vor dem Dessert geschickt und sagte, dass er noch einen Künstler treffen könne, den nicht zu treffen eine Schande wäre. Unter großen Worten war Daniel davongeschlichen und sah nun, dass Tom steif und stumm auf seinem Hocker an der Theke von Rufus saß und Michelle ihn überhaupt nicht umgarnte, sondern schlicht und einfach im „The Silent Palm" nicht anwesend war.

„Michelle ist im Wellness-Bereich", sagte Tom sogleich und lächelte glückselig, als träfe er auf einen Schulfreund, der den neuesten Motor für das Matchbox-Auto mitbrachte, mit dem beide nun stundenlangen spielen könnten, da der Motor das Ding wieder flott in Fahrt brächte. Also, Tom freute sich sofort, dass Daniel kam. Und als Daniel das Lächeln sah – ein herzliches, ein fröhliches, eines aus einem schönen Gesicht -, wusste er, dass er mit seinem Eindruck falsch gelegen hatte.

„Ich habe die ganze Zeit nachgedacht, Daniel", sagte Tom, „und es war schön, dass ich es tat. Nicht dass du denkst, dass ich nur in dunklen Wolken fliege. Nein, ich kann auch sehr wohlgelaunt meinen Gedanken nachhängen."

Daniel nahm Platz. Sofort war Rufus bei ihm. „Virgin Mary?", fragte Rufus. „Klar", sagte Daniel.

„Wie geht es dir? Alles gut verlaufen beim Dinner?" Rufus grinste breit über sein Gesicht, da er bereits vermutet hatte, dass Daniel, anders als vorgesehen, zu früh den Tisch verlassen hatte. „War es nicht eine große Ehre?"

„Ja, Ehre", sagte Daniel ironisch und trocken. „Das Wort trifft es."

„Das Essen aber, Rufus, war exklusiv", ergänzte Daniel. Er wollte nicht unhöflich wirken. „Zur Vorspeise haben sie am Tisch Thunfischtatar zubereitet und zur Hauptspeise einen Loup de Mer aus dem Atlantik. Dem haben sie sogar am Tisch feierlich die Salzkruste abgezogen."

„Hast du einen Smoking getragen?", fragte Rufus sachlich.

„Nein, das ist ja aus der Mode gekommen."

„Stimmt."

„Also, dann mach ich dir mal das Getränk, das dir schmeckt." Rufus drehte sich um und ging zur Bar-Anlage. Dort war alles bereit dafür, verschiedene Getränke herzustellen. Alles, was dazu gebraucht wurde, stand dort eng bei eng. Neben den Zapfhähnen gab es einen Flaschenkühltisch und einen großen Barschrank. Eis stand unten im Schrank und oben der Crusher, der das Eis in kleine Stücke schnitt. Das Obst und das Gemüse lagen zubereitet und aufgetaut bereit und die Gläser, die zur Verwendung kamen, waren frisch aus dem Geschirrspüler geholt worden.

„Schön!" Tom wandte sich Daniel zu. „Captain's Dinner!"

„Heute trägst du ja nichts, was dich blinken lässt", sagte Daniel, ohne auf Toms Bemerkung weiter einzugehen.

Tom lachte laut auf. „Ich fahre ja auch geradeaus und habe dazu die passende Mitfahrerin gewonnen. Im übrigen sagte Michelle heute etwas Lustiges. Ich sei für sie eine Elster. Warum?, fragte ich, die hätten ja einen sehr schlechten Ruf. Ja, das stimmt, sagte sie, das sei ihr aber egal. Warum?, hakte ich nach. Sie sagte dann, ich sei so hübsch wie diese. Und ich bräuchte keine Ausrüstungen, um ihr das zu beweisen."

„Das tat gut."

„Verstehe ich", sagte Daniel und wunderte sich nicht mehr, dass der junge Mann in eine Phase der Hochstimmung übergegangen war. Er surfte jetzt auf einer guten Welle, dachte Daniel und, ja, er gönnte es Tom.

„Und, Daniel, noch was", sagte Tom, „Michelle hat noch gesagt, warum sie mich gewählt hat und nicht einsam auf dem Schiff bleiben wollte."

„Na", sagte Daniel, „was war es? Dein Haarschopf?"

„Nein", antwortete Tom zufrieden mit sich. „Sie sagte, dass es ja einen Mann in der Kabine bräuchte, der, wenn sie im hoch geschlossenen Kleid ausginge, dort den langen Reißverschluss zum Abend an- und später zum Bett auszöge."

„Also alles gut?" Daniel amüsierte sich gut und Tom mit ihm.

„Ja, bestens."

„The Silent Palm" war voll geworden. Es hatte sich offensichtlich auf dem Schiff herumgesprochen, dass es eine sehr gute Bar war. Rufus hatte richtig viel zu tun. Daniel sah nun, dass er eine zweite Kraft an seiner Seite hatte. Eine Frau. Eine Frau, die in ihren Zwanzigern war. Eine wunderschöne Frau, dachte Daniel. Aber jetzt, da der Rockstar eine Frau für sich gewählt hatte oder sie ihn, machte es ja nichts aus. Für sie war es damit ausgeschlossen, dass Tom mit ihr flirtete oder Schlimmeres tun wollte, dachte Daniel belustigt. Zudem: Da Rufus der Hauptbarkeeper war, war es wohl so, dass er sie beide weiterhin bedienen würde. Besser wär's, dachte Daniel und lachte über sich selbst.

„Wie erkennt man Menschen?"

Toms Frage kam aus dem Nichts geschossen. Daniel hatte sich auf einen ruhigen Abend eingestellt. Einen, der ihn nicht forderte. Und nun das. Diese Frage. „Wie meinst du das?", fragte Daniel zurück, um Zeit zu gewinnen.

„Naja", antwortete Tom. „Kann man zum Beispiel im Gesicht eines Menschen lesen, wie er ist? Wie er tatsächlich ist? Die Züge um den Mund? Die Augen? Die Wangen? Die Farbe? Die Stirn?"

„Du meinst, ob es eine Rassenkunde gibt, die einen Menschen erkennt? Pass auf, was du sagst." Daniel legt einen tieferen Ton in seine Frage. Dort war er sehr empfindlich.

„Nein, nein", entschuldigte sich Tom. „Nein, nein, verzeihe, bitte. Ich meinte nicht das. Das mit den Arschlöchern. Aber dennoch. Gibt es das Erkennen, ob ein Mensch gut oder schlecht ist? Ein Gesicht, das Hinweise darauf gibt?"

„Nein", sagte Daniel kurz.

„Nichts?"

Daniel atmete tief ein und aus. Der Junge wollte es heute Abend aber wissen, dachte er. „Du kannst im Gesicht eines Menschen vielleicht lesen, wie er gelebt hat. Hat er gut geschlafen oder hat er in Schichten sehr hart arbeiten müssen. Hat er eine gesunde Ernährung gehabt oder eine sehr schlechte. Hat er geraucht und viel Alkohol getrunken oder muss er – leider – ein starkes Medikament nehmen, Kortison etwa, das sein Gesicht aufgedunsen erscheinen lässt. War er in der Sonne oder nicht. Das meinst du aber nicht, oder?"

„Doch, doch", sagte Tom, „das meinte ich."

„Wie ist mein Gesicht, Daniel?"

„Wird das nicht zu persönlich, Tom?"

„Nein, ich würde es gerne wissen."

Daniel folgte Tom nicht sogleich mit einer Antwort. Es dauerte eine Weile. Tom dachte währenddessen erneut an die erste Begegnung mit Britta auf der Wiese vor dem Reichstag in Berlin. Was Britta an ihm mochte, blieb ihr Geheimnis. Magie? Der erste Blick? Dass er Amerikaner war? Es blieb, dachte Tom, eine Leerstelle. Vielleicht war es nur das Unbekannte, das er Britta bot. Die Welt der Musik und der Größe. Vielleicht etwas, das nicht erklärt werden konnte. Er wusste, dachte Tom, dass Paare kaum voneinander sagen konnten, was sie am anderen tatsächlich mochten, dass sie ein Leben gemeinsam verbrachten.

Seine Großeltern, die ihr Leben zu zweit verbracht hatten, hatten auf diese Frage für den Enkel keine Erklärung parat, erinnerte sich Tom. Sie sagten lediglich, dass es „so ist, wie es ist", und Tom empfand das als keine ausreichende Antwort. Eine gleichwohl, mit der er sich zufrieden geben musste, weil die Großeltern dazu nicht mehr, nichts anderes mehr sagten.

Daniel pausierte ebenfalls. Er schaute zuerst zum Regal, dann in die Runde der Gäste im „The Silent Palm", dann zu Tom. Er bemerkte, dass er dieses Gespräch nicht führen wollte. Zu viele Menschen aus seinem Glauben hatten erleben müssen, dass sie auch wegen der Behauptung scheinbarer bestimmter, gemeinsamer Äußerlichkeiten in den Tod verbracht worden waren. Dass die, die behaupteten, es gebe Menschen, deren Gesicht anders zu lesen wäre, nur zu denen gehörten, die seine Leute in das Gas geschickt hatten. Obwohl deren Theorie und deren Worte nichts mit Wissenschaft und nichts mit Menschlichkeit, sondern allein mit Macht und Unterdrückung zu tun hatten.

„Nein, du siehst jetzt gut aus."

„In diesem Licht", fügte Daniel an und hoffte, dass es Tom damit bewenden ließe.

„Aber der Blick, auf die Liebe seines Lebens zu treffen, der zeigt doch vielleicht, dass Menschen sich erkennen können?", fragte Tom weiter. „Verstehe mich richtig, Ich habe oft gedacht, dass es solche Blicke des gegenseitigen Erkennens gäbe und bin dann darin gescheitert, da danach nicht die Liebe des Lebens entstand."

„Du hast doch in die Augen von Britta gesehen", sagte Daniel, „und du hast erkannt, warum auch immer, dass sie deine Liebe des Lebens sein könnte. Nicht? Nur, du hast dann dein Verhalten gezeigt, das du gezeigt hast, und dadurch alles vermurkst. Das hatte dann doch nichts mit dem Erkennen der Liebe des Lebens zu tun, denke ich."

„Du meinst, ich habe sie erkannt. Okay, das sehe ich auch so. Aber warum habe ich mich dann in der Folge nicht als guter Mensch gezeigt?"

„Weil du dumm bist. Und ein Arschloch. So einfach."

„Du meinst nicht", sagte Tom ungerührt, „dass der Blick – der Entscheidende im Leben – mein Verhalten hätte ändern können?"

„Doch. Aber du hast dein Verhalten nicht geändert", antwortete Daniel klar. „Und das, denke ich, hatte nichts mit Britta zu tun. Es war allein deine Verantwortung."

„Das meine ich doch auch", sagte Tom. „Vorhin habe ich an meinen Therapeuten gedacht, der mir allein die Verantwortung für mein Leben und mein Verhalten darin zugewiesen hat. Ich wollte das nur herausarbeiten. Selbst wenn ich den richtigen Menschen erkannt hätte. Einen Menschen, dem ich gerne wie du ein Leben lang gedient hätte, selbst dann reichte dies nicht aus, aus einem Menschen einen Guten zu machen. Nachher muss mehr kommen."

„Jep", sagte Daniel trocken. „So ist es."

„Hast du mal von dem Phänomen der Idolatrie gehört?", fragte Tom.

„Nein", antwortete Daniel, der jetzt damit zufrieden war, wie sich das Gespräch entwickelte. „Aber erkläre es mir gerne."

Rufus trat an die beiden heran. „Ich habe euch zweien etwas bereitgestellt, ohne euch zu fragen." Er stellte zwei Biere auf die Theke. „Es ist nur ein Bud. Das Amerikanischste der amerikanischen Getränke. Ihr sabbelt so viel, dass ich dachte, eure Kehle wäre trocken. Also, nehmt es an oder nicht. Aber ich wette, es passt gerade."

Tom und Daniel bedankten sich. Beide prosteten Rufus zu. Während Tom bereits einen kräftigen Schluck genommen hatte, sagte Daniel ein, zwei höfliche Sätze zu Rufus. Ja, warum nicht, dachte Daniel. Ein Bud. Dieses weiche, schwache Bier hatte er ja seit Ewigkeiten nicht mehr getrunken. Warum nicht, also? Wenn es Rufus glücklich machte, sagte sich auch Tom und nahm einen zweiten kräftigen Schluck.

„Oh", säuselte Tom wie ein überraschter Teenager, der endlich sein erstes Bud trank. „Das tat wirklich gut."

Dann sagte Tom: „Also, Idolatrie, so verstehe ich es, ist die Lehre von den Idolen. Von Abbildern von Göttern, Heiligen und wem auch immer, die übernatürlich wären. Ich habe dazu zwei, drei Bücher gelesen. Ich war auf der Suche danach, warum Musikstars Fans hatten und warum Leute, die keine Stars waren, nicht. Ich habe kapiert, klar, dass die, die gefeiert wurden, von Fans gefeiert wurden. Daniel, das ist ja einfach. Aber es gab dann eine Erklärung, die mich faszinierte. Es gab immer das Bild, das Abbild. Von etwas. Von jemandem. Immer. Selbst in den Steinzeithöhlen begannen sie, Tiere und Menschen an die Wände zu malen."

„Es soll religiöse Wirkungen gehabt haben, las ich. Aber zuerst war es wohl die reine, die reiche Berichterstattung von Abbildern, bevor diese zu Götzen, zu verehrungswürdigen Figuren wurden."

„Also Abbilder von dem, was die Menschen mit ihren Augen sahen. Das war noch nicht Idol-Verehrung. Es war eher eine Art von Berichterstattung, dass es diese Tiere und Menschen gab, weil diese um sie herum zu sehen waren. Dann, in den alten Religionskulturen, dem Hinduismus vor allem, dem Katholizismus, war es schon schwieriger, reine berichterstattende Abbilder zu liefern. Wenn ich als Junge Abziehbilder von meinen Stars hatte, hatte ich dieselben Probleme wie die Gläubigen dieser Religionen. Es war nicht nur das Gesicht des Stars, das mich ihm nahe brachte, sein Name im Football oder im Basketball oder im Baseball, gekleidet in sein Trikot, ausgewiesen mit seiner Spielernummer."

„Dem Abziehbild als reinem Bericht gesellte sich eine quasi religiöse Bedeutung bei. Ich sah nicht nur den Spieler, den ich mochte. Ich sah den göttlichen Star, der viel höher stand als ich, gleichsam dem Himmel nah, während ich auf dem irdischen Boden weit entfernt von ihm und weit unter ihm stünde. Wie konnte das nur geschehen, dass ihre Abbilder auf einmal mehr waren als reine Fotos?"

„Es war keine sachliche Beschreibung mehr wie bei den sehr alten Vorfahren, die vielleicht einfach, ohne sich weitere

Gedanken zu machen, berichten wollten, was sie sahen. Es war auf einmal die Frage, was das Abbild bedeutet. Was das Abbild für sie im Geiste, in der Vorstellung, im Gefühl ausmachte. Als Teil einer Gruppe, einer Gemeinschaft."

Tom fuhr fort: „So hat sich im Hinduismus bis heute eine tausendfache Bilderwelt ergeben, die alles mögliche zeigt, und wo der Hindu sich aussucht, gemäß seiner Gruppen- und Familienzugehörigkeit, wen und was er verehren will. Im Judentum, aber das weißt du besser als ich, blieb die sachliche Linie, keine Bilder von Gott zu zeigen, sehr lange sehr stark. Dazu gehört auch das Wort vom Götzendienst, den andere unternahmen, Juden aber nicht. Auch der Islam und der Bahai'smus nicht."

„Das ist aber die Idolatrie, die Götzenbildverehrung und die damit einher gehende Verweigerung, dass ein Abbild reine Berichterstattung wäre. Eines, das den Weg durch die Steppe weist. Eines, das das Kochen lehrt. Eines, das das Ausweiden eines Tieres zeigt. Der Tanz um das goldene Kalb ist ja sehr berühmt. Und Moses stand zuerst alleine da, als er sah, wie seine Gemeinschaft dazu übergangen war, das Abbild eines Kalbes anzubeten als das überhöhte Zeichen für Macht und Wohlstand, wiewohl es als Abbild nur ein Tier war, das zum Essen bestimmt war. Moses verachtete seine Gemeinschaft geradezu dafür, dass sie den sachlichen Weg verlassen hatte und nichts mehr so wahrnehmen wollten, wie es tatsächlich als Abbild von etwas anzusehen war."

„Ja, das stimmt", sagte Daniel, „das kenne ich selbstredend. Moses war auf dem Berg, um die Thora von Jahwe zu erhalten, und das Volk tanzte währenddessen, in Abwesenheit ihres Anführers, um den Götzen herum. Aber was heißt das nun für dich? Ich verstehe nicht, was das mit dir zu tun hat. Es gibt Stars und Fans. Das ist doch etwas Schönes, dass Menschen Freude an Stars haben. Die etwas Besonderes leisten, etwas

Besonderes in ihnen auslösen. Was soll daran schlimm sein? Wenn es in einem guten Rahmen geschieht?"

„Was ich sagen will, Daniel, ist, dass das sachliche Abbild von mir als Rockmusiker keine Rolle mehr spielte, sobald ich ein Bild von mir um die Welt sandte, das mit mir als Tom nichts mehr zu tun hatte, sondern nur noch mit der Bedeutung, die andere ich mich hineinlegten. So war ich hilflos geworden. Nicht nur, weil ich nicht mehr wusste, wem ich vertrauen konnte. Sondern weil die Menschen, die mir vertrauen wollten, nicht mehr wussten, wer ich hinter der Bedeutung des Abbildes war. Also, welche Sache ich wäre. So frage ich dich erneut, Daniel: Wie hatte ich erkennen können, dass Britt mich sah, wie ich war, und nicht, wie sie mich sehen musste, weil sie eine Bedeutung in mich hineinlegte."

„Das ist zu hoch für mich, Tom", sagte Daniel sanft. „Ich denke, dieser ganzer Überbau, den du damit geschaffen hast, lenkt nur vom Eigentlichen ab. Du wolltest nicht eine Frau. Eine Frau in deinem Leben. Du wolltest einfach wild, jung und gefährlich sein. Oder nicht? Alles andere ist Quatsch. Du hast dich nicht für Britta entschieden. Du warst einfach verlockt von allem, was sich dir bot. In einem Penthouse zu wohnen genauso wie einen Slip vor die Füße geworfen zu bekommen."

„Das war hart", sagte Tom. „Aber ehrlich."

„Diese Idolatrie oder wie sie heißt, hilft dir nicht weiter, denke ich", sagte Daniel. „Du warst ein Idol, das verehrt wurde. Weil ihr Musik gemacht habt, die die Menschen ansprach, viele von denen. Du warst ein Idol, weil du all das nicht warst, was deine Fans waren. Du warst hübsch, reich und berühmt, und die Fans waren das nicht. Was will man mehr, als solch ein Mann zu sein?"

„Und", ergänzte Daniel, „es kommt auf Nähe an. Ein Star, ein Götze, ist dann verehrungswürdig, wenn er es ist. Wüssten Fans, was ihre Götzen in Wahrheit sind und wie sie sich in Wahrheit verhalten, dann kann der Ruhm schnell verbleichen, wie eine Farbe, die schön ist, und schnell entschwindet, wenn die wahre Geschichte an das Tageslicht kommt. Ich kannte einen Weltstar, einen Schauspieler. Er war gut, er hat mir gefallen."

„Als ich erfuhr, wie schweinisch er sich in Las Vegas verhalten hatte, sah ich ihn fortan anders an. Er hatte Roulette gespielt, hatte mir ein Angestellter des Casinos, das ich betreute, erzählt, und war unhöflich und arrogant und böse mit allen umgegangen, die dort gearbeitet hatten. Seitdem ist dieser Typ bei mir unten durch. Aus der Entfernung ist er der Götze geblieben, der er für viele war. Ihm nah zu sein, hatte das Bild, das ich und wir von ihm hatten, zerstört."

„Also", sagte Daniel, „ich zweifle an, dass Götter unfehlbar sind. Ich glaube nicht an die Unfehlbarkeit von Göttern und von Menschen. Dass der Papst der Stellvertreter Gottes auf Erden ist und unfehlbar, ist eine schlimme Geschichte bei den Katholiken. Die Päpste haben so viel Dreck am Stecken, dass ich keinem Menschen – und auch ihnen nicht – ungefragt den Status eines guten Vorbildes zuschreibe. Selbst eine Mutter Theresa, die ich bewundere, war ein Mensch, der Fehler gemacht hat. In meinem Glauben ist die Fehlbarkeit auf Erden und der Menschen ein großes Thema und wir verleugnen das nicht. Das macht uns aus. Und es hat mir immer gefallen, dass wir schonungslos in das Angesicht sehen, wie es ist, und nicht in das Abbild, das Religionsführer – und irdische Herrscher – nur vorgaukeln wollen."

„Ich glaube an Jahwe, ja", sagte Daniel, „ich gehe nicht regelmäßig in die Synagoge und bin vielleicht darin ein schlechter Jude. Ich glaube aber daran, dass ich irgendwann nach meinem Tod vor jemanden trete, den Schöpfer, der aufwiegen wird, was gut und was schlecht in meinem Leben war. Ich hoffe, dass sich dann die Waage zu meinen Gunsten ausrichtet. Wissen, dass das geschieht, tue ich nicht. Nein. Aber ich werde vor den Herrn treten, glaube ich, und ihm Rechenschaft abgeben. Dieser Herr ist so alt wie die gesamte Menschheit."

„Wie soll ich darauf kommen", sagte Daniel, „dass ich groß bin, wenn er so groß ist. Er ist aber kein Foto, kein Filmheld oder sowas. Er ist ein Wort – Jahwe – und ich weiß nicht, wie er ausschaut. Es gibt bei uns kein Abbild. Und, das muss ich noch sagen, ich finde es furchtbar, dass bei Katholiken ein junger Mann am Kreuz hängt in jeder Kirche. Gefoltert, fast nackt. Und dass dieses Bild von Jesus sein Abbild sein soll. Mir hat es immer nur Angst gemacht, diesen Mann an das Kreuz genagelt zu sehen."

„Und nun zu deinem Gesicht, Tom", sagte Daniel und wollte zum Ende seiner langen Antwort kommen, „du hast alles, was heute geachtet wird. Du bist nicht krank, dein Gesicht ist nicht – ja – deformiert. Du bist weiß, du bist nordeuropäisch. Wäre es schwarz oder wie auch immer, hättest du ein Leben in unserem Land nicht derart leicht und unbeschwert führen können, behaupte ich. Du kommst aus einer geordneten Familie, die längst nicht alle in Amerika um sich haben."

„Du bist ausgebildet worden, was nicht alle erfahren haben. Also, du bist – wie sagst du – das Abbild eines Mannes, der im Vergleich zu vielen anderen Männern es leicht hatte, einfach nur leicht. Dass du jammerst, das hatten wir schon, tja, das liegt allein in dir."

„Wie ist denn mein Gesicht, Tom?", fragte Daniel dann kurz und entschieden.

„Dein Gesicht?", sagte Tom und dachte nach. Dann sagte er: „Okay, ich gebe auf. Dein Gesicht ist wie meines, nur älter."

„Siehst du, Tom", sagte Daniel. „Jetzt hast du es. Das, was ich dir sagen wollte. Wir sind weit oben in der Rangfolge derer, denen es leicht gemacht wird in Amerika. Einige meiner Mitarbeiter, Latinos und Afro-Amerikaner und Asiaten, die hatten und die haben es schwer. Du und ich, wir entstammen der alten Stärke Europas, die Amerika groß gemacht hat. Bis jetzt zumindest. Amerika ist im Wandel, denke ich, und löst das Abbild der Weißen in dieser Zeit stark auf. Wer hätte gedacht, dass ein schwarzer Präsident gewählt und sogar wiedergewählt wurde?"

„Mein Abbild ist deines, Tom. Das andere, unsere Religion und so weiter, ist etwas ganz anderes. Das meine ich jetzt nicht. Und", Daniel lächelte, „du kannst ja Michelle fragen, ob sie dich auch gewählt hätte, wenn du klein wärest, runzelig und buckelig wie der Glöckner von Notre Dame."

„Es war alles deine eigene, deine freie Wahl", endete Daniel. „Und die Welt für die anderen, die all das nicht haben, was du im Gesicht trägst, die ist noch lange nicht gerecht. Noch lange nicht, Tom. Und dort beginnt der Rassismus. Doch darüber möchte ich jetzt nicht nachdenken."

Rufus trat herbei: „Jungs, habt ihr schlechte Laune?", fragte er und zog eine Grimasse, die Daniel und Tom als nicht passend empfanden. Rufus, der erfahrene Barkeeper, bemerkte sofort, dass er in ein Wespennest gestochen hatte. „Wow, wow, entschuldigt."

Daniel sammelte sich und ging über in die Freundlichkeit, die ihn auszeichnete. „Nein, Rufus", sagte der alte Mann, „alles gut. Ich bin heute Abend nur sensibel und Tom auch. Nicht, Tom?" Tom bejahte gequält. „Aber, Rufus, was kannst du uns heute noch empfehlen aus deinem Fundus an glückselig machenden Getränken?"

Rufus wollte seinen Kameraden helfen und überlegte nicht lange. „Wie wäre es noch mit einem Klassiker? Wir sind ja alle drei in einem Alter, dass wir Old School sind. Ja, Tom, du auch. Wie wäre es mit einer Golden Margarita?"

„Mit Tequila?", fragte Daniel, „ach, ja, was soll es. Ja, mache ich mit."

„Ich schone dich, Daniel", sagte Rufus, „und gebe dir weniger vom Avion Silver Tequila bei. Ansonsten bekommt ihr beiden Patrón Citrónge, Agave Nektar und frischen Limetten-Saft dabei. Sie wird euch gefallen, denke ich. Ich beeile mich."

„Aber mit Salzrand", sagte Tom.

„Jep", sagte der Barkeeper.

Und", fügte Rufus noch hinzu, „übrigens, dass ihr offen miteinander redet, ist das Ergebnis harter Arbeit seit sechs Tagen von mir." Rufus grinste Tom und Daniel an. „Verspielt mir das nicht, bitte!"

Tom streckte seinen Rücken durch. Dann sackte er in sich zusammen. Er sagte zu Daniel: „Weißt du, Daniel, es tut mir leid. Ich wollte deine Gefühle nicht verletzen. Und erst recht nicht die deines Volkes. Deines Glaubens. Es war halt schwer für mich. Herausfinden, warum es bei mir nicht gelaufen ist und bei dir schon. Ich kann es kaum glauben, wie schön du es gehabt hast. Und das freut mich. Wirklich!"

„Ich sehe einen alten Mann, der ein zufriedenes Leben geführt hat. Der viel gemeistert hat. Der eine Frau hatte, die ihn stark gemacht hat. Die geblieben ist. Einen Mann, der die

Frau gestärkt hat. Die geblieben ist. Bin ich neidisch, bin ich ungerecht? Ich frage mich das seit der ersten Begegnung. Nimm es mir, bitte, nicht übel. Ich kann einfach nicht glauben, dass andere Männer anders als ich sind. Wo ist der Haken? Wo ist die Falle? Wo ist vielleicht das Heimliche? Wo ist deine Reue, wo ist deine Schuld? Sie ist nicht da. Oder?"

„Ich habe ja nicht umsonst Ben an meiner Seite, meinen Therapeuten, wie du weißt. Er hat mir eine Menge beigebracht. Wer ich bin. Warum ich so bin. Und das Verhalten, das du gezeigt hast, Daniel, war im Grunde nie mein Verhalten. Daher vielleicht meine Worte. Ich bitte um Milde. Ich bitte um Milde, seitdem ich meinen ersten Fehler mit einer ersten Frau gemacht habe. Schenkst du mir Milde, Daniel? Das wäre das Schönste, das du mir antun kannst."

Eine Pause entstand.

„Milde, Tom?" Daniel dachte nach. „Ich bin nicht der, der die Milde schenkt. Das kann Gott sein. Ein Vater. Der Großvater. Die Mutter. Ich sehe mich nicht in der Lage, dir Milde zu schenken, Tom. Es ist doch so. Ich bin weder dein Richter noch dein Vater noch dein Onkel. Ich schenke dir gerne meine Nähe. Und ich bin der letzte, der dich bis jetzt verurteilt hätte. Nimm doch einfach meine Nähe an. Zwischen uns steckt schon viel, ja, wie soll ich sagen, Nähe drin. Reicht dir das nicht?"

Eine weitere Pause entstand.

Tom dachte nach. Dann sagte er entschieden: „Doch, Daniel, das stimmt. Das reicht."

Rufus kam mit den Getränken. Er trug sie mit beiden Armen, dem gesunden und dem mit der Prothese. Jetzt fiel Daniel auf, was für ein Meisterwerk die Prothese war. Sie konnte halten, sie konnte greifen, sie konnte Dinge wenden, sie konnte all die verschiedenen Funktionen ausüben, die Rufus nur dafür brauchte, seiner Arbeit nachzugehen.

Als die Golden Margaritas auf der Theke standen, sagte Daniel: „Rufus, du bist so behände. Deine Prothese hat alles, was du brauchst. Woher hast du die?"

Rufus schaute in die Runde des „The Silent Palm". „Woher ich die habe?", sagte er, ohne tatsächlich eine Frage zu stellen. „Es gab im Militärkrankenhaus gute Ärzte und gute Techniker. Vergesst nicht, dass die Medizintechnik viele Fortschritte gemacht hat. Viele. Sie können so viel. Denkt nur an die Paralympics. Wie Beinamputierte laufen, springen, was auch immer sie tun. So ist es gut geworden. Früher waren Prothesen Stümpfe, Baumstücke, totes Material. Seit langem ist die Technik sehr weit entwickelt. Ich kann fast alle Funktionen ausüben, die eine Hand, ein Unterarm kann. Nur", Rufus lächelte, „nur eines kann ich nicht. Soll ich es euch sagen?"

Tom und Daniel bejahten.

Rufus legte eine Pause ein. Eine Kunstpause.

„Nur mir einen runterholen. Das sollte ich mit dem Ding nicht." Er lachte und die beiden Männer, nach anfänglich peinlichem Schweigen, stimmten in das Lachen ein.

„So", sagte der Barkeeper, „ihr müsst heute weniger mit mir auskommen. Es ist viel los, wie ihr seht."

„Verschwinde!", sagte Daniel und lächelte. Er bemerkte, wie nah sie sich alle Drei in den letzten Abenden gekommen waren. Und er wusste, dass das gut und dass das schlecht war. Er wusste auch, dass Tom etwas wissen wollte aus seinem Leben, was eine Niederlage, eine Schmach, eine Schuld wäre.

Daniel dachte, vielleicht sollte ich ihm morgen etwas erzählen, was ich sehr, sehr selten erzähle.

„Cheers!", sagte Daniel. Tom folgte.

„Morgen, Tom", sagte Daniel, „falls du kommst, erzähle ich dir vielleicht etwas aus meinem Leben, auf das ich nicht stolz sein kann. Kommst du morgen?"

„Ja", sagte Tom ohne zu zögern, „sehr gerne. Ich kann Michelle davon abhalten, mitzukommen. Es gibt ein Theaterstück, das sie sich ansehen will. Irgendein Klamauk. Ich komme morgen gerne. Um vielleicht neun Uhr?"

„Ja", antwortete Daniel, „das passt. Nach meinem Abendessen."

„Ich grüße Michelle von euch", sagte Tom und stand auf. „Übernimmst du heute die Rechnung, Daniel? Nachdem ich dir so zugesetzt habe", sagte Tom und versuchte einen Scherz, „musst du mich davon auslösen."

Daniel schaute Tom direkt an. „Ich soll zahlen, obwohl du mich angegangen bist?"

„Ja", sagte Tom.

„Kein Scherz?"

„Nö", sagte Tom frech.

„Dann", sagte Daniel milde, „bitte ich Rufus heute, dass er es für uns anschreibt. Dann hast du einen wichtigen Grund, morgen wieder im ‚The Silent Palm' aufzutauchen."

„Und deine Geschichte zu hören", sagte Tom.

„Jaja, junger Mann", sagte Daniel, „du willst jetzt nur schnell weg. In das Bett."

Tom hatte bereits seine Jacke an. „Genau, und schnell raus. ich bin ja ein Nestflüchter."

„Dann bleibe mal länger dort."

„Bis morgen."

„Bis morgen."

Als Tom verschwunden war, rief Daniel Rufus herbei. „Schon ein lustiger Vogel, unser Tom."

„Einer, der uns auf Trab hält", sagte Rufus zufrieden.

„Ja, das stimmt", sagte der alte Mann fröhlich.

Daniel bat Rufus näher herbei. „Sag mal, Rufus", sagte Daniel, „kannst du einen Song von ‚The Berlins' spielen?" Der Barkeeper dachte nach. „Weißt du, Daniel, es ist vor allem Hard Rock, was die gemacht haben. Der Song, der sie Anfang der Neunziger berühmt gemacht hat, hieß ‚War Is Over'. Es ist eine harte Hymne auf die Freiheit, denke ich, und ein Song, der dir sofort in die Knochen ginge. Er spielt auf mehreren Ebenen."

„Der Krieg, den junge Menschen mit sich haben, der Krieg, den sie mit sich überwinden. Zugleich ist es der Abgesang auf den Kalten Krieg. Ein Song auf die Hoffnung, dass nun Frieden ausbräche. Was ja nicht geschah, wie wir heute wissen. Es hat einen Riff, der den Song zum Ohrwurm werden ließ. Dieser Song der ‚The Berlins' wurde dann eine Art von Parole aller Rock-Liebhaber. Vielleicht spiele ich ihn mal, wenn du als erster in das ‚The Silent Palm' kommst."

„Und Tom hat mit seiner dunklen, rauchigen Stimme den Ton in ‚War Is Over' mitgegeben", ergänzte Rufus, „wie er bis dahin im Rock und im Mainstream selten vorkam."

„Nein, Daniel", sagte Rufus, „der Song ist jetzt nicht spielbar. Verzeih mir das. Er passt mit seinem Lärm heute Abend nicht in die Bar. Und nicht mehr in die Zeit, finde ich. Reicht dir das als Erklärung?"

Daniel nickte. „Ja, das reicht mir." Daniel schaute an die Decke und sagte dann zu Rufus: „So weiß ich zumindest, dass er ein Star war."

„Und ist", sagte Rufus. „Alt geworden zwar. Aber ein Weltstar. Ja."

Rufus entschuldigte sich und ging seinen anderen Geschäften an der Bar nach. Es war, wiewohl die Zeit voran geschritten war, weiterhin noch recht voll in der Bar. Neben Daniel nahm ein Paar die Plätze an der Theke ein und grüßte kurz. Da Daniel nicht in ein neues Gespräch verwickelt werden wollte, schenkte er dem Paar keine größere Beachtung.

Peter kam Daniel in den Sinn. Sein Sohn, dachte er. Sein Sohn? Das wäre schön gewesen, dachte Daniel. Doch im Grunde war das ein falscher Gedanke, gestand er sich erneut ein. Sein Sohn Peter hatte nicht an seiner Seite gelebt, nicht als Kind und auch nicht als Jugendlicher. Wer war Peter gewesen, fragte sich Daniel jetzt. Er anerkannte jetzt, dass er doch recht wenig aus seinem Leben wusste. Ja, Peter war für Freiwilligendienste in Afrika gewesen. Das wusste er. Er hatte ein Buch über Nazis in Deutschland geschrieben. In den Neunzigern.

Peter bekam zwei Kinder. Er hatte auch irgendetwas mit Medizin studiert und in Hannover, in der Stadt, in der er jetzt beerdigt wurde, zu Tuberkulose, HIV und Hepatitis geforscht.

Ja, er hatte viele Dinge in seinem Leben gemacht. Doch dabei zu sein, über Jahrzehnte, eng mit ihm verbunden, das war es auch nicht. Daniel schaute nach vorne an die Regalwand. Er seufzte. Wie einen Menschen erkennen?, fragte er sich jetzt. Toms Fragen waren ja berechtigt. Wie wissen, wie der andere ist?

Der Blick reichte nicht aus, wusste Daniel, er war nur der Türöffner in eine gemeinsame Beziehung. Er hatte gelesen, dass eine bestimmte Anzahl von Botenstoffen im Gehirn denjenigen glücklich machte, der in die Augen eines Menschen schaute, während der, der von diesen Botenstoffen weniger parat hatte, den erwiderten Blick noch lange nicht als bedeutsam annahm. Alles nur Zufall?, fragte sich Daniel jetzt.

Auf jeden Fall war es notwendig zu lernen, wie ein Mensch ist, und das dauert lange. Man kann nicht in die Köpfe der Menschen hinein schauen, hatte er als Arbeitgeber lernen müssen.

Seine Mitarbeiter, die er neu eingestellt hatte, kannte er nicht, bevor diese sechs Monate mitgearbeitet hatten. Jedes noch so gute Bewerbungsgespräch half nicht, bevor der neue Mitarbeiter nicht in die Abläufe eingebunden war, in der Kultur der Firma und in der Stetigkeit seine Persönlichkeit offenbarte. Es dauerte das halbe Jahr, das war seine Erfahrung, bevor er wusste, wie diese Person tatsächlich war. Der Ex-Mann seiner Tochter, den hatten sie nicht erkannt. Daniel hatte ihm angeboten, ein Sohn zu werden. Es dauerte dann das halbe Jahr, das er in Los Angeles verbrachte, herauszufinden, dass er dessen nicht würdig war, diese Rolle angeboten bekommen zu haben.

Peter, ein Sohn? Ja, das war auch schön, das zu denken, das zu würdigen. Ob es wahr war, das – analytisch gesprochen – zu wissen, dass er dessen würdig war, wie bei jedem Menschen, das hätte vielleicht mehr Nähe und noch mehr an gemeinsam verbrachter Zeit gebraucht, um sich ganz und gar sicher zu sein.

„Wir können heute also anschreiben?", fragte Daniel Rufus, nachdem er ihn heran gebeten hatte. „Tom wollte nicht zahlen, obwohl er dran war. Wir würden es morgen teilen."

„Ja, einverstanden, aber nur, wenn ihr zwei morgen wiederkommt."

„Ich werde es", sagte der alte Mann. Rufus blieb still stehen. Er sah in das Gesicht Daniels und wunderte sich, warum dieser heute traurig wirkte.

„Dann machen wir das so", sagte Daniel, stand auf und strecke sich in die Höhe. „Bis morgen!"

„Bis morgen, Big Man", sagte Rufus und es sollte eine Aufmunterung sein. „Ich muss hier noch."

„Ich weiß, Rufus."

Ohne etwas Weiteres zu sagen, verließ Daniel das „The Silent Palm".

Mist, dachte Daniel, während er den Weg in die Kabine ging. Er hatte Tom den Talmud mitbringen wollen. Aber wozu?, fragte er sich sogleich, als er die Treppen auf die Ebene nahm, die ihn zu seinem Deck führten. Es war doch nur verlorene Liebesmühe, dachte er böse. Ein Mann wie Tom war nie erwachsen geworden, da halfen auch die Worte der Rabbiner nicht weiter. Daniel öffnete die Kabinentür. Er zog sich aus, erledigte die Abendtoilette gewissenhaft und legte sich in die Koje.

Daniel knipste die Abendleuchte an, die hinter ihm an der Wand Licht spendete. Was soll es, dachte Daniel, bevor er den Talmud zu Rate zog. Tom war – anders als Peter – nicht sein Sohn. Nach der Lektüre einiger Seiten im Talmud dachte Daniel, dass er Milde gegenüber Tom empfand. Ja, und Daniel fand das passend. Und dass er selbst, wenn er von seiner Schmach morgen erzählen würde, vielleicht im Gegenzug von Tom Milde erfahren dürfte.

So schlief der alte Mann in dieser Nacht spät ein und träumte viel unnötiges und unsinniges Zeug. Die Straßenzüge der Bronx tauchten in ihm als Bilder auf und das, was er morgen zu erzählen hatte, das war nicht schön. Weder in seinen Träumen. Noch in seiner Erinnerung.

VIII. Kapitel

Unerhörtes

Rufus nahm sich Zeit für Daniel. Der alte Mann war als der erste Gast in das „The Silent Palm" gekommen. Daher, da sich in der Bar bislang keine weiteren Gäste aufhielten, hatte Rufus Daniel den Wunsch erfüllt, den wichtigsten und erfolgreichsten Song von „The Berlins" zu spielen. In Daniels Ohren klang der Song „War Is Over" wie Lärm, den eine Müllpresse verursachte, wenn sie einen PKW zerquetschte. Auch die Liedzeilen verstand Daniel nicht, da der Gesang von Tom im Lärm unterging. Eine Refrainzeile hing Daniel aber nach, da sie durchdringend wie die Parole eines Fahnenführers in der Schlacht war und oft wiederholt wurde. Sie hieß: „Nowadays, We Are The Changer. Presently The Gamer. These Days, The Biggest Money Changer".

Immerhin, so dachte Daniel jetzt, habe ich ihn gehört und Toms tiefe, raue Stimme, die gekonnt aus dem Bauch kam und keine hohe Kopfstimme war. Nachdem Rufus seine Hintergrundmusik wieder auf seinen üblichen Bar-Stil umgestellt hatte, fragte Daniel den Barkeeper, wie die Jungs von „The Berlins" mit solch einfachen Worten nur derart berühmt werden konnten.

Rufus, der sich kundig zeigte, erklärte, dass Tom wie ein Grenzgänger zwischen Rock und Heavy Metal gewandert war, also in den Bereichen, die diese Band erst vollends zum Erfolgsmodell weiterentwickelt hatte. Auch sei Toms Stimme eine sehr gute, eine vor Kraft strotzende, während viele, die damals elektronische Musik gemacht hätten, kaum über eine

Stadionstimme verfügten, wie sie Tom geschenkt worden war. Tom habe die Fähigkeit, in einigen wenigen Songs zu knarzen wie ein Dylan und seine Stimme vor allem in anderen, wenigen Songs mit Energie aufzuladen wie ein Bono.

„Wer ist Bono?", fragte Daniel sachlich.

„Du kennst ihn nicht?", fragte Rufus zurück. „Dann macht es nichts. Das ist eine andere Geschichte."

„Aber Bob Dylan kennst du?"

„Ja", sagte Daniel trocken. „Das ist der mit den Protestsongs."

Rufus lächelte versöhnlich und dachte, dass der alte Mann tatsächlich auf Musik keinen besonderen Wert in seinem Leben gelegt hatte. Insgesamt, fuhr der Barkeeper fort, müsse man anerkennen, dass Tom vor allem seine eigene, seine nur ihm zugehörige Stimme gehabt habe, die als Alleinstellungsmerkmal wahrgenommen worden sei. Rufus sagte, dass er „The Berlins" sehr gemocht habe, und verwies darauf, dass diese Band auch ein paar weichere, schmusige Songs erfolgreich in die Welt gebracht habe und nicht allein die Schmissigen in die Hitparaden. Außerdem hätte sie neben zerstörerischen Versen eine Menge von solchen gehabt, die Aufbruch, Freude und Hoffnung vermittelten.

Es sei keine nihilistische Band gewesen, eine, die nur wütete. „The Berlins" sei auch eine Band gewesen, die in den Neunzigern das Gefühl derer vorgab, die an das Ende der Geschichte geglaubt hatten. Es sei eine junge Generation gewesen, die fälschlicherweise gedacht hatte, die unendliche, brutale Geschichtsschreibung der Menschheit in die Mülltonne geworfen zu haben. „Ob ‚The Berlins‘ gut waren?", fragte Rufus sich selbst. Das wisse er nicht wirklich. Sie hätten halt gut in die Zeit nach dem Kalten Krieg im Westen gepasst. „In unser aller Illusion der damaligen Zeit."

Aber, so endete Rufus, er, Daniel, möge nicht verlangen, dass er, Rufus, dazu eine klare Meinung haben müsse. Er lebe nicht von letzten Worten. Er lebe von den Zwischentönen, sagte der Barkeeper. Heute sei zudem Freitag, da möge man über nichts und niemanden urteilen, sondern in Ruhe und im Frieden den heiligen Tag begehen.

„Du weißt ja, dass ich katholisch bin", erzählte Rufus, als Daniel danach fragte, ob Rufus den Freitag als besonderen Tag ansehe. „Ja, durchaus", sagte Rufus, „meine Familie hat den Freitag stets sehr ernst genommen. Als brave Katholiken aßen wir an Freitagen kein Fleisch, obwohl wir uns Fleisch leisten konnten. Unser Opfer war, dass wir Fisch aßen. Zander, Forelle oder auch Kabeljau. Auch war es so", führte Rufus aus, „dass mein Vater, den wir als Kinder wenig sahen, jeden Freitag früh nach Hause kam."

„Vater hatte stets viel zu tun. Er kam aber aus Prinzip am Freitag am Nachmittag nach Hause und war dann ganz für die Familie da. Er wollte damit seine Gläubigkeit zeigen, seine Wertschätzung der eigenen Familie gegenüber und daran erinnern, dass für uns an einem Freitag die Kreuzigung Jesu geschehen war. Dem Jesus, der für uns gestorben war. Er wollte damit die Regel würdigen, dass die Familie trotz seiner Arbeit das Wichtigste, das Höchste in seinem Leben war, da er ein Jünger Jesu sei."

„Am Tisch sprach er das Gebet, es dauerte lange, er hatte die Hände dazu gefaltet, und ich als sein Sohn fühlte mich damit wohl. Vater trank am Abend ein Glas Rotwein und erzählte uns, als wir Kinder waren, davon, wie Jesu das Wunder der Vermehrung der Fische erbrachte, Brot verteilte und Wasser in Wein verwandelte. Auch spendete er jeden Freitag der

Hilfsarmee gutes Geld und regelmäßig der Republikanischen Partei. Naja, zumindest bis klar war, dass Nixon ein Verbrecher war."

„Da er Gouverneur wurde, setzte er dann die Spendentätigkeit für seine Partei wieder ein. Es sei eine Gepflogenheit gewesen, der Partei zu spenden, die einen nominiert und in das Amt gehievt habe."

„Als er im Amt war", erzählte Rufus, „hielt er es nicht stets ein, an den Freitagen bei uns zu sein."

„Ich hatte aber niemals das Gefühl", fuhr Rufus fort, „dass er ein böser Vater war oder so etwas. Ich habe ihn sehr gemocht und bin bis heute stolz auf ihn. Dass ich seine Firma nicht übernahm, sondern mein älterer Bruder, und ich nicht als Mitwirkender, das tat ihm weh. Er hat aber den Weg, den ich in die Armee nahm, geschätzt und gerade, als ich Veteran wurde, spürte ich, wie stolz er auf mich war. Auch noch später, als ich Barkeeper und Fotograf wurde, nach dem Attentat in Afghanistan, hat er mich stets unterstützt und niemals ein böses Wort über mich gesagt."

„Als Gegengewicht trank Mutter klares Wasser den ganzen Freitag lang und sagte uns, dass dies ihr Inneres reinigen würde. Sie war eine gute, eine sich kümmernde Mutter. Ich liebe sie sehr. Sie lebt noch, mein Vater ist verstorben. Mama war so, wie es zwischen einem Kind und seiner Mutter sein sollte. Ich genoss es aber an Freitagen vor allem, dass mein Vater zu Hause war. Auch deswegen, weil er vor dem Abendbrot mit mir spielte und dafür schöne Sachen mitbrachte. Am liebsten hatte ich drei große Holzklötze, mit denen ich zu jonglieren lernte. So war es recht harmonisch bei uns und es gab keinen Grund, etwas anderes an den Freitagen empfinden zu müssen."

Daniel, der Rufus in Ruhe und mit Freude zugehört hatte, hatte den Abend im „The Silent Palm" – den siebten auf dem Kreuzfahrtschiff – ruhig angehen lassen. Er hatte bei Rufus seine übliche Virgin Mary bestellt. Er mochte es, wenn er keinen Alkohol trank. Es gab ihm immer das Gefühl von Lebendigkeit und schenkte ihm das Gefühl, vielleicht doch ewig leben zu können. Trank er Cognacs oder anderes, befiel ihn stets das schlechte Gewissen, sich ohne Not Schaden anzutun.

Aber, dachte Daniel, während Rufus erzählt hatte, war es so, dass kaum ein Mensch, wie er Menschen kennengelernt hatte, mit dem einen genügend gut auskam, ohne das andere – den Rausch, das Vergnügen – nicht auch zu suchen. Da der alte Mann Rufus gut zugehört hatte – parallel zu seinen Gedanken – antwortete Daniel zwar ein wenig später auf des Barkeepers Ausführungen zum Freitag, dafür aber ausführlich.

Rufus legte beide Arme auf die Theke, um diese zu schonen, bevor die Gäste hereinströmten und seine Arme die gelernte Hochleistung erbringen mussten. Rufus meisterte das zwar stets, aber dies auch nur unter Schmerzen im Arm und im Stumpf. Er hatte bereits mehrfach überlegt, wie lange er noch seinem Beruf als Barkeeper nachgehen konnte. Er war noch zu keinem Schluss, zu keinem Urteil gekommen. So half es, Pausen einzulegen wie diese, als Daniel begann, von seinen Freitagen zu erzählen.

„Shabbat", sagte Rufus, „das ist für dich der Freitag".

„Nein", sagte Daniel, „es ist bei uns – auch bei uns, die der reformierten Richtung angehören – nicht der Freitag, der der Feiertag ist. Weißt du? Das wäre nicht genau gedacht. Bei uns beginnt der Freitag am Abend und dauert in den Samstag hinein. Erst bei Sonnenuntergang am Freitagabend beginnt der Shabbat. Aber du bist nicht alleine damit, es anders zu denken. Wir sind dann aufgerufen, ohne Essen in den Samstag hinein zu schlafen. Das ist eine kleine Form des Fastens. Dafür feiern wir den Samstag in der Gemeinde und essen, wer es mag, gemeinsam."

„Hast du gebetet?"

„Nein", sagte Daniel, „das war ich nicht. Ich bin nicht derart gläubig. Nur selten habe ich gebetet. Während der Geburt meiner Kinder, ja, oder, als wir angegriffen wurden. Aber ich habe Orthodoxe in meiner großen Verwandtschaft, die den Shabbat sehr ernst nehmen und allen Verrichtungen nachgehen, die sie in den Vorschriften für sich anerkennen. So dürfen sie dann während des Shabbat nicht arbeiten. Das finde ich, übrigens, albern, da die, die nicht orthodox sind, für sie dann arbeiten müssen."

„In Israel, wusstest du das, Rufus, dürfen orthodox gläubige Männer gar auf den Wehrdienst verzichten und zählen weitere Privilegien zu ihren Privilegien. Meine Freunde in Israel finden das nicht so witzig, dass die Orthodoxen ihr Gemeinwohl in ihrem Milieu pflegen, dieses aber in der gesamten Gesellschaft nicht tun."

„Warst du denn zur Bar Mitzwa?", fragte Rufus.

„Ja, klar", antwortete Daniel, „auch wenn es – ich sage mal – chaotisch in meiner Familie war, haben wir dies gemacht. Meine Mutter achtete schon, wie sie es konnte, auf die Tradition. In der Süd-Bronx, in der ich groß wurde, gab es eine sehr große jüdische Gemeinde. Zwar war damals schon abzusehen, dass die wohlhabenden Juden abwanderten und mein Stadtteil zu zerfallen begann. Als ich dort aber das richtige Alter hatte, war der Exodus noch nicht an sein totales Ende gekommen."

„Wusstest du", fuhr Daniel fort, "dass berühmte Leute wie Yehudi Menuhin, Al Pacino, Colin Powell und Calvin Klein aus der Süd-Bronx stammen? Denzel Washington auch. Der Schauspieler? Ich mag ihn und seine Filme sehr. Ein starker Mann. Ein gläubiger Mann. Und am Freitag, der ja ein Opferfest ist, bei euch und bei uns, spende ich immer wieder etwas. So wie dein Vater. Das tut mir immer gut. Helfen hilft, so einfach ist das. Das schlechte Gewissen, nicht genügend jüdisch zu leben, gleiche ich damit erfolgreich aus." Daniel lachte.

Es entstand eine kleine Pause zwischen Daniel und Rufus. „Ich muss weiter", sagte der Barkeeper, als dann die ersten Gäste in die Bar herein traten. Daniel wünschte Rufus einen erfolgreichen Abend und schon war der Barkeeper weg.

Über das Gespräch hatte Daniel vergessen, dass er heute Abend eine Mission hatte. Tom das zu erzählen, was an Dunkelheit in ihm lag. Dann, fünfzehn Minuten nach einundzwanzig Uhr, also kaum verspätet, dann, als „The Silent Palm" bereits genügend viele Gäste verzeichnete und Rufus bereits zur Arbeit übergegangen war, da tanzte ein Paar herein, das alle anderen in der Bar und wohl auch auf den Decks des gesamten Schiffes in den Schatten stellte.

Als Daniel Tom und Michelle sah, dachte er, dass es nur ein Star sein konnte, der einen solchen Auftritt hinlegte. Tom trug einen komplett schneeweißen Anzug, eng geschnitten, wie es nur ging, und trug – wie zur Trauer an einem Freitag, dachte Daniel – ein perfekt sitzendes, schwarzes Einstecktuch aus matter Seide in der Brusttasche. Seine Halblederschuhe – gewienert – glänzten unter den Spots der Bar und Daniel bemerkte an ihren quadratischen Riffelungen, dass sie, kohlrabenschwarz wie sie waren, ein Krokodilmuster aufwiesen.

Michelle wiederum war gekleidet, als wäre sie zu einer Modenschau in Mailand oder in ihrer Heimat, in Paris, eingeladen. Ihre Haare fielen ihr derart gekonnt vom Haupt, lang, weich, kraftvoll, in Wellen auslaufend, dass es jedem Mann weh tun musste, sie nicht zur Freundin zu haben. Sie wirkte noch raumbeherrschender als gestern und das konnte auch an den High-Heels liegen, die ihre Beine noch länger erscheinen ließen und ihre elegante Haltung betonten. Sie trug heute eine weiße Bluse, deren Rüschen sich um ihr Dekolleté legten, als wäre sie nur für sie allein genäht worden.

Der ganze Körper Michelles war in ein Jackett, versehen mit Schulterpolstern, und in eine enge, dunkelblau schimmernde Hose gepackt, als wäre Michelle ein kostbares Geschenk für die Männerwelt und nur wenige in der Lage – und es kaum erlaubt –, diese Frau auspacken zu dürfen. Ihr Blick bedeutete zudem, dass niemand als sie selbst entschied, wer ihr näher treten durfte.

Ihr Jackett, im bunten, explodierenden, groben Karomuster, saß derart passgenau auf ihrem hochgewachsenen Oberkörper, dass Daniel erkannte, dass Michelle eine Frau war, die ihre Kleidung nicht von der Stange kaufte. Hinzu kam, dass die Frau heute Abend eine besondere, geradezu provozierende Brille trug. Diese hatte Gläser in einem starken Orange-Ton, die sie die Konturen ihrer Umgebung besser erkennen ließ, wusste der Designer, der Daniel auch war. Er war weit davon entfernt zu denken, Michelle hätte die Brille aus gesundheitlichen Gründen ausgewählt. Sie war im Gegenteil klug gewählt für ihren Auftritt und ein wirksames Stilmittel, das zu ihrer Gesamterscheinung passte wie der Pfeil zum Bogen der Kriegerinnen aus Amazonien.

Die Spitze dessen, was beide im „The Silent Palm" als das Starpaar dem Publikum nur bieten konnte, war, wie sie Hand in Hand vom Eingang der Bar schnell, sicher und – die Brust vorgestreckt – mit vollem Stolz an die Theke flogen, als wäre es ihr angestammtes Nest, wo sie unbedingt dazu gehörten, oder als wäre die Theke der Ort, an dem sie jetzt ohne jegliche Widerrede ihren Platz einnahmen, als besäßen sie die Theke allein. Daniel bemerkte, dass Toms Freundin keinen BH trug.

Rufus grinste breit, als er Tom und Michelle sah, und war sofort zur Stelle. Er verkniff sich eine Bemerkung über ihren Auftritt und fühlte sich doch geehrt, dass er auch solche Gäste in seine Bar locken konnte. Beide waren wie die Paare, die in jeder besonderen Bar in den Weltstädten eine große Show waren und auf jeden Fall kein Paar, das keine große Beachtung fand. Es fehlten nur, dachte Rufus belustigt, die Paparazzi, die nun jede ihrer Bewegungen für die Klatschblätter ablichteten, und die Reporter, die schmierige Geschichten über Tom und Michelle herausfinden wollten.

Nach ein paar Höflichkeiten zwischen den Vieren war die Getränke-Frage schnell geklärt. Michelle nahm das Angebot eines Robert Mondavi Merlot an, der, wie Rufus betonte, die perfekte Temperatur bei ihm erhielt, nämlich zwischen sechzehn und achtzehn Grad. Zudem möge sie die Farbe des Merlot – sein Rubinrot – schätzen, da diese zu einer Dame, wie sie es eine war, mehr als alles andere gehörte. Es habe Aromen von Melasse, Ahorn und schwarzer Pflaume und sei eine Köstlichkeit, wenn sie ihm – Rufus – nur das Vertrauen schenken wolle, diesen Merlot für sie auswählen zu dürfen.

Tom wiederum folgte dem Barkeeper seines Vertrauens in der Empfehlung, einen Icing the Puck zu bestellen, von dem keiner der Drei bislang gehört hatte. Rufus führte aus, dass er von der bekannten Marke Absolut stamme und frischen, gesunden Grapefruit als Obst-Hauptanteil in sich habe. Grapefruit sei nicht umsonst als Paradiesapfel bezeichnet und eine Besonderheit unter allen Früchten, wie es jeder wissen müsse. Dieser Wodka war wie kaum einer sonst. Ihm – Rufus

– sei wichtig, dass sein Zucker aus den Naturalien stammte und nicht extra von ihm hinzugegeben würde. Und, übrigens, sagte Rufus, stamme der Weizen aus dem Winter und nicht aus dem Sommer Schwedens. Das sei seine Stärke.

„Worüber habt ihr gerade gesprochen?" Toms Frage war freundlich gestellt und es lag tatsächliches Interesse in seiner Stimme. Während Daniel ein wenig von der Kultur der Freitage berichtete, über die er mit Rufus gesprochen hatte, hatte Michelle auf dem freien Hocker an der Theke Platz genommen. Sie, von Daniel darauf angesprochen, sagte, dass sie dann doch nicht in das Theater hatte gehen wolllen. „Theater, Theater, was für ein Theater", sagte sie kurz und knapp. „Das passt heute nicht zu mir."

Tom war stehen geblieben und schaffte sich damit die Gelegenheit, zwischen beiden zu stehen. Dass er seine Freundin dadurch leichter in den Haaren und am Rücken streicheln konnte, war eine schöne Nebenerscheinung.

„Ihr habt ja Themen", sagte Michelle trocken. „Ich fand Freitage stets langweilig. Ich wartete auf den Samstag. Dann war es Zeit auszugehen. Zu tanzen. Spaß zu haben. Zu flirten. Von Freude durchflutet zu sein. Freitage gehörten stets den Alten."

„Nun", stichelte Daniel, „du, Michelle, bist jetzt ja auch kein Mädchen mehr."

„Jaja, lieber Daniel", antwortete Michelle amüsiert, „das stimmt. Doch ich bin jung geblieben. Nicht? Das siehst du und hörst du und weißt du. Nein, Ich werde jetzt nicht anfangen, aus dem langweiligsten Tag der Woche einen Gedenktag zu machen."

Tom stieg in das Gespräch ein. Und überraschte die beiden anderen mit einer klaren, selten gestellten Frage. „Sagt mal, glaubt ihr an das ewige Leben nach dem Tod?"

Daniel schwieg. Er wollte nicht als Erster einsteigen. „Ich meine", setzte Tom nach, „was bleibt von uns? Ich habe mein einziges Kind auf tragische Weise verloren und bin kinderlos, wie ihr wisst. Was bleibt also von uns?"

„Meine Musik", sagte Tom zögerlich, „wenn das alles wäre, wäre es – ja – schon ein wenig traurig."

„Also, mein Liebling", sagte Michelle und küsste ihn auf die Wange. „Es ist alles Energie, mein Schatz. Das, was wir jetzt machen – du und ich -, bleibt bei mir und hat seinen Platz im weiten Kosmos. Da alles Energie ist, geht sie dorthin, wohin sie sich allein hin bewegen will. Es ist ein Fortgang der Physik, kein von Menschen und ihrem Geist gemachter. So ist alles im Fluss. Auch im Tod ist es nicht das Ende."

„Es ist nur die Entkörperlichung unseres Leben", sagte Michelle. „Ich empfinde das als einen schönen, einen tröstlichen Gedanken. Wir verschwinden in der Form, in der wir jetzt sind. Da dann alles Energie mit der Erde wird – Asche zu Asche –, musst du, Tom, dich auch nicht anstrengen, etwas anderes zu hinterlassen, als das, was dir Freude gemacht hat in deinem jetzigen Leben."

„Und du, Daniel", fragte Michelle, „glaubst du an das ewige Leben. Als Jude? Die Hoffnung, dass sich das Tor zum Himmel öffnet?"

Daniel war zu nüchtern, um nicht anders als nüchtern zu antworten: „Ich denke, Michelle, dass ich irgendwann vor einen Richter trete und der zusammenrechnet, was gut und was schlecht war."

„Woher weißt du das, dass es ein Richter ist?", fragte Tom.

„Das weiß ich nicht."

„Glaubst du es denn?", setzte Tom nach.

„Ja", antwortete Daniel kurz und abschließend. „Ja, ich glaube das."

„Na, dann viel Spaß uns Dreien", sagte Michelle lachend, „dann hat der Richter ja eine lange Klageschrift auf dem Tisch und muss viel bedenken, bevor er sein Urteil fällt."

„Nicht bei Daniel, Michelle", sagte Tom ein wenig böse „Er hat alles richtig gemacht."

Eine Pause entstand, in der alle von ihren Getränken nahmen. Daniel hatte inzwischen einen Cognac vor sich auf der Theke stehen.

„Ah", stöhnte Michelle laut, „das ist ein Merlot! Was für ein Wein! Gut gewählt von Rufus!" Der Barkeeper grüßte vom anderen Ende der Theke.

„Mein Cocktail ist auch nicht schlecht", rief Tom hinterher.

Tom und Michelle, dachte Daniel, waren sich schon nahe gekommen und wirkten ein wenig – wenn das in dem Alter noch ginge – wie ineinander frisch verliebt. Sie fummelten an sich herum, schauten sich wieder und wieder an und auch geradezu provozierend in die Runde zu den anderen anwesenden Gästen.

„Tom", sagte Daniel ernsthaft, „ich biete dir an, dass ich dir heute Abend etwas erzähle, das ein Bild von mir zurecht rückt."

„Wenn wir alleine sind." Daniels Stimme war sanft gewesen, als er das sagte.

Michelle lächelte und sagte recht laut: „Ein Rausschmiss. Daniel, das hätte ich dir gar nicht zugetraut."

„Verstehe es nicht falsch", sagte Daniel geradezu liebevoll, „aber dein Freund wartet seit sechs Abenden darauf, dass ich selbst von meinem Heiligenschein erzähle. Tom wollte wissen, wieso dieser auch bei mir eiert. Daher ist es nur die Einladung, Tom, dass ich dir heute von meiner Schmach berichte."

Eine weitere Pause entstand. Michelle beendete diese galant.

„Das kann ich", sagte Michelle. „Ohne Argwohn oder so etwas. Tom, das ist vielleicht sogar ein großes Geschenk an dich, dass Daniel sich derart verhält. Macht euch keine Sorgen. Solange du, Tom, später zu mir kommst, ist alles parfait für mich. Ich gehe dann mal in das ‚The Horizon', lasse mich dort bewundern und warte friedlich auf meinen Sugar Boy." Michelle grinste breit und sie war die Schönheit in Person. Sie war tatsächlich weder verärgert noch in ihrer Eitelkeit gekränkt. Tom fiel es erneut auf, wie souverän, wie beherrscht oder, besser, wie weise sie ihm erschien. Er selbst war ja mit Daniel dazu verabredet gewesen, über Daniel zu reden.

Tom hatte sich den ganzen Tag dazu Gedanken gemacht und Michelle von dieser Chance, davon zu hören, erzählt. So war seine Freundin jetzt nicht besonders überrascht davon, dass der alte Mann darum bat, mit Tom alleine an der Theke zu sein. Sie bemerkte, ohne es zu sagen, dass Daniel eine Last mit sich trug, von der er Tom vielleicht zur eigenen Entlastung erzählen wollte. Zugleich wunderte sich Michelle darüber, hatte sie Daniel bis dahin doch als souveränen und beherrschten Mann erlebt, der in seinem hohen Alter von wenigen Sachen bedrückt zu sein erschien.

„Ich wünsche euch Zweien ein gutes Gespräch", sagte sie zum Abschied, „und, Daniel, ich bin froh, dass du meinen Tom hast dafür gewinnen können, in ernste Gespräche einzutauchen. Ich weiß ja von euch beiden, dass ihr beide – beide! – in Trauer seid. Also, Tom, wir sehen uns. Komm einfach nach, wie es dir passt."

Michelle küsste Tom auf Stirn, Wange und Mund. Ein kleiner Strich von ihrem Lippenstift blieb auf der Wange zurück. Michelle holte ein kariertes Taschentuch hervor und wischte ihn mit einer sanften Bewegung weg. Dann schaute sie Daniel an. „Ich wünsche dir einen schönen Abend, Daniel", sagte sie, „und dass du das, was du sagen möchtest, auch in dem Ton sagen kannst, den du magst, was immer es auch ist."

Michelle grüßte Rufus mit einer weit ausladenden Bewegung ihres rechten Armes und schwebte zum Ausgang. Als sie dort angekommen war, blieb sie kurz stehen, drehte sich um und winkte ihrem Freund, sodass es jeder im „The Silent Palm" sehen konnte. „Puh", sagte Tom, als Michelle ganz verschwunden war, und wandte sich Daniel zu. „Sie ist schon etwas Besonderes."

„Jawohl", sagte Daniel und es sollte lustig klingen, „was für eine Sugar Mummy für dich."

„Du, Tom", sagte Daniel dann, „wir haben gestern angeschrieben. Wollen wir unsere Schuld gleich auslösen und Rufus dafür jetzt im Voraus bezahlen?"

„Oh", sagte Tom, „das hätte ich fast vergessen. Ja, bitte. Das machen wir so."

Beide Männer baten Rufus herbei. Auch wenn er es zuerst ablehnte, setzte sich Daniel durch. Tom und er bezahlten ihren Anteil vom gestrigen Abend und gaben je einen großen Schein als Vorschuss obendrauf. „So", sagte Rufus, „nun bekomme ich mein Geld schon im Voraus. Auch wenn sich heute Abend einer von euch zweien – oder gar beide – vom Acker machen sollten, werde ich die Kasse nicht korrigieren müssen. Naja", grinste Rufus breit, „das kann ja ein interessanter Abend werden."

„Weißt du", sagte Daniel zu Tom, als Rufus verschwunden war, „ich möchte nach Hause."

„Warum? Dringend?", fragte Tom.

Daniel zögerte die Antwort hinaus. Er fragte sich, ob er nun bereit war, dem jungen Mann sein Inneres zu offenbaren. „Ich sehne mich nach meiner Freundin in Encino. Sie ist eine gute Gefährtin und" – Daniel lachte zu seinem eigenen Erstaunen auf – „ich sehne mich inzwischen nach meinem eigenen Bett."

„Ja, Tom", fügte Daniel an, „ich möchte nach Hause. Es ist genug der Reiserei."

Tom nahm einen kräftigen Schluck. „Michelle will tatsächlich gleich von New York weiter nach Mexiko, um dort in einem Resort weiterhin Urlaub zu machen. Dann hat sie eine Verabredung in Dubai, die sie nicht versäumen möchte. Sie fragte mich" – und Toms Stimme wankte – „ob ich sie begleiten möchte. Doch, Daniel, nein, ich möchte nicht. Ich möchte mein Apartment in New York aufsuchen und dort eine Weile bleiben."

„Und deine Band zusammentrommeln?", fragte Daniel schnell.

„Meine Band?", antwortete Tom, „das weiß ich nicht. Vielleicht ja, vielleicht nein."

„Also ich, ich wünsche dir das. Du hast ein Talent, das in die Welt gehört, wie du selbst in die Welt gehörst."

„Danke", sagte Tom kurz.

Daniel seufzte tief und Tom bemerkte, dass er diesen Ton von seinem neuen Freund noch nicht gehört hatte, seitdem sie sich auf dem Kreuzfahrtschiff getroffen hatten.

„Was ist?", fragte Tom.

„Also, was ist? Ich erzähle es dir jetzt. Und tue mir den Gefallen, dass du mich nicht unterbrichst." Tom nickte. Er wusste nicht, worauf er sich jetzt einzustellen hatte. Aber er, ja, er hatte es ja so gewollt. Jetzt wusste Tom nicht mehr, ob es richtig von ihm gewesen war, Daniel dazu zu bringen, von seiner Schuld in seinem Leben zu erzählen. Mit welchem Recht war er nur vorgegangen, fragte er sich jetzt und fühlte Schuld, es soweit getrieben zu haben.

„Geboren bin ich in der Bronx", sagte Daniel. „Das weißt du schon. Hinzu kommt, dass ich in der Süd-Bronx aufgewachsen bin. Ja, der Stadtteil, der seit den Siebzigern weltweit in aller Munde war. Kaputte Häuser, Lärm, Dreck. Und vor allem eine gesetzlose Region. Voller Drogen, kaputter Menschen, Banden. Zombies, die dann auf Crack gingen."

„Es war vor dem Zweiten Weltkrieg gut dort. Denke ich. Wohlhabende Familien, Familien aus der Mittelschicht, jüdische Gemeinden. Ja, es war damals gut dort."

„Dann begann es sich zu drehen, in den Fünfzigern. Es gab Unruhen. Wir wurden nach und nach ein Armenviertel. Die, die aus Europa stammten, verschwanden nach und nach. Es wurde schwierig. Die Grundstückspreise verfielen Schritt für

Schritt, Jahr auf Jahr. Die Häuser, die verkauft wurden, gingen an viele Menschen, die anders waren. Ärmer, regelloser."

„Vor allem aber gingen die Grundstücke an Spekulanten, die ein Interesse daran hatten, dass die Preise fielen. Sie wollten preiswert kaufen. Immerhin war die Bronx ein Teil New Yorks. In besseren Zeiten, wenn die Preise wieder anzögen, würden sie ihren Schnitt machen, dachten diese Verbrecher. Sie ließen viele Blocks rasch verfallen. Es kam mehr und mehr vor, dass Häuser kaum an die Mittelschicht verkauft wurden, weil sie in der Gegend lagen, die absehbar auf dem absteigenden Ast war."

„Es kam eines zum anderen. Wir hatten unsere Probleme. Rassen gegen Rassen, wenn man das so überhaupt sagen will. Es war auch ein Kampf von Wohlhabenden gegen Arme. Dann, dann zog Gewalt ein. Organisierte Gewalt, Alle waren beteiligt. Organisierte Gewalt, die noch aus der Prohibition stammte. Gut organisiert waren die. Gruppen, erste Formen von Gangs. Nur viel erwachsener als die, die wir bis dahin kannten. Klüger, strukturierter."

„Und dort begann meine Geschichte."

Rufus sah aus der Entfernung, dass Daniel etwas für ihn Wichtiges erzählte. An seiner Körperhaltung erkannte er es. Daniel war ein wenig sehr nach vorne gebeugt, so wie es der Barkeeper noch nie an Daniel gesehen hatte, seitdem der alte Mann in seine Bar gekommen war. Nun war wohl wichtig, dachte Rufus, dass Tom und Daniel jetzt mit sich allein gelassen würden.

„Wir lebten in der Süd-Bronx. Wir waren zwei Söhne", fuhr Daniel fort. „Ich bin der Ältere. Mutter und Vater hatten sich sehr früh kennengelernt, Anfang ihrer Zwanziger. Sie wurden dort ein Ehepaar. Es erschien beiden anfangs wohl gut, soweit ich es weiß. Als sie ein junges Paar waren. In den Dreißigern. Es gab ein paar Verwandte in der Stadt. Diese aber wurden ebenso wie wir nach 1945 mehr und mehr in die Schulden getrieben. Es waren bei uns Schulden, weil nicht alle Männer, die dahin aus dem Krieg wiederkamen, Arbeit fanden oder in der Lage waren zu arbeiten."

„Ja, es gab Arbeit. Auf den Baustellen in Manhattan. Im Tiefbau. In der Fleischindustrie. Aber manche der Männer, die heim gekommen waren, waren kaputt gemacht worden von den Schlachten. Mein Vater war ein Mann der Hand, nicht einer des Geistes. Er war als Soldat im Pazifik gewesen, was noch schlimmer war, als das, was unsere Soldaten in Europa erlebt hatten. Soweit ich es weiß."

„Alkohol war dann die Droge des Unglücks. Die weit verbreitete Droge. Während des Verbots des Alkohols war der Konsum gar gestiegen und danach war der Grad nicht geringer geworden. So war das."

„Mein Vater nun. Er diente im Pazifik. Als junger Mann. Als Vater von zwei Söhnen. Vielleicht wollte er das Gute. Das Richtige tun. Das weiß ich nicht. Mutter musste sich um uns kümmern. Es fiel ihr schwer. Sie hatte selbst Eltern, die nicht helfen konnten. Eine kranke Mutter, einen Alkoholiker zum Vater. Meine Großeltern. Mein Vater nun sah furchtbare Dinge. Solche, die kaum ein Mensch erzählen kann."

„Über Europa und den Krieg dort wird viel erzählt, weißt du? Das Schlimme dort. Das Schlimmste, der Holocaust. Die Shoah. Mein Vater aber war im Dschungel gewesen. Und ging wohl über Leichen. Über Leichen. Und über Leichen. Als er wiederkam vom Krieg. War er kaputt. Denke ich. Sie feierten den Sieg mit Konfetti. In Manhattan. Am Times Square. Wir hatten gesiegt. Ja. Aber Vater hatte verloren. Und: Sie vergaßen die Verkrüppelten. Die Veteranen. Vor allem die, die nicht nur ein Bein gelassen hatten. Die im Inneren zerstört worden waren."

„Auf jeden Fall war er weg. Auf einmal. Mein jüngerer Bruder und ich sahen, wie er den Koffer packte. Und ging. Ohne sich umzudrehen. Mutter weinte. Und schrie ihm hinterher. Wie kannst du? Wie kannst du nur?"

„Auf einmal waren wir nur zu dritt. Ohne Erklärungen abzugeben war er weg gegangen. Kein Brief. Keine neue Adresse. Einfach weg. Mutter erzählte nicht, was sie wusste. Was sie vielleicht wusste. Es tat weh. Wir kamen in der Schule kaum zurecht. Mutter griff zum Schnaps. Mein Bruder lernte bestimmte Leute kennen, Erwachsene. Sie versprachen ihm dies und das. Wenn er für sie Botengänge in der Süd-Bronx erledigte. Von Geschäft zu Geschäft. Von der Kneipe zur Kneipe. Es war schlimm. Mutter konnte ihn nicht davon abhalten. Sie war kraftlos. Ich, ja, und ich? Zwei Jahre älter? Was tat ich?"

„Ich tat gar nichts. Ich wusste nur – woher das kam, kann ich dir nicht sagen –, dass ich nichts mit diesen Erwachsenen zu tun haben wollte. Mein Bruder kümmerte sich sogar um diese Frage. Er sagte denen, dass sie mich dafür in Ruhe lassen müssten. Es war ein Kodex, denke ich. Der wirklich gelang. Ich wurde auf unserer Straße nicht bedrängt. Nicht vor den Geschäften. Nicht vor den Kneipen. Nicht auf den Wegen in die Schule. Und zurück."

„Dann kam das Angebot aus Los Angeles. Eine Lehre. Mein Onkel sah, dass etwas richtig schief lief bei uns. Er wollte uns Drei nach Los Angeles holen. Mutter wollte nicht. Es gab dort wohl irgendeinen Hass auf den Onkel. Mehr weiß ich nicht. Mein Bruder sagte, er könne nicht mehr. Er sei verpflichtet. Die zu bedienen."

„Dann ging es schnell. Ich bekam einen Brief von meinem Onkel. Darin war das Bus-Ticket. Und ein wenig Bargeld. Am nächsten Tag fuhr ich los. Mutter lag betrunken im Bett. Ich konnte ihr nicht einmal auf Wiedersehen sagen. Sie war bereits von der Wolke einer Weggetretenen umgeben. Die Wolke, die der Schnaps erschuf. Eine Wolke, die verhinderte, dass ich zu ihr vordringen konnte. Meinen Bruder sah ich an diesem Tag auch nicht. Er hatte schon lange nicht mehr bei uns regelmäßig geschlafen."

„So floh ich aus der Bronx. Wie so viele andere. Der ganze Stadtteil floh heraus."

„So verließ ich New York. So ließ ich meinen Bruder und meine Mutter zurück."

„Die Familie in New York half nicht. Vielleicht wollte meine Mutter keine Hilfe annehmen. Das weiß ich nicht. Ebenso weiß ich wenig über Vater. Es gab so gut wie nichts, was Mutter erzählte."

„Mein Bruder kam dann für eine schlimme Sache ins Gefängnis. Ich hatte es nur erfahren, weil mein Onkel mir davon erzählte. Er war wohl zwischen die Fronten geraten. Der bestimmten Leute. Er wurde angegriffen. Im Gefängnis. Warum genau, weiß ich nicht. Irgendetwas mit Schulden. Mit gebrochener Loyalität. Er überlebte es nicht."

„Mutter starb ein Jahr später. An Gram, denke ich. Ja, sie starb an Gram. Und am Schnaps. Mein Onkel verbot mir, mit seiner Hilfe eine Beerdigung zu organisieren. Er hatte Sorge, dass ich auf die bestimmten Leute träfe. Die, die meinen Bruder für sich gefangen genommen hatten."

„Er sagte, mit denen ist es besser, nichts zu tun zu haben."

„Ja, du hast Britt im Stich gelassen. Hast du gesagt."

„Ich habe aber, ich habe Mutter und – den kleinen – Bruder im Stich gelassen."

„Das ist meine Schmach, Tom. Unterlassene Hilfeleistung. Eine verabscheuungswürdige Tat. Es hatte nichts mit Demütigung zu tun, die mir angetan wurde. Ich tat Bruder und Mutter Schlimmes an. Das war es. Und das, Tom, die Schmach, die ist das Gegenteil von Ruhm, den man erntet, wenn man ein Held ist. Ich, ich bin weit entfernt davon, ein Held zu sein."

Eine lange Pause entstand. Daniel schaute ausdruckslos auf die Regalwand vor sich. Tom, ein wenig beschämt, traute sich nicht, irgendwohin seinen Blick zu richten. So war sein Kopf gesenkt. Der junge Mann hatte es sich auch verkniffen, Daniel während des Erzählens auf irgendeine Weise zu unterbrechen. Während Daniel sprach, wechselte Toms Körperhaltung – und das eher hilflos – zwischen zwei Arten. Einmal wandte er sich dem alten Mann zu. Das andere Mal von ihm weg.

Auch war Tom davon betroffen, da er so etwas nicht erwartet hatte. Er hatte – gefangen in einer eigenen Vorstellung von Romantik in der Welt – erwartet, dass der alte Mann eine Affäre beichtete. Vielleicht auch zwei oder drei. Dass Daniel etwas so Schreckliches berichtete, dass er seinen jüngeren Bruder und seine Mutter in New York zurückließ, während er sich zu einem neuen – sehr erfolgreichen – Leben nach Los Angeles aufmachte, das war das, was ihn, Daniel, im Grunde sehr zerstört hatte. Tom dachte nun an seine Kindheit und seine Jugend.

Sein Leben in der Familie in New Jersey war ein Leben der Geborgenheit, des genügenden Wohlstands und guter Eltern gewesen. All das, was Tom über die Süd-Bronx kannte, stammte aus den Erfahrungen von Menschen, die davon erzählt hatten, und den Berichten, die jeder New Yorker in den Zeitungen seit den Siebzigern lesen konnte. Auch für ihn selbst war die Süd-Bronx zu seiner Zeit als Jugendlicher und Erwachsener eine No-Go-Area gewesen. Ein Ort, den jeder vernünftige New Yorker mied wie der Teufel das Weihwasser.

Dass der Niedergang des Distrikts bereits nach dem Zweiten Weltkrieg begann, das wusste Tom nur vage. Dass Daniel aber im Beginn des Niedergangs in der Süd-Bronx groß geworden war, das machte es nicht wesentlich besser. Was Daniel mit den „bestimmten Leuten" meinte, wie er sagte, malte sich Tom jetzt aus. Dieses Bild sprach von der Mafia, von Ethnien, die Gewalt ausübten, von Erpressung, von Überfällen, von Bestrafung und Belohnung in einem System des Bösen, dem kein Mensch auch nur im Entferntesten nahe treten wollte.

Daniel schwieg noch immer. Tom wusste nicht, was zu sagen sei. Rufus half. Der Barkeeper kam heran, ohne jegliche Aufforderung, und schenkte Wasser und Eiswürfel in zwei Kristallgläser. Dazu servierte er Daniel einen weiteren Cognac und Tom einen einfachen Whiskey Sour. Irgendwie, so dachte Tom jetzt, war alles voller Sinn, was er seit dem Betreten des Kreuzfahrtschiffes erlebt hatte. Und nun wusste er auch, dass der alte Mann ihm bewusst und unbewusst ein guter Mann geworden war, der ihm – Tom – half, zu sich zu kommen, seitdem er von Hamburg aufgebrochen war.

Was er selbst Daniel vielleicht hatte schenken können, welche Nähe, welche Erkenntnis, welche Reinigung, das bewertete Tom nun als gering. Er war noch nie auf einen Mann wie Daniel gestoßen. Er hätte ihn gern zum Freund gehabt, dachte Tom und beschloss, mit Daniel anzustoßen.

„Auf dein Wohl!", sagte Tom und hob das Glas in die Höhe. „Es tut mir so leid, was dir widerfahren ist, und wie du es empfindest."

Daniel schaute nach links zu Tom. Seine Augen sahen nun alt aus. So alt, wie er in Wahrheit war. Mitte Siebzig. Die Augen waren über dem Erzählen glasig geworden und ein wenig Feuchtigkeit zeigte sich in einem Blick, der Tom die Ernsthaftigkeit vermittelte, die Daniel in seinen Bericht hinein gelegt hatte.

„Ja, Tom", sagte Daniel und hob sein Glas. „Auf dein Wohl, Tom", sagte Daniel. Beide richteten die Gläser in die Höhe, schauten sich in die Augen und nahmen jeweils einen kräftigen Schluck.

„Ah, das ist hart", sagte Tom. „Das Zeug ist wirklich hart."

Daniel hustete. Er hatte vom Cognac zu viel auf einmal genommen. „Ja, das ist gut", sagte der alte Mann dann.

Nach einer Pause sagte Daniel, nun ein wenig gesammelt und auf dem Weg, wieder bei sich zu sein: „Weißt du, Tom, ich habe eine große Firma geführt, über achtzig Mitarbeiter in der Spitze der Firmengeschichte. Wir haben sogar das berühmteste Hotel in Las Vegas ausgestattet. Und auch die Bibliothek eines ehemaligen Präsidenten. Ich mochte meine Mitarbeiter und auch meine Kunden. Ich mochte, dass meine Frau Elenah der Belegschaft half, wenn es bei irgendeinem schwierig wurde."

„Auf ihrer Beerdigung kamen viele von den ehemaligen Mitarbeitern. Sie erzählten mir, dass sie Elenah Mammacita genannt hatten, Mütterchen, Kümmerin. Wir konnten auch einige Mitarbeiter darin unterstützen, dass sie Wohnungen oder Häuser erwarben. Mich hat nie interessiert, noch größer und größer zu werden. Es musste alles passen und es passte sehr lange."

„Warum ich dir das erzähle?", sagte Daniel. Und gab sich selbst die Antwort: „Weil es viele Gelegenheiten gegeben hätte, von meinem Verhalten in der Bronx zu erzählen. Ich tat es aber nicht. Ja, Elenah wusste Bescheid. Sie tröstete mich und meinte, dass ich zu jung gewesen wäre, als dass ich Schuld und Scham auf mich laden solle. Auch meiner Freundin habe ich davon erzählt. Doch selbst meinen Töchtern gegenüber habe ich nur wenig aus meiner Zeit als Kind und als Jugendlicher berichtet. Und nun du. Du hast es gehört."

„Nimm es mit oder nicht", beendete Daniel seine Worte. „Aber, ja, es tat gut, dir davon zu berichten."

Tom ergriff die Chance. „Wie hast du zu mir gesagt: Du seiest mir gegenüber kein Richter? Das bin ich jetzt dir gegenüber auch nicht. Ich bin nur eine Bar-Bekanntschaft. Ein Pal auf Zeit." Tom pausierte. Dann sagte er weich. „Dank dir für das Vertrauen in mich, Daniel."

Stille trat zwischen beiden Männern ein. Eine Stille, die es bislang zwischen den beiden Männern noch nicht gegeben hatte. Tom war hilflos, wie er nun auf Daniel einzugehen hatte. Er entschied sich, ihm gegenüber derart zu sein, wie er es bislang auch gewesen war. Tom hatte an der Reling Daniel von seinem Schlimmsten erzählt und Daniel war nicht fort gegangen. Das, mindestens, wolle er jetzt auch so halten, sagte sich Tom.

„Wie soll der Abend nun gut enden?", fragte Tom.

„Keine Ahnung", sagte Daniel trocken.

„Ich wollte Schwächen bei dir finden", gestand Tom jetzt ein. „Da ich unperfekt bin, suchte ich das Unperfekte in dir."

„Fast sah ich es als Wettkampf. So dumm bin ich, Daniel."

„Ich konnte dein Dienen nicht glauben, ehrlich gesagt. Die Glätte. Doch jetzt, jetzt glaube ich es", sagte Tom.

„Jetzt sehe ich, warum du ein so liebevoller Mensch geworden bist. Ja, nun erklärt es sich mir. Ohne groß Worte darum zu machen."

Tom prostete Daniel erneut zu. „Und wie der Abend ausgeht? Gut natürlich! Wir reden noch ein wenig. Entspannt. Dann sehe ich vielleicht Michelle. Und du gehst vielleicht in die Welt des Talmuds."

„Vielleicht habe ich eine gute Idee." Tom schaute zu Rufus hinüber. Rufus brauchte einen Moment. Dann trat er an die beiden Männer heran. „Sag, Rufus, kannst du den Song ‚Honesty' von Billy Joel einspielen? Aber nur, wenn es passt."

„‚Honesty'?", sagte Rufus, „Ja, das kann ich. Ein großes Lied. Hat einen Grammy bekommen. Ein Song über Ehrlichkeit oder, besser, über Unehrlichkeit."

„Warum dieser Song?", fragte Rufus.

„Weil", antwortete Tom mit Verzögerung, „weil wir anders als im Song seit acht Abenden so zueinander waren: ehrlich. Und Billy davon singt, wie selten das vorkommt."

„Ah", sagte Rufus, „dann ist es eine gute Wahl. Ja, das mache ich gleich."

„Ich hoffe, du magst es auch, Daniel", sagte Tom.

„Ja, bestimmt", sagte Daniel zu Tom.

Rufus startete das Abspielen. Daniel und Tom hörten Joel zu. Fast, als wäre Joel in die Bar gekommen, fühlte sich Tom dem New Yorker nah. Als der Song geendet hatte, sagte Tom: „Ich mag vor allem die Zeilen:

,Honesty Is Such A Lonely Word.

Everyone Is So Untrue.

Honesty Is Hardly Ever Heard'".

Daniel stimmte zu. „Jep", sagte der alte Mann. „Aber wir haben was davon gefunden. Im ,The Silent Palm'. An der Bar von Rufus."

„Jep", sagte Tom.

Daniel war müde geworden. Der Abend hatte ihn mitgenommen. Er sprach Tom an, dass er heute früh ins Bett gehen wolle. Und, ja, im Talmud, lesen wolle. „Da du ja mit Michelle gut versorgt bist, brauche ich auch kein schlechtes Gewissen zu haben, richtig?"

Tom bejahte fast belustigt. „Auf keinen Fall."

Daniel rief Rufus herbei. Der Barkeeper und die beiden Männer tauschten ein paar freundliche Worte aus. Der alte Mann erhielt dann von der Anzahlung den Rest und gab ein sehr gutes Trinkgeld. „Morgen bin ich wieder da", sagte Rufus zu Tom und Daniel. „Vielleicht ihr auch."

Tom sagte zu. Daniel zögerte: „Ich weiß noch nicht, Tom. Ich muss mir erst meine kommende Nacht angeschaut haben. Wie ich geschlafen haben werde."

„Das verstehe ich."

„Gehst du in das ‚The Horizon'"?"

„Ich denke schon."

„Vergiss nicht, deine Anzahlung abzurechnen. Und grüße die Madame von mir!"

„Mache ich."

Diesmal legte Tom seine Hand auf die Schulter dieses großen Kerls. „Komm morgen wieder, bitte, Daniel."

„Wir haben noch zwei Abende. Ich würde mich freuen, diese mit dir zu verbringen", sagte Tom in einem sehr weichen Ton.

Daniel sagte zu Tom nichts weiter.

Der alte Mann nahm seine Jacke, grüßte Rufus zum Abschied und verließ das „The Silent Palm". Heute bin ich nicht schweigsam unter den Palmen gewesen, dachte Daniel, als er das Deck wechselte. In der Kabine zog er sich zur Nacht um, erledigte die Abendtoilette und fiel in sein Bett. Der Nacken tat ihm weh. Eine Verspannung nur, dachte er. Kein Wunder, sagte er sich. Das, was ich erzählt habe, ist auch nichts für schwache Nerven gewesen. Er spürte sein Herz. Es pochte zu stark.

Daniel streckte sich mehrfach und zog die Decke hoch über sich. Er zog sie weit hoch über sein Gesicht, sodass sie wie die tröstende, wärmende Hand einer Frau angenehm über der Stirn, den Augen, der Nase und dem Mund lag. Der alte Mann atmete vier Mal hintereinander lange tief ein und aus. Und das mehrfach. Er zog dann die Decke langsam zum Hals hinunter. Dann zog er sie wieder über den Kopf und zog sie erneut im Schneckentempo herunter. Wieder tat er das.

Nach einigen Wiederholungen beruhigte sich sein Atem und er spürte, wie sein Herz und dessen Schlag nicht mehr wahrnehmbar waren. Es war eine Technik, die er im Krankenhaus gelernt hatte. Als sie ihm den Herzschrittmacher und den Schockgeber eingepflanzt hatten, kamen auch Therapeuten in sein Zimmer. Sie übten mit ihm, was er zu Hause tun solle, wenn er aufgeregt war, oder das Gegenteil davon, wenn er niedergeschlagen war. Es war ihm – dem gestandenen Mann – peinlich gewesen, den jungen Frauen zuzuhören und die Übungen der Achtsamkeit vor ihnen in der Reha nachzumachen.

Tatsächlich, als Reni ihn dazu ermuntert hatte, diese Technik anzuwenden, wandelte sich sein Gefühl. Zuerst empfand er sich als Schwächling, diese Übungen anwenden zu müssen. Dann aber war es anders geworden. Er war dann überzeugt worden, dass es das Richtige war, das zu tun war. Es half, was die Therapeutinnen ihm beigebracht hatten.

Dann, als sich jetzt der Atem beruhigt hatte, schaltete er das Licht aus und, ohne den Talmud zu lesen, schlief er ein. Er träumte viel in dieser Nacht. Viel wirres Zeug, viele wirre Gesichter. Er wurde drei Mal wach.

Am nächsten Morgen, als er schließlich endgültig wach wurde, nahm er sich vor, als erstes Reni anrufen. Seine Freundin, die in Encino war und an diesem Tag Geburtstag feierte. Wie er den Tag – einen Samstag – ansonsten auf dem Kreuzfahrtschiff verbringen wollte, dazu hatte er für sich am Morgen noch keinen Plan geschmiedet. Und auch am späteren Morgen, bevor er Reni erreichte, wusste Daniel Golin noch immer nicht, ob er dem „The Silent Palm" abermals einen Besuch abstatten würde. Es war für ihn eine offene Frage, als der Tag begann und die ersten Sonnenstrahlen durch das Fenster in seine Kabine warf. „Jeder Tag trägt eine neue Hoffnung in sich", zitierte Daniel sich selbst aus einer Stelle im Talmud. Dann wählte er die Nummer seiner Freundin. Das Leerzeichen erklang. Dann knackte es. Reni hob ab und fragte: „Daniel, bist du es?"

IX. Kapitel

Alles ein bisschen besser

„Das ist eine schöne Geste", sagte Rufus anerkennend. „Wenn das stimmt, dass Daniel gestern Abend im Unfrieden mit sich unsere Bar verlassen hat, dann hast du es sicherlich richtig gemacht, Tom." Der junge Mann schaute Rufus entschieden an. „Das war nur eine Kleinigkeit", sagte Tom, „Daniel die CD und das Autogramm in die Kabine geschickt zu haben. Es ist mehr als nur eine hilflose Geste", sagte er und rückte sich auf dem Hocker im „The Silent Palm" zurecht. „Daniel war so gut zu mir, dass ich es einfach tun musste."

Auch habe er, Tom, nicht allein eine Danksagung aufgeschrieben. Er habe, erzählte Tom, auch eine Einladung in die Bar für diesen Abend ausgesprochen, „Wird er kommen? Was denkst du, Rufus?" Der Barkeeper dachte in Ruhe nach. Er hatte Zeit für Tom, weil der junge Mann gleich nach der Eröffnung der Bar in das „The Silent Palm" gekommen war. „Ich weiß es nicht", antwortete Rufus und sagte dann ein wenig zögerlich: „Nein, Tom. Ich denke, Daniel wird kommen. Auch er hat in dir einen guten Gesprächspartner gefunden. Warum sollte er mit der kleinen Tradition, die ihr Zwei euch geschaffen habt, brechen? Es ist der neunte Abend auf unserem Schiff. Da kann man nicht einfach aufhören zu würdigen, was ihr zwischen Euch aufgebaut habt."

Tom hatte am Abend vorher in der Poststelle des Kreuzfahrtschiffes die CD seiner Meistersongs in ein kleines Päckchen gewickelt und die Autogrammkarte beigegeben, versehen mit der handschriftlichen Danksagung und der persönlichen Einladung, erneut in die Bar zu kommen. Die Dame in der Poststelle war sehr freundlich. Sie versicherte, dass Toms Päckchen am nächsten Morgen an der Tür von Daniel abgegeben würde.

Ob er noch eine Rückmeldung erhalten möchte, fragte sie, dass er sicher wüsste, dass sein Päckchen angekommen sei. Tom dachte nur kurz nach und bat die Dame dann darum. Es sei besser für sein Gefühl, sagte Tom ihr, zu wissen, dass sein Freund die Botschaft – so nannte es Tom – erhalten habe. So wäre es dann geklärt und Tom könnte beruhigter in die Nacht gehen.

Bevor der junge Mann Michelle in ihrer Kabine antraf, hatte er sein schlechtes Gewissen befragt. Ja, es stimmte, er konnte die Glätte der Person Daniel Golin nicht glauben. Ja, er war als Gott der Güte und des Anstands ihm erschienen. Ja, er war als Ehemann das Vorbild, das sich ein jeder vernünftige junge Ehemann vornehmen konnte, wenn er in Gefahr geriet, auf welche Weise auch immer, zu seiner Ehefrau schlecht zu sein. Nein, er hatte von Daniel keine Beichte hören wollen. Nein, er war nicht dafür verantwortlich, dass ihm Daniel gestern Abend seine Familiengeschichte erzählt hatte.

Sein Bauchgefühl war beladen gewesen von einem quälerischen Gewicht, dass er Daniel in die Enge getrieben hatte, obwohl ihm, Tom, ausgerechnet ihm, das nicht gut zu Gesicht stand, wenn er auf die Fehler, die er gemacht hatte, schaute. Tom war ehrlich mit sich. Es tat ihm auch – in einem kleineren Anteil des Gefühls – gut, erfahren zu haben, dass Daniel Fehler gemacht hatte, Schuld auf sich geladen hatte und nicht in der gesamten Biografie ein Heiliger, ein Unantastbarer gewesen war. Zugleich war Tom selbstredend auch klar, dass der alte Mann sehr jung gewesen war und aus Not heraus seinen Bruder und seine Mutter im Stich gelassen hatte.

Umso mehr wünschte sich Tom, erneut auf Daniel zu treffen. Ihm selbst ging es wieder besser. Und das verdankte er nicht allein der Gesellschaft von Michelle. Nein, er wusste, dass, über Britta ausführlich gesprochen haben zu dürfen, ihm, Tom, Last von der Schulter genommen hatte. Weiterhin nahm er keine Tabletten und hatte keine schlimmen Panikattacken erlebt. Er wusste, dass diese wiederkämen. Er wusste auch, dass er wieder Tabletten schlucken würde. Doch für jetzt, während der Überfahrt, fühlte er sich nun stark, ausgeglichen und ein wenig in den Personen Daniel, Rufus und Michelle – ja – geborgen, als hätten die Drei einen guten, fast magischen Schutzschirm über ihn geworfen.

Besonders genoss es Tom, wurde ihm klar, dass keiner von ihnen etwas anderes einforderte als lediglich aufrichtige Aufmerksamkeit und nicht all das andere, was viele von ihm abschneiden wollten. Daniel war alt und freundlich. Rufus war zuvorkommend und weise. Und Michelle hatte all das Geld, das er ihr nicht geben musste. Eine gute Ordnung, die sich da ergeben hatte, dachte Tom und wartete darauf, dass der alte Mann in das „The Silent Palm" kam.

Tom hatte einen unbeschwerten Tag verbracht und Michelle hatte alles dafür getan, dass beide umgänglich zueinander waren. Als Tom am Nachmittag sagte, dass er auf Daniel in der Bar von Rufus warten möchte, da sperrte sich Michelle erneut nicht dagegen. Sie war keine Frau, die ihren Freund klammern musste wie eine Plastiktüte, die mit einem Clip verschlossen wurde. Sie war eine Frau, die wusste, dass ein guter Mann auch Zeit für sich und gerade auch Zeit für seine Männerfreunde brauchte. Sie selbst hatte in den Jahren der Ehe erlebt, wie wichtig ihr manche Freundinnen wurden.

Gerade, als die Scheidung anstand, erzählte Michelle ihrem Freund, waren es die Freundinnen und niemand sonst in ihrer eigenen Familie gewesen, die ihr in jener schweren Zeit beigestanden hatten. Es ging um viel Geld und ihr Ehemann fuhr die besten Anwälte auf. Ihre ersten eigenen Anwälte wurden derart unter Druck gesetzt, dass sie ihr Mandat aufgaben und damit sie – Michelle – schutzlos zurückließen.

In der Zeit, in der niemand wusste, sie am wenigsten, wie die Scheidung, und alles, was damit zusammenhing, gemeistert werden konnte, da sprangen die Freundinnen ein. Sie gaben Geld, sie vermittelten neue Anwälte und nach drei langen, anstrengenden Jahren war sie ihren Ehemann los und hatte über fünfzehn Millionen Euro auf ihrem Konto. Fortan war sie nicht mehr auf der Suche nach Arbeit. Ihre Arbeit bestand nun darin, ihr Vermögen klug und umsichtig zu verwalten.

„Möchtest du erneut einen besonderen, einen neuen Cocktail, Tom?", fragte Rufus. „Ich habe gerade alle Zeit der Welt."

„Ja", antwortete Tom, „warum nicht."

„Ich mache dir einen Jersey Chaser Monito, weil du ein Jersey-Junge bist."

„Es gibt einen Cocktail, der meine Heimatregion in seinem Namen trägt? Das wusste ich nicht."

„Ja", erzählte Rufus, „dieser Cocktail ist eher einer derjenigen, die wenig bekannt sind. Es gibt Hunderte von Cocktails, Tom. In den meisten Bars werden so acht, zehn oder zwölf angeboten. Auf den Karten. Es muss ja schnell gehen, damit der Umsatz stimmt. Auch wir haben im ‚The Silent Palm' nur sieben, acht Cocktails auf der Karte stehen. Aber in jeder guten Bar, weißt du, Tom, kann jeder Pro unter den Barkeepern mindestens fünfzig Cocktails herstellen. Dafür, dies zu besprechen und herzustellen, fehlt aber ganz häufig die Zeit."

„Es ist ja hektisch in den Bars", fuhr Rufus fort. „Für die Beratung der Gäste und das aufwändige Mixen fehlt häufig die Zeit, da diese am Ende in Kostenstellen umgerechnet wird. Der Jersey-Cocktail, den ich dir anbiete, trägt den Empress Gin in sich, das ist bereits ein Problem, da der schon sehr selten in den Bars bereit steht. Ich habe ihn aber im Angebot. Zu deinem Jersey gibt es – klassisch und vorrätig – Pfefferminz-Blätter, frischen Limetten-Saft und Sprudelwasser. Das haben alle Barkeeper bereit, wohl wahr. Aber der Gin fehlt in den meisten Bars. Ich habe ihn aber, wie gesagt, und habe stets dafür gesorgt, meinem Abteilungsleiter zu sagen, was ich insgesamt an Stoffen brauche, um meiner Arbeit auch bei anspruchsvollen Gästen nachgehen zu können."

„Ja", sagte Tom erneut, „dann gib mir den Jersey-Jungen, bitte."

„Willst du wissen, was Daniel gestern Abend erzählt hat?", fragte Tom schroff, ohne weiter auf die Getränkebestellung einzugehen.

Rufus dachte kurz nach. Er war ein sehr erfahrener Mann. „Nein, Tom", sagte Rufus, „ich denke nicht, dass ich es wissen will. Daniel hat es dir erzählt, nicht mir. Ich fände es illoyal, wenn ich durch dich von seiner Last erführe. Verstehe mich nicht falsch, bitte. Ich schätze, dass wir Drei gut miteinander auskommen. Aber dass ich von dir erfahre, was Daniel dir gestern unter vier Augen berichtet hat, das gehört sich nicht, denke ich."

„Verstehe", sagte Tom zögerlich.

„Meinst du, dass er noch kommt?", setzte Tom nach.

Eine Pause entstand. Rufus schaute an die Decke. „Ich?"

„Ich denke", sagte Rufus abwartend, herantastend, „ja, Tom, ich denke, er kommt, und ich denke, dass sich dein Warten lohnen wird. Auch dein Warten ist bereits ein Freundschaftsdienst. Du könntest so viele andere, schöne Dinge auf dem Schiff machen. Etwa mit Michelle im ‚The Horizon' tanzen und" – Rufus lachte – „darauf aufpassen, dass kein anderer Mann sie dir wegfischt."

„Ich mache dir erstmal den Cocktail", sagte Rufus und ging an die Mitte der Theke, wo seine Werkzeuge auf ihn warteten. Die, die seine Arbeit ermöglichten.

Tom musste, während Rufus an der Bar arbeitete und die ersten Gäste in das „The Silent Palm" hereintraten, an seinen Vater denken. Immer, wenn er sich seiner versicherte, fiel ihm auf, was sein Vater stets gewesen war: ein Mann der Normalität. Er, der Sohn, hatte im Leben des Vaters niemals große Ausschläge wahrgenommen. Er war durchgehend freundlich zu seiner Ehefrau gewesen. Er war der Arbeit nachgegangen und hatte ein wenig Karriere in seiner Firma gemacht.

Als Tom mit fünfzehn Jahren Arthur Millers „Tod eines Handlungsreisenden" las, dachte der Sohn, dass sein Vater wie im Theaterstück einen großen, einen geheimen Makel haben müsste. Im Theaterstück hat der Ehemann – der Handlungsreisende – eine dauerhafte Beziehung zu einer Prostituierten. Sein Leben in der Parallele, in einer Traumwelt war der Ausgleich dazu, im Leben in der Familie und vor allem in seiner schweren Arbeit zu bestehen. So las der junge Tom das Theaterstück, nachdem es als Film in die Kinos gekommen war.

Doch in seinem Fall wusste Tom nichts, gar nichts, was ein Fleck auf der Weste seines Vaters gewesen sein könnte. Auch seine Mutter war eine Frau gewesen, die in Normalität lebte und keine Anzeichen davon bot, dass ihr Leben anders als

fließend, als gemächlich und als zufrieden zu beschreiben sei.
Erst, als der Sohn – Tom – aus der Normalität heraustrat und
seine eigene Karriere als Rockstar in großem Stil entwickelte,
veränderte sich das innere Gefüge der Familie. Die Sorge kam
Jahr auf Jahr stärker in seine Verwandtschaft und auf die Stirn
von Vater und Mutter.

Sie sprachen mit ihrem Sohn offen darüber, dass sein Weg
nicht allein ein guter sei, doch führte dies weder zu stärksten
Belastungen noch zu etwas, das man einen Bruch nennen
könnte. Als er, so erinnerte er sich jetzt über den Cocktail,
den Rufus ohne weitere Kommentare auf die Theke gestellt
hatte, den Eltern ein großes Haus kaufen wollte, da er reich
geworden war, da sagten Vater und Mutter, dass sie kein neues
Haus wollten. Sie mochten das, das sie hatten. Tom war stolz
gewesen, dass er das Geld in der Rock-Musik verdiente, das
weit über dem Gehalt seines Vaters lag.

Dass die Eltern gleichwohl kein Geld von ihrem Sohn
annahmen, dem folgten ein paar Monate der Verstimmung,
da Tom – stur und dumm, wie er war – auf sein Geschenk,
das Geld zu geben, pochte wie ein Rechthaber, der nicht
im Recht war. Als der Sohn verstand, dass die Eltern nicht
allein glücklich über seine Karriere waren – sie sahen die
Überforderung, die zu Süchten führte –, lag die Schuld, die
Tom eh für sich empfand, nur noch stärker auf ihm. So blieb
bei den Eltern alles in einem Rahmen der Kleinbürgerlichkeit.
Beide Elternteile hatten dem Sohn, so dachte Tom, jetzt erneut
in der Bar sitzend und nachdenkend, stets eine Heimstatt
bieten wollen, gar eine Burg, die zu ihm gehörte, mochte er
gesund oder krank zu den Eltern zurückkehren.

Tom mochte es in der Folge, zu Hause zu sein. Zugleich
empfand er die Scham, dass er seine Karriere als berühmter
Rockstar um den Preis von zerstörten Ehen, unglücklichen
Affären, der Sucht und vor allem dem Tod seines Sohnes

Ash lebte. Sein Vater riet dem Sohn niemals, mit der Musik aufzuhören. Dazu hatte er viel zu viel Respekt vor der Leistung seines Sohnes. Dass der Vater mitlitt wie seine Ehefrau, das war gleichwohl für Tom, wie er wusste, ein Gefühl, das er klar und deutlich in all den Jahren wahrnahm.

Tom wurde mit einem Mal aus den grauen Gedanken gerissen. Daniel kam in das „The Silent Palm". Rufus bemerkte ihn, bevor Tom Daniel sah. Der Barkeeper machte Zeichen, dass beide wussten, dass er an ihrer Seite war. Daniel, als er an die Theke trat, war weder kleinlaut noch unaufmerksam. Der alte Mann machte es einfach so, wie es einem Mann seines Alters und seiner Erfahrung entsprach. Er, bevor er Rufus herbei winkte, klopfte auf die Schulter von Tom und sagte: „Hey, Tom, schön dich zu sehen."

Und ohne, dass etwas anderes als Freundlichkeit in seiner Stimme lag, fügte er an: „Vielen Dank für die CD und die Einladung, heute auf dich hier zu treffen. Ich habe mich gefreut. Deine Botschaft hat mich erreicht und ich habe sie mehr als wohlwollend entgegen genommen." Und dann sagte Daniel, zum Scherzen aufgelegt, ergänzend: „Die Dame, die mir das Päckchen gab, war jung, hübsch und charmant. Das wäre mir ohne dein Geschenk heute nicht geschehen."

Rufus war sofort zu Daniel gegangen. Ihm war es ein Anliegen, ebenso wie Tom, ihn zu stärken. Ihm zu zeigen, dass er dort, in seiner Bar, einen Ruhepunkt hatte. Einen Ort der inneren Ruhe fand, an dem Komisches oder Krummes keinen Platz hatte. So fragte der Barkeeper nach dem Befinden seines Stammgastes und dann, als dieser versicherte, dass es ihm gut ginge, empfahl Rufus ein Getränk, das er sich für Daniel für heute Abend geplant hatte. „Daniel, Bier ist gesund, das weißt du." Daniel nickte. „Es hat gesunde Anteile und wurde im Bergbau und in den Minen in alten Jahren als Nahrungsmittel ausgeschenkt. Auch als Bezahlung, ich weiß. Aber Bier tut dem Bauch und damit der Seele gut. Nicht?"

Daniel nickte erneut und war ein wenig belustigt, da er von Rufus davon überhaupt nicht überzeugt werden musste. „Also", sagte der Barkeeper, „ich habe noch eine Flasche Alaska Icy, die ich dir heute ausgeben möchte. Es kommt aus dem eisigen Alaska. Gletscherwasser ist die Hauptquelle für dieses Bier. Es hat besonderen Hopfen in sich. Das Besondere ist, dass es aus dem Juenau-Eisfeld stammt, einer Region, die sehr, sehr viel Regen im Jahr aufweist. Da du den Weg erneut in das ‚The Silent Palm' gefunden hast und damit das Vertrauen in mich und in Tom, geht dieses Bier auf meine Rechnung, bitte."

„Einverstanden, Daniel?"

Tom klopfte dem alten Mann auf die Schulter. „Einverstanden?", fragte auch er.

Daniel richtete sich auf, bevor er auf dem freien Hocker Platz nahm. „So", antwortete er, als er seinen angestammten Platz eingenommen hatte, „es reicht jetzt. So viele Blumen. Das macht den Garten nur kaputt."

„Danke euch", fügte er dann in leisem Ton hinzu.

Eine Pause entstand. Tom und Daniel warteten, bis auch Daniel ein Getränk erhielt. Als das Bier von Rufus serviert worden war, fragte Daniel: „Und, wie geht es dir, Tom? Was ist mit Michelle? Was macht deine Trauer um Britta, wenn ich fragen darf?"

Tom war entschieden, Daniel nur einen Satz zu diesem Haufen an Fragen zu geben: „Alles gut, Daniel", sagte Tom, „alles auf dem richtigen Weg." Wie um zu betonen, dass seine eigene

Antwort eine richtige und wahrhaftige war, hob er das Glas und sagte zu Daniel: „Auf dein Wohl heute, mein alter, mein immer noch junger Mann!"

Auch Daniel hob das Glas und wünschte Tom alles Gute.

„Worüber reden wir heute, Daniel?", fragt Tom und nahm einen großen Schluck.

„Heute?", antwortete Daniel, „heute, mein Bester, heute feiern wir. Heute kommt nichts Ernstes vor. Nicht von mir. Heute sagen wir über alles und über jeden, dem wir gut begegnet sind in unserem Leben, nur eines: ein großes Dankeschön!"

„Prima", sagte Tom, „und wenn Michelle gleich kommt, dann feiern wir zu viert. Drei Männer aus Amerika und eine Frau aus Paris. Das könnte eine schöne Feierstunde werden."

Beide tranken und schauten zufrieden in den Raum des „The Silent Palm". Eine gute Entspannung empfanden beide jetzt, als wären sie tatsächlich langjährige Freunde geworden. Während Tom warmherzig an Michelle dachte, dachte Daniel über seine Freundin nach. Reni hatte ihm heute Morgen entschieden gesagt, dass sie sich sehr auf ihn freue. Da Reni eine sehr sachbezogene Frau war, eine ohne große Stimmungsschwankungen, überraschte es Daniel angenehm, dass aus ihrer Stimme ihre Sehnsucht nach ihm sprach.

Überhaupt war seine Freundin eine Gefährtin im hohen Alter, wie Daniel sie sich nicht besser vorstellen konnte. Sie war liebevoll, sehr klug, umsichtig und stets ausgeglichen, als würden sie die bösen Fährnisse des Lebens nicht anfechten. Ihr Haus lag derart hoch über dem San Fernando Valley, dass der Blick hinunter ein wunderbarer war. Ihr Pool hatte die Form einer Speiseeiskugel in der Waffel. Ihr verstorbener Mann hatte spitzbübische Freude daran, nicht nur irgendeinen Pool in seinem Hinterhof zu haben. Er bat einen Konstrukteur darum, diese Form zu entwerfen. Der Pool zeugte von Wohlstand und zugleich von einem Mann, der Freude am Leben hatte, und, als Teil der Filmindustrie, Sinn für gutes Design besaß.

Der Hinterhof, wie so viele auf den Hügeln von Encino, war mit Steinplatten belegt. Ein kleiner Streifen an Grün umrandete die Platten. Blumen – sogar Rosen – waren dort ebenso platziert wie kleine Sträucher. Hinunter zu schauen – und Daniel liebte es, morgens, einen Kaffeebecher in der Hand, die tieferen Terrassen hinunter zu blicken –, öffnete ein Panorama an anderen Häusern, von denen manche durchaus als Villen bezeichnet werden konnten.

Manchmal tauchten dort in diesen Monaten junge Leute auf der Terrasse auf, weil sie sich eine gute Zeit machen wollten. Sie tranken dann Bier oder was auch immer, lachten laut, aber niemals aggressiv und grillten – sichtbar vom höher gelegenen Haus Renis – für sich auf dem draußen stehenden Gasgrill. Daniel empfand die ungeladenen Gäste auf dem Hügel bei Renis Haus nicht als unangenehm oder gar als störend. Wenn er die jungen Leute sah oder andere, die auf den tiefer gelegenen Terrassen lebten, empfand er eher eine Freude, dass dort Menschen zu sehen waren, die zu beobachten ein schönes, kleines Abenteuer war. Im Haus, das er mit Elenah geteilt und bewohnt hatte, war es anders gewesen.

Der Hinterhof an der Brighton Road war von hohen Nadelbäumen gesäumt gewesen, sodass keiner der Nachbarn hinein, Daniel aber zugleich auch nicht auf die Menschen der Nachbargrundstücke sehen konnte. Sein Hinterhof der damaligen Zeit erzählte in diesem Sinne allein vom Leben der Golins. Das Umfeld war nicht derart eine Story, wie sie Daniel in Encino am Haus von Reni erlebte, und dort nun morgens und abends genoss, nicht nur das Valley zu sehen, sondern auch die Menschen, die in diesem – sehr teuren – Stadtteil wohnten.

Irgendwie, dachte Daniel jetzt im „The Silent Palm", irgendwie war das Haus von Reni sichtbarer in der Gemeinschaft, obwohl sie weit entfernt davon waren, die eigenen Nachbarn besser zu kennen als durch unverbindliche Grüße, wenn sie in Renis schönes Auto stiegen und den Vorplatz verließen. Dort, wo er aufgewachsen war, dachte Daniel, in der Süd-Bronx, hatten Menschen über Menschen eng bei eng gewohnt. Jedes Geräusch drang in ihre Wohnung. Auf dem Hausflur wich niemand dem anderen aus. Vor der Haustür war ein großes, stetiges Treiben an Nachbarn, das zur Unruhe und zur Verwirrung führte, wer nun wohin gehörte.

Bei Reni zu wohnen, das war für Daniel Erholung, und die brauchte er heutzutage notwendiger denn je. Er wusste, dass ihm seine Gesundheit keine gute Prognose auf die Zukunft gab. Er erwartete, war er ehrlich mit sich, eine Verschlechterung in wenigen Jahren. Eine lange Erholung bewirkten also sowohl Reni als auch die Umstände, unter denen er lebte, seitdem er bei ihr eingezogen war.

Es ist wohl mein Alterswohnsitz, sagte sich Daniel jetzt und schaute auf den jungen Tom. Einen Mann, der durch Überforderung die Reserven seines Körpers verbrauchte und doch Anfang Fünfzig geworden war. Er, der Fünfundsiebzigjährige, dachte, nein, hoffte sogar inständig, dass dieses Haus und diese Frau – seine Reni – die letzte Station in seinem Leben sein würden und empfand jetzt, während beide Männer in der Bar schwiegen, nichts Trauriges darin, so zu fühlen.

„Wie war eigentlich deine Solo-Karriere, Tom?", riss sich Daniel aus seinen Gedanken. Er war nicht in das „The Silent Palm" gekommen, um zu schweigen.

Tom drückte auf dem Hocker den Rücken durch und streckte sich. „Ich habe gerade an Michelle gedacht. Ihre Leichtigkeit. Ihre Wärme. Und dann" – Tom grinste wohlwollend – „haust du mal eben eine solche Frage raus, als gäbe es keine Vorgeschichte zwischen dir und mir."

Daniel grinste ebenso. „Ich bin ja kein Musikkritiker, der Anekdoten erfahren möchte. Und ich bin fern davon, die Art deiner Songs anders zu bewerten denn als einfacher Zuhörer."

„Ja, ich weiß", sagte Tom. Eine Pause entstand.

Dann sagte Tom und schaute freundlich in Daniels Richtung: „Also, nachdem sich ‚The Berlins' aufgelöst hatten, gingen wir unsere eigenen Wege. Meine Kollegen und ich. Der eine machte eine Weltreise. Der andere bekam zwei Kinder. Bobby wurde einer der ersten Discjockeys und ging auf Welttournee damit. Er spielte in Klubs und an angesagten Orten. Überhaupt", Tom hielt den Ton oben, um den Satz zu betonen, „war Bobby sehr cool. Er spielte in der Wüste in Dubai vor Hunderten von reichen, arabischen Kiddies. Die hatten eine Bühne für ihn aufgebaut und eine Laser-Show. In der Wüste! Bobby war ganz begeistert, dort zu spielen."

„Und ich, Daniel?"

„Naja, mein Management schätzte weiterhin meine Stimme. Zuerst schlugen sie vor, dass ich in den Blues wechseln sollte. Wegen meiner tiefen Stimme und so. Ein weißer Afro, so erklärten sie mir ihr Konzept. Ich wollte das aber nicht. Ich war nicht ruhig genug, um Blues zu singen. Dann schlugen sie vor, dass ich Pop machte und mich in die Nähe des Elektro-Pop begeben sollte. Nein, das lehnte ich auch ab. Also was?"

„Es dauerte zwei Jahre, bis wir einig wurden. Ich bekam eine Band, eine Rock-Band und begann, im Stil der großen alten

Stars zu spielen. Das gab ein wenig Aufmerksamkeit, war aber kein Durchbruch. Ich hatte immerhin zwei Songs in den Hitparaden. Einer, den ich selbst geschrieben hatte, hieß, ‚You Never Die Alone'" und das Video dazu war sehr cool. Am Ende lag ich im Video in den Armen einer Frau am See, im Farn, und sollte sterben. Da mich die Frau wachküsste, lebte ich aber weiter. Naja, solches Zeug eben."

„Drei Platten machte ich Solo. Es war Okay, doch kein Vergleich zum Stadionrock davor. Es war, wie soll ich sagen, medioker, für meine Verhältnisse Mittelmaß. Aber besser, als in den Pools der Welt abzuhängen."

„Klingt entspannt", sagte Daniel.

Bevor beide Männer weiter unter sich reden konnten, kam die angekündigte Michelle in das „The Silent Palm". Beide Männer hießen sie willkommen. Zu Daniels Überraschung, da er dachte, alltagsgemäße Kleidung wäre der Dame aus Paris fremd, erschien Micheln in Blue Jeans und einem leichten, einfarbigen Sommerpullover. Ihre Schuhe waren diesmal keine besonderen, es waren Turnschuhe einer bekannten Sportartikel-Marke, die sie angezogen hatte. Auch ihr Haar war wenig spektakulär drapiert, es floss ruhig und sicher in langen Wellen von ihrem Kopf herunter. Alles an ihr war so, wie sich Daniel eine Weltstädterin vorstellte, die sich zum Einkaufen von Alltagsdingen in die Nachbarschaft aufgemacht hatte, ohne damit rechnen zu müssen, auf Personen zu treffen, denen der besondere Auftritt das ein und alles an ihr war.

„Du siehst heute", sagte Daniel und vermied es, sie zu taxieren, „du siehst heute so passend für einen normalen Abend auf dem Schiff aus."

Michelle lachte. „Ja", sagte sie, „du meinst damit, dass ich mich schlampig angezogen habe. Ja, das stimmt. Aber selbst mein Hausdesigner sagt, dass man manchmal dem großen Auftritt einen bescheidenen hinzufügen muss, damit der große Auftritt den gewünschten Widerhall im Publikum nach sich zieht."

„Wie steht's?" Rufus war an die Drei heran getreten. Er freute sich sichtbar, dass Michelle erneut den Weg in das „The Silent Palm" gefunden hatte. „Ja, bien sur, mon cher", antwortete Michelle. Keine drei Minuten später stand ein Prosecco vor ihr auf der Theke. Sie hatte, als sie auf Tom und Daniel stieß, Tom drei Mal auf die Wange geküsst – „Drei Mal machen wir das in Paris, nicht nur zwei Mal" – und Daniel hatte sie durchaus warm in den Arm genommen. So war Michelle eine Frau, dachte der alte Mann, die viel verstand, viel wusste und offensichtlich Freude daran hatte, ein wenig ihrer damenhaften Persönlichkeit dorthin zu verschenken, wohin sie diese allein verschwenden wollte.

„Du bist eine Frau, die den Männern nicht vertraut und den Männern doch gewogen ist", sagte Daniel. Es sollte nicht krittelnd klingen, auch wenn es sich so anhörte. Er wollte ein Gespräch in Gang bringen.

„Kann man das sagen, lieber Daniel?" Michelle stand zwischen Tom und Daniel. Diesmal beherrschte ihre Hand und ihr Arm den Rücken ihres Freundes. „Ich bin in einem Land geboren, das erst 1944 das allgemeine Wahlrecht der Frauen einführte. Viel später als viele andere Länder in Europa. Wir sind bis heute eine Männergesellschaft und keiner merkt es in der weiten Welt, weil unsere Männer es geschickt verbergen, dass sie Anhänger des Machismo sind. Eine Liebe für ein Leben?"

„Pah! Wo es das gibt? Das gibt es selbst bei den Pfaffen nicht mehr, die ihren Herrn lieben sollten und nicht kleine Jungs, denen sie nachstellen. Dass die Naturvölker im Patriarchat lebten – was für ein Wort! – und wir nicht mehr, wer hat das erfunden? Es waren die Männer, die das sagen. Und dann die ständige Selbstentblößung französischer Frauen in der Literatur und im Film. Was für ein Verrat an uns!"

„Ja, wir lieben Skandale, den Klatsch, den Tratsch. Doch der nächste und der nächste Tabubruch führt nicht in eine bessere Zukunft. Kulturnation? Wir eine Grande Nation? Pah! Dumme Romantik, die mit den Tatsachen überhaupt nichts zu tun hat. Ja, das sage ich dir, Daniel, ich bin kein Opfer. Ich entscheide, wem ich mich zuwende und wem nicht. Und das dann entschieden und ganz nach meinem Willen."

Daniel und Tom hörten in Ruhe zu und waren fasziniert von der Rede Michelles. Sie hat das Wort, dachte Daniel, dann möge sie es auch führen.

„Da ich nun reich bin, weiß ich eh nicht mehr, ob sich ein Mann mir annähert, weil ich reich bin und er seine Pfründe sucht, oder ob er mich als Mensch mag. Es ist ja so: Sind Männer reich, laufen ihnen die Frauen hinterher. Doch welche Frauen? Ehrliche? Gut-Meinende? Liebevolle? So ist es dann auch bei Frauen, wie ich es eine bin. Heute habe ich drei Anwärter, die mich heiraten wollen. Ein Archäologe, ein Unternehmer und ein junger Lehrer. Was tue ich also?"

„Ich spiele mit ihnen. So, wie die Männer mit den Frauen spielen. Bin ich deswegen moralisch verwerflich? Vielleicht. Aber im Grunde nicht. Ich gebe nur Zahn auf Zahn zurück. Das, was Männer tun, kann ich schon lange. Außerdem ist das Phänomen, den anderen materiell wollen, sein Geld, sein Auto, seine Wohnung, auf jede soziale Schicht in unseren Gesellschaften verteilt. Selbst der oder die Ärmste schaut drauf, was er oder sie vom anderen hat."

„Das Prinzip der Beute, die man sich holt, ob Mann oder Frau, ist im Menschen und in seiner Natur verankert wie seine

Lust, anderen weh zu tun oder mit ihm zu schlafen. Selbst Bettler an der Seine in Paris sind keine Schicksalsgemeinschaft von Freunden. Die Zigaretten des anderen nimmt man gerne mit. Oder bestiehlt ihn um die Cents, die er mehr hat. Nein, nein, zu wissen, dass der andere mich liebt und mich nicht als Objekt einer materiellen Begierde ansieht, als Beute, ist eine der schwersten Übungen, denen sich ein Mensch nur aussetzen kann."

Noch war Michelle nicht fertig.

„Die Fähigkeit zu entwickeln, genau zu schauen und zu wissen, was der Gegenüber in Wahrheit ist, das ist eine der seltenen Fähigkeiten der Menschen. Eine Fähigkeit zur Urteilskraft. Sie ist weit weniger verbreitet als der Staub in den Wüsten, wo sich die traurigen Liebespaare aufhalten. Schau nicht so, Tom! Du bist in meiner Nähe, weil du ein Rockstar bist und alles von mir vielleicht willst, nur mein Geld nicht. Pari pari. Eine gute Grundlage. Und du, Daniel, du bist ein sehr feiner Mensch. Obwohl du Unternehmer warst. Ha! Da kann mir keiner erzählen, dass nicht jeder Unternehmer hart wie Granit ist, hart zu sich und zu anderen."

Michelle kam zum Schluss.

„Aber, egal! Ich finde es schön, wie ihr Drei euch gefunden habt. Es wäre eine Geschichte wert. Eine Kurzgeschichte. Von Hemingway geschrieben. Also, fühle dich froh, dass ich dich mag, Daniel! An Tom mag ich es, dass er Vertrauen in euch gute Männer gesetzt hat. Nein, keine Sorge, er hat nicht viel erzählt. Aber dass Rufus und du gute Gesprächspartner seid, solche, die auch miteinander ehrlich sein können, das schätze ich doch sehr."

„Wie war es im ,The Horizon'?", fragte Tom. Er küsste Michelle auf die Stirn.

„Ah, Tom, sie haben zwei Lieder von Kate Bush gespielt. Das ließ ich nicht links liegen. Ich liebe sie so sehr. Kennst du sie?"

„Na, klar."

„Und du, Daniel?"

„Leider nicht."

„Die Kate Bush fing bereits als Jugendliche ihre Karriere an. Sie hat eine Stimme, die es nirgendwo sonst gibt. Stammt aus den frühen Achtzigern. Sie hat übrigens ein sehr berühmtes Anti-Kriegslied geschrieben. Und ihre Videos selbst als Regisseurin verfilmt."

„Ja", sagte Tom, „ich war in sie verliebt. Ihre Kleidung, ihr Tanz, ihre Stimme."

„Du hast Geschmack", sagte Michelle.

„Eine große Dichterin", ergänzte die Französin, „eine Intellektuelle. Sie hat über ein Baby geschrieben, dass, als es sah, in welche schlechte Welt es hineingeboren wurde, wieder in den Uterus zurückkehrte. Horror! Aber ein starkes Bild!."

Eine Pause entstand. Tom streichelte durch Michelles Haar. Daniel dachte, der junge Mann sei vielleicht tatsächlich in sie verliebt. Er gönnte es ihm, gute Stunden auf dem Schiff zu verbringen. Daniel erinnerte sich jetzt, wie geradezu desolat Tom die ersten Tage auf dem Kreuzfahrtschiff verlebt hatte. Dass ihm, Daniel, die Rolle zugewiesen worden war, ihm geholfen zu haben, erfüllte ihn nicht mit Stolz. Nein, das Wort war viel zu wertvoll.

Ja, Daniel horchte in sich hinein, er spürte aber Freude, dass es nun besser um ihn stand. Und er selbst, er hatte von der

Süd-Bronx erzählt. Zuerst hatte es ihm weh getan. Auch die folgende Nacht war nicht gut. Aber seit heute morgen spürte er, dass auch mit ihm etwas geschehen war. Während er in Hannover, in Hamburg und auf dem Schiff lange an Peter gedacht hatte oder besser: das Gefühl der Trauer in ihm dachte, so hatte er doch, seitdem er dieses große Gefühl abgelegt hatte, ein wenig Frieden finden können. Er hatte es daran bemerkt, dass Peter weniger oft vor seinem geistigen Auge auftauchte, der Deutsche nicht mehr zu drängend zu ihm sprach.

Im Talmud hatte er Antworten finden wollen, wie das Trauern geht. Und Daniel erinnerte sich an die Beerdigung seiner Frau. Die Beerdigung war schwierig, sehr hart und sehr beschwerlich. Ein Jahr später, als es, der Tradition folgend, darum ging, die Grabplatte zugänglich zu machen, da brach ihm die Stimme, als er über sie sprach. Zugleich war ein Jahr als Witwer vergangen. Der Talmud erzählte davon, dass ein jeder, der der Liebe fähig ist, ein Jahr Trauerzeit bräuchte, bevor er einen Lieben verabschieden könne.

Als die Familie um die Grabplatte versammelt war, die er, Daniel, selbst für Elenah entworfen hatte, da war es an jenem Tag nicht mehr so schwer. In seinem Glauben war der Tag davon geprägt, sie gehen zu lassen und in sein eigenes Leben zurückzukehren. Das war ihm gelungen, dachte Daniel jetzt über seinem Bier. Peter, der ja erst jetzt beerdigt worden war, dachte Daniel, dürfe noch eine Weile in ihm mit Bedauern leben. Er werde aber den Weg gehen, dass er auch den Deutschen, seinen Sohn, verabschieden könne.

Das Leben ging weiter, war eine der Lehren, die der Talmud bot. Das Leben im Glauben daran, dass die Liebe zu Jahwe ewig hielte und damit auch die Liebe zum Nächsten. Dass er seinen Frieden mit seiner Mutter und seinem Bruder bis heute nur schwer gemacht hatte, und im Grunde gar nicht, belastete ihn nicht im Alltag. Dass es diese Geschichte nicht aus seiner Welt geschafft hatte, wiewohl sie Jahrzehnte zurücklag, ja, das war traurig und doch eine wohl unumstößliche Tatsache in seinem Leben.

Besonders erinnerte er sich jetzt, dass seine ältere Tochter und er seit einem halben Jahr keinen Kontakt hatten. Sie war krank und litt an einer Manie. Das letzte Treffen war eher ungemütlich und von gegenseitigen Vorwürfen geprägt. Er war in den letzten Monaten stur gewesen, erkannte Daniel jetzt. Vielleicht ist es eine Folge der Trauerfeier für Peter, dass er bei ihr anzurufen hätte. Dort, wo lange miteinander gesprochen worden war, herrschte noch kein Krieg, auch wenn es noch kein Frieden war. Der Lehrsatz der Mächte, wenn sie sich aufmachen, sich anzugreifen, kam ihm in den Sinn. Ja, das sollte er tun, befand Daniel. Sodann beendete er die Beschäftigung mit seinen eigenen Gedanken und überlegte, was er den beiden – Tom und Michelle – nun erzählen könne. Es wurde eine Frage.

„Sagt mal", fragte Daniel, „es ist schon der neunte Tag auf dem Schiff. Wir landen übermorgen. Habt ihr bereits Pläne geschmiedet, wie es dann weiter geht?"

„Ich gehe auf Reisen", antwortete Michelle fröhlich. „Erst Mexiko, dann Arabien. Ich werde es mir einfach machen."

„Ohne Tom?"

Tom antwortete. „Ja, ohne mich. Vielleicht lade ich Michelle in mein New Yorker Apartment ein, bevor sie nach Mexiko fliegt."

„Oui", sagte Michelle, „das kann ich mir vorstellen."

„Dann", sagte Tom, „kann ich mir vorstellen, mit meinen Bandkollegen zu sprechen. Es ist schon ein halbes Jahr her, dass ich mit denen sprach. Alle warten irgendwie auf ein Zeichen von mir, dass ich mich melde. Das Management möchte ein Revival von ‚The Berlins' und bislang war ich unsicher, ob auch ich das will. Nun fühle ich mich derart wohl, dass ich den Anruf vielleicht erledige. Ich weiß es noch nicht, Daniel. Doch bei alten Freunden anrufen, und das sind die Bandmitglieder geblieben, ist vielleicht immer gut."

„Meine Tochter", sagte Daniel, ohne besonders auf Tom einzugehen, „wartet vielleicht auch auf einen Anruf. Wir haben uns länger nicht gesehen."

„Ja", fügte Daniel an, „vielleicht hast du Recht. Der Erste zu sein, der den neuen Schritt der Annäherung tut, ist keine besonders schöne Rolle, eitel, wie wir sind. Aber es ist im Grunde eine edle Rolle, eine, die aus einem guten Geist spricht. Vergeben und vergessen: das ist ein guter Gedanke."

Michelle grätschte dazwischen: „Ihr Lieben, es ist spät geworden. Das Tanzen war so anstrengend. Ich möchte in die Nacht gehen" – sie küsste Tom auf den Mund – „Mit dir, mein Schatz."

„Wäret ihr damit einverstanden?"

Tom sagte sofort: „Ja, sehr einverstanden."

Daniel rief Rufus herbei. „Heute zahle ich", sagte Michelle, als der Barkeeper bei den Dreien stand, „Ich bin ja groß."

Nachdem Michelle gezahlt hatte und es gab keine Möglichkeit, ihr dabei Widerstand zu leisten, küsste sie Daniel und das erneut auf die ihr eigene Art. Daniel bedankte sich für den Abend und wandte sich an Tom: „Tom, was ich dir gestern

Abend erzählt habe, war nicht schön. Aber ich habe heute und auch heute Abend bemerkt, dass es gut und richtig war. Dafür Dank!"

Tom zögerte seine Antwort nicht heraus: „Wenn das so ist, dann sage ich dir: gern geschehen."

„Eine Party war das ja nicht gerade heute Abend", sagte Daniel abschließend und in guter Laune. „Das holen wir irgendwann und irgendwo nach, Tom."

„Gehst du jetzt auch, Daniel", fragte Tom.

„Ja", sagte Daniel, „ich freue mich auf mein Bett. Ein wenig lesen, dann möglichst gut schlafen."

Tom und Michelle grüßten Rufus und Daniel abermals. Die Französin stand dort in der Bar, fand Daniel, wie eine klar gezeichnete Figur aus einem schönen Film, der mit einem Happy-End endete. Gemeinsam gingen sie zum Ausgang. Heute drehten sie sich nicht um. Dann waren sie weg.

„Alles gut?", fragte Rufus, der extra für seine Frage auf Daniel zukam.

„Ja", antwortete Daniel, „alles gut. Heute Abend ist wieder alles gut. Ein bisschen besser."

„Schlaf du auch schön", sagte Daniel zu Rufus.

„Bis morgen?"

„Ja", antwortete Daniel, „bis morgen. Damit wir gepflegt Abschied voneinander nehmen."

„Prima!", sagte Rufus.

So verließ auch Daniel die Bar. Er spazierte noch die Reling entlang und fand, dass es heute Abend friedlich auf dem Schiff zuging. Vielleicht, dachte Daniel, gab es doch das Gefühl von Angst, wenn man auf einem Kreuzfahrtschiff reiste. Vor allem den Atlantik zu überqueren, hatten sie alle während des Sturms erfahren, war durchaus eine Herausforderung und selbst für ein solches Meisterwerk an Ingenieurskunst keine Kleinigkeit. Es waren noch zwei Nächte, bevor sie in New York anlandeten und die Überfahrt erfolgreich gemeistert haben würden.

Dass sie bereits so weit gefahren waren, ohne Schaden zu nehmen, versetzte viele Gäste vielleicht in eine Stimmung des Friedens und in ein Gefühl von Sicherheit, die letzten zwei Tage ohne weitere Herausforderungen auf dem Schiff verbringen zu können. Daniel schaute in die Sterne und erfreute sich an dem Bild der Klarheit, das sich ihm bot. Dann machte er sich auf zu seiner Kabine. Dort angekommen, erledigte er die Routinen, die zum Zu-Bett-Gehen gehörten. Vor dem Einschlafen war er gesammelt und sein Herz hatte, anders als gestern Abend, seinen gleichmäßigen Rhythmus wieder gefunden, wie der alte Mann zufrieden an sich wahrnahm.

Er las wenige Minuten im Talmud, knipste das Licht aus und fiel in einen ruhigen Schlaf. In dieser Nacht träumte er weder von Gutem noch von Schlechtem. Er stand nur einmal in der Nacht auf und war davon weder irritiert noch dadurch gestört. Alles, dachte er noch kurz, alles war tatsächlich ein bisschen besser. Und Tom, das war der letzte Gedanke, bevor er erneut in den Schlaf sank, hatte sich eine neue Chance erarbeitet, dass es ihm auch ein bisschen besser ging. Gut so, sagte sich Daniel.

X. Kapitel

Der letzte gemeinsame Abend

„Nimm sie und erinnere dich gut und gerne an mich." Daniel zog seine Armbanduhr vom Handgelenk. „Du, Tom", sagte der alte Mann, „es ist eine gute Uhr. Sie leuchtet dir in der Nacht sogar die Uhrzeit, da sie eine Mini-Lampe eingebaut hat." Tom schaute Daniel lange an. „Das kann ich nicht annehmen", sagte der junge Mann, „dann bist du ja Uhr-los." Daniel gab Tom die Uhr, der sie dann in die Hand nahm. „Weißt du", erzählte Daniel, „es ist keine Luxus-Uhr. Ich kaufe solche immer im Supermarkt im Valley. Und wenn es auf sie Rabatt gibt, erstehe ich immer zwei auf einmal. Also, mach dir keine Gedanken."

Daniel klopfte Tom auf die Schulter. „Die Uhr soll dir ein Erinnerungsstück an unsere Reise über den Atlantik sein." Tom zog die Uhr über sein linkes Handgelenk. Er schloss die Schnalle. „Die passt ja sogar", sagte Tom. „Dann sage ich Danke und, ja, sie wird mich an dich auf eine gute Weise erinnern."

Es war der letzte Abend, bevor das Kreuzfahrtschiff am folgenden Morgen am elften Tag der Reise planmäßig in den Hafen von New York einfahren würde. Daniel hatte morgens eine Nachricht an Tom übergeben lassen. Er schrieb dem Rockstar, dass, wenn er es möchte, sie sich um zwanzig Uhr im „The Silent Palm" noch ein letztes Mal treffen könnten, um voneinander und auch von Rufus Abschied zu nehmen. Daniel war es ein Anliegen, dieses zu tun.

Es gehöre sich einfach, hatte Daniel morgens gedacht, nicht ohne letzte Worte das Schiff morgen zu verlassen. Auch ging Daniel davon aus, dass es morgen auf dem Schiff sehr wuselig zuginge und bei der Menge an Menschen auf den Decks ein Aufeinandertreffen von ihm auf Tom unwahrscheinlich wäre.

Daniel hatte einen guten, angenehmen Tag der Routine auf dem Schiff verlebt. Er war im Fitness-Studio gewesen, nachdem er ausgiebig im Restaurant gegessen hatte. Es gab frische Spiegeleier, von beiden Seiten gebraten, Toast, Butter, Würstchen und Schinken. Ein typisches amerikanisches Frühstück hatte sich der alte Mann hingestellt und seine Freude daran gehabt. Dazu hatte er sich einen Salat geholt und ein Glas frisch gepressten Orangensaft.

Auch war Daniel auf den Decks bei bestem Wetter spazieren gewesen und sehr gerne jedem Blick ausgewichen, da er mit sich alleine sein wollte. Er fühlte sich gut und empfand seine Lage als komfortabel. Keine düsteren Gedanken kamen ihm in den Sinn und die Aussicht, bald wieder in Los Angeles zu sein, trug dazu bei.

Am Nachmittag hatte der alte Mann begonnen, seine Sachen zu packen. Er hatte nur einen großen Koffer zu befüllen und eine Reisehandtasche. Die Kristallschale, die er für Reni gekauft hatte, wickelte er in ein Handtuch, das Daniel auf jeder Reise mit sich führte, damit das Glas gut geschützt war. Dann hatte er mit der Rezeption des Hotels „The Lexington" in Manhattan telefoniert, in dem er eine Nacht schlafen wollte, bevor er den Flug nach Burbank nahm. Die Dame des Hotels bestätigte seine Buchung und Daniel war froh, dass alles gut organisiert erschien.

Auch hatte er Reni gesprochen und ihr war anzumerken, dass sie sah, dass ihr Freund wieder auf dem Damm und der Einbruch in sein Seelenleben von kurzer Dauer gewesen war.

Er berichtete seiner Freundin auch davon, dass seine Trauer um Peter gemildert war und die Reise von Hamburg nach New York damit ihren Sinn erfüllt hatte. Als es neunzehn Uhr geworden war, aß Daniel eine Kleinigkeit im Restaurant seiner Wahl und war dann pünktlich um zwanzig Uhr ins „The Silent Palm" gegangen, wo Tom zu seiner Überraschung bereits auf einem Hocker an der Bar auf ihn wartete.

Daniel sah, dass der junge Mann erneut Blue Jeans trug, einen leichten Sommerpullover in Grau und auch eine Jacke, die derart unauffällig war, als wäre Tom nur ein weiterer New Yorker, der die U-Bahn verließ und in sein Büro, in einem der vielen Bürotürmen gelegen, unterwegs war.

Tom wiederum hatte ebenso einen Tag der Normalität auf dem Schiff hinter sich. Michelle, mit der er erneut die Nacht verbracht hatte, bat darum, dass sie am Abend Zeit dafür erhielt, dass sie ihre vielen Taschen und zwei große Koffer packen könne. Tom fand es kaum erstaunlich zu sehen, wieviel Kleidung und andere Dinge die Frau aus Paris mit sich führte. Sie plante, zwei Monate auf Reisen zu sein. Da sammelte sich eine Menge an, wenn eine Frau derart stilvoll um die halbe Welt reisen wollte.

Tom sagte ihr zu, dass er abends nicht anwesend sein würde. Er hatte die Nachricht Daniels erhalten. Es passe ihm gut, sagte er ihr, da Daniel zum Abschiednehmen in das „The Silent Palm" geladen habe. „Geh ruhig", sagte Michelle, „und verabschiede dich von deinen Freunden. Das ist normalerweise eine schöne Art, mit der man Dankbarkeit und Anerkennung beweisen kann, auch wenn ihr euch vielleicht nie wieder sehen werdet." Tom bereitete in seiner Kabine ebenso alles dafür vor, am nächsten Tag vom Schiff zu gehen. Während Michelle höchst sorgsam alles faltete und in die Koffer wie ein gut sortierter Skipper segeln ließ, stopfte Tom, ganz Chaot, alles in seinen Koffer hinein, als hätte es auch dort Ordnung in seinem Leben nie gegeben.

Tom hatte nie verstanden, warum, auf Reisen zu sein, bedeutete, seinen Koffer aussehen zu lassen, als wäre dieser von einem Butler aufbereitet worden. Klamotten wurden faltig und dreckig und mussten eh in die Wäsche, sagte er sich, als er seine Arbeit hinter sich gebracht hatte. Dass Michelle eine derart große Sache um das Packen machte, beeindruckte ihn, er selbst fand es für sich unnütz. Punkt, mehr gab es dazu nicht zu sagen, entschied er, als er den Koffer, zur Probe, gut verschließen konnte.

Tom erhielt am Nachmittag eine Nachricht von seinem Management, dass eine Assistentin mit einer Limousine am Anleger auf ihn warten und der Fahrer ihn zu seinem Apartment bringen würde. Tom war es ganz recht, dass er sich nicht dem Ärger auszusetzen hatte, ein Taxi zu rufen. Bei den Hunderten von Gästen auf dem Kreuzfahrtschiff, die auf die wartenden Taxis zählten, ahnte er, dass es keine leichte Aufgabe würde, vom Anleger kommod wegzukommen.

So bestätigte er, dass die Assistentin gerne auf ihn warten möge. Da es eine Limousine war, mit der er abgeholt wurde, konnten sie seine Reisetaschen und alle Koffer und Taschen von Michelle gleichzeitig mitnehmen, schätzte Tom und lachte über die Szene, die sich vor seinem geistigen Auge aufbaute, wie beide vor der Limousine stehen würden. Noch, dachte Tom, stand das Angebot, dass sie eine Nacht bei ihm verbrächte, bevor Michelle nach Mexiko aufbrach.

Ohne größere Sorgen davor zu haben, auf das Management zu treffen, sondern Vorfreude auf dieses zu empfinden, bestätigte Tom Michelle, dass für ihre Fahrt in sein Apartment alles vorbereitet sei. Michelle lobte Tom, dass er es schön für sie machte. Sie umarmte ihn und verschenkte Küsse, als hätte

Tom gesagt, er besteige das Empire State Building für sie. So war es abgemacht. Michelle sagte, dass sie sich auf Toms Apartment freue und bestimmt eine neue Erfahrung erlebe.

Sie sei neugierig, wie die Wohnung eines Rockstars in höherem Alter wohl ausschaue. Tom gestand ein, dass er eine Haushaltshilfe habe, die derart gut arbeite, dass er keine Sorge haben müsse, sich vor ihr zu blamieren. „Stehen dort im Regal auch alle Trophäen und Pokale, die du erhalten hast?", fragte Michelle und neckte Tom damit, zu fragen, ob auch ein Grammy darunter sei. Tom lachte und sagte, sie müsse sich halt daran gewöhnen, dass er zum einen zwar nicht mehr der Jüngste sei, zum anderen aber eine Star-Geschichte hinter sich habe.

„Warten Paparazzi vor dem Haus auf dich?", frotzelte Michelle, „dann muss ich mich ja besonders adrett anziehen." Tom grinste und sagte nichts dazu. So ließen es beide dabei bewenden und gingen am Nachmittag zur Toms Freude gemeinsam in ihre Dusche, um sich gegenseitig abzurubbeln und zu sagen, wie schön es sei, auf dem Kreuzfahrtschiff aufeinander gestoßen zu sein. „Gestoßen zu sein", sagte Michelle, während sie sich anzog, „das ist das passende Wort, mon cher."

Als sich Tom um halb Acht in das „The Silent Palm" aufgemacht hatte, nahm er sich vor, an diesem letzten Abend keinen Alkohol in der Bar zu trinken, sondern sich gütlich an Virgin Marys zu halten. Rufus stand bereit, als Tom an der Theke Platz genommen hatte. Nach ein paar sehr freundlichen Worten erfüllte der Barkeeper Toms Wunsch und mixte ihm die erste Virgin Mary.

Nun war es also so, dass Tom die Uhr an seinem Handgelenk trug. „Ein schönes Omen für die Zukunft", sagte Daniel.

„Das meinst du nicht im Ernst", lachte Tom. „Du glaubst doch nicht an Hokuspokus, oder?"

„Nein", lächelte Daniel, „aber wer weiß das schon? Zumindest weiß ich, dass der, der alles stark schmiedet, eher das große Glück findet, als der, der untätig durch sein Leben geht."

„Du meinst", sagte Tom, „dass ich mein Schicksal in meiner Hand halte?"

„Jep", antwortete Daniel knapp. „Mach einfach, dann bist du reich."

Tom rief Rufus herbei. „Rufus", sagte Tom, als Rufus vor beiden hinter der Theke stand, „was meinst du? Daniel meint, dass ich einen eigenen Willen habe und mein Wille es ist, der bestimmt, was ich tue und was nicht?"

Rufus lachte. „Ah! Das ist eine schwierige Frage, die du in leichter Form vorträgst."

„Ich bin nur ein Barkeeper", sagte Rufus, „wie soll ich die Antwort dazu wissen? Ich falle eh aus dem Rahmen, Tom. Du weißt, ich bin Christ. Daher stellt sich mir die Frage nicht. Ich glaube weder an Schicksal noch an den eigenen Willen noch daran, dass die Welt allein aus Atomen besteht. Ich glaube, das kann ich dir sagen, an einen gnädigen Gott. Einen Gott, der mir beisteht, ohne Vorbedingungen zu stellen. Das ist ein Grundgefühl, dass ich unter seinem Schutz stehe. Ob ihr den Schutz empfindet, den euch Gott gibt, das könnt nur ihr selbst beantworten."

„Ich glaube nicht", sagte Tom trocken. „Mir ist der Glaube durch das, was ich bin, ausgetrieben worden."

„Ich glaube", warf Daniel ein. „Aber ich glaube auch, dass es mein Wille ist und meine Taten sind, die sich vor Gott beweisen müssen."

Rufus schaute in den Raum des „The Silent Palm". Es fiel ihm erneut auf, dass er auf der nächsten Tour mit dem Abteilungsleiter über die Gemälde sprechen musste. Die Gemälde waren alte Schinken aus der Seefahrt. Schiffe, Ein- und Zweimaster, auch Dreimaster, die in dunklen Farben in schwerem Öl gemalt waren. Stets vor dem Hintergrund einer eher grauen, einer eher abweisenden See und einer in Grau gemalten Sonne. Das sei nicht mehr zeitgemäß, dachte Rufus jetzt. Es gab dem Raum ein zu dunkles Ambiente. Er hatte schon oft überlegt, was stattdessen aufgehängt werden könnte. Bisher hatte er noch keine Lösung gefunden.

Die Gemälde vom Meer, von der See, von den Seglern und den Dampfschiffen passte in das Konservative, das die Bar ausmachte. Das war das Argument des Abteilungsleiters und Rufus verstand, dass jede Veränderung auf diesem Kreuzfahrtschiff eine hochbrisante Angelegenheit war. Auch die Bordeaux-Farben der Möbel fügten sich inzwischen schwerlich in das Gesamtbild einer modernen, hellen Bar. Die Bar und überhaupt das Schiff bräuchten eine Generalüberholung, dachte Rufus jetzt wie nebenbei. Aber dann, sagte er sich, müsste das ganze alte Schiff generalsaniert werden. Und das würde derart viel kosten, dass die Reederei davon bis heute Abstand nahm. Dieses Kreuzfahrtschiff, sagte sich Rufus, war doch sehr in die Tage gekommen und lebte von seinem alten, sehr gediegenen Ruf.

Doch jüngere Reedereien hatten sich auf den Weg gemacht, dieser Königin Konkurrenz zu machen, wusste Rufus. Es waren neue Schiffe unterwegs, die in frischen, in fröhlichen Farben gehalten waren, die zeitgemäßen, neuen Wandschmuck aufwiesen und ein Mobiliar, das eher an Frühling ausgerichtet war als an den Herbst.

„Rufus, es war schön mit dir", sagte Daniel und riss Rufus aus seinen Gedanken.

„Ich werde diese Reise mit euch auch nicht vergessen", ergänzte Tom.

„Wo wirst du in einem Jahr sein, Rufus?", setzte Daniel nach.

Der Barkeeper antwortete nicht sogleich. Die Arbeit war nicht derart anstrengend, dass er sie deswegen aufgeben müsste. Dass er aber vielleicht stationär, an einem Ort Barkeeper sei, das sei vielleicht ein Weg, den er in Zukunft gehen wollte.

„Ihr wart zwei besondere Gäste", sagte Rufus und Tom und Daniel bemerkten, wieviel Menschlichkeit Rufus in die Stimme legte. „Ja, es war sehr schön mit euch. Und ich denke, dass es schade ist, dass ich Gäste wie euch von Überfahrt zu Überfahrt verliere. Ich denke schon länger darüber nach, in einem Hotel vor Ort und dann auf Dauer vor Ort ein Barkeeper zu werden. Was meint ihr dazu?"

Daniel antwortete sogleich: „Wenn du Stammgäste über Wochen, Monate und vielleicht über Jahre bedienen möchtest, wäre es mit einer Anstellung auf Land einfacher."

Tom sprang ihm bei: „Aber dann hättest du, lieber Rufus, das Ambiente einer Kreuzfahrt nicht mehr. Das Meer um dich herum, das Schiff, das sich bewegt, Menschen, die kommen und gehen und die du dadurch auch in einem Rhythmus des Kommens und Gehens los wirst, wenn du sie nicht magst. Im Hotel musst du auf Dauer mit den Leuten auskommen. Das kann auch sehr anstrengend sein."

„Stimmt", sagte Rufus. „Darf ich euch heute noch etwas ausgeben?"

„Nein", sagte Daniel fröhlich, „heute laden wir dich ein. Zum Abschiedsgetränk."

„Was möchtest du?"

Rufus überlegte nicht lange. „Einen Mexikaner. Und dann für uns drei. Nicht allein für mich."

„Das ist ein nettes, kleines Teufelszeug. Es hält wach, beißt im Mundraum und schmeckte noch lange nach, weil die Aromen sehr stark sind."

„Einverstanden?"

„Ich", sagte Tom, „wollte heute eher nüchtern bleiben. Aber, verdammt noch mal, der letzte Abend, ja, auch für mich."

„Ich nehme es gerne", sagte Daniel knapp.

Rufus verschwand kurz. Daniel nahm die Gelegenheit wahr, Tom zu fragen: „Geht es dir gut?".

„Ja", antwortete Tom ohne Zögern. „Ja, es geht mir gut. Ich werde gut in New York ankommen. Und etwas Wichtiges tun."

„Was denn?", fragte Daniel.

„Ich werde meine Bandmitglieder anrufen und meinem Management sagen, dass ich sie alle treffen möchte. Dass wir ein Powwow veranstalten, dass wir vielleicht erneut zusammenfinden, dass wir Kriegsbrüder vielleicht eine Wiederkehr hinlegen. Das silberne Band aufnehmen."

„Ich dachte", sagte Daniel, „dass deine Stimme kaputt wäre."

Tom ging auf Daniels Bemerkung nicht ein. „Und du", sagte Tom, „wirst du deine Tochter anrufen?"

„Ja, das werde ich", antwortete Daniel und das in einer Tonlage, die zeigte, dass er entschieden war. „Und auch meine Jüngste werde ich anrufen. Beiden werde ich Treffen vorschlagen. Das eine Wiedersehen in Los Angeles, bei mir, das andere in Chile. Ja, ich werde mich kümmern, Tom."

„Das klingt gut in meinen Ohren."

„Beide haben in ihrem Leben viel mitgemacht, wie du weißt. Es war nicht immer einfach. Meine Jüngere ist durch die ganze Welt gereist auf der Suche nach etwas, das ich vielleicht zu wenig verstand. Sie kam zwar immer wieder nach Hause. Es fühlte sich aber oft an, als ob sie bei uns wie in ein Hotel anreiste. Beide sind großartige Frauen und beide sind Mütter geworden. Wie kann ich anders als stolz ein, wie ihnen etwas anderes als die Liebe eines Vaters zeigen."

„Eines Witwers."

„Und, ja, ich war zu streng mit ihnen. Ein Vater sollte gütig sein. Das habe ich auf dieser Reise gelernt. Im Talmud. Und auch in der Begegnung mit dir, Tom. Danke dafür."

„Ja, das wäre schön",sagte Tom. „ Mein Therapeut hat dafür eine gute Anleitung. Er sagt gerne: Du machst die Angebote, in Handlungen müssen die anderen kommen."

Dann kam Rufus mit den drei kleinen Gläsern. „Es ist also Zeit für die letzten Sätze. So habe ich etwas für euch. Vom Barkeeper." Die Mexikaner sahen feuerrot aus. „Auf euch!", sagte Rufus. „Lasst uns auf das gute Leben anstoßen."

„Auf dich!", sagte Tom.

„Auf euch, ihr Pfundskerle", sagte Daniel.

Alle Drei hoben die Gläser, ließen sie wie die Degen der drei Musketiere in der Höhe zusammen stoßen, tranken den Inhalt und verzogen ihr Gesicht ob der Schärfe des Mexikaners.

Daniel schaute Rufus an. „Du hast einen wunderbaren Ort für wunderbare Menschen. Und, bitte, wir wissen nun, wie deine Bar in Wahrheit heißt."

„Wie denn?", fragte der Barkeeper.

„‚The Secret Palm', der Ort, an dem alles gesagt werden kann, was dich bewegt, und der Ort, an dem alles in der Bar bleibt", sagte Daniel.

„Damit bin ich einverstanden", sagte Rufus.

Tom bestellte zwei Gläser nach. Er hatte noch etwas vor. Als zwei neue Mexikaner auf der Theke standen, sah Tom Daniel direkt an und war sich ganz sicher, dass er nun etwas Richtiges tat. „Daniel", sagte Tom, „du musst den zweiten nicht trinken. Aber ich habe mir etwas heute Morgen überlegt. Ich möchte mit dir auf zwei Menschen anstoßen, die uns am Ende zusammengeführt haben. Lass uns, bitte, auf Britta und auf Peter anstoßen. Wir sind auf dem Weg, dass wir sie in uns behalten wie eine schöne Erinnerung und nicht anders. Einverstanden?"

Daniel dachte nach. Ja, sagte er sich, diese Strecke könne er mitgehen. „Einverstanden!"

„Auf Britta und auf Peter!"

Beide hoben die Gläser. „Auf Britta und Peter!", wiederholte Daniel.

Daniel trank einen kleinen Schluck und auch Tom leerte das Schnapsglas nicht sofort. Daniel fiel das auf und er nahm es als gutes Zeichen. Da es die Zeit des Abschieds war, war Daniel in sich gegangen. Er wollte Tom noch etwas mitgeben, das vielleicht das Ergebnis ihrer Gespräche war. Er hielt Tom im Grunde ganz und gar nicht für einen schlechten Menschen. Daniel sah es so, dass die Struktur, in die Tom hineingeraten war, ein wenig von der Schuld nahm, die sich Tom auf seine Schultern geladen hatte.

Er selbst, Daniel, mochte sich nicht vorstellen, was mit ihm geschehen wäre, hätte er nicht Elenah und das Leben in der Normalität und den guten Regeln durch ihr Verhalten kennengelernt. So war sich Daniel sicher, was er Tom jetzt sagen wollte.

Er wandte sich Tom zu und zog dessen Schulter zu sich. „Tom", sagte Daniel, „ich habe oft und gerne über dich nachgedacht. Nach allem, was ich von dir erfahren durfte. Das Schwere vor allem, von dem du berichtest hast. Das wenige Leichte, von dem du erzählt hast."

„Weißt du, Tom", sagte Daniel, „das Leben ist vielfältig und nicht einfach. Dem einen geschieht das. Dem anderen das andere. Was wir tatsächlich selbst bestimmen können, das ist ein weites Feld der Unsicherheit. Ob wir unser Leben in der Hand haben oder uns die Herkunft und die Gene prägen und der Verlauf der Zufälle, in die wir hineingeraten, ob wir unser Leben also bestimmen, das ist die große Frage im Leben. Ich auf jeden Fall habe darüber nachgedacht, was ich als Pal dir mitgeben könnte, nachdem wir zehn lange und gute Abende im ‚The Silent Palm' verbracht haben."

Tom war wach und, er wunderte sich selbst, freute sich auf die weiteren Ausführungen Daniels.

„Ich", sagte Daniel und er legte möglichst viel an Bedeutung in seine Stimme, „ich auf jeden Fall kann dir nur eines raten. Weil der Rat dich nach vorne bringt. Nicht nach hinten schauen lässt. Weil der Rat nicht weh tut, sondern dich stärkt. Weil das, was ich dir sage, auch von Gläubigen stammen könnte, die Gnade kennen. Oder von denen, die erfolgreich versuchen, jeden Tag besser zu werden."

„Darf ich dir heute vielleicht noch einen Rat geben, Tom?", fragte Daniel.

Ohne inneren Widerstand antwortete Tom geradezu fröhlich: „Auf jeden Fall! Du darfst das."

„Tom", sagte Daniel, „habe keine Reue."

„Keine Reue, bitte", wiederholte Daniel. „Und in Bewegung bleiben."

„In der Gegenwart leben."

„Das ist der Rat, den ich dir gebe."

„Reue hilft nicht weiter."

Eine Pause entstand. Beide Männer hingen ihren Gedanken nach. Tom nahm Daniels Rat auf, wenn auch etwas ungläubig. Ja, Daniel war kein Richter seines Lebens. Daher hatte er gut gesprochen. Ob er es je schaffte, ohne Reue zu sein, das wusste Tom nicht. Es war ein Wunsch an ihn, der ihn mit Wärme versorgte, als wäre Daniel in seinen Kühlschrank gestiegen, um ihn, Tom, dort heraus zu holen. Im Kühlschrank war es so kalt, dass sich das Herz in seinem Leben kaum mehr bewegte als notwendig.

Vielleicht aber, so dachte Tom nun auf dem Hocker im „The Silent Palm" sitzend, vielleicht war es auch gut, dass er durch die Kälte gegangen war, nach all dem, was er getan und was er unterlassen hatte. Ein abgekühltes Herz wäre vielleicht in der Lage, mit mehr Vernunft durch das Leben zu gehen und sich nicht hitzig all dem hinzugeben, was sich ihm augenblicklich als Feuer angeboten hatte.

Tom dachte, er sei nicht mehr jung und seine fünfzig gelebten Jahre seien nicht wegzuwischen wie Kreide von der Schultafel des Lebens. Aber dass er noch in der Lage sein würde, sachlich und an Werten gemessen in die nächsten Jahre zu gehen, das erschien ihm jetzt möglich. Möglicher als in den Jahren davor. Tom schüttelte sich und wandte sich an Daniel.

„Ich habe auch noch etwas für dich, Daniel", sagte Tom. Er nahm aus der Hosentasche seiner Blue Jeans einen kleinen Zettel und legte ihn vor Daniel auf die Theke. Daniel nahm ihn in die Hand. „Dort habe ich dir meine Privatnummer aufgeschrieben, unter der du mich immer direkt erreichen kannst. Diese Rufnummer haben nur die engsten Leute um mich herum." Tom lächelte. „Vielleicht magst du ja anrufen."

Daniel faltete den kleinen Zettel und schob ihn in eine der Falten seines Portemonnaies. „Dank, Tom", sagte Daniel. Nach einer kurzen Pause fügte er hinzu: „Ich weiß nicht, ob ich aus meinem geordneten Leben heraus dich anrufen werde. Ich bin ein alter Mann. Ich suche keine Abenteuer mehr und großartige, neue Situationen für mein Leben." Daniel atmete ein und aus.

„Ich möchte an der Seite meiner Freundin noch ein paar gute Jahre haben. Möglichst lange ohne schlimme Krankheiten leben. Meine Familie sehen. Die eine oder andere Reise machen. Ansonsten in meinen guten Erinnerungen leben. Im Talmud lesen. Mit Reni ins Fitness-Studio gehen. Manchmal im Hof grillen. In Restaurants essen gehen. Genügend gut schlafen."

„Solche Dinge wünsche ich mir in meinem Leben. Das alles soll nicht heißen, dass ich dein Geschenk nicht wertschätze. Im Gegenteil fühle ich mich geehrt von dir, dass du mir anbietest, in deiner Nähe zu bleiben. Eine schöne Geste, Tom. Dank dir. Im Grunde wissen wir aber, dass es sinnlos ist, sich Telefonnummern auszutauschen. Wir werden uns nicht wiedersehen. Aber du kannst ja einen Song über die Reise schreiben, nicht? Oder ein Gedicht, nicht? Ich werde Reni von dir erzählen und ich weiß, sie wird deiner Geschichte gebannt zuhören."

„Das ist alles okay", sagte Tom. „Alles gut und richtig so."

„So", sagte Daniel, „nun ist es Zeit zu gehen. Ich muss noch ein paar Vorbereitungen für den morgigen Tag treffen. Es ist Zeit, Abschied zu nehmen."

„Machen wir es kurz? Ich bin nicht so gut darin, auf Wiedersehen zu sagen."

„Ja", sagte Tom, „machen wir es so."

Daniel rief Rufus herbei. Er bedankte sich beim Barkeeper für alles, was er Gutes gesagt und getan hatte. Beide wünschten sich alles Gute.

„Bleibst du an Bord?", fragte Daniel.

„Ja", sagte Rufus, „noch ist das Schiff mein Arbeitsplatz. Und wenn es Gäste gibt wie euch, ist er auch eine kleine Heimat."

„Ich werde an dich denken, Daniel", sagte Rufus.

Daniel lachte. „Aber nicht zu viel, bitte."

Daniel wollte zahlen. Tom sagte jedoch, er übernähme es. Er wolle noch ein paar Minuten bleiben und würde dann zu Michelle gehen. „Wenn sie zu Ende gepackt hat. Frauen beim Packen zu stören ist eines der dümmsten Dinge, die ein Mann nur machen kann."

Daniel stand auf. „Grüß die Dame von mir", sagte der alte Mann. „Und, wenn du es magst, richte ihr aus, dass es mir mit ihr große Freude gemacht hat." Auch Tom erhob sich. Beide Männer umarmten sich kurz und Daniel schlug zwei Mal auf den Rücken des jungen Mannes.

„Mach es gut", sagte Tom, „und behalte dein gutes Herz."

„Hab es gut." Daniel schaute Tom an und musste erneut daran denken, dass er auch sein Sohn hätte sein können. Schade, dass ich keinen Sohn habe, dachte Daniel. Aber, so sagte er sich, es sei so, wie es ist.

Dann drehte sich Daniel um und ging zum Ausgang. Ohne sich umzudrehen, verließ der alte Mann das „The Silent Palm".

„Ein ganzer Kerl", sagte Rufus, der bei beiden stehen geblieben war.

„Ja", sagte Tom. „Stimmt."

Tom bestellte sich einen Whisky Sour, ließ ihn aber stehen. „Rufus", sagte Tom, als er den Barkeeper herbei gebeten hatte, „ich muss auch los."

„Das ist sehr okay, Tom", sagte Rufus. „Es ist der letzte Abend vor der Anlandung. Der ist immer etwas anders."

„Ich wünsche dir das Beste. Und sage Danke für alles."

„Dir auch", sagte Rufus, „dir auch."

„Mach mal einen Song aus mir", sagte Rufus grinsend, „dann höre ich den im Radio und bin der einzige in der weiten Welt, der weiß, was die Quelle für den Hit war."

Tom lachte mit. „Schauen wir mal."

Dann stand der Rockstar auf, zog die Jacke über und im Gehen sagte er dem Barkeeper: „So einen wie dich habe ich nie kennenlernen dürfen. Es war großartig mit dir."

Rufus nickte.

Dann ging auch Tom aus der Bar und Rufus wendete sich wieder den anderen Gästen zu. Es waren nicht allzu viele. Doch jeder, dachte der Barkeeper für sich, als er Tom hinausgehen sah, jeder von ihnen hatte eine bewegende Geschichte zu erzählen. Ein guter Barkeeper, dachte Rufus, war einer, der, wenn erwünscht, dabei Geburtshilfe gab, damit sie dort an der Theke der Bar, wo sie hin gehörte, erzählt wurde.

XI. Kapitel

Das Schiff legt an

Die meisten der Gäste standen an den Relings, Hunderte von ihnen, von Deck zu Deck, und sahen die Stadt der Städte vor sich auftauchen, als wäre New York ein riesengroßer Wal, den es nun zu erledigen und vor allem zu fotografieren galt. Das Wetter war mild, der Himmel wolkenlos, der Wind schwach. Nach elf Tagen auf dem Atlantik – diesem unruhigen Gewässer gigantischen Ausmaßes – fuhr das Kreuzfahrtschiff wie aus dem Nichts die Vereinigten Staaten an. Seit Jahrhunderten war dieser Moment der wichtigste im Leben tausender, hunderttausender Europäer und Menschen aus allen Regionen der Welt gewesen, die in den tiefen Westen – nach Amerika – aufgebrochen waren.

Das gelobte Land zeigte sich zu dieser Mittagszeit von seiner besten Seite. Das Panorama der Wolkenkratzer, vom Norden des Central Park über Midtown bis an die Südspitze, war ein Bild, das viele Gäste bislang nur aus Filmen und von Fotos kannten und nun tatsächlich in ihrer eigenen Lebensgeschichte als Wirklichkeit erlebten. Während es in den letzten Jahrhunderten darum ging, Zuflucht in Amerika zu finden, oder Menschen aus größter Hoffnung heraus, es dort besser zu haben, dorthin reisten, waren die Gäste an Bord des Kreuzfahrtschiffes lediglich Besucher, Touristen eines Ortes, den jeder von ihnen einmal im Leben selbst gesehen haben wollte.

Als das Schiff unter der berühmten Brooklyn Bridge hindurch fuhr, applaudierten viele der Gäste ihrem Ankunftsziel zu. Als sie den neuen Tower sahen, der an die Stelle der eingefallenen Zwillingstürme, des World Trade Centers, aufgebaut worden war, war jedem auf dem Schiff klar, dass diese Stadt noch jeden Schlag gegen sich in eine Neuerschaffung seiner Identität verwandelt hatte. Als das Kreuzfahrtschiff um die Süd-Spitze herum zu seinem Anleger fuhr, da sah das Publikum die Freiheitsstatue, die Frankreich seinem Freund, den USA, einst geschenkt hatte. Sie galt bis heute für viele Menschen als Mahnmal der Freiheit des Geistes und des Schutzes eines jeden Menschen auf der Welt und hatte als Symbol bis heute kaum etwas von der Kraft und Magie seiner universell gedachten Bedeutung verloren.

War es über zwei Stunden lang recht ruhig auf dem Schiff zugegangen, während der Annäherung an New York, brach nun die Hölle los, als die Ab- und Zugänge geöffnet wurden. Bepackt mit Koffern und Taschen platzierten sich die Gäste nach und nach und eng an eng auf den Decks und warteten sehnsüchtig darauf, das Schiff zu verlassen und den Boden Amerikas zu betreten. Es entstand ein Gewusel, auch ein Geschubse, so dass die Mannschaftsmitglieder nur schwer alle Wege, alle Ab- und Zugänge und die nach unten strömenden Menschen im Griff hatten.

Manch einer hatte Sorge um sich, doch dann löste sich alles nacheinander im Frieden auf und die Gäste waren an Land und verschwanden per Taxi, per U-Bahn und zu Fuß von dem Ort, der sie elf Tage lang über Wasser getragen hatte, dem Kreuzfahrtschiff, dessen Kapitän sie sich für eine Ozeanüberfahrt anvertraut hatten. Rufus genoss diese Stunden auf seine Art. Er stand auf dem obersten Deck, zu dem das Steuerungshaus gehörte. Er sah erneut begeistert auf die Skyline New Yorks und bedauerte, diese Stadt kaum näher kennengelernt zu haben.

Er hatte sich, wie er es in solchen Momenten immer tat, eine Zigarre im Churchill-Format angezündet und rauchte sie langsam und entspannt. Die Zigarre stammte aus Kuba und war wesentlich teurer als die anderen, die aus Nicaragua und der Dominikanischen Republik stammten. Jetzt musste es eine Zigarre sein, die wertvoll war wie die Arbeit, von der er wusste, dass er sie auf dieser Überfahrt erneut menschlich gut und höchst professionell geleistet hatte.

An Daniel und Tom dachte Rufus in diesen Stunden nicht oder nicht besonders. Beide Männer waren in Rufus verankert und doch Männer, auf die er seine Erinnerungen nicht allein gründen konnte, da er bald auf neue Gäste stoßen würde. Daniel und Rufus waren bereits mit vielen anderen Gesprächen mit Gästen und den Bildern ihrer Gesichter zu einer unbestimmten Mischung und Menge aus dem „The Silent Palm" verschwommen.

Dann sah Rufus links unter sich Michelle und neben Michelle Tom. Die Frau aus Paris fiel derart auf unter denen, die die Treppe hinunter gingen, dass Rufus gar nicht anders konnte, als sie zu erkennen. Sie war ganz in knalliges Rot gekleidet und das Rot ihres langen Rockes war wie die Fackel in einer Menschenmenge, die diese Frau als die Sichtbarste unter ihnen nach vorne schob.

Dann sah Rufus, wie eine schwarze Limousine unweit der Treppe stand und die beiden auf dieses Fahrzeug zusteuerten. Eine junge Frau stieg aus und verpackte die Koffer. Rufus wunderte sich nicht, dass der Rockstar abgeholt wurde. Ein Star ist ein Star ist ein Star, sagte sich Rufus und wandelte lächelnd damit ein Gedicht, das er kannte und liebte, ab.

Schließlich, als Michelle, Tom und die junge Frau eingestiegen waren, fuhr die Limousine langsam an den anderen, herumstehenden Gästen vorbei. Wenig später war die Limousine auf den Straßen Manhattans verschwunden. Was für ein interessantes Leben dieser Mann gehabt hatte, dachte Rufus noch. Als die Zigarre zu Ende geraucht war, drehte er sich um und ging zurück an seinen Arbeitsplatz, in die Bar „The Silent Palm", und damit zurück in den Bauch des Kreuzfahrtschiffes. Er wollte noch heute mit dem Abteilungsleiter über die Ausstattung seiner Bar reden, nahm sich Rufus vor.

Daniel Golin schnaufte ein wenig, als er auf der Rückbank des Taxis Platz genommen hatte. Es war nicht so leicht für einen alten Mann gewesen, das Gepäck von der Kabine über das Deck bis die Treppe hinunter zu bringen. Die Rollen am Koffer halfen. Doch auf der Treppe war es nicht so einfach gewesen und Daniel war einem Mannschaftsmitglied dankbar, der zur Stelle war und seinen Koffer bis ganz nach unten brachte. Auch wartete Daniel in der Schlange am Taxi-Stand eine ganze Weile, bis er an der Reihe war und in ein Taxi einsteigen konnte.

Während der Taxifahrer den Kofferraum bepackte, sah Daniel am Rande seines Blickfeldes, wie eine Limousine den Weg am Taxi-Stand vorbei nahm. Vielleicht war es ja Tom, der in diesem saß, dachte Daniel und grinste in sich hinein. Der alte Mann war dann auf dem Weg an die Lexington Avenue, wo das Hotel selbigen Namens – „The Lexington" – lag. Es war ein gutes Hotel der mittleren Oberklasse und lag nicht weit entfernt von den Hauptstraßen.

Während der Fahrt durch Manhattan schaute Daniel neugierig und aufmerksam nach links und rechts. Er bemerkte erneut, wie sehr sich Manhattan in den zurückliegenden Jahrzehnten gewandelt hatte. Die Stadt war längst nicht mehr seine Heimat, seitdem er sich, geradezu fluchtartig, auf den Weg an die Westküste gemacht hatte. Nun löste New York in ihm keine besonderen Gefühle mehr aus. Es gab eine Art von

Friedensvertrag zwischen der Stadt und ihm und er achtete darauf, diesen Vertrag nicht zu brechen.

Heute war New York längst ein sicherer Ort für seine Einwohner geworden und für die Touristen, die zu Millionen als Gäste dorthin reisten. Ja, dachte Daniel, er war nur ein weiterer Tourist, der eine Nacht in New York verbrachte. Ein weiter Weg war das gewesen, dies sich selbst sagen zu können, dachte er. Als das Taxi keine dreißig Minuten später vor dem Eingang des „The Lexington" hielt, holte Daniel sein Portemonnaie aus der Hosentasche. Er gab dem Taxi-Fahrer seine Kreditkarte. Dann sah er im Portemonnaie den Zettel, den Tom ihm gestern gegeben hatte. Daniel zog ihn heraus.

Auf der Vorderseite stand in lesbaren Ziffern eine Rufnummer. Wie durch Zufall drehte Daniel die Notiz um. Warum er das machte, wusste der alte Mann später nicht mehr. Dort, auf der Rückseite, hatte Tom noch mehr aufgeschrieben und das fiel Daniel erst jetzt auf.

Tom hatte geschrieben. „Dank, DG!". Und daneben:

„Dein ‚junger‘ Mann."

Ach ja, seufzte Daniel friedfertig, bevor er ausstieg. Das war schon ein Junge gewesen, den er an seiner Seite gehabt hatte. Daniel wusste nicht, ob er jemals bei Tom anriefe. Mal sehen, sagte er sich eher abwehrend. Er benötigte keinen neuen Freund. Dafür hielt er sich für zu alt. Daniel atmete aus.

Dann, als er mit seinem Koffer und seiner Tasche vor der Eingangstür stand, im schönsten Sonnenschein, und den Blick am Hochhaus hoch wandern ließ, lächelte der alte Mann in sich hinein. „Warum nicht?", sagte er dann laut und erschrak, da Umstehende es vielleicht gehört haben könnten. „Warum nicht anrufen?", wiederholte er, als er sah, dass kein Mensch nahe bei ihm stand. Es war fast so, dachte er, als hätte er es Tom an der Theke des „The Silent Palm" gesagt. So einfach war es, etwas Neues zu denken, sagte sich der alte Mann, wenn man nur den Mumm gehabt hatte, auf Reisen zu gehen.

Dann, als er an der Rezeption alles geregelt hatte und im siebten Stock in seinem Zimmer angekommen war, er dem Pagen ein hohes Trinkgeld gegeben hatte, rief Daniel als erstes Reni an. Sie tauschten sich kurz aus und Daniel betonte, wie sehr er sich auf sie und das Bett in Encino freute.

„Bis morgen, Schatz", sagte er zu Ende des Telefonats. „Ich habe eine Menge zu erzählen."

„Da bin ich mir sicher", sagte seine Freundin freundlich, bevor sie ihm einen guten Tag und eine gute Nacht in New York wünschte. „Du kommst ja immer mit schönen Geschichten im Gepäck zurück", sagte sie, bevor beide das Gespräch beendeten. „Das mag ich an dir", fügte sie noch hinzu. Daniel sah fast durch das Telefon, wie seine Freundin währenddessen liebevoll gelächelt hatte. „Das stimmt", erwiderte Daniel. Dann war das Telefonat beendet.

Heute für den Nachmittag und den Abend in New York nahm er sich vor, sich im Hotel von der Überfahrt ein wenig zu erholen. Etwas ruhen, etwas essen, ein New Yorker Steak vielleicht, etwas TV schauen, vielleicht spielten die Lakers, im Talmud lesen. Eine Sache hatte er aber noch vor sich.

Für den frühen Abend plante er, seine beiden Töchter anzurufen.

Er freute sich darauf, ihre Stimmen zu hören.

ENDE

Bisher erschienen vom Autor

Mehr Sein als Schein
Die PPR-Jahre (2009-2012)

Mehr Sein als Schein: dieser Sammelband von Texten des deutschen Kommunikationsexperten Rafael Robert Pilsczek und seinem Team beschreibt die Welt aus der Sicht der PR Manager und PR Berater, die von der Firmenkultur der PR-Firma PPR Hamburg geprägt worden sind. Erschienen von 2009 bis 2012 als E-Mail-Newsletter spiegeln die Miniaturen Zeitgeschehen und Themen wieder, die die Menschen bewegt haben, die Kommunikation ihre Profession nennen. Führungskräfte begeben sich als Leser auf die Reise durch die heutige Welt der Kommunikation, die ebenso bedeutsam geworden ist wie die Welt der Produkte und Dienstleistungen. Wer die PPR-News bestellt, der weiß: es folgt kluge Kommunikation.

Hardcover, 124 Seiten, 2013
ISBN-13: 9783732289226

Wie ich 10 Tausend Menschen nahe kam

Ein Ratgeber, eine Biografie, ein besonderes Leben. „Wie ich 10 Tausend Menschen nahe kam" beschreibt in 180 einzigartigen Fällen 180 verschiedene Wege, wie der Hamburger Unternehmer Rafael Robert Pilsczek in die Herzen von 10 Tausend berühmter und besonderer Menschen in seinem bisherigen Leben reiste. Seien es amerikanische Oscar-Preisträger wie Halle Berry, der ehemalige Bundeskanzler Gerhard Schröder, seien es Junkies oder Großmütter in Moskau, der Autor hat Menschen getroffen, die ihm durch seine unverwechselbare Art, auf Menschen einzugehen, nah wurden.

Hardcover, 616 Seiten, 2015
ISBN-13: 9783734740671

Friedenskinder

Von Angst, Liebe und Tod in der längsten Zeit der unwahrscheinlichen Abwesenheit von Krieg (bislang)

„Friedenskinder" beschreibt vor dem Hintergrund von 70 Jahren Frieden in den (west-)deutschen Generationen die stete Gefährdung der Abwesenheit von Krieg, Gewalt und Leid. In einer biografisch und davon abgeleitet generell geprägten Analyse schildert „Friedenskinder" die historisch gesehene glückliche Epoche der Deutschen, seitdem sie in der Bundesrepublik gelebt haben. Aus vielen Einzelteilen von Begegnungen mit Menschen aus der Zeit von 1945 bis 2015 ist „Friedenskinder" sowohl ein Dokument dieser Zeit, als auch ein Buch, das über die Generationen hinausreicht.

Hardcover, 476 Seiten, 2015
ISBN-13: 9783739217864

Kriegskinder

Drama über die Zeit davor

Mit dem Drama „Kriegskinder", einem Zweipersonenstück mit Latina vor dem Hintergrund der steten Frage, ob Demokraten zu Barbaren werden müssen, um sich der Barbaren zu erwehren, legt der Hamburger Schriftsteller Rafael Robert Pilsczek sein viertes Werk vor. Während es im Duodrama vordergründig um die Entwicklung und den Bruch einer Männerfreundschaft geht, greifen die Umrahmung und die Themen des Theaterstücks sowohl in die Breite der aktuellen Entwicklungen, als auch in die Tiefe ewiger Themen des Menschseins. Gibt es gute Gewalt, wenn ja, welche? Wie entzweien sich Freunde, Verwandte und Nachbarn, wenn sie politisch und gesellschaftlich auseinander driften wie auf einer gebrochenen Eisscholle? Ist ein Tyrannenmord gerecht oder stets abzulehnen?

Hardcover, 176 Seiten, 2016
ISBN-13: 9783741239670

Bisher erschienen vom Autor

Meine West End Story (BAND I)

Ich fliege niemals wieder nach New York

Bleibt der Westen so erhalten, wie wir ihn kannten? Sind seine Werte in großer Gefahr in dieser Dekade? In einer großen Reportage geht der Hamburger Schriftsteller Rafael Robert Pilsczek der vermutlich wichtigsten Frage dieser Epoche nach, ob das Leben im Westen in derartige Schwingungen gerät, das er bald Geschichte sein könnte. Kenntnisreich und reich an Erfahrungen ist dem Autor das Kunststück gelungen, sowohl in die Geschichte des alten Westens als auch in dessen Gegenwart zu schauen. Nun entscheidet sich in dieser Zeit, so seine These, was Aufklärung in einer offenen Gesellschaft für die heutigen Generationen noch bedeutet.

Schmuckausgabe, 500 Seiten, 2017
ISBN-13: 9783746033655

Paperback, 588 Seiten, 2019
ISBN-13: 9783749466641

Meine West End Story (BAND II)

Herr Biberstein und andere journalistische Arbeiten

Bleibt der Westen so erhalten, wie wir ihn kannten? In Band II seiner zweibändigen West End Story geht der Hamburger Schriftsteller Rafael Robert Pilsczek der wohl wichtigsten Frage dieser Epoche nach, ob das Leben im Westen in derartige Schwingungen gerät, dass er bald Geschichte sein könnte. Während er in Band I unter dem begleitenden Titel „Ich fliege niemals wieder nach New York" eine große Reportage über New York, das neue Berlin und das alte Bonn als Sinnbild für den Westen veröffentlicht hat, versammelt Band II unter dem begleitenden Titel „Herr Biberstein und andere journalistische Arbeiten" den alten Westen, wie wir ihn kannten: in einer breiten Textsammlung der Arbeiten des Reporters Rafael Robert Pilsczek.

Hardcover, 548 Seiten, 2017
ISBN-13: 9783746032405

Groß werden
Gedichte und Lieder

Der Hamburger Schriftsteller Rafael Robert Pilsczek legt mit Groß werden ein Werk vor, das
sowohl Gedichte als auch Lieder zum vielfältig
gedachten Thema des Groß-Werdens versammelt.
Ein altes Thema, neu und brillant gemeißelt. Alle
Stücke sind in einer für den Autor besonderen
Stimmung verfasst worden und wirken daher
wie aus einem Guss. Sowohl als Steinbruch von
Beschreibungen des Älter-Werdens kann dieses
gelesen werden, als auch als Buch, das zum Leben und Groß-Werden darin ermuntert und davor
warnt, dazu tröstet und stets auch den Leser verunsichert, wie es sich für die selten vorgefundene
Gattung des lyrischen Erzählens gehört. Der Autor
hat mit Groß werden ein Schmuckstück gedrech-
selt, das zum Denken und zum Fühlen einlädt.

Hardcover, 248 Seiten, 2018
ISBN-13: 9783746075662

Mai
Ein junger Mann, der nicht zu halten war

Hier ist die junge Maria, eine aufstrebende Geige-
rin in Ost-Berlin, und dort ist die chilenische Tan-
go-Tänzerin in New York, die ausgerechnet auch
Maria heißen muss. Dazwischen steht der junge
Mann Michael Mai, der von beiden nicht zu halten
ist. Oder doch? Und dann taucht noch Mausland
auf, der dem talentierten Reporter den Aufstand
der Ex-Spione vorhersagt. Es sind halt turbulente
Zeiten in der jungen wiedervereinigten Republik,
in Amerika und überhaupt in der Welt, in der es
vor allem um die Frage geht, ob die neue Zeit die
neuen Hoffnungen rechtfertigen wird, nach deren
Erfüllung sich alle so sehr sehnen. Der Roman ist
eine wunderbare Liebesgeschichte und ein fes-
selnder Thriller in einem.

Paperback, 464 Seiten, 2019
ISBN-13: 9783732232482

Bisher erschienen vom Autor

Die Anglerin

Als wie wenn das Leben am See und in der Welt doch nur schön, so friedlich wäre und es doch allein so nicht ist. Dies sagt sich ausgerechnet Renate Szymanski, die die Welt der Liebe kennt, in einem schönen Haus am Steg lebt und einen sanften Hund bei sich wohnen lässt, der auf den Namen Mensch hört. Die alte Professorin schreibt von dort lange Briefe an ihren Freund in der Schweiz.

Kurz vor Ausbruch der ersten Weltkrise nach den Großen Kriegen berichtet sie aus ihrem Leben. Vom Nachbarn, der mit Angelrouten Gänse jagt. Von großen Schicksalsfehlern. So ist die alte Frau vom Vluyner Angelsee vielleicht die letzte ihrer Art. Oder ist Renate Vorbote einer neuen Zeit, die Zukunft vorlebt? Am Ende geht es für sie um nichts anderes als um alles.

Paperback, 348 Seiten, 2020
ISBN-13: 9783751901949

Lance und Joffe
Eine Heldengeschichte

Rafael R. Pilsczek beschreibt in seinem neuen Roman die heutigen Sicherheiten und Unsicherheiten des Lebens in offenen Gesellschaften.

Der amerikanische Dichter Lance Biermanski aus Deep River und sein Kusin Joffe, ein junger deutscher Geschäftsmann, der im Widerstehen zum Helden wird, zeigen, was Demokraten und Freunde des Lebens am ehesten vor dem Untergang unserer humanistischen Gesellschaften beschützt: wehrhafte Humanisten zu sein oder zu werden. Der Extremismus hatte Joffe und seine Freunde zum Harburger Aufstand gezwungen, der in den ersten Krieg unter Europäern mündete.

Paperback, 556 Seiten, 2021
ISBN-13: 9783753476674

Wie aus Joffe ein Held in neuen Zeiten wird, davon erzählt diese dramatische Familiengeschichte.

Billie B. Shelter in China

Billie B. Shelter war eine junge Bloggerin aus Berlin. Das B. stand für Bowie. David Bowie. Sie war dreiundzwanzig Jahre alt. Als sie ins Gefängnis von Beijing geworfen wurde.

Sie war einundzwanzig Jahre alt. Als der Androgyn in ihr Leben trat. Ein vorzüglicher Kindergärtner auf dem Abenteuerspielplatz am Käthe-Kollwitz-Platz. Sie wurden kein Paar. Weil er über sich zu unsicher war. Sie wurden auch deswegen kein Paar, weil Billie eine sehr merkwürdige Frau war. Sie liebte ihn sehr.

Wie Billie als Gefahr für das System in ein chinesisches Gefängnis geworfen wurde und warum sie weiterhin an die große Liebe glaubte, davon erzählt diese temporeiche Geschichte voller Abenteuer und überraschender Ereignisse. Der Roman des Hamburger Schriftstellers Rafael R. Pilsczek ist sein 12. Buch und sein erster Thriller.

Hardcover, 192 Seiten, 2021
ISBN-13: 9783754339398

Ein Buch, das seine Leser gefangen nimmt. Und bis zu seinem Ende nicht wieder loslässt. Eine Sommerlektüre, die am Strand aufgrund seiner Spannung frösteln lässt. Und ein Krimi, der im Winter aufgrund seiner Leidenschaft die Seele wärmt.

Weitere Informationen unter:
www.ppr-hamburg.com
www.pilsczek.com